KB052293

탐정도 보험이 되나요?

탐정 전일도의
두 번째 사건집

탐정도
보험이
되나요?

한켠 지음

탐정 전일도

황금가지

차례

하나 안 하나   9

돌진, 앞으로!   35

내게 우주선을 찾아 줘요   57

엄마가 될 수 있을까   85

작고 어리고 귀여운   113

그때 그 한마디 말   139

몽유(夢遊)   167

하우스 블루스   205

귀신이 보여요   243

안녕, 아보카도   277

얼마나 일해야 할까   299

돈, 돈, 돈   339

영원히 행복하게   383

뱀파이어 웨딩   413

어둠에 묻힌 밤   443

작가의 말   481

등장인물

전일도   고등학교를 졸업한 후 바로 취업 전선에 뛰어들었다가
집안 내력대로 탐정이 되기를 택한 20대 비혼 여성.

전가정   일도의 쌍둥이 오빠로 탐정 일은 잠정 휴업하고
상담사가 되려 하고 있다.

썸이   일도의 고교 동창. 영화감독에 이어 인터넷 언론계의
「그것이 알고 싶다」가 되기를 지망한다.

안하나   억대 수입을 올리는 웹소설 작가를 꿈꾸는 고3.

오승희   교육부 산하 공공기관에서 근무하는 계약직 사원.

강혜라   '일 잘하는 지구인'이 되고 싶은 우주 산업체 직원.

조우리   취업 준비 중인 대학생. 사귀는 상대와는 캠퍼스 커플.

주연   효율적인 삶을 추구하는 어머니와 자기계발 중독인
남편 사이에서 남들처럼 살기 위해 고뇌하는 직장인.

달봄   '먹방 아기'라는 닉네임으로 잘 알려진 키즈 유튜버.

혜린   인기 오디션 프로그램 참가한 고등학생으로
별명은 '인성 갑'.

정지연   혜린의 중학교 동창.

이기리   서울 청년 일자리 센터 직원.

남은정   귀신을 보는 능력이 있는 독실한 크리스천.

김경찬   자칭 고양이 탐정, 타칭 사기꾼.

이보람   공무원 시험을 준비하던 택배기사.

인혜   공감 능력이 남다른 장학재단 직원.

최선임   '자소설' 쓰기와 아르바이트로 바쁜 문예창작학과 학생.

서은   엄마를 독박 간병하다가 은둔형 외톨이가
되어 버린 20대.

은신   서은의 언니. 가정의 생계를 책임지고 있다.

이성연   주말마다 점집 투어를 하는 IT 회사 부장.

혜지   성연의 부서 직원. ♡라는 연인이 있다.

스테파니 황   종교(스파게티교)를 사유로 헤어졌던 소개팅남과 결혼
하여 이제는 유학 후 파스타 레스토랑을 열려고 준비 중.

가윤   학원과 학습지에 시달리다 경시대회에서 탈주한 전적이
있는 초등학생.

정혜진   영우와 영인이란 두 아이가 있는 워킹맘.

나은   호환마마보다 무섭다는 중2.

하나 안 하나

만나자마자 의뢰인이 대뜸 물었다.

"어려 보이시는데, 몇 살?"

어물거리며 답했다.

"20대 초……중반입니다."

의뢰인은 또 물었다.

"학교는?"

질문의 의도를 알면서도 일부러 틀린 답을 말했다.

"졸업했습니다."

(고등)학교를 졸업하긴 했다. 공부하기 싫어서 대학 안 가고 탐정 일을 하는 건 부끄럽지 않다. 고졸이라서 사건 의뢰를 못 받으면 내 계좌에 미안해서 그렇지. 엄마는 자기도 불륜탐정이면서 나한테 점수 맞춰 아무 대학이라도 가서

졸업증명서라도 따든가 공무원 시험을 보라고 했지만, 나는 "대학 다니면서 시간과 돈을 낭비하느니 그 기간에 현장에서 구르면서 '경력 탐정'이 되겠다."고 큰소리쳤다. 그랬더니 이렇게 대학 어디 나왔는지 묻는 의뢰인을 만났다.

"아니, 학교, 어디 나왔냐고요."

찰나의 순간에 머리가 팽팽 돌아간다. 해운대, 첨성대는 누가 들어도 거짓말 같겠지?

"……서울 사립대요……."

내 목소리가 낮아지는 만큼 의뢰인의 목소리가 높아진다.

"네? 어디라고요?"

발음을 뭉개면서 대답했으면 눈치껏 서울 국립대와 서울 시립대 사이에 있는 대학인가 보다, 하고 넘어가면 될 텐데.

"서울 사립대요."

의뢰인이 손을 내민다.

"SKY 아래 대학이신가 보네. 학생증 보여줘 봐요."

나도 추리소설에 나오는 명탐정처럼 의뢰인의 사연을 듣고 나서 '음, 흥미롭군요.' 하며 수임할지 말지를 결정하고 싶었는데. 현실에선 의뢰인에게 면접이나 당하고 있다. 목소리를 높였다.

"의뢰인님'도' 명문대 나오셔서 아시겠지만."

'도'에 내가 포함된다고는 안 했다. 의뢰인의 말투가 뾰족해진다.

"제 대학은 어떻게 알았어요? 뒷조사했어요?"

'명문대 졸업장 말고는 내세울 거 없는 인간들이 꼭 남의 학벌에 집착하더라고요.'라고는 안 했다.

"머리 좋은 애들이 일머리도 좋은 건 아니거든요. 살인해 봐야 추리소설 쓰는 거 아니고, 대학 나와 봐야 대입 사기 추적하는 거 아닙니다. 어차피 탐정은 학부에 학과도 없는데 대학이 무슨 소용이에요."

의뢰인이 뾰족한 목소리로 나를 찌른다.

"그럼 지금 인서울 대학도 아니란 거네요? 아니 탐정을 할 거면 비슷한 경찰대라도 나오든가!"

경찰대 나와서 탐정하라니 이건 무슨 경영학과 나와서 노조하라는 소리야.

"제가 고졸이라 싫으시면 대학 나온 경찰이나 사시 패스한 검사한테 가시든지요. 의뢰인님도 떳떳한 거 없으니까 사설탐정 찾아오신 거잖아요."

의뢰인이 숨 한 번 쉬지 않고 따다다 말로 사람을 몰아세운다.

"아니 내가 찜찜할 게 뭐 있어요? 내가 대학교수처럼 대학원생 시켜서 논문 쓰고 자식을 공저자로 올리기라도 했어요? 아니면 학교에서 SKY반 애들한테 해 주듯이 교내대

회 만들어서 상을 몰아 주기를 했어요? 인서울은 되는데 SKY는 안 되는 애매한 애들은 학교에서도 잘 안 챙겨 주니까 입시 컨설턴트한테 가서 도움 좀 받으려고 한 건데, 입시 컨설턴트는 무슨, 사기꾼이라서 생돈 날리고 대학도 떨어지고! 대치동 애들은 입시 코디가 있다는데, 빤한 월급쟁이 형편에 나름 합리적인 가격이라 입시 컨설턴트한테 믿고 맡겼더니, 대학도 합격 못 시키고 야반도주를 해 버렸는데 탐정이라도 찾아서 환불이라도 받아야죠!"

그러고 보니 생각나는 게 있다. 나와 다르게 탐정 일은 못하고 공부는 잘해서 대학 간 쌍둥이 오빠는 고등학교 다닐 때 어느 날 갑자기 선행상을 받아왔다. 선행 학습을 잘해서 준 게 아니고 착한 일을 했다고 주는 상이었다. 같은 고등학교에 다니던 내가 못 보는 사이에 교내에서 쓰레기라도 줍고 다녔나 아니면 불륜탐정인 부모님의 피를 이어받아 교장의 불륜 행각이라도 잡아서 협박한 건가 궁금했는데, 대학 입시 스펙 만들어 주려고 신청하지도 않은 상을 줬단다. "주는데 안 받냐."라며 받긴 받아서 '좋은 대학' 갔으니 결과적으로 고등학교와 부모님께 선행을 하긴 했다.

"엄마, 그래도 다른 데는 붙었잖아."

옆에서 의뢰인의 딸이 엄마를 진정시키려고 들었다. 다시 의뢰인에게 질문했다.

"'컨설턴트'가 뭐 해 줬는데요?"

"'황금족보'라고 해서 애네 학교 내신 기출문제 좍 갖다 줬어요. 사립 학교는 교사들이 안 바뀌니까 기출문제가 거기서 거기라고. 근데도 애가 떠먹여 주는데도 내신이 안 나와 가지고! 그거 기출문제 아니고 적당히 시중 문제집 짜깁기한 거 아닌가 지금에서야 의심이 들어요."

"엄마, 그건 내가 공부를 안 한 거고……."

왜 피해자가 사기꾼 대신 자기 탓을 할까? 의뢰인은 딸을 무시하고 자기 말만 했다.

"교내 독서 동아리 만들라고 해서 고전 읽기도 했는데 애가 면접에서 똑 떨어지더라고요. 예상 질문 답변까지 정리해 줬다는데."

의뢰인의 딸이 옆에서 중얼거렸다.

"그거는…… 고전 요약본만 읽었는데 면접 때 교수님이 '고등학생이 이런 어려운 책을 읽었다고?' 하면서 자세히 물어보는 바람에 망한 거고."

이게 '스톡홀름 증후군'이란 건가? 아니면 컨설턴트가 학생을 협박이라도 한 걸까? 아니면 부모와 달리 잘한다 잘한다 얼러 가면서 그루밍을 한 걸까? 왜 자꾸 컨설턴트를 두둔하지? 의뢰인이 말을 이었다.

"결정적으로, 같이 교내 동아리 하는 애네 아빠가 애 픽업하려고 왔다가 컨설턴트랑 마주쳤는데, 아는 사람이었대요. 컨설턴트 말로는, 자기가 명문대 출신이고 교수들도 다 동문이니까 동문회에서 교수들 매수해서 면접 합격시켜 주겠다고 했는데, 사실은 지방대 출신이었던 거죠."

의뢰인의 딸이 컨설턴트 편을 들었다.

"그래도 엄마, 자기소개서는 잘 써 줬잖아. 소논문 대신에 동아리 활동 보고서도 쓰라고 하고, 독서 토론 했다면서 저자 불러다 사진도 찍어 주고."

의뢰인이 소리를 질렀다.

"그건 다 과정이고! 결과가 중요한 거야! 막판에 교수한테 술 사 주면서 잘 봐 달라고 하겠다며 몇백 받아먹었으면 합격을 시켜 줬어야지!"

의뢰인 딸의 목소리도 높아진다.

"어차피 나 거기 합격했어도 지금 붙은 데 들어가려고 했어. 적성에 맞는 학과가 중요하지 학교 이름이야 거기서 거긴데."

의뢰인의 목소리가 더 크다.

"너 말 잘했다. 학과가 중요하니까 너 떨어진 대학이 아까운 거야. 나나 니네 아빠나 문과 머리라서 네가 문과를 갔으면 그나마 상경 계열을 가서 운 좋게 대기업 취업하는 게 쉽게 중산층 유지하는 1순위야. 너 취업할 때 돼야 엄마

말 이해하면 이미 늦었어. 바늘구멍만 한 대기업 사무직에 들어가겠다고 영혼이라도 팔겠네 마네 하다가 안 되면 로스쿨 가서 변호사 해야 그나마 한국 땅에서 중산층 유지하면서 결혼하고 집 사고 사람답게 사는 거야."

의뢰인의 딸은 침착했다.

"엄마, 요샌 웹소설로 한 달에 억대로 벌어."

의뢰인이 빈정댔다.

"응, 그래, 한류 아이돌은 전 세계적으로 벌지만 수많은 아이돌 중에 그런 한류 스타가 몇이나 되는데? 네가 쓰는 것마다 빵빵 터진다는 보장 있어?"

공부는 적성에 안 맞아서 활동적이고 스릴 있는 탐정이 되었더니, 탐정은 때려치우고 '월급 따박따박 들어오고 연금도 들어오는' 공무원 되라는 우리 엄마도 그렇고, 왜 이렇게 부모들은 안정적인 직업을 좋아할까. 의뢰인은 다시 딸을 윽박질렀다.

"엄마 아빠가 살아 보니까 의사까진 안 되더라도 대기업 직원이나 전문직인 변호사는 해야 인생 더 떨어지지 않고 '유리 바닥' 위에서 살 수 있는데, 네가 아직 세상을 모르니까 꿈이니 적성이니 그딴 소리를 하지! 너 엄마보다 잘살진 못해도 못살진 말아야 할 거 아냐!"

우리나라에선 누구나 얇은 유리 바닥 위에서 격렬한 탭

댄스를 추어야 겨우 '부모들보다 못살진 않을 수' 있다. 그 아래엔 그 유리 바닥이 유리 천장이 되는 사람들이 있다. '입시 컨설턴트'마저 쓸 수 없는 학생들. 의뢰인의 딸이 엄마의 옷소매를 잡았다.

"엄마, 이미 끝난 일인데 뭐 하러 굳이 탐정 언니한테 돈을 또 써서 잡으려고 해. 학벌은 가짜였어도 해 줄 만큼 해 줬는데."

의뢰인이 딸의 손을 뿌리쳤다.

"해 줄 건 다 해 줬는데 엉성하게 해 주고 돈만 받아 처먹고 튀었잖아! 떳떳하면 왜 잠적을·해! 현금만 받는다고 할 때부터 이상했어! 지방대인 거 들통나니까 도주했잖아! 그동안 컨설팅도 제대로 안 한 거 아냐! 잡아서 환불받아야지!"

둘이 싸우는 틈이 잠깐 벌어졌을 때 내가 끼어들었다.

"그럼 바로 의뢰하시죠! 제가 떼인 돈은 못 받아 드려도 사기꾼은 잡아 드리는, 누구든 무엇이든 찾아 드리는 실종 전문탐정 전일도입니다!"

* * *

그날 바로 의뢰인의 딸에게서 메시지가 왔다.

― 탐정 언니, 제가요, 유료 연재 수익 들어오면 엄마가 낸 수임
료보다 더 드릴 테니까 컨설턴트 선생님 안 잡으시면 안 될까
요?

남들 대학 다니는 동안 현장 경험을 쌓기는커녕 들어오
는 사건이 없어서 탐정의 상징인 모자도 어제 지하상가에
서 계절과 반대라고 50% 세일하던 마린캡을 쓰고 있는데,
내가 당장의 수임료가 중요하지 언제 들어올지 안 들어올
지 모르는 '유료 연재 수익'이 눈에 들어오겠냐고. 그래도
일단 만나 보긴 해야겠다.

"탐정 '언니'라고 부른 김에 말 놓지? 하나 안 하나? 미
안, 이렇게 이름 가지고 놀리는 거 많이 들어 봤지? 나도
남들이 '김전일'하고 '남도일' 합친 이름이냐고 많이 놀려."

하나는 내 말을 잘라먹고 자기 말부터 했다.

"사실은, 컨설팅 학원에 안 갔고……."

이름이 '하나'인데 성이 안씨라서 '안하나'라는 이름값을
했다. 하나 쪽으로 몸을 기울이며 작은 소리로 물었다.

"그럼 엄마가 컨설팅비 내라고 준 돈은?"

하나가 더 작은 목소리로 답했다.

"출판사에……."

'소설 같은' 사연은 이랬다. '억대 웹소설 작가'를 꿈꾸던

작가 지망생 하나는 '어느 날 운명처럼' 공모전 사이트에서 어느 신생 출판사의 로맨스 판타지 웹소설 공모전을 발견하게 된다. 하나가 아련하게 중얼거렸다.

"상금으로 등록금 하려고 했는데……."

아침 자습 시간과 야간 자율학습 시간에 하라는 공부는 안 하고 글을 써서 도전했으나 공모전이 '수상작 없음'으로 끝났……으면 좋았을 텐데, 얼마 후 하나에게 출판사의 연락이 왔다. 하나는 여전히 꿈꾸듯 아련한 목소리였다.

"수상작으로 선정하기엔 약간 부족했지만 소재가 인상적이었다고, 조금만 다듬으면 출간도 하고 유료 연재도 넣어 주고 영상화 판권도 팔겠다고……."

하나는 내게 응모작을 보여 주었다. 잘 썼는진 모르겠는데 인상적이긴 했다. 코리아 국뽕에 취한 외국인이 약 빨고 쓴 아침 드라마 같았다. 평균적인 한국의 고3 여고생이 어느 날 트럭에 치여 왕의 정부인 장 휘빈이 되었는데, 대충공(나라에 크게 충성했다는 뜻이랬다.)의 12대손 '이리온 드 강남 14세'와 경복궁 근정전에서 부채춤을 추다가 사랑에 빠지는 불륜물이었는데 막장 드라마답게 장 휘빈과 '이리온 드 강남 14세'는 사실 이복형제이고…… '잘생긴 폭군'인 왕은 친구와 사랑을 잃고 나서야 후회에 몸부림치고, 왕의 어머니인 대왕대비는 이리온 어쩌고에게 돈다발, 아니

보자기에 싼 엽전 꾸러미를 내밀며 내 아들의 정부와 헤어지라고 하고, 쟝 휘빈에게는 '사약 싸다구'를 날리지만 쟝 휘빈은 이리온 어쩌고 14세의 진정한 키스에 사약을 뿜고 둘이 왕을 몰아내고 교태전에서 뜨거운 첫날밤을 보낸다는…… 어디서 본 것 같긴 한데 대체 뭘 읽었는지 정신이 혼미해지는 소설이었다. 하나가 변명하듯 급하게 말했다.

"편집자랑 표지 일러스트레이터한테 비용을 지불해야 한대서 컨설팅비로 내야 할 돈을 출판사에 줬는데…… 작품이 선인세 이상 벌어야 정산해 준대서 아직 돈을 못 받았지만, 곧 연재처를 찾으면……."

하나의 말을 잘랐다.

"선인세는 네가 출판사에서 받는 돈이에요. 딱 보니까 사기네, 사기야. 편집자는 뭐래? 표지 일러스트는 받았고?"

표지 일러스트는 옷 문양은 화려하긴 한데 인체 비례가 안 맞는 걸 보니 어느 미술학원 수강생에게 접근해서 '표지 일러스트 하는 프로 작가' 기분을 내게 해 주고 헐값에 해 온 것 같았다. 하나의 말이 빨라졌다.

"편집자는 이대로도 너무 좋다고, 너무 만족한다고, 이렇게 독창적이고 기발하고 개성적인 작품은 잘 없다고, 그런데 연재 플랫폼에 심사비를 내야 한대서……."

더 들을 필요도 없다.

"또 컨설팅비를 갖다 냈고?"

하나가 고개를 끄덕였다. 내가 한숨과 함께 타이르듯 말했다.

"심사비가 어딨어. 그렇게 눈에 띄게 좋은 작품이면 플랫폼에서 모셔 가겠지."

하나가 머뭇거리며 중얼거렸다.

"출판사에선 자꾸 너무 좋다 좋다 그러니까…… 그 말이 맞는 말 같아서……."

하나의 마음을 알아맞혀 보았다.

"엄마나 컨설턴트는 너한테 글 잘 쓴다고 안 했지? 그런데 출판사는 그 말을 해 주니까 너무 믿고 싶었지?"

하나는 뭔가 잘못한 게 있는 아이처럼 속삭였다.

"트위터랑 단톡방에 웹소설 쓰는 작가들이 있는데 맨날 출간이나 연재 소식 보이니까……. 나도 얼른 뭐라도 해야겠다는 조바심도 들고……."

그 마음은 나도 안다. 대학 다니는 친구들이 인턴한다, 공시 준비한다, 교환학생 간다 할 때 나도 뭔가 대단하게 떠들어 댈 수 있게 살인범, 강간범, 조폭이라도 잡아야 할 것 같았다. 현실은 면접까지 봐 가면서, 부모는 '컨설턴트'에게 당하고, 딸은 부모에게 사기 치고 '출판사'에 사기당한 '일가족 사기 피해단' 사건이나 맡고 있지만. 하나 쪽으로 들이대며 물었다.

"너는 그 출판사 사기꾼들을 잡고 싶지 않은 거지?"

하나는 아직도 정신을 못 차린 것 같았다.

"조금만 더 수정하면, 유료 연재 갈 수 있을 거 같은
데…… 지금 출판사에서 수정하라는 대로 하고 있으니
까……."

하나네 엄마처럼 소리를 빽 질렀다.

"그 출판사인지 뭔지는 사기꾼들이라니까! 나중에는 이
런저런 핑계 대면서 네 탓 하고 돈만 떼어먹고 아무것도 안
해 줄 거라고!"

대입도 연재도 똑같다. 비슷한 스펙인데도 누가 대학에
뽑힐지, 유행하는 소재를 다 가져다 썼는데도 어느 작품이
인기 있을지 모르니까 지망생 쪽은 어떻게든 '비결'을 알아
내서 선발되고 싶어진다. 사기꾼들은 그 정보 불균형 사이
를 파고들고. 하나가 내 팔을 붙들었다.

"유료 연재하면 컨설팅 학원비보다 더 많이 벌 수 있어.
그러니까 그때 사실대로 말하고 엄마한테 돈 더 얹어서 드
리면 될 거야. 그러니까 탐정 언니, 조금만 시간을 끌어 주
면……."

하나에게는 지금 그 출판사가 사기꾼이라는 말이 귀에
전혀 들어오지 않는다. 간절하니까. 의뢰인은 하나가 입시

에서 실패했으니 컨설턴트를 사기꾼이라고 믿고 싶다. 그 컨설턴트라는 사람도 하나 빼고는 다 대입에 성공시켰다니 알고 보면 나름 유능한 진짜 컨설턴트일지도 모르는데도. 하나를 달래 보았다.

"소설 같은 건 대학 가고 나서 쓰면 안 되는 거니?"

하나는 단호했다.

"그때 그 감성이 아니면 쓸 수 없는 게 있으니까."

그래서 그 감성이 '조선 퓨전 판타지 BL'이냐.

"작가한테 첫 작품은 자식 같은 거야. 특히 장편은. 내 영혼의 편린이라고."

그렇게 말한 사람은 이제 막 단편영화를 완성해서 여기 저기 영화제에 응모하고 있는 '썽이'였다. 고3 때 같은 반이 었는데 우정인지 썸인지를 계속 왔다 갔다 하는 중이다. 딱히 두근거리지는 않는데 친구보다 편한 사이라고나 할까. 썽이는 내가 의뢰인의 말을 들어 주는 것만큼 자기도 내 말을 들어 주겠다고 했다. 그래서 지금 입 무거운 썽이에게 하나의 사연을 상담하는 거다. 탐정이 의뢰인의 사연을 누설하지 않는 게 원칙이지 의뢰인 딸의 사연을 얘기하는 건 상관없으니까.

"나한테 사건은 그냥 일인데. 나도 이제부터 사건 하나하나를 '영혼의 편린'이라고 여기고 임해야 하나?"

나를 모델로 해서 '재미있고 다정하고 귀엽고 오지랖 넓은 여자 탐정이 알바비 떼어먹는 사장들을 응징한다.'라는 줄거리로 알바로 번 돈을 다 털어 넣어 찍은 썽이의 영화는 탈락, 탈락, 탈락 계속 예선 탈락 중이었다. 혜성같이 나타날 줄 알았더니 유성처럼 추락하고 있다. 나를 모델로 하여 만든 영화가 못 나가니까 어쩐지 내 매력이 부족한 것 같아서 기분이 별로였다. 썽이는 해탈한 자연인이 다 되어 버렸다. 썽이가 허공을 보며 말했다.

"의뢰인은 배신감이 크겠는데. 자식이 돈과 시간을 사기꾼에게 다 날려 먹었으니……."

나는 나름대로 위로했다.

"자식이 다 부모 맘에 꼭 들면 자식이겠냐. 속도 썩이고 기대에 못 미치기도 해야지. 너는 네가 찍은 영화 하나하나가 '영혼의 편린'까진 못 되더라도 자식 같긴 해?"

썽이가 고개를 끄덕였다.

"말 안 듣고 좀 모자란 자식 같긴 하지만 자식은 자식이지."

'만약에'를 물어보는 건 별로 좋아하진 않는데.

"너는 만약에, 진짜 만약에 영화제에서 하나도 수상 못 하면 어떨 거 같아?"

썽이의 시선은 여전히 허공을 향해 있었다.

"가끔 수상에 목맬 때마다 그 생각을 해. 내가 영화를 잘 만들고 싶은 걸까, 아니면 잘나가고 싶은 걸까."

내 시선은 썽이를 향했다.

"나는 잘나가는 유명한 명탐정이 되고 싶은데. 의뢰인이 나를 고르는 게 아니라 내가 의뢰인을 선택하려고."

썽이가 힘주어 말했다.

"나는 잘나가는 유명 감독이 되면 꼭 심사위원을 할 거야. 아무도 표를 주지 않는 영화에 나 혼자 심사평을 써 줘야지. 한 명쯤은 네 작품을 좋아하고 있다고 알려 주려고."

썽이는 추운 날씨에도 속이 답답하다며 아이스 아메리카노를 쭉 들이켰다. 만약 썽이에게도 '심사위원들과 술도 마신다는 컨설턴트'가 붙어서 이렇게 저렇게 수정하라고 딱 붙여서 알려 줬으면 한 번이라도 수상을 했을까. 아니다. 그러다가 하나가 만난 출판사처럼 사기꾼이 들러붙어 썽이의 영화를 평범하게 다듬어 버릴지도 모른다. 아니다. 남들도 다 컨설턴트가 붙으면 모를까, 썽이에게만 컨설턴트가 붙으면 불공정하다. 나도 같이 갑갑해져서 아이스 아메리카노의 얼음을 입 안에서 굴렸다.

며칠 후에 만난 하나는 초조해 보였다.

"출판사에서 19금 신을 더 찐하게 쓰래."

내 눈이 커졌다.

"아직 고등학교도 졸업 안 한 '아기'한테?"

하나는 내 시선은 무시했다.

"왕도 더 처절하게 몰락시켜서 독자들의 욕받이가 되어야 하고, 초반부가 너무 '고구마'니까 애정 신을 초반부에 몰아서 '사이다'를 줘야 한대. 그리고 플랫폼에 광고할 돈도 일부 부담해야 한대."

이러면 살살 달래는 수밖에 없다.

"네가 좋아하는 네가 쓴 웹소설에서 너랑 제일 닮은 인물은 누군데?"

하나가 입술을 물며 비장하게 말했다.

"쟝 휘빈. 사랑 하나 보고 궁에서 뛰쳐나와서 결국 사랑을 쟁취하는데, 얼마나 멋있어. 내가 사력을 다해 쓴 인물이야."

쟝이 하나라면 이리온 뭐시기는 웹소설이고, 둘의 사랑을 방해하다가 둘 다 잃고 거하게 후회하는 왕은 의뢰인이겠구나.

"그럼 너도 너희 부모님이랑 대면해서 부모님 돈을 얼마나 출판사에 사기당했는지 용감하게 말해야지. 작가랑 주인공은 서로 닮아 가는 거 아냐?"

하나가 세차게 고개를 저었다.

"사기 아니라니까. 내가 개작을 잘하지 못하고 있어서 그런 거야."

알아듣게 설명한다고 설명하는데 하나가 알아들을지 모르겠다.

"네가 못하긴 뭘 못해. 네 개성이라는 게 있는데, 출판사에서 다듬을수록 다른 작품들하고 똑같아지고 있는 거, 너도 느끼지? 올려치기 했다가 후려치기 하면서 너 심리적으로 조종하는 거 알면서도 부정하고 싶지? 일단은 다른 출판사에 투고하거나 무료 연재하면서 다른 데서 연락 오기를 기다려 봐. 지금은 몰라도, 몇 년 지나서 보면 왜 안 팔렸는지 보일 거야."

영영 안 보일 수도 있다. 선택받는 입장에서는 늘 비슷비슷한 사람 중에 왜 쟤는 뽑히고 나는 안 뽑혔는지가 궁금한데 대부분 답을 주지 않는다.

탐정 일, 특히 실종, 아니 잠적한 사람 찾는 일은 셜록 홈즈가 하는 것처럼 멋있지 않다. 안락의자 탐정처럼 편안하지도 않다. 낚시꾼이나 밀렵꾼처럼 끈질기게 미행과 잠복을 하면서 목표 인물의 소재지를 찾거나 사건 현장에 다시 돌아오기를 기다리는 게 일이다. 대입 수험생들이 수험 정보를 공유하는 사이트에 가짜 합격 수기를 올리고 답글을 달았다.

이번에 언니가 그 컨설턴트 덕분에 합격했는데요. 저도 올해 그 컨설턴트에게 컨설팅 받고 싶은데 연락처 아시는 분 있으면 저한테 쪽지 주세요. 연락처 바꾸셨는지 아무리 전화나 메일을 보내도 연락이 안 되어서요. 서울 중상위권 대학은 꽉 잡고 계시고, 교수들하고도 연줄이 있으시고, 최신 입시 트렌드와 전통의 내신을 둘 다 놓치지 않는다고. 하셔서 꼭 이분하고 입시 전략 짜고 싶어서요. 지방대 출신이시라는 소문이 있던데, 사실이 아니에요. 제가 졸업증명서 봤거든요. 저희 아빠도 대학 동문이시고.

명예 회복도 시켜 줬고, 광고도 해 줬으니 이제 지루하게 기다리기만 하면 되는데…… 연락이 빨리 왔다. 아무래도 잠적의 원인이었던 지방대 출신이라는 소문을 날려 보내 준 게 먹힌 듯하다.

생각 잘하셨어요. 사실 지금도 좀 늦었지만 지금이라도 전략을 짜서 대비하면 원하는 대학 갈 수 있어요.

* * *

의뢰인과 컨설턴트를 만나러 간 자리에서 컨설턴트는 의뢰인이 말을 꺼내기도 전에 현란한 말발로 나와 의뢰인의 입을 막았다.

"어머님, 자녀분 로스쿨 보낼 거라고 하셨죠? 미래를 내다본 탁월한 계획이십니다. 사업을 하려면 말이야, 아이템을 잘 잡아야 해요. 사람의 보편적 욕망을 공략해야 한단 말이죠. 그게 뭐겠어요? 잘 먹고 잘 사는 거 아냐. 그러려면 직업을 잘 잡아야 하는데, 4차 산업 혁명 시대에 AI가 사람 하는 일 다 해 먹는데, 인사랑 노무 관리할 경영학과 애들을 기업에서 뽑을 일도 없고, 옛날처럼 손기술만 있어도 먹고사는 시대도 아니고, 스타트업은 아무나 하나? 그러면 남는 게 뭐겠어요. 기업에서 어쩌다 한 줌 뽑는 전략기획 부서, 아니면 공무원, 아니면 로비 잘해서 끝까지 살아남을 의사, 변호사, 국회의원이겠지. 돈 많은 부모들이야 자식이 AI가 할 수 없는 예술을 한다고 해도 그래라, 하지만 중산층은 기를 쓰고 이과는 의사, 문과는 변호사를 시켜야 한단 말이죠."

자기 말에 맞장구쳐 주는 사람을 만나서인지 의뢰인이 하소연했다.

"그런데 애가 자꾸 적성에 맞는 과를 가겠다니까, 저는 재수를 시켜서라도 대학 이름 따라가고 싶은데."

아니, 의뢰인님, 아무리 컨설턴트가 말을 화려하게 해도 여기서 고민 상담을 하시면 어떻게 해요. 컨설턴트가 의기

양양해졌다.

"그럼 잘 찾아오셨네. 수험생도 대학이 대체 뭘 보고 뽑는지 모르지만, 대학도 수험생이 진짜 자기소개서대로 살았는지 모르거든. 이 틈새를 메워 주는 게 바로 컨설팅이에요. 그리고 기업이나 사회에서 이 인간이 성실한지 아닌지 모르잖아요? 그걸 알려 주는 게 학벌이에요. 한창 팔팔하고 기운 넘쳐서 놀고 싶은 10대에 꾹 참고 공부해서 좋은 대학 간 애들은 뭐가 되어도 될 애들이란 말이죠. 그러니까 그렇게 학부를 어디 나왔냐 따지는 거예요. 저도 서울에 있는 대학원 나왔지만 그거 누가 쳐 주냔 말이죠. 제가 그게 사무쳐서 사명감 가지고 입시 정보 빠삭하게 꿰면서 뛰는 입시 정책 위에서 나는 컨설팅을 하는 거 아닙니까."

탐정으로서 뒷조사는 벌써 다 해 두었다. 어디서 거짓말이야.

"평생교육원 경영지도자 과정이 대학원은 아니잖아요."

의뢰인이 목소리를 높였다.

"그럴 줄 알았어. 대학에 석사 학위도 다 사기니까 실력이 없죠. 왜 그동안 컨설팅비 꼬박꼬박 받아 드셔 놓고선, 같이 컨설팅받은 다른 애들은 다 합격했는데 얘만 불합격했어요?"

컨설턴트는 이게 무슨 말도 안 되는 소리냐는 말투였다.

"어머님? 전 이 학생 본 적도 없는데요. 그러니까 불합격한 거 아닐까요?"

하나가 급히 끼어들었다.

"엄마, 내가, 사실은……."

쟝 휘빈은 '사약 싸다구'를 맞아도 미남 폭군인 왕에게 멸시를 당해도 다른 양반인지 귀족인지에게 뒷말을 들어도 늘 당당했고 그때마다 이리온 뭐더라가 나타나서 사이다 대사를 날리며 쟝을 구해 줬다. 현실의, 아니 이 세계의 쟝에게는 내가 이리온 어쩌고가 되겠지. 하나는 등짝 스매싱 당할 각오를 하고 컨설턴트가 아닌 '출판사'에 돈을 냈다고 실토했다.

"사실은 그 대학 떨어져서 좋았어. 나군에 보험용으로 넣은 문창과 갈 수 있어서. 공부하다가 몰입해서 다른 세계로 가고 싶을 때 웹소설 읽었어. 용기 있게 하고 싶은 걸 해 나가는 쌘쎈 주인공이 되고 싶고, 쓰고 싶어서 그랬어. 그런데 사기당한 거 같아."

문창과를 가고 싶다니. 합평이 하고 싶었나. '사이다'는 아니지만 내가 나섰다.

"열아홉 살이면 아직 어려. 웹소설 말고도 할 거 많아."

하나가 시무룩하게 대꾸했다.

"웹소설 말고 할 게 대학 가는 거밖에 없잖아."

하나를 살살 달랬다.

"대학 가는 게 어때서."

그러자 하나가 턱을 들고 내 눈을 똑바로 보았다.

"'좋은 대학 가는 나'는 '엄마 아빠가 좋아하는 나'고, '웹소설 쓰는 나'는 '내가 좋아하는 나야.'"

대학 입시 컨설턴트는 자소서 대필이니 하는 게 걸릴까 봐 어쩔 수 없었지만, 출판사는 사기로 고소했다. 출판사에선 바로 돈을 돌려주었다. 하나가 10대라서 이리저리 휘두르기 쉬울 것 같기에 접근했었다는 '진실'과 함께.

썽이는 유튜브에 단편영화를 공개했고, 하나는 무료 연재를 시작했다. 그리고 둘 다 아무 관심을 받지 못하고 있다. 나는 '열 번 의뢰하시면 한 번 공짜. 누구든 무엇이든 찾아 드립니다. 떼인 돈은 못 받아 드려도 사기꾼은 잡아 드립니다. 각종 무술 유단자. 탐정 집안 가업 계승자.'라며 주렁주렁 늘어 가는 스펙을 적은 전단지를 출력하고 있다. 썽이의 영화와 하나의 웹소설을 보면서. 녹기 전에 아이스크림을 씹어 먹으며. 웰컴, 안하나. 이런 20대에 오는 걸 환영해.

돌진, 앞으로!

코난이나 에르퀼 푸아로 같은 명탐정이 가는 곳엔 늘 사건이 따라다닌다. 그게 썽이가 날 따라다니는 이유다.

언론학과 나와서 영화감독이 되겠다던 썽이는 알바한 돈을 다 털어 넣어 완성한 영화가 영화제에서 화려하게 수상……은커녕 예심에서 광속 탈락하고 나서 다른 길을 모색하는 중인데, 그게 바로 인터넷 대안 언론이었다. 언론고시에 연달아 낙방한 선배들과 사건사고 전문 인터넷 매체를 만들었다고 했다.

"사람들은 남의 불행을 스펙터클하게 보고 싶은 니즈가 있으니까."

내가 눈치 없이 물어봤다.

"그거 완전《선데이서울》같은 황색 언론 아냐?"

썽이가 정정해 주었다.

"인터넷 언론계의 「그것이 알고 싶다」지."

정식 언론사의 기자가 아니기에 경찰서에서 '사스마와리'를 돌 수가 없으니 알아서 사건사고를 취재해야 했다. 그런데 다들 모임을 자제하고 재택근무를 해서인지 며칠이 지나도록 사회는 지극히 조용했다. 휴대용 약통 모양의 필박스 모자를 머리 위에 얹었다. 내가 맡을 사건이 '사회악'이 아니라 '사회약'이 되길 바라는 마음으로. 썽이가 한숨을 쉬었다.

"내가 사고를 칠 수도 없고……."

팥빙수를 크게 한입 떠먹으며 얘기했다.

"너 왜 사건이 탐정을 따라다니는 줄 알아? 탐정은 늘 일상 속에서도 수상한 점을 발견해 내거든. 예를 들면 너랑 내가 팥빙수를 먹고 있는 동안 저 맞은편 빌딩을 몇 바퀴째 돌고 있는 흰색 차량이라든지……."

그 순간 굉음이 들렸다. 흰색 차량이 맞은편 건물에 맹렬한 속도로 돌진해서 유리문과 충돌하는 소리였다. 카페 안의 사람들이 벌떡 일어났다.

"119가 몇 번이지?"

썽이가 스마트폰을 손에 든 채로 물었다. 손이 덜덜 떨리고 있었다. 썽이의 손목을 잡고 진정시켰다.

"야, 기자면 사건 현장 촬영부터 해야지. 신고는 다른 사람들이 하고 있으니까."

썽이의 손목을 잡은 채로 사건 현장으로 끌고 나갔다.

"번호판을 보니 렌터카고, 렌터카인 걸 보니 계획적인 것 같고, 운전 미숙이라 보기에는 아까 빌딩 주위를 돌 때 코너링이 좋았고, 퇴근 시간대를 노린 걸 보니 기물 파손보다는 인명 피해를 의도한 것 같고……."

썽이가 현장을 촬영하며 물었다.

"왜 회사 앞 도로로 질주하지 않고 건물로 돌진한 걸까?"

건물 내부를 둘러보았다.

"더 많은 인명 피해를 노린 것 아닐까? 이 건물은 지하도로 전철역과 연결되어 있어서 출퇴근할 때 건물 밖으로 나오지 않으니까."

다행히 깨진 유리문에 놀랐는지 운전자가 더 이상 직진하지 않고 멈춘 덕에 인명 피해는 없었다. 운전자도 말짱한 것 같고. 썽이도 이제 좀 진정된 것 같아서 물어보았다.

"범행 동기는?"

썽이가 곧바로 대답했다.

"'묻지마 살인'이겠지."

이래서 썽이가 아직 노련한 기자가 아닌 거다.

"연쇄살인마가 사이코패스라는 것만큼 성의 없는 설정이 잖아. 사람은 이유 없이 뭔가를 하진 않아. 주로 손 내밀어도 잡아 줄 누군가가 없는 사람이 사고를 치지."

썽이가 그제야 궁금해했다.

"그럼 왜 살인미수를 저지른 걸까?"

내가 다부지게 말했다.

"그걸 이제부터 알아내야지."

썽이는 뭔가를 메모하며 물었다.

"마지막에 멈춘 이유는 뭘까?"

내가 탐정답게 가설을 내놓았다.

"막상 사람을 차로 치려니까 겁이 나서?"

깨진 유리를 밟고 건물 안으로 향했다. 벌써 사람들이 모여서 웅성대고 있었다. 119가 달려오는 사이렌 소리가 들렸다. 누군가 운전자를 알아보았다.

"오승희 선생님 아니야?"

운전자의 이름이 나왔다. '선생님'이란 호칭을 쓰는 직장이 어딜까. 일반 기업은 아니고…… 이 빌딩에 입주한 공공 기관 정도면 될까. 썽이를 돌아보며 손목시계를 가리켰다.

"아까 사고 난 게 몇 시였지?"

"6시 7분."

머릿속으로 계산을 했다.

"6시에 퇴근 카드 찍고 붐비는 시간대에 14층에서 엘리베이터 타고 내려오면 대충 이 시간 되겠다."

씽이가 눈을 동그랗게 떴다.

"그럼 회사 동료들을 노렸단 거야?"

내가 아무렇지도 않게 말했다.

"다른 회사보다는 자기 회사 사람을 미워할 이유가 더 많겠지?"

씽이도 이제 절반은 탐정이 다 되었다.

"그럼 이제부터 평판 수집을 해야겠네?"

이제 척하면 척이다.

"그렇지. 너 기자증은 만들어 뒀지? 이제부터 넌 기자고 난 탐정이야."

119가 오승희 씨를 실어 가고 청소업체 직원들이 1층 로비 바닥의 깨진 유리를 치우는 동안, 나와 씽이는 로비에 모여든 사람들의 표정을 살폈다. 남의 일 보듯이 무심하게 지나치는 사람들 말고 조금이라도 충격 받은 것처럼 보이는 얼굴을 찾았다. 얼굴들 속에서 하나가 눈에 들어왔다. 아까 오승희 선생님을 알아봤던 얼굴이었다.

"오승희 씨 직장 동료 되시죠? 지금 오승희 씨가 대량 인명 살상을 하려 했다는 혐의를 받고 있습니다. 관련해서 몇 가지 여쭤 보려 하는데요."

참고인은 오승희 선생님의 혐의를 부인했다.

"오승희 선생님이 그럴 리가요."

빌딩 1층의 카페는 유리 조각으로 엉망이어서 맞은편의 카페로 가서 또 빙수를 시켰다. 오늘 밤에 배앓이 하겠네. 참고인은 자신을 '강지영 주임'이라고 소개했다.

"승희 선생님은, 아, 여기가 교육부 산하 공공기관이라서 정규직 직원은 주임님, 대리님, 과장님 이렇게 부르고요, 그 외에는 다 '선생님'이라고 불러요. 청소하시는 분도 선생님, 승희 선생님처럼 비정규직으로 일하시는 분도 '선생님'이에요. 오승희 선생님은 계약직인데, 부서원들과 두루두루 친했어요. 특별히 사이 안 좋은 사람은 없어요. 평소에 조용하게 경리 업무 꼼꼼하게 잘하시고요."

옆에 앉아 있던 쎙이가 물었다.

"강 주임님하고도 친했어요?"

강 주임이 신입 시절을 회상했다.

"네. 저는 신입 공채로 들어와서 어리버리할 때 오 선생님 도움 많이 받았어요. 메일 쓰는 방법, 술자리 예절 같은 직장 생활 예절도 오 선생님께 배웠어요. '부장님이 밥 먹으면서 자식 자랑할 때 맞장구쳐 주는 방법' 같은 팁도 오 선생님께 얻었고요."

이번엔 내가 물었다.

"오 선생님도 강 주임님하고 친하다고 생각할까요?"

강 주임은 망설임 없이 답했다.

"그럼요. 팀 회의할 때 오 선생님을 배제하고 하려고 할 때도 제가 오 선생님도 같이 회의하자고 했고요, 회식이나 간식 타임 때도 오 선생님을 꼬박꼬박 불렀고요. 오 선생님은 자기는 뭘 결정할 권한도 없는데 회의 들어가서 뭐 하나면서 회의 시간 내내 아무 말도 안 했지만, 그래도 같은 팀이라면 팀 회의 때 같이 있어야죠."

내가 강 주임 쪽으로 몸을 기울이며 물었다.

"그러면 오 선생님이 원한 가질 만한 사람이 강 주임님은 아니다? 혹시 팀 내에 오 선생님과 사이 나쁜 사람이 있어요?"

답이 바로 튀어나왔다.

"김 차장님이요."

김 차장은 또 누구야.

"김 차장님이 어쨌길래요?"

강 주임은 신나게 김 차장의 악행을 읊었다.

"오 선생님 전에 네 명이 줄줄이 김 차장님 때문에 그만뒀어요. 계약직 직원들한테 사적인 일을 시켰거든요. 아침에 자기보다 일찍 출근해서 자기 책상을 닦아 두라고 하고, 점심시간에 우체국 가서 등기우편 좀 보내고 오라고 하고요. 제일 압권은 송년회 때 뷔페를 갔는데, 각자 접시 들고 다닐 필요가 뭐 있냐면서 저랑 오 선생님한테 뷔페의 모든 음식을 쌓아서 테이블로 가져오라고 한 거였어요. 차장님이랑 다른 사람들은 자리에 앉아서 저랑 오 선생님이 가져온 음식 먹으면 되니까 편했겠지만 저희는 바지런히 음식 나르느라 거의 굶다시피 했거든요. 먹는 얘기 나오니까 하는 말인데, 차장님은 점심시간마다 항상 부장님이 좋아하시는 탕, 국, 찌개가 나오는 노포를 갔어요. 그런 식당들은 예약을 안 받으니까 오 선생님이 10분 전에 미리 가서 자리 맡아 놓고 앉아 있게 하고요. 그런 데는 주로 신발 벗고 앉으니까 밥 다 먹고 나오기 전에 얼른 부장님 신발을 신기 편하게 돌려 놓고 구두 주걱도 챙겨 드리고요. 의전은 정말 끝내줬어요."

김 차장은 면담을 거부하다가 쌩이가 기자증을 내밀자 홍보실에 물어보고 인터뷰를 하겠다고 했다. 내가 가짜 형사 신분증을 내보이고 나서야 '오프 더 레코드'를 전제로 인터뷰에 응했다. 김 차장은 아이스 아메리카노, 나와 쌩이는 따뜻한 아메리카노를 주문했다.

"내가 원래는 대기업 출신인데, 여기가 승진이 널널할 거 같아서 왔어요. 대기업은 승진 경쟁이 치열하거든. 그런데 여기는 아직도 체계가 없어, 체계가. 내가 대기업 있을 적에는 임원 후보군에 있던 사람인데 빨리 승진하려고 여기 왔더니 엑셀도 하나 제대로 못 하고 보고용 PPT도 후지게 만드는 이상한 사람들만 승진시키고 말이야."

회사 밖 사람을 만나자마자 신세 한탄이다. 나와 썽이는 강 주임이 했던 얘기를 떠올렸다.

"차장님은 자기가 왜 팀장 못 다는지 몰라요. 계약직이 줄줄이 그만두니까 인사팀에서 계약직들한테 왜 그만두는지 물어봤대요. 그리고 오 선생님한테도 물어보고요. 오 선생님을 회의에도 안 끼워 주고 간식타임에서 뺀 사람이 차장님이거든요. 자기가 보고 자료 더 잘 만든다고 은근히 팀장님 무시하고요. 인사팀 입장이 이해가 가요. 팀원들 매니징 못하는 사람을 어떻게 팀장으로 앉히겠어요?"

그게 이런 거였구나. 김 차장의 본론으로 들어갔다.

"오 선생님하고는 혹시 안 좋은 일 없으셨어요?"

"오 선생한테 내가 엑셀 다 가르쳐 줬지. 회사 일 하겠다면서 엑셀도 제대로 안 배우고 들어와서는…… 지나가는 사람들이 내가 화내는 줄 알았다는데 내가 원래 말투가 그래요. 그거 가지고 꽁해 있으면 안 되지."

나도 엑셀은 브이룩업(vlookup) 함수까지만 아는데. 썽이가 추궁했다.

"오 선생님한테 사적인 일을 시키셨다면서요?"

김 차장은 아무렇지도 않게 답했다.

"원래 높은 사람일수록 회사에서 중요한 결정 내리는 데 신경 쓰라고 다른 일은 비서나 아랫사람이 해 주는 거예요. 왜, 오 선생이 자기한테 잔심부름 시켰다고 뭐라 그랬어요?"

카페 테이블을 흘긋 보며 물었다.

"출근 전에 책상 닦는 건 왜 시키셨어요?"

김 차장이 어린애 가르치는 투로 말했다.

"원래 높은 사람이 출근해서 바로 일할 수 있게 준비해 주는 게 신입이나 계약직 일이에요. 오 선생이 그거 가지고 불평했어요?"

그거 직장 갑질 아닌가.

"오 선생님은 아직 안 만나 봤고요. 책상 위에 중요한 문서는 없었나 봐요?"

"문서는 퇴근 전에 서랍 속에 넣고 시건해야지. 그게 기본이야."

이제 대놓고 어린애 취급이다.

나는 김 차장의 만행을 하나 더 꺼냈다.

"오 선생님이랑 강 주임님이 뷔페 갔을 때 음식 배달하느라 굶은 건은요?"

차장이 식은 커피를 한입에 털어 넣었다.

"한두 사람만 왔다 갔다 하면 모두가 편하니까 시켰지.

알아서 요령껏 먹어야지 누가 굶으랬어요?"

김 차장이 가자마자 머리를 절레절레 흔들었다.

"와, 내가 오 선생님이었으면 침 묻혀서 책상 닦고 뷔페에
서도 음식에 침 뱉어서 가져왔을 거야."

썽이가 말을 받았다.

"네가 알파카야? 침 뱉어도 귀엽게?"

나도 농담 비슷한 걸 했다.

"그럼 앞으로 네 커피에 침 뱉어도 되니."

썽이가 웃음을 머금었다.

"그거 간접키스 같은 거야?"

내가 톡 쏘아붙였다.

"네 나이가 몇 살인데 그런 유치한 소릴 하고 있어."

다음으로 만난 사람은 허 팀장이었다. 사람 좋아 보이는
인상대로 시원시원하게 얘기해 주었다. 허 팀장은 아이스
아메리카노, 나와 썽이는 차가운 허브티를 마셨다. 대체 오
늘 몇 잔째 마시는 건지.

"오 선생이 원래는 성실했는데, 요새는 좀 마음을 못 잡
고 있긴 했어요. 그런데 이런 사고를 칠지는 몰랐네."

뭐라도 나올까 싶어 귀를 쫑긋 세우고 물었다.

"오 선생님이 어땠는데요?"

허 팀장이 아이스 아메리카노를 쭉 한입에 들이켰다.

"무기계약직을 정규직화한다는 논의가 있었어요. 오 선생이 원래 꼼꼼한데, 마음이 붕 떠서 그런지 실수가 잦아지더라고. 처음에는 출근하고 업무 시작 전까지, 점심시간에 공기업 입사시험 문제집 갖다 풀다가 나중에는 업무 시간 중에도 슬쩍슬쩍 문제집 풀고. 그래서 따끔하게 한마디 했어요."

허 팀장은 얼음을 와그작 씹어 먹으며 말했다.

"사내에서 정규직 사원들이랑 똑같은 시험 보게 해서 점수대로 자른다, 팀 내 다면평가로 뽑는다, 면접시험을 본다 말이 많았는데, 결론적으로 없던 일이 되었어요. 정규직이랑 외부의 반대가 심하더라고. 오 선생이 상심이 컸을 거예요. 그러니 운전하다가 정신줄 놓고선 액셀 밟았겠지."

다시 강 주임을 만났다.

"저야 오 선생님이 잘되면 좋죠. 오 선생님이랑 친하니까. 그런데 제 동기들은 아니었나 봐요. 계약직 선생님들 경력 인정되면 어제까지 '누구누구 선생님'이라고 부르던 분들을 '대리님'이라고 불러야 하니까 싫다고 했어요. 우리는 시험 보고 들어왔는데, 누구는 편하게 알바천국 통해 들어와서 무기계약직으로 눌러앉았다가 면접이나 다면평가 같은 요식 행위 거쳐서 정규직 되면 불공정하다고 막 그랬어요. 정규직 전환 얘기 나온 후부터 다른 팀은 정규직이랑 비정규직이랑 인사도 제대로 안 하고 계약직을 '따시키는' 경우도 있었나 봐요. 아, 그리고……."

강 주임이 잊어버리기 전에 이야기한다는 투로 말했다.

"부장님이요. 회식하면 2차로 노래방을 가는데, 끈적한 트로트를 부르면서 오 선생님 허리를 끌어안고 블루스를 췄어요. 남녀 할 거 없이 블루스를 추긴 했는데 남자 직원들하고는 추는 흉내만 내고 넘어가고 여직원들은 꽉 붙잡고 췄어요. 다른 사람들하고는 짧게 추고 오 선생님하고 오래 췄어요. 오 선생님이 싫은 티 내면서 엉거주춤하게 빠져나오려고 해도 붙잡았어요. 좀 더 취한 날엔 뽀뽀하려고도 했고요. 오죽하면 제가 화장실 다녀오겠다면서 빠져나와서는 카운터에 가서 '다음에도 여기로 올 테니까 제발 추가 시간 넣지 말아 주세요.' 하고 부탁을 했겠어요."

1차에서 취했으면 곱게 집에 들어가야지 노래방엔 왜 가냐. 블루스를 가장한 추행까지, 우웩이다, 우웩. 부장은 너무나도 말짱하고 사람 좋아 보이는 웃음으로 나와 썽이를 만나 주었다.

"아, 그거 그냥 주사예요, 술주정. 오 선생하고만 춘 게 아니라 남자 직원들하고도 췄어요. 취하면 아무나 잡고 춤추는 버릇이 있어서."

이게 말이야 뭐야. 부장에게 따져 물었다.

"남자 직원들하고 추는 건 알리바이 아니에요? 남자 직원들하고는 대충 추는 흉내만 내고 넘긴 다음에 여직원들하고는 본격적으로 추는 거죠. 그것도 만만한 오 선생님한테 주로 지분거렸다면서요. 오 선생님이 인사 부서에 성추행을 고발해 봤자 아무 일 없었던 듯 조용히 넘어갈 게 뻔하니까."

부장의 얼굴에서 웃음이 걷혔다.

"왜, 오 선생이 '미투'라도 하겠대요?"

나는 부장에게 경고했다.

"'미투'가 무서우시면 앞으로 회식은 1차만 하세요. 성추행인 거 알면 하지 마시고."

이제 오승희 선생님을 만날 때였다. 응급실에 있는 오 선생님은 허탈을 넘어 해탈한 얼굴이었다.

"오승희 선생님."

오승희 선생님은 내 시선을 피했다.

"회사 밖에서는 '선생님'이라고 부르지 마세요. 교사도 아닌데 선생님은 무슨 선생님."

그럼 이건 어떨까.

"오승희 님."

오승희 '님'은 거부하지 않았다. 그래, 이걸로 가자.

"오승희 님, 왜 그러셨어요?"

오승희 님이 천장을 보며 말했다.

"다 죽이고 나도 죽고 싶어서요."

나도 같이 천장을 보았다.

"에이, 그렇게 맘 약해서 개미 한 마리라도 죽이겠어요? 막판에 브레이크는 왜 밟으셨어요?"

오승희 님이 이불보를 꼭 쥐었다.

"막상 하려니까 겁이 나서……."

오승희 님의 손을 잡았다.

"잘하셨어요. 인명 피해 났으면 유리 조각 쓸어 담는 정도의 수고로는 수습이 안 되었을 거예요."

오승희 님이 나를 보았다.

"보험사에서 나오셨어요?"

필박스햇을 고쳐 썼다.

"아뇨, 탐정인데요."

오승희 님이 경계심 가득한 얼굴로 물었다.

"누구 의뢰받고 오셨어요?"

'자칭 인터넷 언론계의 「그것이 알고 싶다」 기자에게 사건 물어다 주려고.'라고 할 수는 없었다.

"지나가다 봤더니 이 사건에 뭔가 사연이 있을 것 같아서요."

오승희 님이 잡힌 손을 뺐다.

"사연 없어요. 그냥 급발진으로 처리해 주세요."

급하게 물었다.

"다 죽이고 싶었다면서요?"

오승희 님이 격정적으로 말을 쏟아 냈다.

"억울해서요. 정규직 입사한 애들만 노력한 거 아니잖아요. 걔네가 업무에 쓸모도 없는 한국사 능력 검정 시험 보고 있을 때 저는 사무실에서 구르고 있었어요. 걔네가 집에서 돈 받아서 시험 공부할 때 저는 일해서 집에다가 돈 보태 주고 있었어요. 뽑아서 바로 쓸 수 있는 사람은 시험 공부만 하던 애들이 아니라 저처럼 여기서 업무 보조하던 사람이라고요. 아무리 오래 일해 봤자 승진도 연봉 인상도 안 되는 무기계약직으로 지내다가 정규직이 될 기회가 왔는데 그걸 안팎의 여론 때문에 날렸다고 생각해 보세요. 희망이 눈앞에서 사라진 기분 아세요?"

그 기분, 알긴 안다.

"보통은 그걸 상상만 하죠. 실현하진 않아요."

승희 님이 허탈하게 웃었다.

"제가 빌딩 앞에서 1인 시위 하는 것보다 차 한번 몰아 주는 게 더 효과적일 것 같았어요. 아니, 사실은 '나만 망할 수 없다'였어요. 그런데 아무도 제 속마음을 모르겠죠?"

다시 승희 님의 손을 잡았다. 이번에는 손을 빼지 않았다.

"그게 뭐였는데요?"

승희 님은 허탈한 웃음을 섞어 말했다.

"정규직화 반대하는 주임급들 쓸어버리고, 회의나 회식에서 절 따돌리는 인재육성부 부서원들도 받아 버리려고 했어요. 지들은 평생 정규직으로 살 거라고 생각하나 봐요. 당장 정년 퇴직하고 나면 경비원이 되건 청소를 하건 비정규직밖에 할 게 없는데."

"그런 인간들 받아 버리는 상상만 해도 통쾌하죠?"

승희 님이 얼굴을 찡그리며 웃었다.

* * *

'사고'는 '운전 미숙으로 인한 급발진'으로 처리되었다. 나와 썽이는 번갈아 가면서 빌딩 앞에서 1인 시위를 했다. 비정규직을 정규직화하라고. 승희 님은 출퇴근할 때마다 나나 썽이를 마주쳤다. 어떤 날은 못 본 척 지나갔고 어떤 날은 입 모양으로 '파이팅'을 속삭이기도 했고 어떤 날은 커피를 사다 주기도 했다. 어느 날은 썽이가 툴툴거렸다.

"우리가 이럴 처지는 아니지 않아? 승희 님 한 달 월급이 우리 한 달 벌이보다 많은데."

내가 알려 주었다.

"이게 '연대'라는 거야."

씽이가 여전히 이해되지 않는다는 얼굴로 말했다.

"그냥 벌서는 것 같은데."

씽이는 기사의 톤을 못 잡고 헤매고 있었다. 자극적으로 쓰자면 '공공기관 비정규직 직원의 묻지마 살인미수 사건'이었지만 사실은 '직장 내 갑질과 따돌림에 시달리던 비정규직의 정규직화를 요구하는 시위'에 더 가까웠으니까. 씽이는 승희 님을 인터뷰했다.

"정규직이 되면 뭐 하고 싶었어요?"

승희 님이 오랜 생각을 차근차근 털어놓았다.

"일단 월급이 많아지니까 저축을 늘리고요, 명함도 파고, 밖에 나가서 떳떳하게 나 어느 공공기관 직원이라고 말할 수 있고요, 이제 업무 보조가 아니라 '내 일'이 있을 테니까 일도 더 열심히 하고요. 인생이 안정적이 되니까 주택 마련 같은 장래 계획을 장기간으로 짤 수 있고요. 그런데 그 모든 게 사라졌어요."

나는? 나는 '탐정'이란 명찰을 달고 뭘 하고 싶지? 일단 사건을 맡고, 의뢰인과 주변을 들쑤시고 다니고, 의뢰인의 얘기를 들어 주고…… 언제 본격 하드보일드 누아르 탐정이 될 수 있을까? 사실 이번에야말로 '대규모 인명 피해를 의도한 사이코패스의 질주'를 막을 기회라고 생각했는데 승희 님은 너무나 평범했고 범행 동기는 범상했다.

썽이는 아직도 두 개의 기사를 두고 고민 중이었다. 자극적으로, 승희 님을 대량 살상을 계획한 사이코패스로 만들어 놓은 기사와, 정규직이 될 희망이 사라져서 절망 끝에 '시위'를 하려고 했던 '투사'로 쓴 기사를 두고. 조회 수가 잘 나올 건 당연히 전자였다. 썽이가 자해흔이 남은 왼쪽 손목을 만지작거렸다.

"이번에마저 실패하면 영영 백수가 될지도 몰라."

내가 정리해 줬다.

"백수냐 기레기냐 둘 중에 하나인 거지?"

썽이가 중얼거렸다.

"기레기……까지는 아니야."

생과일주스를 쭉 마시며 썽이가 한탄했다.

"승희 님은 그래도 매일 출근할 직장이라도 있지 나랑 너는 그런 것도 없고."

썽이의 왼쪽 손목을 잡았다.

"그래도 이번 사건에서 얻은 게 있지 않아? 누구에게나 각자의 사연이 있다는 거."

썽이는 특집 기획 기사를 썼다. 공공기관 비정규직 실태와 비정규직의 정규직화 과정에서 벌어지는 일들, 찬반 각자의 입장, 그리고 정규직화가 물 건너가면서 희망을 잃은 모 씨가 직장 내 대량 살상을 계획하고 퇴근길에 렌터카로 건물 로비로 돌진했던 이야기. 신생 매체에서 다루기에는 무겁고 긴 기사였다. 썽이는 SNS에서 화제가 될 거라고 했지만…… 놀랍도록 반응이 없었다. 썽이의 선배가 기사를 고쳐 썼다. 차량이 건물로 돌진하는 동영상을 구해서 넣고 김 차장의 악행을 과장되게 열거했다. 승희 씨의 '범행'은 직장 내 사이코인 김 차장의 갑질에 이성을 놓아 버리고 저지른 '묻지마 살인미수'가 되었다.

나는 여전히 창밖을 내다보며 '일상 속의 수상한 것'을 찾는다. 일거리를 찾는다는 말이다. 관찰력과 직감을 총동원해서 사건을 발견하려고 한다. 언젠가는 '사이코패스처럼 보이지만 사연 있는 연쇄살인마'를 잡는 본격 하드보일드 누아르 탐정이 되기 위해.

내게 우주선을 찾아 줘요

"나는요, 외계인이에요. 인류학자 같은 거예요. 회사 인간들 생태를 조사하려고 우주연방에서 출장 나왔어요."

모텔에서, 술 취한 사람에게서, 진지하게 들을 말은 아니었다.

"날 생체 실험 하려고 하길래 나왔어요."

새벽 한 시에 듣기에는 꿈 같은 소리였다.

한 시간 전에 보블햇을 쓰고 시내 중심가에서 '누구든 무엇이든 찾아 드리는 실종탐정' 명함을 돌리다가 싸한 장면을 목격했다. 덜 취한 남자가 더 취한 여자와 택시에 같이 타는 중이었는데, 여자는 괜찮다고 하고 남자는 설득하고 택시 기사는 짜증을 내고 있었다. 여자와 남자가 결국 함께 택시에 타자마자 뒤에 있던 택시를 잡아 차량 추격

전을…… 펼쳤으면 좋겠지만 교통신호 다 지켜 가며 미행을…… 아니 대놓고 따라갔더니 이 모텔이었다.

"박 대리님이 집이 같은 방향이라고 가는 길에 내려 준다고 했는데, 생각해 보니 반대 방향이었어요. 그래서 중간에 내리려고 했는데…… 좀 쉬었다 가자고…… 잠깐 술만 깨고 가자고 그랬는데……. 나 이제 집에 어떻게 가요?"

내가 탐정이지 '주취자 안심 귀가 서비스'냐고 하려고 했지만, 술 취한 사람은 신원미상자인 척 파출소 의자에 갖다 놓으면 제일 안전한데 모텔로 데려온 걸 보면 뻔하고, 의뢰도 돈도 안 받았는데 괜히 남의 일에 나대는 거 아닐까 싶어 한참 고민했다가 기왕 여기까지 따라온 거, 혹시 무슨 일 생기지나 않는지나 보고 가야 양심의 가책을 덜 느낄 것 같아서 모텔 문을 두드렸더니 열어 준 여자가 지금 나한테 술주정하는 바로 이 사람이었다.

"나를 사랑으로 채워 줘요~ 사랑의 박 대리가 다 됐나 봐요오~!"

박 대리는 샤워하면서 구성지게 트로트를 부르고 있었고 여자, 즉 강 주임은 '선녀와 나무꾼'의 후예답게 화장실 문밖에 팽개쳐진 박 대리의 옷을 속옷만 남기고 다 챙기고 있었다. 술기운에 자꾸 다리가 풀리는 강 주임을 내가 부축해서 나왔더니 한다는 소리가 외계인 타령이었다.

"내가, 초능력이 있거든요. 딱 보면, 속마음을 딱 알아챈단 말이죠."

강 주임, 다시 말해 강혜라 씨는 박 대리의 옷 주머니를 샅샅이 뒤지다가 "아, 없네."라고 조그맣게 혼잣말을 했다.

"도청기가 없어요. 가방 속에 있나 봐요. 다시 가 봐야 해요."

외계인에 이어 도청 장치라니, 이쯤 되면 양쪽 말을 다 들어 봐야 하지 않을까.

강혜라 씨를 따라 다시 방으로 올라가니 속옷만 입은 박 대리, 박문환 씨가 얼른 이불로 몸을 가렸다. 외계인 어쩌고 할 때는 언제고 강혜라 씨는 고개만 숙인 채 멀뚱멀뚱 아무 말도 못 하고 있길래 내가 나섰다.

"잠시 스마트폰 검사가 있겠습니다."

이불을 살짝 내린 박문환 씨가 나를 위아래로 훑어보았다.

"누구……신데요?"

박 대리의 눈길을 무시하고 내 할 말만 했다.

"그쪽 팀장님이 보내서 왔는데요. 두 사람 집이 반대 방향인데 왜 택시 한 대로 같이 가느냐고. 술김에 집 방향 착각한 거 같으니까 둘 다 '무사히' 집에 들어가는지 확인해 달라고요. 옷 돌려받고 모텔에서 탈출해 내일 출근하고 싶으시면 폰 내놓으세요."

박문환 씨가 갸웃거렸다.

"팀장님이요? 그러실 분 아닌데."

팀장보다 높은 부장이나 실장이나 본부장을 댈걸 그랬나.

"확실하게 하라고 지갑도 털어 주시던데요."

그러게, 나도 돈이라도 받고 이러고 있었으면 좋겠다. 박 대리가 이제 대놓고 성질을 부렸다.

"남의 사생활이 담긴 스마트폰을 왜 그쪽에서 달라고 해요? 옷부터 내놓으세요."

나도 쫄지 않고 맞대꾸를 했다.

"떳떳하면 스마트폰부터 주시면 되잖아요. 전 팀장님이 시키는 대로만 하는 거예요. 팀장님이 나중에 회사 시끄러워질 일 없게 해 달랬어요."

보블햇을 눌러 쓰고 박 대리의 말은 안 들리는 척 내 말만 반복했더니, 추운 겨울날 팬티만 입고 밤거리를 달려 집에 가긴 싫었는지 스마트폰을 내밀었다. 나무꾼의 스마트폰에는 취해서 침대에 널브러진 강혜라 씨의 사진 몇 장과 녹음 파일이 있었다. 녹음 파일을 재생했다.

"강 주임님이 동의해서 모텔까지 같이 들어온 거예요, 그쵸?"

"으……응……."

"우리 둘이 합의하에 오늘 밤 같이 보내는 거죠? 나중에 말 바꾸기 없기예요?"

"으응······."

이거 완전 계획범죄잖아. 합의하에 관계했다고 증거를 남겨 두려고 했나 본데. 박문환이 샤워하러 간 사이에 강혜라 씨가 술이 깨지 않았으면, 내가 따라오지 않았으면 아찔할 뻔했다. 녹음 파일을 듣고 난 박문환 씨는 기세등등했다.

"평소에 강 주임하고 호감이 있었다고요. 사내 연애 좀 할 수도 있는 거지. 왜 오버해요?"

강혜라 씨는 말이 없었다. 내가 목소리에 힘을 줘서 말했다.

"취해서 의식 없는 사람한테 이러는 건 로맨스 아니고 준강간이라고요."

박문환 씨가 침대에서 발을 구르며 큰소리쳤다.

"이거 강 주임님 목소리 맞잖아요? 안 그래요? 분명히 응, 응거리고 있잖아요."

나도 박문환 씨에게 지지 않고 세게 말했다.

"이게 어떻게 동의하는 말이에요. 만취해서 아무렇게나 지껄이는 소리지. 직장 '동료'한테 이러고 싶어요?"

박문환 씨는 끝까지 혐의를 부인했다.

"장난으로 자는 모습 찍은 거예요. 놀려 먹으려고. 만취는 무슨 만취, 의식 다 있었는데."

내가 대못을 땅땅 박았다.

"놀려 먹는다고요? 약점 잡으려고 한 거겠죠. 클라우드에 자동으로 올라간 것까지 싹 지워요. 그래야 옷 돌려줄 거니까."

박문환 씨가 분명히 입 모양으로 욕한 것 같은데 그건 넘어가기로 했다. 박문환 씨가 사진과 녹음 파일을 삭제하고 옷을 대충 꿰어 입은 후 서로 내일 보자고 무난한 인사까지 하고 나가고 나서야 강혜라 씨가 침대에 엎어졌다.

"나 되게 바보 같죠? 남녀가 모텔에 가면 뻔한 건데 내 발로 따라오고……."

나는 강혜라 씨를 흔들어 깨웠다.

"집이 어디예요? 일단 집에 들어가시죠."

강혜라 씨가 꼬인 혀로 계속 말했다.

"근데 말이에요, 자기가 이상한 사람으로 보이느냐고, 우리 아무것도 아닌 직장 동료 사이 아니냐고 하는데, 자기는 그런 사람 아니라고 하는데, 안 믿는다고 해서 상황을 곤란하게 만들고 싶지 않았어요. 오늘 내가 막 화내면, 내일 얼굴 보기 어색해질까 봐 거부를 못 했어요. 나는 못 나가는 외계인이고 걔는 잘나가는 지구인인데, 걔가 앙심 품고 안 도와주고 틱틱대면 난 일 못 하거든요."

강혜라 씨 옆에 누웠다. 혜라 씨가 보블햇에 달린 폼폼을 슬라임 만지듯이 만지작거리며 이야기를 시작했다. 그래, 그거 만져서 마음이 안정된다면 마음껏 주물주물하셔야지요. 오늘 밤은 취객 술주정 들어 주다가 새우겠구나. 숙박비는 박 대리가 냈겠지.

"우리 회사가요, 우주 산업을 해요. 우주선을 발사한대요. 아직 극비예요. 외부에 알려지면 주가 폭락할 테니까. 생뚱맞게 우주 산업을 하는 이유는 회사 내부 임직원들도 잘 몰라요. 1번, 누가 회장님한테 「아이언맨」을 보여 줬다. 2번, 선대 회장님의 첫사랑이 70년마다 돌아오는 혜성을 타고 오는 외계인 소녀인데 죽기 전에 이 외계인과 다시 만나고 싶어 한다. 3번, 우주 산업은 사실 페이크고 자금 세탁이 목적이다. 뭐가 정답 같아요?"

처음엔 인류학자 같은 거라더니 이제는 산업 스파이 같은 건가. 심드렁하게 답을 했다.

"다 오답 같은데요."

강혜라 씨가 계속 폼폼을 만지작거렸다. 이러다 폼폼 떨어지겠다.

"그쵸? 나도 이게 다 거짓말 같아요. 우리 팀은요, 우주 사업을 하는 팀은 아니고, 우주 사업 지원팀이에요. '지원' 업무가 얼마나 거지 같냐면요. 사업 부서가 요리를 한다면, 지원 부서는 장 보고 설거지하는 거예요. 먹는 사람들이야 요리한 셰프만 칭찬하지, 장 보고 설거지한 사람은 못하면

욕먹고 잘해도 티 안 나고 안 보이잖아요. 그러니까 위에서
는 맨날 너네 팀은 뭐 하냐, 하고요. 우리 팀장 새끼는 이번
에 처음 팀장 달았거든요. 그러니까 위에다가 성과를 보고
하기 좋은 일만 하고 다른 일은 제쳐 두고, 맨날 PPT 만드
느라 날 새우죠. 팀장이 PPT 만드는 기술 하나는 끝내주거
든요. 위에서는 PPT가 간지 나면 일 잘하는 줄 알아요. 팀
장은 간절하게 지원 부서 탈출하는 거 원하는데, 안 될 거
예요, 아마. 팀장이랑 대리랑 과장이랑 야근하다가 나만 빼
놓고 회사 옥상 올라가서 담배 피우는 척하면서 자기들끼
리만 밤하늘 보면서 별구경 하는데 우주선의 '우' 자도 안
보이거든요."

취한 사람 말은 적당히 맞춰 주는 게 예의다.

"어쩌다 그런 외계인 소굴로 들어간 거예요?"

혜라 씨가 진지하게 말했다.

"내 임무는 일을 못해서 우주선 발사를 방해하는 거예
요. 그러기 위해 이전 팀에서 방출당했어요. 거기 사람들이
내가 외계인이란 걸 알아 버렸어요."

스케일은 우주적인데 하는 일은 사무실 내 사보타주다.

"어느 날부턴가, PPT 장표를 보는데, 정말 말 그대로 글자
만 읽히는 거예요. 내용은 하나도 이해가 안 가고. 단어도
생각이 안 나서 메일 쓸 때 문장 하나 쓰면서 사전을 세 번

씩이나 찾아보고. 그러니 이전에 있던 팀에서는 내가 지구 문서를 해독하질 못한다고 내쫓아 버리고, 지금 팀에선 막 내가 필요해서 냉큼 받았는데 일을 못하니까 아무 일도 안 주고 업무에서 배제하고 자꾸 내 몸을 희미하게 만들고 있어요. 내가 이상한 게 아니에요. 회사 내부의 메일이랑 문서가 다 지구인들 말이라서 하나도 못 알아먹겠단 말이야."

취한 사람에게 장단을 맞춰 주기로 했다.

"병원엔, 아니 지구인 치료 센터에는 가 봤어요?"

혜라 씨가 폼폼을 놓고 아까보단 덜 꼬인 혀로 이야기했다.

"우울증이 심하면 인지기능이 떨어진대요. 한마디로 머리가 나빠진다는 거죠. 아닌데. 지구 문자를 아직 해독 못해서 그런 건데. 우리 별에서 지구의 신호를 해석하기만 하면, 다 괜찮아질 텐데. 병원에서 술 마시면 불안해진다고, 술 마시지 말랬는데. 그런데 오늘 팀장이 지가 먼저 폭탄주 말아먹고 취해서 나한테 그러는 거예요. 자기가 좋아서 마시는 줄 아냐고. 윗사람이 먼저 좀 흐트러져 줘야 아랫사람도 편하게 다가올 수 있으니까 이러는 거라고. 회사 생활할 때 일하는 것도 중요하지만 인간관계도 중요하다고. 그러는데 어떻게 안 마셔요. 그렇게 마시다가 이 꼴 났죠."

혜라 씨는 갑자기 일어나서 서성거렸다.

"누우면 안 되는데. 누우면 못 일어나는데. 아침에 일어나서 씻고 꾸역꾸역 아침 먹고 전철 타고 회사 가서 앉으면 이미 너무 피곤해서 아무 일도 못 하겠는데, 지구인은 외계인의 생체리듬 같은 거 모르니까 자꾸 내가 게을러서 일을 안 한다고 해요. 나는 내가 출근해서 앉아 있다가 퇴근하는 것만으로도 기특한데. 어떻게 다들 일을 그렇게 잘할 수 있는 걸까요?"

그거야 지구의 중력이 혜라 씨한테만 너무 강하니까. 혜라 씨가 내 눈을 똑바로 보면서 울 듯 말 듯한 얼굴로 물어보았다.

"만약에 나도 지구인이었다면, 일을 잘하니 업무상 판단도 척척 내릴 수 있어서 뭔가를 할 때마다 박 대리한테 물어보지 않아도 되면, 여기까지 안 따라왔을까요? 박 대리가 나를 만만하게 보지 않았을까요? 일이 무섭지 않으면, 사람도 무섭지 않을까요? 나는 박 대리도 과장도 팀장도 부장도 다 무서워요. 다들 나를 한심하고 무능한 지구인으로 볼 거 같아요. 나도 얼른 감염되어서 지구인이 되고 싶은데. 왜냐면 회사에서 원하는 건 일 잘하는 지구인이지 일하려고 할 때마다 벌벌 떨면서 양서류처럼 손이 축축해지는 외계인이 아니거든요."

혜라 씨의 이야기에 맞춰 혜라 씨를 달랬다.

"박 대리는 어떻게든 강혜라 씨를 여기로 데려왔을걸요.

외계행성 정복을 꿈꾸는 악당 지구인이라서. 그런 새끼는 바지 입다 넘어져서 코가 깨지고 출근길에 옷에다 설사해야 하는데."

회사나 경찰에 박 대리를 신고할 순 없을 거다. '증거'도 없애버렸고, '증거'가 있다 해도 미수에 그쳤고, 팀장 입장에선 부당하더라도 일 잘하는 박 대리를 붙잡고 싶지 방출하고 싶진 않을 테니까. 오히려 스캔들이 나서 강 주임이 제 발로 '방출'되어 준다면 더 좋아할지도 모르겠다. 혜라 씨가 초조한지 방 안을 서성였다.

"회사 사람들이 내가 외계인인 거 알고 있는지도 몰라요. 그러면 내 손으로 사직서 쓰고 나와야겠죠. 지금도 중요한 회의에는 나 안 끼워 주는데. 업무 분장할 때마다 곤혹스러워하면서 나한테는 성과 안 나올 게 뻔한 잡다한 업무만 맡기는데. 다들 야근하면서, 내가 뭐 할 일 있냐고 물어보면 '없어, 놀아.' 하는데."

나는 침대에 앉은 채로 물었다.

"본부에서는, 그 우주연방에서는 보호 안 해 줘요?"

혜라 씨가 울먹거렸다. 취하면 우는 버릇이 있나.

"그러게요. 본부에서도 자꾸 업무 보고하라고 할 때마다 숨이 막히는데. 나도 내가 아무것도 못하고 바보 같은 게 너무 싫은데……"

혜라 씨가 자기 머리를 흩트렸다.

"밤이 영원히 끝나지 않았으면 좋겠어요. 아침이 오면 출근해야 하니까. 출근해서 박 대리 봐야 하니까."

사무실에선 박 대리도 강 주임도 서로 아무 일 없었던 듯 자연스럽게 인사하고 일할 것이다. 혜라 씨가 다짐하듯 말했다.

"집에 가야죠. 이틀 연속 같은 옷 입고 있으면 외박한 줄 알 테니까."

* * *

로비에 내려가니 대학생쯤 되어 보이는 커플이 손을 잡고 엘리베이터 앞에 서 있었다. 둘 다 긴장한 표정이었지만 여자의 얼굴에는 심란함과 두려움과 애써 자신을 다독이는 감정이 섞여 있었다. 탐정이나 외계인 요원이나 관찰력과 연기력이 뛰어나야 하는 법이다. 가만히 여자애의 얼굴을 보던 혜라 씨가 갑자기 표정을 바꾸었다. 역시 눈치 볼일 많은 사람이 눈치가 빠르다.

"너 여기서 볼 줄은 몰랐는데! 진짜 오랜만이다! 나 기억하지? 혜라는 잘 지낸대? 문환이는? 이렇게 만났는데 10분만 시간 좀 내줘라. 너한테 물어보고 싶은 애들이 많아서 그래."

나도 장단을 맞춰 반가운 척을 했다.

"아직 아침 되려면 시간 많이 남았고, 생각보다 금방 끝나. 남자친구분, 저희가 진짜 반가워서 그러는데, 먼저 방에 올라가 계시면 안 될까요? 저희가 좀 할 얘기가 있어서요."

"누군데? 왜 내가 모르는 사람들이야?"

남자의 퉁명스러운 목소리와 우리의 호들갑스러움 사이에서 여자는 우리 쪽으로 한 걸음 다가왔다.

"……교회 언니들."

남자가 여자의 손을 잡아끌었다.

"너 나랑 교회 같이 다니잖아. 무슨 소리 하는 거야?"

여자가 되는 대로 거짓말을 해 댔다.

"그 교회 말고 전에 다녔던 교회."

남자가 의아한 말투로 캐물었다.

"교회 언니들이 왜 모텔에서 나와?"

여자 둘이 모텔에서 좀 있을 수도 있지. 뭘 또 수상하게 보고 있어. 내가 나섰다.

"저희가 얘한테 좀 받아낼 게 있어서요. 오래 찾아다녔거든요."

나와 혜라 씨는 여자의 양쪽 팔에 팔짱을 꼈다.

"우리끼리 좀 놀자. 얘기도 하고, 응?"

내가 남자에게 은근히 얘기했다.

"잠깐만 얘 좀 빌릴게요. 그 정도는 기다려 줄 수 있죠?"

나와 혜라 씨와 조우리 씨는 혜라 씨네 방으로 들어가서 문을 잠갔다. 혜라 씨가 아까 우리 씨 얼굴에서 뭘 봤나 했더니 망설임을 봤다고 했다. 역시 요원은 요원이다. 혜라 씨가 요원답게 취조를 시작했다.

"몇 살이에요?"

조우리 씨가 누가 들을라 작게 말했다.

"스물네 살요."

혜라 씨는 우리 씨의 손을 잡았다.

"저도 그 나이 때 그런 적 있거든요. 아까 그 오빠랑 모텔 오기 싫다기보다는…… 오고 싶지 않았죠?"

우리 씨는 손을 빼지 않았다.

"키스까지 했는데 이제 와서 빼면 내숭 떤다고 할 거 같고…… 저도 이제 성인이고, 오빠가 원하는데 안 해 주면 오빠가 서운해할 거 같고, 사귀면 다 하는 거 같고……."

혜라 씨는 차분하게 조언했다.

"우리 씨가 내키지 않으면 안 하면 되는 거예요. 연애가 게임도 아니고, 스테이지 클리어하듯이 단계별로 미션 클리어할 필요 없어요. 우리 씨가 모텔 안 간다고 깨질 관계면 그건 '오빠'가 우리 씨를 존중해 주지 않는 거예요. 우리 씨가 하고 싶지 않으면 안 한다고 해요."

우리 씨가 입 속으로 말을 굴렸다.

"그래도, 여기까지 왔는데 이제 와서 이러면……. 오빠는 기대했을 텐데……."

혜라 씨가 단호하게 말했다.

"그럼 오늘은 아니라고 해요. 우리 씨가 하고 싶을 때 하면 되는 거예요."

자기 일 아니라고 말 잘한다. 아니, 자기 일이 아니니까 자기 일처럼 말해 줄 수 있는 거다.

* * *

우리 씨는 '오빠'가 있는 방으로 돌아가지 않았다. 나와 우리 씨와 혜라 씨는 택시를 탔다. 창밖을 보았다. 달이 유난히 크고 밝았다. 그러고 보니 오늘 밤 달이 슈퍼문이랬나. 외계인을 만나기 좋은 달이긴 했다. 우리 씨를 내려 주고 났더니 혜라 씨는 그제야 다시 소심해졌다.

"박 대리는, 내일 나랑 모텔까지 갔다고 떠들어 대지 않겠죠……?"

내가 힘주어 말했다.

"만약 그러면 저한테 연락하세요. 증인 서 드릴게요."

혜라 씨는 보이스리코더를 꺼내 들고 녹음을 했다. 본부에 보고하는 용도라고 했다.

"오늘의 '회사인간' 사전. 회식. 회사 인간들이 친목과 단합을 도모하고 업무에서 쌓인 긴장을 푼다며 법인카드로 예산 한도 내에서 비싼 음식과 술을 먹고 마시는 행위. 술잔을 돌리면서 바이러스를 교환하는 비위생적인 의식. 가끔 술에 취하면 위험한 상황이 벌어지기도 한다. 회식 때 취해서 흐트러졌더라도 다음 날 출근하고서는 회식을 하지 않았던 것처럼 정상적이고 상시적인 언행을 해야 하므로 회식의 효과는 그리 크지 않다고 볼 수 있다. 가끔 회식 중이나 후에 위험한 사건이 발생하기도 하는데……. 이에 관해서는 후술하기로 한다."

보이스리코더를 끈 혜라 씨가 지갑을 털어 체크카드를 쥐여 줬다.

"누구든 무엇이든 찾아 주는 탐정이랬죠? 그럼 우주선 좀 찾아 줘요. 날 달로, 아니, 화성으로, 아니 어디로든 데려다줄 수 있는 우주선이요. 날 지구로 보낸 별에서는 우주선을 안 보내 주고, 이 회사에서 만드는 우주선으론 지구를 탈출할 수가 없잖아요. 내가 엉망으로 만들고 있으니까."

강혜라 주임이 일 좀 못한다고 대기업에서 만드는 우

주선이 못 발사되진 않을 거 같은데. 누구나 '나는 할 수 있……지만 나나 남들이 기대하는 것보다는 못한다.'는 게 진실이다. 강혜라 주임이 회사에서 생각보다 대단한 사람도 아닌 데다 사고 치고 일 못해 봤자 회사 전체로 보면 별로 티도 안 날 거다……라고 주취자에게 사실대로 말해 주고 수임을 안 해 주기에는 내가 너무 일을 잘한다. 날름 수임을 하고 '의뢰인 맞춤 상담'을 시작했다.

"언제부터 회사 사람들한테 외계인이란 사실 들킨 거 같아요?"

혜라 씨가 기억을 더듬었다.

"첫 번째 팀에서 초반에 실수를 좀 많이 했어요. 그랬더니 첫인상이 낙인이 된 거죠. 갈수록 실수가 줄어들고 실수 없이 일을 해내도 '쟤는 덤벙대는 애, 부주의한 애, 꼼꼼하지 못한 애'인 거예요."

우리 씨를 구해 낸 거 보니 관찰력 있고 센스도 있던데 지구인들 눈에 그런 건 안 보였나 보다.

"회사 일은 싫어도 해야 하고, 하고 싶지 않을 때도 해야 하고 남들이 날 존중하지 않아도 해야 하고 스테이지 클리어하듯이 기한 내에 보고해야 하고 눈이 와도 해야 하고 비가 와도 해야 하고……. 신입사원도 아니고 회사에 몇 년이나 있었는데 어느 순간부터 일이 어색해지고……. 남들

은 어떻게 일을 잘하나 아무리 관찰해도 모르겠고……. 회
사가 가기 싫어지고……. 자꾸 탈출하고 싶고……. 출근할
때마다 상상해요. 전철에 운 좋게 자리가 나서 앉았는데
깜빡 잠들었다가 종점까지 가 버리는 거죠. 종점에서 다시
회사로 가는데 또 역방향 종점까지 가고……를 반복하다가
회사에 못 가는 거요."

　이 정도면 '회사를 다녀도 다니지 않아도 강혜라 씨는
강혜라 씨다.'라면서 퇴사를 권유해야 할 수준이었지만……
그만두기엔 대기업 연봉은 너무나 큰돈이었다. 혜라 씨가
허탈하게 덧붙였다.

　"어디 조그만 암 덩어리라도 나오면 수술하고 회복한다
고 몇 달 쉴 수 있을 거 같아서 건강 검진도 했는데, 위염
이 있긴 있지만, 그 정도는 남들도 다 있대요."

　혜라 씨를 데려다주고 헤어지면서 물어봤다.

　"우주선이 오면, 뭘 할 거예요?"

　혜라 씨가 꿈꾸듯 말했다.

　"임무를 완수하면, 본부에서 날 기계 인간으로 만들어
주기로 했어요. 그래서 지금 리튬을 먹고 있어요. 리튬 배터
리로 작동하는 스마트로봇이 되려고."

　검색해 보니 리튬은 조울증 치료약이었다.

* * *

혜라 씨에게서 후일담을 들었다. 조우리 씨에게서 연락이 왔다고 했다. 그때 고마웠다고, 밥이라도 사겠다고. 나는 다른 일이 있어서 못 만났다. 혜라 씨는 모교 학생 식당에서 우리 씨를 만났다. 마침 우리 씨가 대학 후배라고 했다.

"대학생이 무슨 돈이 있어요. 그냥 학생 식당에서 먹어요. 오랜만에 대학생 기분도 내 보고 좋죠. 커피는 내가 살게요."

밥보다 비싼 커피를 마시며 우리 씨는 왠지 부끄러워하면서 그때 그 오빠랑 아직도 만나고 있다고 했다. 혜라 씨는 심상히 말하며 벤티 사이즈 아메리카노를 마셨다.

"나도 아무 일 없었던 것처럼 회사 다니니까."

혜라 씨가 어느 회사를 다니는지 알게 된 우리 씨의 눈빛이 거의 존경으로 바뀌었댔다. 공모전 입상에 외국어 자격증에 봉사활동에 교환학생에 사회적 기업 창업까지 해도 취업스터디 멤버 중에 취업한 사람이 두 명밖에 없었다고 했다.

"아마 그래서 그날 오빠한테 아무 말 못 하고 거기 갔는지도 몰라요. 오빠마저 없으면 제가 가진 게 아무것도 없는 거 같아서요. 회사한테서 하도 거부당하니까 오빠가 절 거부할까 봐 무서워서요."

우리 씨는 혜라 씨에게 '취업 꿀팁'을 얻으려 했지만 혜라 씨는 쓸데없이 냉철했다.

"솔직히 우리 회사, 밖에서 보기엔 젊고 창의적인 회사 같아 보이지만 내부에서 보면 30대들이 20대가 좋아할 만한 서비스 만들고 있는 웃긴 회사예요. 몇 년간 신규 채용을 안 해서 20대 신입이 별로 없거든요."

다행히 우주선 얘기는 안 했다고.

"그런 회사에, 영혼을 팔아서라도 입사하고 싶었는데. 조우리 씨처럼. 우리 씨, 취업하려고 노력을 해야 하긴 하는데, 영혼을 팔아서까지 회사에서 원하는 인재가 되려고 하지는 말아요. 그럼 취업하고 나서 자기가 어떤 사람이었는지 잊어버리게 되어 버려요."

영혼까지 나오다니, 장르가 SF에서 오컬트로 바뀌려나. 조우리 씨와 만난 얘기를 들려주고 나서 혜라 씨가 조용히 중얼거렸다.

"어쩌면 내 문제는, 취준생 때부터 시작되었는지도 몰라요. 더 이상 할 게 없을 만큼 노력하고 준비했는데도 탈락만 하니까 자존감이 바닥을 친 상태에서, 입사하면 다 잘 될 줄 알았는데, 신입사원이 별거 없는 게 너무 당연한데 그걸 못 받아들이니까……. 자꾸 잘나가는 동기들이랑 비교하니까……. 그렇잖아도 못하는 일을 더 못하게 되고……. 내가 진짜로 처음부터 일을 못했던 걸까요?"

지구의 중력처럼 혜라 씨를 달랬다.

"외계인이니까 처음 지구에 오면 적응하기만도 힘들어서 일을 못할 수도 있죠. 그리고 사람마다 속도가 다르듯이 외계인도 업무에 적응하는 속도가 느릴 수도 있죠. 그런데 자꾸 망할 지구인 놈들이 빨리빨리 업무에 적응하라고 갈궈서 문제죠. 기다려 주면 잘할 수도 있었는데."

중력이 사람마다 다르게 적용되지 않듯이 회사의 속도는 혜라 씨를 기다려 주지 않았다.

"나는 왜 퇴근 후에도 회사 생각만 할까. 왜 나만 박 대리가 껄끄럽고 박 대리는 활기찬지. 역시 내가 일을 못하는 탓인지. 왜 내일 또 출근해야 하는지. 회사 바깥에서의 나는 없어요. 내 정체성은 '남들이 부러워하는 대기업 다니는 강혜라'밖에 없어요."

어쩌면 혜라 씨는 처음부터 외계인이 아니었는지도 모른다. 평범한 지구인이었다가 UFO에 납치되어서 외계인으로 개조당했을지도 모른다.

"혜라 씨는 퇴사하면 뭐 하고 싶으세요?"

혜라 씨가 농담하듯 장난스레 말했다.

"회사 생활이 얼마나 엿 같은지 알려 주는 회고록 작성이요. 명예훼손 안 걸릴 정도로만."

글 쓰는 혜라 씨……. 상상해 보니 어울린다.

"혜라 씨는 상상력이 있잖아요. '외계인의 지구 회사 부적응기' 같은 걸로 하나 쓰시죠. 필명도 멋진 걸로 정하고."

혜라 씨는 가볍게 말했다.

"그거 누가 읽겠어요? 지구인들은 성공담을 원하지 실패담은 밀어 두는데."

혜라 씨의 상상력 속으로 들어갔다.

"어쨌든 본부에 보낼 기록은 작성해야 하잖아요."

"퇴근 후엔 작가로 살면, 회사에서 거지 같은 일이 생겨도 '우와, 소재 생겼다.' 하고 좋아할 수 있으니까요? 멋진 생각이시네."

강혜라 씨는 빈정거리면서 내 말을 받아쳤다. 혜라 씨와 헤어지고 나서 혼자 혜라 씨네 회사로 갔다. 1층 로비에는 창업자의 흉상이 있었다. 지하상가의 꽃가게에서 장미 한 단을 사고 편의점에서 캔맥주를 마시며 혜라 씨를 기다렸다. 퇴근하는 혜라 씨에게 꽃다발을 내밀었다. 야근하고 나온 혜라 씨가 피식 웃었다.

"사무실 책상에 두면 튀니까 집에 둘게요. 생수병 잘라서 꽂아 두면 되겠네요."

어쩐지 쑥스럽고 어색하게 말했다.

"오늘 하루 어땠어요? 괜찮았어요?"

"오늘도 훌륭한 요원으로서 사보타주를 열심히 했죠. 그런데 팀장도 나 같은 외계인인가 봐요. 쓸데없이 답 안 나오는 회의만 몇 시간씩 해서 회의 자료 준비하느라 진짜로 일하는 시간을 뺏는 거 보니까."

꽃을 만지작거리던 혜라 씨가 뜬금없이 말했다.

"나 글 쓰기로 했어요. 제목은 '외계인의 지구 회사 적응기'로 하기로 했어요. 그리고 우리 씨가 여기 인턴 합격했대요."

모교 후배에, 인턴까지? 이 정도면 우연이 아니라 인연이다.

혜라 씨가 '회사인간 사전'의 항목을 작성했다.

"인턴. 대학생들의 신선한 아이디어 보자고 뽑아 놓지만, 실무 부서에서 보기엔 현실성 없는 아이디어만 내놓는 임시 직원들."

혜라 씨는 우리 씨에게 '인턴 꿀팁'을 전수했다고 했다.

"인턴은 보안상의 문제로 실무는 시킬 수 없어서, 우리 회사 서비스 중에 하나 주고 장단점 분석하고 경쟁사 서비스랑 비교해서 개선점 찾아오라는 과제 줄 거예요. 과제가 일찍 끝나더라도 일찍 퇴근하지 말고 부장님이나 실장님들 퇴근할 때까지 자리에 남아 있다가 눈에 띄면 열심히 하는 줄 알고 평가 점수 좋게 줄 거예요."

꿀팁을 또 얻고 싶었는지 우리 씨는 마니또처럼 매일매

일 강 주임님에게 작은 선물을 주었다고 했다. 첫날은 마카롱이었고 둘째 날은 쿠키, 셋째 날은 커피, 넷째 날은 크루아상, 다섯째 날은 회사 메신저로 보낸 '오늘도 파이팅!' 메시지였다고 했다. 혜라 씨는 우리 씨에게 메신저로 물었다.

— 요새 그 '오빠'는 만나요?
— 아뇨. 헤어졌어요. 저는 인턴 붙고 오빠는 떨어져서요. 서로 자꾸 서운한 게 쌓여서요.

혜라 씨도 우리 씨에게 회사 근처 맛집에서 점심을 사 준다고 한다. 오늘은 중식, 내일은 초밥, 모레는 파스타……. 혜라 씨는 날마다 '오늘 점심은 뭐 먹나' 생각하며 점심 먹으러 출근한다고 했다. 회사 밖에서 점심을 먹고 산책하고 사무실에 돌아오면 책상 위에 우리 씨가 준 디저트가 있고. 그런데 우리 씨, 너무하는 거 아닌가. 나도 그날 도와줬는데 나에겐 한마디 고맙단 말도 없다. 나는 전수해 줄 꿀팁이 없어서 그런가.

혜라 씨는 회사 내 익명 신고 센터에 박 대리가 했던 짓을 신고했다. 분명히 익명이라고 했건만, 누구 짓인지는 밝히지 않았는데 조사 과정에서 박 대리라는 게 드러났다. 회사는 피해자와 가해자를 같은 팀에 둘 수 없다며 박 대리를 다른 팀으로 발령을 냈다. 여기까지는 교과서적인 대응 이었는데…….

"내가 팀을 옮기려고 했는데…… 나 때문에 유능한 박 대리를 보내 버리게 되었다고 한숨 쉬는 팀장이랑 어떻게 한 팀에 계속 있어요…….."

신고는 뜻밖이었다.

"신고는 왜 한 건데요?"

혜라 씨는 오늘 점심은 뭐 먹었다고 하듯이 아무렇지도 않게 설명했다.

"매일매일 '내일은 우리 씨가 뭘 줄까. 우리 씨한테 뭐 사 줄까.' 하는 재미로라도 회사에 출근은 해야겠고, 그러려면 박 대리와의 일을 어떻게든 매듭을 지어야겠다 싶었죠."

혜라 씨는 요즘 서비스 개선안을 기획하고 있다고 했다.

"우리 씨도 같은 과제 하고 있어요. 막연하게 서비스 개 선해 보라는 게 아무한테나 시키기 좋은 과제죠."

대학생 인턴인 우리 씨의 개선안이 혜라 씨 것보다 인사 이트도 있고 PPT도 깔끔했다. 그러나 다른 인턴들이 우리 씨보다 더 잘했다. 우리 씨는 채용 연계 인턴의 마지막 단 계에서 탈락했다. 팀장은 혜라 씨의 기획안에 빨간 펜으로 여기저기 직직 수정을 해 놓았다.

"자존심도 상하고 막막하기도 하고 서운하기도 하지 않

아요?"

혜라 씨가 무감하게 말했다.

"내 '업무'를 고쳐 놓은 거지 '나'를 지적한 건 아니잖아요. 괜찮아요. 나는 리튬으로 움직이는 로봇이니까 감정이 없어요."

그럼 이제 걱정되는 사람은 우리 씨다.

"우리 씨는요? 우리 씨는 괜찮대요?"

혜라 씨는 우리 씨 대신 자기 얘기를 했다.

"내가 취준생 때 얼마나 취업하고 싶었는지 떠올려도 보고, 날마다 사소하게 회사 오는 즐거움이라도 만들어 보려고 우리 씨한테 잘해 줘 보기도 하고, 퇴근 후에 회사 생각 안 하려고 작가라는 새로운 정체성을 만들어 봐도 일을 못 하니까 말짱 헛일이네요."

나는 남 얘기하듯 대꾸했다.

"다행히 대기업이라 함부로 자르지는 못하니까……. 지구에서 버티는 수밖에 없겠죠. 하루를 다섯 번 버티면 주말이 오고 한 주를 네 번 견디면 월급날이 오니까요."

혜라 씨와 회사 빌딩을 올려다보았다. 우주선은 원래부터 이 자리에 있었다. 고층빌딩이 우뚝 선 모양이 마치 발사 직전의 로켓 같았다. 밤이 되자 로켓이 환하게 빛났다. 혜라 씨는 우주선의 빛 속으로 빨려 들어갔다.

엄마가 될 수 있을까

"엄마가 암이래요."

의뢰인을 만나자마자 듣기에는 조금 엄청난 말이었다.

"초기래요."

한국말은 역시 끝까지 들어 봐야 한다. 의뢰인은 말을 이었다.

"어렸을 때 빼고는 엄마가 없어질 수도 있다는 생각 안 해 봤는데, 암이라고 하니까, 언젠가 엄마가 날 두고 먼저 사라진다는 생각이 확 들었어요. 엄마가 없을 때도 내 편이 될 내 핏줄이 있어야 할 것 같아서 아이를 가질까 고민 중이에요."

나는 팔짱을 꼈다.

"그럼 의뢰할 필요가 없잖아요?"

의뢰인은 손가락으로 카페 테이블을 두드렸다.

"하지만 그것만으론 충분치가 않잖아요."

서른여섯 살 주연 씨가 내게 한 의뢰는 "아이를 낳아야할 이유를 찾아 주세요."였다. 내가 아무리 누구든 무엇이든 찾아 준다지만 별걸 다 찾아 달랜다. 그 정도는 혼자 고민해도 되는 일 아닐까. 그래도 돌잔치에 갖다 낸 돌 반지를 회수하러 다니자고는 안 해서 다행이다. 주연 씨는 골똘히 생각하다가 담담하게 말했다.

"'정상 가족'을 만들고 싶어서 아이를 낳고 싶은 거 같기도 해요. '남들처럼' 살려고."

겨우 그런 이유야? 나는 냉소했다.

"뱁새가 황새 따라가다 가랑이가 찢어지는 수가 있어요."

주연 씨가 발끈했다.

"남들도 다 아기 낳고 기르면서 사는데, 나도 남들처럼할 수 있겠죠."

나도 훈계조로 말했다.

"그 안을 들여다보면 다 애로 사항이 있어요."

주연 씨가 울컥하는 감정을 가라앉히고 말했다.

"아기를 낳은 친구한테 물어보니까 아기를 데리고 집에오자마자 '내가 돌이킬 수 없는 일을 저질렀구나.' 하는 생각이 들더래요. 그런 일을 저지르기 전에 충분히 생각해 보려고요."

나도 진지하게 말했다.

"결혼한 지 3년 지났다면서요. 그러면 충분히 생각하고
도 남았겠는데요."

주연 씨가 마음에 있는 말을 뱉었다.

"신랑이나 저나 최선을 다해서 남들처럼 살았거든요. 열
심히 공부해서 대학 들어가고 취직하고 결혼하고…… 남들
처럼 아이 하나둘쯤 언젠가는 낳지 않을까 하기는 했는데
그러다가 시간만 흘렀죠. 사실 지금 임신해도 노산인데, '아
이를 꼭 낳아야 하겠다.'는 결심이 아직 없으니까요. 주말에
정오 가까이 느지막이 일어날 때마다 '애가 있으면 이런 여
유를 못 누리겠구나.' 하고 생각하는데요. '그럼에도 불구하
고' 아이를 낳을 이유가 있어야 할 텐데……."

내가 가볍게 말을 훅 던졌다.

"아기는 귀여우니까?"

주연 씨는 신중하게 받았다.

"새끼 호랑이는 귀엽지만 그걸 집에서 다 큰 호랑이가 될
때까지 기르는 건 다른 문제잖아요. 아기가 귀엽고 순한 건
잠깐이고, 떼쓰고 마트에서 드러눕고…… 기저귀도 갈아
줘야 하고 얼마나 손이 많이 가는데요. 물론 그 모든 걸 감
내할 수 있게 아기가 이쁜 짓을 하도록 진화가 이루어졌다

지만, 내 기대보다 아기가 안 이쁘면 어떻게 해요."

내가 남들이 다 하는 얘길 했다.

"그래도 자기 아기는 귀엽다던데요?"

주연 씨는 머릿속으로 계산해 보더니 냉정하게 답했다.

"아기는 반려동물이 아니잖아요. 아기는 그나마 체력으로 키울 수 있는데, 어린이가 되고부터는 사교육 시키려면 등골이 휘겠죠. 사춘기가 되면 말도 지지리 안 듣고. 요즘은 부모 도움 없이 결혼하기 힘든 시대인데 앞으론 더하겠죠? 자식 하나 키우는 데만 몇 억이 든다던데 내 아이의 귀여움이 그럴 만한 가치가 있을까요?"

몸을 뒤로 젖혀 의자에 파묻혀 앉았다.

"생각은 많이 해 보셨네요."

주연 씨가 의자를 당겨 앉았다.

"시뮬레이션을 해 봤어요. 아이에게 장애가 있을 경우, 아이가 학교 폭력의 피해자나 가해자가 될 경우……. 다른 애들은 다 키우겠는데, 아이가 내 기대에 못 미칠 경우엔 어째야 할지 모르겠더라고요."

주연 씨 쪽으로 몸을 기울여 비밀 얘기를 하듯이 속삭였다.

"부모의 기대에 못 미치는 딸이셨어요?"

주연 씨는 솔직하게 얘기했다.

"엄마는 친구 같은 딸을 원했는데 저는 매정했어요. 엄마가 결혼 초기에 시집살이 당하던 얘기, 그러니까 엄마가 저 낳고 누워 있을 때 할머니가 손자가 아니라며 괄시할 때 아빠가 '시골 노인이라 그러셔.' 하면서 할머니 편들어 줬다는 얘기를 하고 또 할 때마다, 독박육아 하느라 밤에 수유할 때 아빠가 뒤척이지도 않았다거나 할 때마다 별로 대꾸를 안 했어요. 엄마는 아빠랑 대화가 별로 없거든요. 시집살이 당할 때 아빠가 별로 막아 주지 않았대요. 그러니 시집살이와 독박육아의 한풀이를 딸한테 하는 거죠. 저는 제 탓을 하는 것 같아서 그런 얘기가 지겨웠고요."

나는 얼른 주연 씨 편을 들었다.

"어머님이 너무하셨네. 친구 같은 딸을 원하시면 친구를 사귀셔야죠."

주연 씨가 남 얘기 하듯 엄마 얘길 했다.

"엄마는 집안일은 밖에 새어 나가지 않게 하라고 하셨어요. 남들은 공감해 주는 척해도 나중에 그걸로 다 흠잡는다고."

주연 씨네 어머니는 대체 어떤 사람이길래 주연 씨가 이 나이까지 엄마, 엄마 하고 다닐까.

"어머님은 아이를 낳으래요?"

주연 씨는 지긋지긋하다는 얼굴로 넌더리를 냈다.

"우리 집에 오실 때마다 연예인 아빠들이 아기랑 1박 2일 놀아 주는 예능 틀어 놓고 계세요."

결혼한 딸네 집에 얼마나 자주 오길래?

"집에 오신다고요?"

주연 씨는 살짝 부끄러워하면서 실토했다.

"반찬도 해 오시고 청소도 하고 가시고요. 반찬은 사 먹으면 되고, 청소는 업체 부르면 된다고 계속 말씀드려도 내 살림을 어떻게 남의 손에 맡기냐면서 굳이 해 놓고 가세요."

우리 엄마를 떠올려 보았다. 우리 엄마는 절대로 결혼한 딸의 집에 와서 집안일을 해 줄 사람은 아니었다.

"그렇게 엄마가 계속 간섭하면 싫지 않아요?"

주연 씨가 천장을 한번 쳐다보고 눈을 내리깔았다.

"한 번도 엄마 마음에 쏙 드는 딸이었던 적이 없어서요. 학교 다닐 때도 1등은 못 하고 5등 안에만 들었고, 살림 솜씨도 야무지지 못하고, 엄마 하소연을 잘 들어 주는 착한 딸도 아니고. 언젠가 엄마를 만족시켜 줘야 엄마도 절 미덥게 보고 간섭 안 할 거 같아요……. 그리고, 이 나이가 되어서도 엄마가 절 좋아해서 잘해 주면 그게…… 너무 좋아요."

마지막 말은 울음이 섞여 있었다.

"제가, 우리 엄마 같은 엄마가 될 수 있을까요? 아니, 되어 버릴까요?"

보닛의 끈을 턱 밑에서 리본으로 묶으며 대답했다.

"그건 아직은 아무도 모르죠."

그래서 엄마에게 물어봤다.

"엄마, 나는 왜 낳았어?"

"진실을 알고 싶어, 아니면 거짓말을 듣고 싶어?"

"둘 다."

"거짓말은, 엄마랑 아빠랑 사랑해서 너랑 네 쌍둥이 오빠를 낳았고,"

"유치원 성교육 시간에도 안 할 얘기하지 말고."

"진실은, 피임에 실패해서…… 그러니까 너는 남자가 알아서 잘한다는 말 믿지 말고 콘돔을 챙겨야 돼."

출생의 비밀치고는 시시하다 못해 어이가 없었다. 이래서는 의뢰인에게 말할 수가 없잖아.

* * *

의뢰인은 뜻밖에도 엄마와 함께 나타났다.

"남들이 아무리 좋은 소리 해 줘도 그거 다 당장 너 듣기 좋은 입에 발린 소리야. 진심으로 내 일에 울고 웃고 해 주는 건 가족밖에 없는데 넌 왜 그렇게 가족을 배척하고 남의 말을 들으려고 하냐."

주연 씨가 해명했다.

"이건 상담 같은 거야, 엄마. 왜 여기까지 따라와. 내가
몇 살인데."

주연 씨 어머니는 다 큰딸을 어린애처럼 혼냈다.

"네가 밖에 나가서 집안 망신시키는 얘기할까 봐 그러지.
상담이 그런 거 아냐. 어렸을 때 부모가 얼마나 서운하게
키웠나 말하다가 우는 거."

주연 씨가 엄마 손에 들린 봉투를 쓱 보았다.

"이건 그런 거 아냐. 그리고 그 롤케이크는 또 왜 사 왔
어."

주연 씨의 엄마는 자신만만하게 말했다.

"'기브 앤드 테이크'라고, 남한테 뭘 부탁할 때는 내 쪽에
서도 주는 게 있어야지."

주연 씨가 봉투를 빼앗으려 했다.

"탐정님한테 섭외비 내서 그런 거 필요 없다고 했잖아.
롤케이크는 엄마 젊었을 때나 귀했던 거고. 지금은 인스타
그램에서 핫한 케이크나 과자도 많은데 프랜차이즈 베이커
리에서 그런 걸 사 봤자 고맙지도 않아."

어머님에게도 따로 수임료를 받아야 할까 고민하는데 스
테파니 언니가 약속 장소에 나타났다. 스테파니 언니는 롤

케이크를 받고 심상하게 "감사합니다."라고 인사했다. 어머님은 주연 씨를 툭 치면서 "거 봐라. 받고서 싫어하는 사람 없다니까."라고 속삭였고 주연 씨는 "그건 그냥 인사지."라고 속닥였다. 사람을 앞에 두고 쑥덕거리면 안 되는데. 나는 둘 사이의 대화를 끊고 스테파니 언니에게 훅 질문을 던졌다.

"언니, 언니네는 왜 아이를 안 낳아?"

스테파니 언니는 '날아다니는 스파게티교' 신자라고 거짓말하고 소개팅에 나왔다가 만난 남자와 결혼해서 지금은 이탈리아로 파스타 요리 유학을 다녀와 파스타 레스토랑을 열려고 준비하는 중이다. '나의 집'이란 뜻의 '라 미아 까사'란 식당 이름까지 이미 지어 놓았다. 언니는 결혼할 때 이미 아이 없이 살기로 남편이랑 합의했단다. 남편 말로는 자식한테 물려줄 재산도 가문의 명예도 없는데, 나 한 몸 건사하기도 힘든 세상에 무슨 아이를 낳냐고 했다고.

"나는 언젠가 이탈리아로 파스타 유학을 떠날 건데, 그때 아이가 발목 잡을까 봐. 유학 다녀와서 식당을 차릴 때도 아이가 있으면 아이를 돌보려 일을 줄일 수밖에 없을 거잖아? 나는 내 꿈이 최우선이야. 아이는 방해물일 뿐이야. 하루는 24시간이고 1년은 365일인데 그 안에서 일과 육아를 둘 다 잘할 순 없어. 남편이 육아를 한대도 임신과 출산을 하는 1년은 내 경력에서 사라지잖아."

의뢰인이 조심스레 끼어들었다.

"강아지나 고양이도 안 키우시고, 아이도 없으면 쓸쓸하지 않으세요?"

스테파니 언니가 진중하게 말했다.

"남편으로 충분한데요? 아이가 없으니까 서로에게 집중할 수 있잖아요."

으아, 대단한 로맨티시스트 나셨다. 우리 의뢰인은 그 정도는 아닌가 보다.

"저는 결혼한 지 오래되니까 이제 둘이 할 수 있는 건 다 해 본 것 같아요. 주말 되면 서로 멀뚱멀뚱해요. 그러니까 둘만 있는 스테이지를 클리어하고 레벨업해서 아이를 낳아 셋이 할 수 있는 걸 하려는 마음도 있는 거 같아요. 나이가 들수록 부부 사이에 애가 없으면 서로 할 말도 없어진대서요."

주연 씨의 어머니가 부모의 마음으로 물었다.

"결혼할 때 시부모님한테서 집값 안 받았어요? 시부모님이 애 낳으라고 안 하셔요?"

스테파니 언니가 웃으며 말했다.

"하셨죠. 그런데 신랑이 최대한 불쌍하고 슬픈 목소리로 자기한테 문제가 있다고 하니까 그 후로 아무 말씀 없으시더라고요."

주연 씨 얼굴에 부러움이 떠올랐다.

"우리 신랑은 만약 정말로 자기한테 문제가 있으면 열심히 병원 다니며 '극복'하려고 노력할 사람이에요. 새벽에 일어나서 어학원 다녀온 다음에 출근하고, 퇴근 후엔 헬스 가고, 주말엔 코딩 공부한다고 강남역에 있는 학원 다니는 사람이니까요."

내 입에서 한숨이 절로 나왔다.

"숨 막히게 사시네요."

주연 씨는 아무렇지도 않게 답했다.

"그래서 결혼했어요. 엄마처럼 나보고 열심히 살라고 하면서, 엄마 같지 않게 나 없이도 잘 살 사람이라서. 그런데 이런 사람이 아이가 있다고 자기 계발을 포기하고 아이를 돌볼까요? 저한테 독박육아 시키고 자기는 주말에나 가끔 한두 시간씩 아이와 놀아 주면서 '좋은 아빠'가 되겠죠?"

스테파니 언니네 집을 나오는 길에, 의뢰인이 하늘 한번 바라보고는 한숨 쉬듯 말했다.

"나도 엄마의 발목을 잡는 딸이었을까요? 엄마는 저 낳고 나서 퇴사를 했어요. 저 잘 키우겠다고. 엄마는 입시 설명회마다 따라다니고 학원 라이딩하고, 집에서 공부할 땐

제 뒤에서 뜨개질하면서 '인간 CCTV'가 되어서 감시하고, 저 고시 공부할 때는 학원 근처에 오피스텔 얻어 주고 밥해 주고 빨래해 주고 청소도 해 줬죠. 이 정도면 정말 헌신적인 엄마 아니에요? 그런데 저는 엄마를 그만큼 좋아하진 못했어요."

그 이유는 일주일에 학원을 일곱 개 다니면서 학습지도 해야 하다가 더는 못 참고 경시대회에서 탈주했던 초등학생 가윤이에게서 들을 수 있었다. 가윤이는 좋아하고 나는 싫어하는 고구마 피자를 시켜 줬더니, 가윤이가 피자를 한가득 입에 넣으며 쫑알거렸다.

"학원 빠지면 안 되는데……. 엄마가 우리 집 생활비보다 학원비가 많다고 했는데……. 얼마였더라……."

피자 치즈 기름이 묻은 손으로 헤아리다가 포기한 가윤이에게 주연 씨가 조심스레 물어봤다.

"가윤이는, 엄마 사랑해?"

가윤이는 망설임 없이 말했다.

"네. 엄마가 세상에서 제일 좋아요. 공부시킬 때 빼고."

주연 씨가 가윤이를 안쓰러운 눈으로 보았다.

"엄마도 널 세상에서 제일 좋아하셔. 그렇게 믿어야 돼."

가윤이의 눈이 땡그래졌다.

"왜요?"

주연 씨가 어린 시절의 자신에게 얘기해 주듯 가윤이에게 찬찬히 설명했다.

"나는, 내가 공부를 못해도 엄마가 날 좋아해 줄까 항상 의심스러워서 불안했거든. 엄마가 나한테 잘해 주는 건 다른 데 정신 팔지 말고 공부만 하라는 건데, 그 공부를 못하면 엄마가 나한테 실망해 버리지 않을까 걱정하느라 엄마를 마음껏 좋아하지 못했어. 성적이 없는 지금에서야 엄마를 좋아할 수 있게 되었어."

주연 씨의 어머니가 발끈했다.

"그런 멍청한 생각이 어딨어? 너는 내가 너 자랑하는 낙으로 산다고 하는데, 나 진짜 네 자랑 안 한다."

주연 씨가 묵혀 놓았던 기억을 꺼내 들었다.

"나 학교 다닐 때 반 1등 했을 때 학부모회 하느라 학교 와서 담임 만나고 으쓱해했잖아. 외가에 가서도 나 고시 공부한다고, 5급 공무원 될 거라고 자랑했잖아."

주연 씨의 어머니는 당당했다.

"그럼 으쓱하지, 슬퍼해야 하니? 내가 내 집 안에서 농담 삼아 내 새끼 자랑도 못 해?"

지금은 해결된 거 아닌가? 이제는 좋아할 수 있으면? 주연 씨는 아닌가 보다.

"나는 내가 우리 엄마 같은 엄마가 될까 봐 두려워요. 보고 자란 게 그것뿐이라서. 아기 때부터 온 집 안을 낱말 카드로 도배해 놓고 초등학교 입학하기도 전에 학원 뺑뺑이를 돌리고 중고등학교 다닐 때는 교과서를 펴 놓고 같이 공부하고……. 그럼 내 아이도 내가 그랬던 것처럼 나를 좋아하지 못하고 불안해하겠죠?"

주연 씨의 길고 긴 어려움을 한 문장으로 정리했다.

"그렇게 육아를 하려면 퇴사를 해야 할 판인데요."

주연 씨는 내가 듣건 말건 자기 생각에 잠겨서 허우적댔다.

"요즘은 외벌이로는 교육비가 감당이 안 되니까 직장 다니는 것과 육아를 병행하다 보면 지쳐서 아이가 이쁘지 않겠죠? 애는 애대로 고생하고 나는 나대로 힘들고, 잘되라고 하는 건데 결과가 좋지 않으면 서로 원망하는 마음만 생길까 봐 애를 못 키우겠어요. 아기 때부터 문화센터에 다니고 영어 유치원에 보내고 학원에 학습지에……. 그러면 영어도 유창하고 전교 1등하는 아이가 될까요? 아이가 기대에 못 미치면 여전히 그래도 아이가 이쁠까요?"

나는 주연 씨에게 쏘아붙였다.

"기대가 너무 크시잖아요. 원래 부모의 기대는 끝이 없어서 기대치에 도달하고 나면 더 큰 기대를 한다니까요. 영원히 기대를 채울 수가 없어요. 남편분 기대치는 어느 수준인데요?"

주연 씨는 남편 얘기가 나오자 살짝 화가 나는 듯했다.

"남편은 막연해요. 우리 둘 다 공부를 잘했으니 당연히 우리 아이도 공부를 잘하지 않을까, 공부는 하고 싶어 할 때 시키자, 하고 최악의 경우는 생각하지 않는 것 같아요. 공부는 아이 혼자 하는 줄 안다니까요. 그러다 애 성적 안 나오면 그제야 내 탓 할 사람이에요."

그러자 주연 씨의 어머니가 말을 자르고 끼어들었다. 나 지금 의뢰인이랑 대화 중이고 한 시간 지나면 추가 수수료 있는데 그렇게 끼어들어서 시간 낭비하시면……. 저야 돈 벌어서 좋지요, 뭐.

"네 아빠가 딱 그랬어. 네 공부는 나한테 맡겨 놓고 둘이 상의 좀 하자고 하면 육아 철학은 하나로 통일해야 애가 헷갈리지 않는다면서 내 맘대로 키우라고 하고 자기는 성적표만 챙기는 거. 그러니 내가 너 키우면서 얼마나 막막하고 외로웠겠어? 너는 왜 그런 걸 몰라? 탐정님네 부모님은 어때요?"

왜 갑자기 남의 부모님에 대해 물어보는 건데.

"저희 엄마는 제가 공무원 시험 쳐서 공무원이 되어서 안정되게 월급 받고 사는 거 원하시지만 제가 기대를 와장창 깨 버렸죠. 엄마는 자기도 탐정이면서, 아니 자기가 탐정이라서 제가 탐정하는 거 별로 안 좋아하는데 뭐, 어쩔 수 없다고 하면, 서로 편해요. 엄마랑은 직업적 동료 같은 관계죠. 좋아한다기보다는, 친한 사이?"

우리 엄마 얘기가 나온 김에 엄마 아들에게도 물어봤다. 탐정은 잠정 휴업하고 대학원을 나와서 상담사가 되겠다는 이 인간은 열 살 연상과 열애 중인데, 결혼해도 아이 없이 살 거라고 빨리도 선언했다.

"돈 때문이지. 대학원 다니고 하는 동안에는 내가 반찬값도 아니고 과잣값 정도 벌 텐데 그걸로 애를 어떻게 키워. 그리고 누나가 퇴직할 때쯤이면 애가 한창 돈 들어갈 시기일 텐데 그걸 어떻게 감당해?"

꼰대 같은 소리를 해 봤다.

"대대로 탐정 집안인 우리 집안 대는 이어야지."

엄마 아들은 태평했다.

"그거 네가 이으면 돼. 혼인 신고할 때 엄마 성을 따르겠다고 체크할 수 있잖아?"

나는 주연 씨가 궁금해하는 걸 물어봤다.

"애가 없으면 나이 들어서 서로 심심하지 않을까?"

엄마 아들은 심상하고 심드렁했다.

"그럼 애 대신 개를 기르지 뭐. 아니면 불우한 어린이를 후원하거나."

보닛의 끈을 고쳐 매며 현관에서 엄마 아들에게 툭툭댔다.

"됐다. 내가 너한테 물어보느니……. 나은이한테 물어봐야지."

나은이는 나은이네 엄마가 내게 등하교 도우미, 아니 경호를 맡기면서 만난 친구다. 호환마마보다 무섭다는 중2인 나은이는 학교 앞 분식집에서 튀김을 야무지게 떡볶이 국물에 찍어 먹으면서 투덜댔다.

"저희 엄마는 다른 건 별로 관심 없고 성적만 걱정하는 것 같아요. 시험 기간에만 저 챙기는 것 같아요."

주연 씨가 나은이와 같은 얼굴로 말했다.

"우리 엄마는 성적은 특히 관심 있고 다른 것도 다 관심 많았어요. 엄마랑 나 사이에 비밀이 없길 원했어요. 방문은 항상 열려 있어야 하고, 학교 다녀오면 학교에서 누구랑 뭘 했는지 어떤 선생님이 뭐라고 했는지 다 종알종알 얘기해야 했어요. 그게 '보호'라고 믿었죠. 딸이 엄마의 베스트프렌드가 되길 바라셨고. 지금도 내가 직장에서 무슨 일이 있었는지 퇴근하고 나서 미주알고주알 다 얘기해야 하고 외출할 때마다 어디를 가서 누구를 만나는지 궁금해하시죠. 그런데, 내가 학교 다닐 때 왕따당한 건 모르세요. 내가 얘기 안 했거든요. 그걸 알면 엄마가 아무것도 못 하고 속상해하기만 할 것 같아서요."

딸이 왕따였는데도 모르고 있었던 게 미안했는지 주연 씨 엄마가 공연히 목소리를 높였다.

"너는 엄마를 뭘로 보는 거냐? 엄마가 바보천치야? 왕따 당하는 걸 부모한테 알렸으면 부모가 뭐든 해 줬지."

나은이가 똑 부러지게 말을 잘랐다.

"왕따는 부모가 해 줄 수 있는 게 없어요. 그러니까 아주머니가 목소리 높일 필요 없으세요."

그러고는 주연 씨에게 물었다.

"엄마한테 다 말해야 하면 숨 막히지 않아요? 친구 사이에도 비밀은 있는데."

주연 씨는 어린 나은에게 속마음을 꺼내 보였다.

"그때는 숨막혔는데 이제는 익숙해진 것 같아요. 엄마가 조금은 불쌍하죠. 친구도 취미도 없고 남편이랑도 친하지 않고 집중할 게 딸밖에 없는 거니까요. 그런데 이런 관계로 영원히 지낼 수는 없겠다는 생각도 요즘 가끔 들어요. 나도 시험 기간에만 엄마가 관심 가져 줬으면 어땠을까……."

나은이가 순대를 소금에 찍어 먹으며 우물거렸다.

"그거는 그거대로 서운해요. 엄마가 '진짜 나' 말고 '공부 잘하는 나'만 사랑하는 거 같아서."

주연 씨는 다시 부모 입장으로 돌아갔다.

"자식 성적표가 부모 성적표인 거 웃기다고 생각했는데, 아무리 내 성취는 직장에서의 퍼포먼스에 달려 있고 아이의 성적표는 아이 거라고 해도, 막상 부모가 되면 그게 아니겠죠?"

나은이가 비웃었다.

"원래 애들은 공부하라고 갈구면 갈군다고 불만이고, 내버려 두면 이 성적이 나올 때까지 왜 내버려 뒀냐고 불만이에요."

주연 씨는 걱정이 많았다.

"부모가 되면 어느 순간 학부모가 되어야 하는데, 아이 있는 주변 사람들은 미취학 아동의 귀여움만 얘기하더라고요. 남편도 아이가 있다고 상상해 보라고 하면 날씨 좋은 주말 오후에 어린이와 공원에서 놀아 주는 상상만 하고 있고. 나는 부모는 되고 싶은지 몰라도 학부모는 되고 싶지가 않아요."

순대를 떡볶이 국물에 찍어 먹던 내가 끼어들었다.

"알아서 척척 스스로 공부하는 아이가 나올 수도 있잖아요."

주연 씨가 냉소적으로 말했다.

"그런 애들도 집에서 부모가 퇴근 후에 넷플릭스 시청 대신 책 읽으면서 '공부 분위기'를 잡아 준 애들일 거예요.

우리 엄마가 내 뒤에서 감시하면서 공부를 안 할 수 없게
만들었듯이요."

공부를 안 할 수 없는 분위기 조성이라면 영우와 영인이
두 아이를 기르는 혜진 씨가 잘한다. 주연 씨가 몸을 낮춰
아이들이랑 같은 눈높이에서 어색하게 "안녕, 몇 살이야?"
하는 걸 보던 혜진 씨가 아이들에게 스마트폰으로 유튜브
를 틀어 줬다. 부산스레 어수선하던 아이들이 그제야 조용
해졌다.

"제가 지금까지 한 결정 중에 제일 잘한 게 아이들 낳은
거고, 밤에 잠든 애들 볼 때마다 얘들 없으면 어쩔 뻔했나
생각이 드는데, 남들한테 권하지는 못하겠어요. 특히 회사
다니는 여자들한테는."

영우가 어느새 카페에 장식되어 있던 피규어를 만지작거
렸다. 혜진 씨는 빛의 속도로 영우를 잡았다.

"엄마가 카페에서 어떻게 있으라고 했어?"

영우가 해맑게 웃으며 말했다.

"얌전히 자리에 앉아 있으랬어."

혜진 씨가 카페의 다른 손님들에게 눈치 보일까 봐 작은
목소리로 영우를 꾸짖었다.

"카페 물건들 막 만지라고 했어, 안 했어?"

영우는 얌전히 엄마 말에 대답했다.

"안 했어."

혜진 씨가 마지막으로 협박했다.

"너 또 이러면 엄마가 너 카페 안 데려올 거야."

주연 씨의 어머니가 쯧 소리를 내며 말했다.

"엄마가 집에서 애를 봐야 애 산만한 걸 고치지."

주연 씨가 어머니를 툭 쳤다.

"저 나이에 저 정도면 일반적인 거야."

혜진 씨가 영우와 함께 자리에 돌아와 한숨을 쉬었다.

"워킹맘은 애가 조금만 잘못을 해도 집에 엄마가 없어서 그런단 말을 듣는다니까요. 그런데 웃긴 건 애아빠는 애가 산만한 거에 책임이 없단 거예요."

주연 씨가 거들었다.

"회사에서 주변에 결혼한 사람들 보면 남자들은 그대로 잘 다니는데, 여자들은 정신이 반쯤 집에 가 있어요. 기저 귀는 언제 뭘로 배달시키나, 이런 거요. 아이 데리러 가느라 칼퇴해야 해서 중요한 프로젝트에도 못 들어가고요."

혜진 씨가 말을 이었다.

"애 아빠들은 퇴근하고 목욕시켜 주고 한 시간 놀아 주고 자기 할 일 다 끝났다 치니까요. 진짜 중요한 건 예방주사는 언제 맞히는지 챙기고 어린이집 준비물 빼먹지 않고 들려 보내는 것 같은 소소하게 눈에 안 보이는 건데요. 육아휴직 기간에 엄마가 주 양육자가 되어 버리니까 이것저것 챙기는 것도 엄마가 하게 되어 버려요. 이래서 아빠도 반드시 육아휴직을 쓰게 해야 돼요. 회사에서 출세한 여자들 보면 친정 엄마를 갈아 넣어서 육아를 했든지 애가 없든지 둘 중 하나라니까요. 그렇게 아등바등 키우면 뭐 하나요, 카페에서 애가 울어도 맘충, 애 조용히 시키려고 유튜브 틀어 줘도 맘충인데, 앗!"

마지막 말은 채 이어지지 못했다. 네 살 영인이가 쏟을 뻔한 음료 컵을 황급히 잡느라.

주연 씨가 조심스레 물어보았다.

"회사에서 일 잘하면서 애도 조기교육 잘 시키면서 두 가지를 다 잘하는 건 욕심일까요?"

혜진 씨가 현실적인 얘기를 해 줬다.

"그건, 자기 자신을 둘로 나눠서 그 둘이 2인 3각으로 100미터 달리기를 하는데 우사인 볼트만큼 뛰겠다는 거예요. 둘 다 잘하려고 하지 말고 둘 다 덜 못하게 하려고 노력하는 게 빠를걸요."

주연 씨는 아직 희망을 놓지 않았다.

"신랑이 같이 뛰어 주면 어떨까요?"

혜진 씨가 주연 씨의 희망을 짓밟았다.

"신랑도 회사 일을 어느 정도 포기하면 가능은 하겠지만, 육아를 내 성에 차게는 못 하더라고요. 애 성적은 부모가 케어해 주는 만큼 오르니까 애가 학교 들어가면 퇴사하고 학원 뺑뺑이 돌리면서 학원 드라이빙하고 퇴근하면 숙제 봐 줘야 하는데 그걸 다 할 수 있을까요? 해 줘도 애들은 힘들어하면서 엄마 원망하겠죠?"

주연 씨는 들릴락 말락 하게 중얼거렸다.

"제가 그렇게 자라서 엄마를 좋아하지 않았으니까요."

영우가 다시 피규어에 손을 뻗었다. 혜진 씨는 영우의 손을 잡고 질질 끌다시피 하며 황급히 카페를 떠났다.

* * *

주연 씨와 주연 씨의 어머니와 나는 카페를 나와 근처 공원의 벤치에 앉았다. 스테파니 언니가 내게 쥐여 준 롤케이크를 꺼내 나눠 먹으면서 주연 씨의 어머니가 말했다.

"아기를 낳으면 힘들긴 한데 아기가 웃는 거, 엄마엄마 하는 거 보면 감동하게 돼. 이 세상에서 누가 너를 조건 없이 사랑해 주겠니."

주연 씨가 반발했다.

"아기가 나를 조건 없이 사랑하는 게 아니잖아. 내가 없으면 지가 죽겠으니까 매달리는 거지. 아기가 점점 자라서 자기 혼자 할 수 있는 게 늘어 갈수록 그 '조건 없는 사랑'은 줄어들 거야."

주연 씨 어머니는 딸의 말을 무시하고 자기 할 말만 했다.

"늙어서 외롭지 않으려면 친구 같은 딸이 있어야 돼. 그게 안 되면 아들이라도 있어야 하고. 요즘은 아들도 딸처럼 사근사근하다더라."

주연 씨는 용기 내어 엄마에게 반항했다.

"엄마, 나는 '친구 같은 딸' 노릇이 싫어. 엄마의 감정 쓰레기통이 된 거 같아서."

그러나 주연 씨의 어머니는 소설이나 드라마에서처럼 주연 씨에게 미안해하지 않았다.

"내가 딸년한테도 '감정 쓰레기통' 소릴 들어야 하니? 내가 낳은 딸한테 그 정도 얘기도 못 하면 누구한테 해?"

주연 씨는 본격적으로 어머니에게 그동안 쌓였던 것들을 토해 냈다.

"엄마, 나는 엄마를 조금 미워하고 많이 좋아해. 엄마가 지긋지긋하기도 하지만, 엄마가 나한테 집착하지 않으면 서운할 것 같기도 해. 엄마, 나는 나 닮은 아이를 낳을까 봐 그 아이를 엄마처럼 키울까 봐 그 아이가 커서 나처럼 될까 봐 아이 낳는 걸 고민하고 있어. 아이가 나를 원망할까 봐 내가 아이를 탓하게 될까 봐. 엄마, 나는 날 붙잡고 시집살이 설움을 토로하는 엄마, 성적에만 신경 썼던 엄마를 미워하면서 죄책감을 느껴. 엄마가 최선을 다해 나를 키운 건 알고 있으니까. 엄마, 엄마는 나를 왜 낳았어?"

주연 씨 어머니는 딸의 말을 받아쳤다.

"그때는 결혼하면 애 낳는 게 당연하던 시절이니까 낳았지. 내가 살면서 제일 잘한 일이 너 낳은 거구. 그러니까 너도 너 닮은 자식 낳아서 길러 봐."

주연 씨는 절박했다.

"나는 내 자식이 내가 엄마한테 받은 사랑의 형태를 그대로 받을까 봐 염려가 돼. 나는 자식에게 조건 없는 희생을 하진 못할 것 같아. 내 아이가 공부도 잘하고 말도 잘 듣고 친구들에게 인기도 많았으면 좋겠는데, 나는 자식에게 무조건적인 사랑을 받고 싶어. 엄마, 내가 엄마가 될 수 있을까? 엄마가 보기에 늘 부족한 내가? 나도 내 아이에게서 늘 부족한 점을 찾게 될까?"

주연 씨의 어머니는 이제 슬슬 짜증을 내기 시작했다.

"네 애가 맘에 안 들면 엄마 탓을 하고 싶지? 너는 사춘기를 지났는데도 아직도 엄마가 밉니?"

주연 씨는 눈물을 글썽였다.

"나는 내가 엄마 같은 엄마가 될까 봐 두려워."

내가 나섰다.

"의뢰인님은 의뢰인님의 어머님 같은 엄마는 되지 않을 거예요. 의뢰인님은 의뢰인님이지, 의뢰인님의 어머님은 아니니까요."

주연 씨는 긴장이 탁 풀린 듯 벤치에서 일어나다가 후들거렸다. 주연 씨의 어머니는 공원 벤치에서 조용히 눈물만 흘리며 울었다. 주연 씨는 뒤돌아보지 않고 걸어갔다. 주연 씨의 삶은 아기에게 물려줄 만큼 행복하지 않은가 보다. 아기에게 나눠 줄 만큼의 사랑을 받지 못했나 보다. 주연 씨는 주연 씨다운 엄마가 될 거다. 엄마 같은 엄마도, 엄마랑 닮지 않는 엄마도 모두 될 것이다. 언젠가는. 만약 주연 씨가 엄마가 된다면.

작고 어리고 귀여운

"하나뿐인 사랑하는 동생아."

화장실에서 들려오는 쌍둥이 오빠의 애타는 목소리를 못 들은 척 무시했다. 보나마나 휴지 가져다 달라고 하려는 거겠지.

"셜록 홈즈보다 위대한 명탐정님."

휴지를 한 칸만 잘라서 화장실 문틈으로 넣어 줬다. 화장실에서 시끄러운 소음이 들려왔다.

"야! 너는 화장실에 휴지 떨어질 일이 없을 거 같냐? 그때 내가 복수할 거야."

복수라니, 퍽이나 무섭겠다.

"그러든지."

한동안 화장실에선 유튜브로 뭔가를 보는 듯한 소리만

들렸다. 휴지는 안 챙겨도 스마트폰은 챙겼나 보다. 나는 착한 동생이니까, 오빠의 건강을 염려해 주었다.

"오빠 너 그러다가 치질 걸린다."

오빠가 성질을 참으면서 말을 씹어서 뱉었다.

"그. 러. 니. 까. 휴지 좀 달라고."

아직은 더 놀려도 될 것 같다.

"공손하게 부탁해야지."

무슨 말을 해야 내 비위를 맞출 수 있을지 머리 굴리는 소리가 들리는 것 같더니 한참 만에야 화장실에서 소리가 났다.

"미스 마플과 에르퀼 푸아로를 합한 것보다 뛰어난 명탐정님."

휴지를 내밀자마자 화장실 문틈으로 손이 나와서 잽싸게 채갔다. 오빠는 보던 유튜브를 그대로 틀어 놓은 채로 스마트폰을 손에 쥐고 나왔다. 나도 구독하는 채널이었다.

"똥 싸면서 먹방이 보이냐. 비위도 좋다."

오빠의 폰 안에서는 여덟 살의 키즈 유튜버 '달봄'이 불닭볶음면을 먹고 있었다. 물을 계속 들이켜며 "매워요. 입안에서 불이 나는 것 같아요."라고 하면서도 끝까지 꾸역꾸역 씹지도 않고 면을 후루룩 삼켰다.

"언제 저렇게 커서 불닭볶음면도 먹는대."

오빠는 마치 달봄이 삼촌이라도 되는 양 아련해졌다. 오빠와 나는 달봄이가 이유식을 먹을 때부터 달봄이의 채널을 봐 왔다. 볼이 오동통한 아기가 아기 새처럼 덥석덥석 이유식을 받아먹고, 이유식을 떠 넣는 숟가락이 조금이라도 늦어지면 발을 동동 구르며 재촉하는 모습이 귀여웠다. 그러다 자기 손으로 수저를 잡게 되어서는 밥도 국도 반찬도 한가득 떠서 흘리지도 않고 볼이 미어 터져라 야무지게 남김없이 먹었다. 아무리 입이 짧은 사람이라도 이 작고 소중한 아기를 보면 없던 식욕이 돌아올 것 같았다.

'먹방 아기'의 구독과 조회 수가 오르자 아기의 부모는 퇴사하고 PD와 영상 편집자를 고용해서 '달봄이의 먹방일기'라는 채널을 열어 정기적으로 영상을 올렸다. 광고 요청도 쏟아져 들어왔다. 달봄이는 새로 나온 민트초코 아이스크림을 먹으며 얼굴을 찌푸리다가도 금방 헤헤 웃으며 어색한 말투로 맛있다고 했다. 어릴 땐 복스럽게 많이 먹는 것만으로도 귀여움의 한계치를 넘겼지만 아기가 제일 귀여울 때라는 네 살을 넘기고부터는 단순히 꼭꼭 씹어 한입에 꿀꺽하는 것만으로는 예전만큼 귀엽지 않았다. 매번 집밥만먹는 것도 슬슬 지루해져 갔다. 달봄이는 아직 어린이라서 어른 먹방 유튜버처럼 많이 먹는 걸로 인기를 끌 수도 없었다. 뷔페에서 접시에 산처럼 음식을 쌓아 올리고 그걸 다 먹는 모습을 보여 주긴 했지만, 그것도 한두 번이었다. 그렇다고 여느 어린이들처럼 평범하게 밥 먹고 간식 먹는 걸로는 차별점이 없었다. 달봄이네 부모는 궁리 끝에 달봄이에게 추어탕이나 생태찌개 같은 '어른 입맛'을 강요했다. 달봄이는 인상을 쓰며 숟가락 한가득 국밥을 떠서 먹다가도 엄마나 아빠가 어떻냐고 하면 자동적으로 환하게 웃으며 혀짧은 목소리로 "맛있떠요."라고 했다.

그리고 나는 달봄이의 인스타그램 게시물에 '누구든 무엇이든 찾아 드립니다. 열 번 의뢰하시면 한 번 공짜.'라고 광고 댓글을 달고 다니는 중이다. 인스타그램이건 유튜브건 뉴스 기사건 조회 수가 높으면 일단 댓글을 달고 본다. 혹시 누구 하나라도 내 댓글 보고 의뢰하라고. 그런데 설마 달봄이에게서 DM이 오리라고는 예상하지 못했다. 달봄이는 '진짜 엄마 아빠를 찾아 주세요. 친엄마 친아빠요.'라고 메시지를 보내왔다. 그럼 달봄이의 유튜브를 제작하는 엄마 아빠는 가짜 엄마 아빠, 양부모란 말일까. 달봄이에게 '신뢰할 수 있는 어른'처럼 보이려고 영국 신사들이 썼다는 보울러햇을 쓰고 약속 장소에 나갔다. 오빠가 쫄래쫄래 따라 나왔다.

"오빠 너는 왜 따라 나오냐."

오빠가 들뜬 목소리로 신나 했다.

"달봄이한테 사인 받으려고."

무릎을 굽혀 달봄이와 눈을 맞추고 "안녕." 하고 인사했다. 달봄이는 어린이답게 배꼽 인사를 했다. 뭐 먹고 싶냐고 했더니 과자, 사탕, 젤리라고 하길래 편의점에 가서 달봄이가 고르는 대로 실컷 사 줬다. 돈은 내가 냈는데 달봄이의 사인은 오빠가 받았다.

"엄마 아빠가 살찐다고 과자 못 먹게 해요. 촬영하는 날은 밥도 잘 안 줘요. 촬영 전에 굶어야 촬영할 때 맛있게 많이 먹을 수 있대요."

달봄이는 와삭 소리가 나도록 입을 크게 벌려 스낵을 씹으며 말했다. 웃으면서 할 만한 얘기가 아닌데도 습관처럼 방싯방싯 웃었다. 어린이에게서 왠지 프로의 향기가 나서 나도 모르게 존댓말이 나왔다.

"제일 좋아하는 음식이 뭐예요?"

달봄이가 망설이지 않고 말했다.

"학교에서 먹는 급식이 제일 맛있어요. 급식은 촬영 안 하니까 그냥 먹으면 되거든요. 촬영할 때는 맛없는 것도 맛있는 것처럼 먹어야 해서 힘들어요. 급식은 남길 수도 있고요."

오빠가 달봄이의 사인을 챙기며 물었다.

"제일 먹기 싫었던 음식은 뭐예요?"

달봄이가 머뭇거리다가 낙지가 꿈틀거리는 흉내를 냈다.

"어……, 산낙지 전골이요. 낙지가 막 뜨거워서 냄비 뚜껑에 달라붙는데 식당 아줌마가 살아 있는 낙지를 가위로 막 잘랐어요. 낙지가 불쌍해서 울었는데 아빠가 싱싱한 거라며 막 먹으라고 했어요. 그래서 맛있게 먹는 척했어요."

먹기 싫은 걸 억지로 먹이는 것도 아동학대 아닌가? 한 걸음 더 들어가 질문했다.

"엄마 아빠가 촬영할 때 잘해 줘요? 어떻게 해요?"

달봄이는 오늘 처음 보는 나에게도 솔직했다.

"촬영 전에는 저 기분 좋게 하려고 되게 잘해 줘요. 떼써도 다 받아 주고. 근데 촬영 끝나고 나면 무서워요. 더 귀엽게 했어야 한다고 막 그래요. 저는 이제 유치원 동생 아니고 초등학생 언니인데."

이제 본론으로 들어갈 때다.

"엄마 아빠가 진짜가 아니란 생각은 왜 해요?"

달봄이는 집 안에서 일어난 일도 다 털어놓았다.

"우리 엄마 아빠는 절 사랑 안 해요. 엄마 아빠가 말하는 거 들었어요. 이제 저도 초등학생인데 열 살만 되어도 더 이상 귀엽지 않을 거라면서, 먹방 말고 다른 걸 해야 하나 어떻게 해야 하나 둘이 말다툼했어요. 제가 아주아주 천천히 컸으면 좋겠대요. 저는 많이 먹고 쑥쑥 크고 싶은데. 저 아니면 우리 집에 버는 돈이 없대요. 엄마 아빠는 동생을 낳는 것도 생각하고 있대요. 저는 동생 싫은데."

그러고 보니 달봄이네가 새로 이사했다면서 브이로그로 소개했던 신축 아파트가 떠올랐다. 달봄이의 귀여움으로 대출 없이 구입한 서울의 아파트였다. 그런 화수분이 점점 마를 날이 다가오니 부모도 초조해서 무리수를 두겠지. 아무거나 많이 먹는 건 이미 다른 성인 유튜버들이 하고 있고 그들과 차별점을 두려면 남들이 안 먹는 거, 맛없는 거, 특이한 거를 맛있게 먹어야 하겠지.

"엄마 아빠는 자꾸 맛없는 걸 맛있게 먹으라고 해요. 두리안 같은 거요. 생마늘 같은 거도 매운데 안 매운 것처럼 먹어야 돼요."

달봄이는 으웩 하고 토하는 흉내를 내고는 종알거렸다.

"어릴 때는 토실토실한 게 귀엽다고 했는데 이제는 살찌면 안 된다고 매일매일 태권도장 보내고 밤마다 공원에서 줄넘기를 시켜요. 태권도장 가기 싫은데."

들으면 들을수록 달봄이네 부모가 어린 달봄이에게 바라는 게 너무 많다.

"왜 싫어요?"

달봄이는 평화주의자였다.

"대련한다고 서로 때리고 맞는 것도 싫고요. 품새 잘하지 못하는데 딴 애들이 저 쳐다보는 거 같아서 자꾸 신경 쓰여요."

원래 어렸을 땐 남들이 다 나를 보고 있다고 생각하긴 하지, 했는데 그게 아니었다.

"남들은 달봄이가 품새 하는 거 잘 안 봐요. 자기 거 하기 바빠서."

달봄이에겐 어느 날 갑자기 길을 걷는데 알아보는 사람들이 있는 삶이 현실이었다.

"아니에요. 남들은 다 저 하는 거 보고 있어요. 가끔씩 모르는 사람들이 와서 막 인사하고 만지고 사인 받고 사진 찍고 가요."

낯선 어른이 마구 다가와서 이뻐한답시고 함부로 만지고 사인해 달라며 불쑥 펜과 종이를 내밀면 불쾌하겠지. 오빠 너 같은 사람 말이야.

"그럴 때 기분이 어때요?"

달봄이가 얼굴을 찡그렸다.

"엄마가 사람들이 저 좋아해 주는 거니까 고마운 거라고 했는데, 저는 누가 갑자기 와서 막 귀엽다고 쓰다듬고 그러면 무서워요. 싫어요."

달봄이는 실제로 보니 더 귀여워서 마구 아는 척하고 쓰다듬고 싶었지만 참았다.

"사람들이 달봄이를 많이 알아보는 게 불편해요?"

달봄이가 고개를 크게 끄덕였다.

"네."

달봄이가 더 이상 귀엽지 않은 나이가 되면 어떨까.

"그런데 엄마 아빠랑 같이 살려면 달봄이가 유명해져야 하고, 먹기 싫은 것도 먹고, 하기 싫은 태권도도 해야 하지요?"

달봄이는 사탕을 입에 문 채 끄덕거렸다. 의뢰 내용을 재확인했다.

"그래서 진짜 엄마 아빠를 찾고 싶은 거지요?"

끄덕임이 더 격해졌다. 앉아서 달봄이와 눈높이를 맞췄다.

"진짜 엄마 아빠는 어떤 엄마 아빠일 거 같아요?"

달봄이는 사탕을 녹여 먹으며 골똘히 생각했다.

"음…… 진짜 엄마 아빠는요, 카메라가 없을 때도 많이 놀아 주고요, 촬영하는 날도 안 굶기고 먹을 거 주고요, 제가 먹고 싶은 것만 먹으라고 주고요, 유튜브를 안 해도 저만 사랑해 줘요."

달봄이네 부모가 바라는 것의 반대 방향이었다. 이러면 나중에 달봄이네 부모를 설득하기 어렵겠는데.

"달봄이는 유튜브 안 하고 싶어요?"

달봄이가 머뭇거렸다.

"그건 아닌데요……. 나중에…… 좀 더 크면 할래요."

오빠가 초 치는 소릴 했다.

"좀 더 크면 안 귀여워질 텐데?"

달봄이는 객관적으로 볼 때 예쁜 편은 아니었다. 어릴 때야 귀여움으로 봐 주겠지만 점점 자라서 귀여움이 사라지면 그냥 평범한 소녀가 되어 인기가 떨어질 게 뻔했다. 그러니 달봄이 부모는 아이가 여기서 더 자라지 않기를 바라는 거다. 달봄이는 어떨까.

"좀 더 크면 유튜브 하고 싶어요? 유튜브에서 뭐 하고 싶어요?"

달봄이는 유튜브 바깥의 삶은 잘 상상하지 못했다.

"엄마 아빠랑 놀러 다니면서 브이로그 찍고 싶어요."

달봄이의 '진짜' 속마음은 뭘까.

"진짜 엄마 아빠랑 놀러 다니면서 브이로그 찍고 싶어요?"

달봄이는 어린애다운 말투로 솔직한 마음을 드러냈다.

"아니요. 진짜 엄마 아빠랑은…… 집에서 카메라 없이 막 놀고 싶어요."

카메라 없이 놀고 싶다고? 카메라 앞에서 놀았던 건 진짜 놀았던 게 아니라 연기였을까.

"지금 엄마 아빠도 놀아 주잖아요?"

얼마 전 올라왔던, 달봄이가 엄마와 쿠키를 만들어 먹는 영상을 화제로 꺼내며 물어보았다.

"지금 엄마 아빠는 놀아 줄 때 항상 카메라로 찍어요. 쿠키가 맘대로 안 돼서 짜증 냈다가 엄마한테 혼났어요. 그러면 시청자들이 떨어져 나간대요."

지금 달봄이네 집에선 달봄이가 소녀 가장이었다. 달봄이가 아직 귀여울 때 최대한 콘텐츠를 뽑아내려는 달봄이네 부모 마음도 이해는 갔다.

"달봄이는 촬영 없는 날 남는 시간에 운동 말고 뭐 해요?"

달봄이가 스마트폰을 만지작거렸다.

"유튜브 봐요."

하긴 나도 시간이 남으면 인스타그램이나 유튜브에 빠져서 이것저것 보느라 시간을 날리긴 한다.

"달봄이는 커서 어른이 되면 뭐가 되고 싶어요?"

달봄이가 신나서 떠들어 댔다.

"쑥쑥 커서 모델이 되어서 예쁜 옷 많이 입고 패션 유튜버도 되고 싶고요, 언니들처럼 메이크업 유튜브도 하고 싶고, 먹방은 다 크면 하고 싶어요. 그때는 제가 좋아하는 것만 먹을래요."

결국 유튜버가 되고 싶다는 얘기구나. 이 아이가 아는

세계는 모두 유튜브 속에 있으니까.

"달봄이가 고학년 언니가 되면 유튜브 못 찍을지도 모르는데 어른이 되어서 유튜브 방송하기 전까지 유튜브 안 하고 뭐하고 싶어요?"

달봄이는 아직 거기까진 생각하지 못했나 보다.

"음……, 몰라요……."

오빠가 끼어들었다.

"하긴 뭘 해. 열심히 학교 공부 해야지."

말은 맞는 말인데 유튜브 속에서 연예인으로 살다가 어느 한순간 일반인이 되는 건 어떤 기분일까. 오빠가 대화를 이었다.

"달봄이는 무슨 유튜브 봐요?"

달봄이는 키즈 유튜버의 채널을 보여 줬다.

"이 오빠는 5학년 오빠인데요, 엄마 아빠는 저도 잘하면 이 오빠처럼 계속 시청자층을 바꿔 가면서 유튜버 할 수 있을 거래요."

달봄이에게 진지하게 물었다.

"달봄이는 정말로 유튜브하는 게 좋아요?"

달봄이가 볼을 부풀렸다.

"하기 싫어도 해야 해요. 저희 집에서 제가 유튜브 안 하면 지금 사는 집에서도 못 살고 거지 돼요."

부모가 얼마나 세뇌했으면 이 어린애가 벌써 자기가 집안의 실질적 가장이자 주 수입원이라는 걸 알고 있을까.

"탐정 언니가 달봄이네 엄마 아빠 만나 봐도 될까요?"

달봄이가 움츠러들었다.

"만나서 뭐 해요?"

솔직하고 간단하게 말했다.

"그냥 이야기할 거예요."

달봄이가 머뭇거렸다. 과자 부스러기 묻은 입을 소매로 쓱 닦고 내 소매 끝을 잡고 만지작거렸다. 달봄이를 안심시키려고 달봄이와 눈높이를 맞추고 천천히 말했다.

"탐정 언니는 달봄이 편이에요."

달봄이가 눈을 동그랗게 떴다.

"달봄이 '팬'이 아니고 '편'이에요?"

오빠를 가리켰다.

"'팬'은 저 오빠고."

나를 가리켰다.

"탐정 언니는 '편'이에요. 친구들하고 놀 때 편 먹고 놀지요? 그때 그 '편'이에요."

달봄이는 이해한 것 같았다.

"엄마 아빠 말고 제 편을 들어 줄 거예요?"

달봄이에게 새끼손가락을 내밀었다.

"약속할게요."

* * *

달봄이는 도장 찍고 복사까지 하고서야 나와 오빠를 집에 데려갔다. 달봄이네 집은 사람 사는 곳이라기보다는 촬영을 위한 스튜디오 같았다.

"안녕하세요, 달봄이의 의뢰를 받은 탐정인데요."

달봄이네 엄마가 나를 위아래로 훑어보며 의심을 가득 담아 물어봤다.

"진짜 탐정이에요?"

오빠가 어쩐지 자기가 으쓱하며 대꾸했다.

"공인 탐정은 아니지만 법적으로 탐정 명칭을 사용할 수 있으니까 탐정 맞죠."

달봄이네 엄마가 손뼉을 쳤다.

"어머어머, 그러면 '달봄이, 탐정을 만나다'로 영상 하나 찍을 수 있겠다아."

달봄이의 부모는 달봄이의 채널에 자주 등장했다. 처음 만났는데도 왠지 친근하고 실제로 만나니까 더 연예인스러웠다. 하마터면 여기 온 목적을 잊고 할 말을 못 한 채 달봄이 엄마의 페이스에 말릴 뻔했는데 오빠가 나를 툭 쳤다.

"달봄이가 왜 탐정에게 뭘 의뢰했는지 궁금하지 않으세요? 달봄이가 대신 말을 전해 달라고 의뢰했어요. 달봄이는 아직 어려서 엄마 아빠를 좋아하니까요. 먹기 싫은 음식을 억지로 먹이고 촬영하는 게 아동학대라는 걸 모르니까요."

달봄이 엄마가 불퉁하게 말했다.

"달봄이 동의하에 찍은 거예요."

내가 달봄이 편을 들었다.

"아이들은 어른이 시키는 걸 거절하지 못하죠."

오빠가 달봄이 팬의 마음으로 또 한마디 얹었다.

"어린이한테 생계를 책임지게 만드는 것도 좋은 부모가 할 행동은 아니죠. 달봄이는 아직 어린데도 싫은 걸 참고 영상을 찍잖아요. 그래야 엄마 아빠가 좋아하니까요. 집안에 돈 버는 사람이 자기밖에 없는 걸 아니까요. 어린이는 어린이답게 철없이 자라야 하는데, 달봄이는 겉으로는 어린애고 속으로는 나이보다 어른스럽잖아요."

거실 겸 스튜디오가 소란스러워지자 달봄이네 아빠도 나왔다. 달봄이 아빠는 '장난꾸러기 아빠' 콘셉트로 달봄이가 아직 아기였을 때 달봄이 엄마와 부부싸움 하는 척해서 달봄이가 울면서 엄마 아빠의 싸움을 말리는 영상을 찍었던 적이 있었다. 지금이야 어린아이를 공포에 질리게 하는 게 아동학대라는 걸 알지만 그때는 나도 달봄이를 기특해하며 웃으면서 그 영상을 봤었다. 달봄이 아빠가 주먹을 쥐었다.

"'아동학대'란 말이 들리던데, 달봄이는 유튜브 촬영하는 거 좋아해요. 달봄이가 좋아하지 않았으면 우리도 달봄이 데리고 유튜브 안 했을 거예요."

처음부터 '아동학대'를 들먹이면서 너무 훅 들어갔나. 본론부터 들어가는 게 내 나쁜 버릇이다.

"학교에서 달봄이의 급우들이 달봄이한테 먹기 싫어하는 걸 억지로 먹인다고 생각해 보세요. 달봄이는 친구가 필요하니까 눈 딱 감고 먹고. 그러면 '학교 폭력'이라고 하시겠죠?"

그러자 달봄이 아빠가 목소리를 낮게 깔았다.

"억지로 먹인 적은 없어요."

목소리를 깔면 내가 쫄 줄 알았나.

"어린이는 어른의 사랑을 필요로 하니까 참고 먹는 거죠."

달봄이 아빠의 목소리가 커졌다.

"여태까지 달봄이네 시청자 중에 '아동학대'라고 한 사람은 없었어요."

달봄이가 괴로워하는 모습을 귀여움으로 소비한 나도 공범이다. 그러니까 지금이라도 달봄이를 구해 주려 하는 거다. 달봄이 엄마가 변명했다.

"아이가 좋아하고 소질 있는 걸 밀어 주는 것도 부모가 할 일이에요. 이것저것 다양한 경험을 시켜 주면서요. 달봄이가 진짜 싫어하면 안 찍었을 텐데 달봄이도 따라와 주니까 찍는 거예요."

달봄이에게 안 따라간다는 선택지가 있었을까.

"지금은 어린애가 어른이 먹는 걸 맛보는 콘셉트지만 달봄이가 더 크면 뭘 먹이실 건데요?"

달봄이 엄마가 이 상황에 해맑게 말했다.

"그게 고민이에요. 한번 해 봤는데 달봄이는 아직 위장이 작아서 먹방 BJ들처럼 많이 먹는 건 못 하고, 이제 와서 타깃 시청자층을 어른에서 또래로 바꾸기엔 위험 부담이 크고……. 뭐 아이디어 없어요?"

달봄이 아빠는 지난 추석에 특집 방송으로 달봄이에게 와사비 넣은 송편 복불복을 한 적도 있다. 와사비가 가득 들어 있는 송편을 먹은 달봄이가 눈물이 핑 도는 모습을 클로즈업했다. 지금 생각해 보니 어린아이가 괴로워하는 모습을 구경거리로 삼은 것도 못 할 짓이었다.

"지금 달봄이는 일상 브이로그도 찍고 먹방도 찍고 하루의 대부분을 유튜버 활동하는 데 쓰고 있잖아요. 그냥 달봄이의 삶은 어디 있어요?"

달봄이 아빠가 열심히 자기를 변호했다.

"달봄이는 유튜브 속에선 연예인 같은 거예요. 연예인들 인기 떨어지면 공허해하듯 달봄이도 유튜브 그만두고 관심을 못 받게 되면 우울해질 거예요."

달봄이에게 들었던 이야기를 했다.

"달봄이가 점점 자라서 나이 먹고 사춘기가 오면요? '사생활'이란 걸 알게 되어서, 시청자가 갑자기 길에서 달봄이를 만지면서 알아보는 걸 불편해한다면요?"

달봄이 아빠는 부모니까 달봄이를 제일 잘 안다는 입장이었다.

"우리는 달봄이의 매니저이자 유튜브 채널 제작자이기전에 부모예요. 아이한테 뭐가 좋고 안 좋은지는 저랑 달봄이 엄마가 제일 잘 알아요. 달봄이가 유튜브하기 싫어하면언제라도 그만둘 거예요. 지금은 달봄이가 유튜브하고 관심받는 걸 좋아하니까 하는 거죠."

달봄이 편인 어른들은 어디 있을까.

"달봄이가 좋아한다고요? 아직은 억지로 먹기 싫은 걸먹이고 일부러 울리는 걸 장난이라고 인식해서 유튜브를계속하는 거고요, 나중에 더 크면, 사춘기 올 나이쯤 되면,그게 다 아동학대였다는 걸 알게 될 텐데요. 그때 달봄이와 엄마 아빠와의 관계가 괜찮을까요?"

이건 좀 너무 협박스러웠나.

"커서 유튜브 영상을 다시 보면 자기가 어렸을 때 이렇게 많은 사람에게 관심과 사랑을 받는 귀여운 애였다는 걸 알게 되어서 자존감이 높아질 거예요."

말이 안 통하는구나.

"오늘의 먹방 메뉴는 뭔데요?"

"청국장이요."

나도 모르게 눈살이 찌푸려졌다.

"청국장은 영양가가 있긴 하지만……. 어린이가 먹기에는 냄새가……."

달봄이 엄마가 힘주어 말했다.

"편식하지 말고 먹어야죠."

한숨이 절로 나왔다.

"달봄이는 또 꾹 참고 먹기 싫은 청국장을 퍼먹어야겠네요."

그게 달봄이의 셀링 포인트였다. 맛없거나 괴식이거나 어른들이나 좋아할 음식을 의젓하게 폭폭 퍼먹는 기특하고 귀엽고 이상한 어린아이. 산낙지 전골이나 청국장보다 더한 음식이 남아 있을까 싶어 물어봤다.

"청국장 다음은 뭐예요?"

달봄이네 부모에게는 이미 다 계획이 있었다.

"번데기요."

아무거나 냉장고에 있기만 하면 다 꺼내 먹는 오빠도 번데기에는 얼굴을 찌푸리며 물어보았다.

"달봄이는 유튜브 바깥에도 세상이 있다는 걸 알아요?"

하필이면 올해 입학했는데 코로나 때문에 학교도 제대로 못 나가고 친구도 별로 못 만나고 수업도 영상으로 했으니 유튜브 바깥에 학교와 선생님과 친구들이라는 또 다른 세상이 있다는 걸 알 기회를 놓쳐 버렸다. 달봄이네 부모가 정말로 달봄이를 제일 잘 알고 있는지 물어보았다.

"달봄이가 진짜로 제일 좋아하는 음식은 뭐예요?"

달봄이네 엄마가 얼른 답했다.

"달봄이는 아무거나 다 잘 먹어요."

땡. 내가 채점을 했다.

"아닌데요."

달봄이는 과자, 사탕, 젤리를 좋아했다.

"그럼 그거 찍으면 되겠다. 과자랑 사탕과 젤리를 종류별로 늘어놓고 맛보면서 시식평 얘기하는 거."

달봄이 엄마는 그 틈을 놓치지 않았다. 내내 나와 자기 부모의 설전을 지켜만 보던 달봄이가 더는 못 들어 주겠는지 자기 의견을 말했다.

"아니야. 나는 생크림 케이크를 제일 좋아해. 생일날 먹는 거니까."

달봄이 엄마가 나와 달봄이 눈치를 봤다.

"그럼 오늘은 생크림 케이크 사서 시청자 이모 삼촌들이랑 같이 촛불 후 불어 볼까?"

달봄이가 고개를 저었다.

"아니야. 그냥 청국장 먹을래. 내가 좋아하는 거 먹으면 인스타그램 댓글에서 나쁜 말 해."

유튜브야 어린이의 영상에 댓글 다는 걸 막아 놨지만 유튜브 홍보용으로 짧은 영상을 올리는 인스타그램은 누구나 댓글을 달고 다이렉트 메시지를 보낼 수 있었다. 악플러는 어디에나 있고 한글을 아는 달봄이는 악플을 읽을 수 있었다. 허리를 숙여 달봄이와 눈을 맞췄다.

"나쁜 말 하는 어른들은 배배 꼬여서 달봄이가 뭘 먹건 나쁜 말을 할 거예요. 그러니까 그런 거 신경 쓰지 말고 달봄이 먹고 싶은 거 먹어요. 어른 입맛에 맞는 음식은 달봄이가 어른이 되면 자연스럽게 좋아질 거예요."

도움이 되는 게 없는 오빠가 초를 쳤다.

"아닌데. 전일도 너는 아직도 국밥 싫어하고 분식 좋아하잖아."

내가 반격했다.

"달봄이, 봤죠? 좋아하는 것만 먹고 살아도 키도 크고 어른도 될 수 있어요. 하기 싫은 일은 하지 않아도 괜찮아요. 탐정 언니는 공부하기 싫어서 대학에 안 갔는데도 별일 없이 잘 살잖아요. 달봄이가 먹방 찍는 거 싫어하면 안 해도 돼요."

달봄이는 머뭇거리다 엄마 아빠의 눈길을 피하며 말했다.

"엄마 아빠는 내가 먹방을 안 찍어도 날 사랑해요?"

달봄이네 엄마 아빠는 말이 없었다. 빈말이라도 해 주지. 보다 못해 내가 나섰다.

"달봄이는 이 집안 생계 같은 어려운 문제 고민하지 말아요. 복잡한 문제는 어른들이 다 해결할 거니까. 달봄이는 하고 싶은 거 하고, 하기 싫은 거 하지 말아요. 뒷일은 어른들이 수습할 거니까."

그날 청국장 먹방 영상은 올라오지 않았다. 그리고 그다음 날 달봄이네는 아기 고양이와 강아지를 입양했다. 달봄이는 케이크 먹방을 올렸고 달봄이네 브이로그엔 강아지와 고양이 영상이 자주 올라왔다. 그래, 고양이와 강아지도 어린 달봄이만큼이나 귀엽지.

달봄이가 평범하게 자기가 좋아하는 빵을 오물거리며 먹는 영상을 올리자 조회 수가 떨어졌다. 달봄이는 혀 짧은 목소리 대신 자기 목소리로 말한다. 그래 봐야 앞니가 빠져서 새는 발음이지만. 달봄이가 강아지와 고양이에게 간식

주는 영상을 올리니까 다시 조회 수가 올랐다. 달봄이네 채
널에는 이제 달봄이보다 달봄이네 강아지와 고양이 영상이
더 많이 자주 올라온다. 달봄이의 엄마는 달봄이 동생을
임신했다. 이제 그 아기가 태어나면 분유 먹방을 찍겠지.

　나는 달봄이를 데리고 자주 공원에도 가고 미술관에도
가고 박물관도 다닌다. 달봄이는 떡꼬치, 붕어빵 같은 길거
리 음식에 눈을 떴다. 타코야키를 먹으면서도 스마트폰을
들고 먹방을 찍은 달봄이가 스마트폰 화면을 보며 말했다.

　"'좋아요'와 '구독'을 눌러 주세요."

그때 그 한마디 말

"저 진짜로 아니에요."

예쁜 사람은 우는 모습도 예쁘다. 크롭 티셔츠에 트레이
닝 바지를 입고 버킷햇을 푹 눌러썼는데도 얼핏 보이는 희
고 맑은 피부, 가닥가닥 올린 속눈썹, 살짝 상기된 발간 볼,
틴트를 바른 체리 같은 입술. 민낯 같은 청순한 화장 위로
맺히는 눈물방울에 나도 모르게 마음이 아리다. 왠지 저
도톰한 입술에서 나오는 말은 모두 참일 것 같고 서클렌즈
낀 이국적인 눈동자로 날 보며 하는 부탁은 다 들어주고
싶게 생겼다. 물론 나는 전문가이므로 의뢰인인 아이돌 지
망생 혜린의 미모에 휘둘리지는 않는다.

"시간은 일주일. 다음 라운드 전까지요."

혜린을 따라 나온 기획사 매니저가 울고 있는 혜린에게

휴지를 건네주며 계약서에 날짜를 기입했다. 나는 계약서에 서명하며 물어보았다.

"그러니까, 그 글이 올라온 게 어제였죠?"

혜린은 요새 한창 인기 있는 오디션 프로그램의 참가자였다. 팀 미션에서 댄스가 안 되는 싱어송라이터와 함께 새벽까지 지치지도 답답해하지도 않고 댄스 연습을 한 끝에 팀 전원이 한 명도 탈락하지 않고 다음 스테이지로 진출했다. 처음부터 끝까지 웃음을 잃지 않고 춤 못 추는 팀원 옆에 붙어 "괜찮아. 한 번만 더. 점점 나아지고 있어."라고 다독이며 밤샘 연습을 하는 근성과 인성에 팬이 늘어났고, 전원 통과의 위업을 달성하는 과정에서 '인성 갑'이란 별명이 붙었다. 전원 통과가 확정되자 혜린은 그제야 울음을 터뜨렸는데 그 모습에 투표 수가 쭉쭉 올라갔다. PD도 혜린의 키워드를 '인성'으로 잡은 모양인지 혜린이 다른 참가자들과 있는 모습을 계속 찍었다. 혜린도 PD의 의도대로 몰래 숨겨 온(사실은 PPL로 들어온) 과자를 다른 참가자들과 나눠 먹는 장면을 연출했다. 듀엣 미션에서도 가창력을 뽐낼 수 있는 파트를 다른 참가자에게 양보했다. 심사위원 점수는 조금 손해 보더라도 시청자 투표에서 만회하려는 전략이었다. 카메라는 혜린이 상대 참가자를 배려하는 모습을 집요하게 찍었다. 춤출 때는 파워풀하지만 평소에는 청순한 미모에 늘 미소 짓는 천사 같은 소녀가 혜린의 콘셉트였다.

"그런데 TOP 10 진출을 앞두고 시청자 게시판에 이런 게 올라온 거예요."

소규모 기획사라 연습생인 혜린의 우승에 회사의 역량을 올인하고 있다는 매니저가 한숨을 푹 쉬었다. 시청자 게시판에는 혜린과 중학교 동창이라는 사람이 쓴 투서가 올라와 있었다. 혜린이 자기를 괴롭힌 학교 폭력 가해자라는 내용이었다. 혜린의 깨끗하고 순수하고 배려심 넘치는 이미지와는 정반대였다. 시청자 게시판엔 혜린을 퇴출하라는 글이 마구 올라왔다. PD는 기획사에 사실 확인을 요구했다. 매니저가 한숨과 함께 말했다.

"일단 공식적으로 학교 폭력 위원회가 열리거나 한 기록은 없고요."

혜린이 눈물을 글썽였다.

"저 진짜 기억이 안 나요. 전 그런 짓 안 했어요. 피해자라고 우기는 애가 누군지도 모르겠어요."

매니저가 혜린을 힐끗 보면서 혼잣말처럼 중얼거렸다.

"울고 싶은 건 나다."

매니저는 다시 내게로 시선을 돌렸다.

"당시 담임 선생님을 찾아서 물어봤는데 학교 폭력으로 문제를 일으킨 적은 없었다고 하더라고요. 선생님한테 도움을 요청한 학생도 없었고요. 애들이 다 착했대요."

중학교 2학년이면 어른들은 아무것도 모르고, 문제를 해결해 주지도 못한다는 걸 알 만한 나이다. 시청자 게시판에 올라온 내용이 맞다면 더더욱. 혜린의 촉촉한 눈망울을 똑바로 보면서 물었다.

"단톡방에서 피해자 뒷말 안 했어요? 한마디도? 피해자가 단톡방 나가면 초대하고 또 나가면 또 초대하고 그러지도 않았고요?"

혜린도 턱을 들고 단호하게 말했다.

"반 애들 다 있는 단톡방이었고요. 캡처에도 나왔지만 저는 아무 말 안 했어요."

아무 말은 안 했지만 피해자의 뒷담화를 하려고 개설한 단톡방의 멤버이기는 했다. 인터넷에 올라온 내용을 확인했다.

"피해자가 급식 먹을 때 툭 치거나 지나가면서 국에 쓰레기 집어넣어서 매일 점심을 굶게 한 적도 없어요?"

혜린은 강하게 부인했다.

"맨날 혼자 밥 먹은 애가 개라면, 저는 안 했어요. 다른 애들이 했어요."

아까는 피해자가 누군지도 모른다더니 지금 말하는 걸 들어 보면 '피해자'가 누군지 알고 있다. 혜린을 몰아붙였다.

"피해자 체육복을 찢은 적은 없어요?"

혜린은 턱을 들고 나를 똑바로 보았다.

"전 안 했어요."

나도 혜린을 똑바로 보았다.

"피해자를 화장실에 몰아넣어서 물을 끼얹고 옷을 벗겨 촬영한 적도 없어요?"

혜린이 눈물을 글썽이며 말했다.

"진짜로 아니에요."

혜린의 볼에 눈물이 또르르 굴렀다.

"그런 건 일진들이 했어요."

나는 혜린을 추궁했다.

"피해자 뒷자리에서 피해자의 의자를 계속 발로 차서 수업 시간 내내 집중 못 하게 한 기억은 있어요?"

혜린이 미리 준비했던 것처럼 말했다.

"저는 맨 뒷줄이었고 걔는 맨 앞줄이었어요."

피해자가 당했다는 괴롭힘 중에 정말로 하나도 안 했을까. 읽는 나도 괴로운데 이걸 다 버텨 낸 피해자도 대단하다.

"피해자한테 네 부모가 너 같은 걸 왜 낳았는지 모르겠다고, 나 같으면 공부든 뭐든 못하고 얼굴도 못생기고 맨날 왕따나 당하면 죽을 텐데 너는 왜 사느냐고 안 했어요?"

혜린이 계속 부인했다.

"안 했어요. 저는 그냥 수업 시간에 졸고 점심시간에 급식 먹고 쉬는 시간에 수다 떨고 매점 가는 평범한 학생이었다고요."

혜린은 내게 자기가 학교 폭력 가해자가 아니라는 증거를 찾아 달라는 의뢰를 했다. 처음엔 피해자가 누군지도 모른다고 했는데 몇 번 물어보니 피해자가 누군지, 어떤 폭력을 당했는지 다 알고 있었다.

"저는 아무것도 안 했어요."

나는 혜린에게 가져오라고 했던 중학교 졸업앨범을 펼쳤다.

"중학교 교실에 왕따가 없을 리 없죠. 짚어 보세요."

겨우 몇 년 전인데도 아무것도 기억나지 않는 듯 혜린의 손가락이 허공을 떠돌았다. 사진들을 몇 번이나 훑어보고서야 혜린은 두 명을 짚었다.

"'이미지'와 '정지연'이 사이가 안 좋았어요."

왕따가 있는 교실에 중립은 없다. 혜린은 가해자 편이었을까 피해자 편이었을까.

"의뢰인님은 누구랑 친했어요?"

혜린이 곧바로 대답했다.

"미지요."

왕따 가해자 편이었구나. 대충 감이 잡힌다.

"그럼 지연이가 왕따였겠네요. 왜 왕따시켰어요?"

혜린이 정지연을 짚었던 손을 무릎 위에 가지런히 놓았다.

"그냥 친하지 않았던 거지, 왕따는 아니었어요. 지연이가 그런 글을 쓸 이유가 없어요."

나는 한동안 말없이 혜린을 쳐다보았다. 순수해 보이던 얼굴이 이제는 가식적으로 보였다. 매니저가 혜린의 어깨를 두드렸다.

"탐정님이 증거를 찾아 주실 테니까 넌 걱정 말고 연습이나 해."

혜린이 아직 눈물이 덜 마른 얼굴로 내 손을 잡았다.

"꼭 증거를 찾아 주셔야 해요. 학교 폭력 가해자라는 의혹을 벗지 못하면 연예계에서 영영 퇴출이에요."

매니저도 거들었다.

"얘가 이번 오디션에서 기회를 잡으려고 얼마나 노력하는지 몰라요. 적어도 TOP 10에는 꼭 들어가야 돼요."

혜린에게 손을 잡힌 채로 나는 혜린과 매니저를 번갈아 보았다.

"의뢰인님이 가해자인지 아닌지는 '증거'를 보면 알겠죠."

혜린이 알려 준 미지의 번호로 연락을 했다. 얼굴이 많이 가려지지 않는, 챙이 좁고 수평인 카노티에를 쓰고 나가서

미지를 만났다. 미지는 예쁘지도 못생기지도 않고 공부를
잘하지도 못하지도 않는, 그냥 그런 보통 고등학생이었다.

"정지연 알죠?"

미지는 기억나지 않는 듯이 머리를 두드렸다. 나는 폰으
로 찍어 온 졸업앨범의 사진을 보여 줬다. 미지는 그제야
기억해 냈다.

"아, 중2 때 같은 반이었어요."

폰을 가방 속으로 집어넣으며 물었다.

"사이가 별로 안 좋았다면서요?"

미지가 아무렇지도 않게 말했다.

"친하진 않았어요."

그 나이면 어른들이 보기에 별거 아닌 사소한 이유로도
싸우고 미워할 때이긴 했다.

"왜요?"

미지는 그 이유를 또렷하게 기억해 냈다.

"지연이가 '이미지 예쁜 척하는 거 가식적이야.'라고 하는
걸 들었어요."

그 정도 이유면 싸울 만하다. 친구들 사이의 평판이 중요
할 때니까.

"그래서 왕따시킨 건가요? 지연이랑 싸웠어요?"

미지가 어떻게 된 일인지 종알거렸다. 지연이에겐 심각한

일이었을 텐데 미지에게 들으니 학창 시절의 추억 정도로 들렸다.

"그거 가지고 치사하게 싸우긴 뭘 싸워요. 그냥 지연이한 테 말 안 걸고 쌩깐 거죠. 그런데 나중에 알고 보니 지연이 가 연예인 사진 가리키면서 '이 여자 예쁜 척하는 거 가식 적이야.'라고 했던 거였어요. 발음이 비슷하니까 '이 여자'를 '이미지'로 잘못 들은 거였어요."

어른답게 물어봤다.

"오해가 풀리고 나서는 사과하고 화해했어요?"

미지가 민망한지 웃었다.

"아뇨. 쪽팔리게 어떻게 사과해요. 애들은 이미 다 지연 이가 저 뒷담화 깐 걸로 알고 있는데."

나는 웃음기 없는 얼굴로 물었다.

"그래서 왕따를 지속했다, 이거네요?"

미지가 나를 툭툭 건드리면서 말했다.

"왕따는 아니었어요. 그냥 지나가면서 툭툭 친 정도?"

시청자 게시판에 있던 문제의 그 글을 보여 주었다.

"이거 다 사실이죠?"

미지가 휘리릭 글을 읽고선 진짜로 모른다는 얼굴을 했다.

"음……. 잘 기억 안 나요. 사실 지연이란 애도 기억이 가 물가물해요. 별로 안 친했으니까."

혜린도 왕따에 가담했는지 물었다.

"아마 했을걸요. 지연이는 모두한테 만만했으니까요."

왜 그랬는지는 뻔하다. '해도 되니까' 했을 거다.

"왜 그랬어요?"

미지가 가볍게 말했다.

"지연이가 이렇게까지 괴로워하는 줄 몰랐죠. 그때 말을 하든가. 장난으로 툭툭 친 건데 그걸 가지고 인제 와서 이렇게까지 판을 키우면……. 이거 혹시 거짓말 아니에요? 이렇게까지 한 기억은 없는데……."

미지에게 따졌다.

"말했어도, 왕따는 계속 시켰을 거잖아요. 이제 와서 오해했다, 미안하다 하기 싫어서."

미지가 도리어 억울해했다.

"걔가 사과를 받아 주면 다시 같이 친하게 지냈겠죠. 근데 걔도 네가 오해한 거라고 해명 안 했잖아요."

내가 차갑게 말했다.

"왕따 가해자들이랑 친하게 지내기 싫었나 보죠."

미지가 공연히 목소리를 높였다.

"왕따 아니었다니까요."

나는 착 가라앉은 목소리로 말했다.

"피해자가 있으면 가해자가 있는 거죠. 왕따 주동자라고 불러 드릴까요?"

미지가 다른 애들을 끌고 들어갔다.

"저만 지연이랑 사이 안 좋았던 거 아니에요. 지연이는 아무하고도 친하지 않았어요."

드디어 왕따 가해를 인정하는구나.

"가해자는 한 번씩 괴롭힌 거지만 당하는 입장에서는 여러 가해자에게 당했겠네요. 여러 명이 괴롭힌다고 책임이 n분의 1이 되는 건 아니에요."

미지는 짜증을 냈다.

"선생님 같은 소리 하시네요. 그럼 대체 어쩌라고요."

나는 선생님 같은 소리를 했다.

"피해자가 원하는 대로 해 줘야죠."

미지가 여전히 짜증스러운 말투로 물었다.

"걔가 뭘 원하는데요? 이미 다 지난 일인데."

기획사를 통해서 혜린에게 전화를 걸었다. 혜린도 가해자 무리 중의 일부였다. 본인은 부인했지만.

"전 그냥 지연이랑 말을 안 하기만 했어요. 괴롭히는 건 다른 애들이 했어요."

오디션 프로그램의 팀원들이 모두 말을 안 걸면 왕따라고 할 거면서.

"말 안 하고 투명인간 취급하는 것도 왕따랍니다. 방관자도 가해자예요."

혜린은 진심으로 억울해했다.

"걔가 무슨 원한을 품고 저한테 이러는 거예요? 전 아무 것도 안 했는데. 저한테 뭘 원한대요? 돈이라도 달래요?"

지연이의 입장에서 생각해 보았다.

"복수하고 싶었나 보죠. 시청자 게시판에 저격 글을 올려서. 자기를 괴롭힌 사람이 웃으면서 착한 척하는 게 가식적으로 보였나 보죠."

매니저가 폰을 건네받아 혜린을 거들었다.

"얘가 얼마나 착한데요. 다른 연습생들하고도 아무 트러블 없었어요. 오디션 프로는 자는 시간 빼고 카메라 들이대면서 사람을 극한까지 밀어붙이다 보니 본성이 나오게 되는데, 그 상황에서도 다른 참가자들 챙기잖아요. 우리 회사가 다른 건 몰라도 인성은 확실하게 봅니다."

내가 반격했다.

"친한 사람한테는 친절하고 안 친한 사람한텐 잔인할 수도 있죠. 조폭이 밖에선 쑤시고 다니다가도 집에선 가정적일 수 있고, 집에선 세간 때려 부수는 인간이 밖에선 젠틀할 수도 있죠."

매니저의 목소리가 조금 커졌다.

"이러려고 탐정을 고용한 게 아닌데요. 수임료를 받았으면 그 '이미지'라는 애한테서 우리 애가 그런 애가 아니라고, 우리 애는 가담한 적 없다는 증언이라도 받아 와야죠."

헤린이 입술을 물었다가 떼며 잔뜩 힘을 주고 말했다.

"제가 직접 피해자를 만나서 무조건 미안하다고, 뭐가 그렇게 미안한진 모르겠지만, 눈 딱 감고 무릎 꿇고 미안하다고 하고 그 저격 글 내리고 오해 풀었다고 새로 글 써서 올려 달라고 빌면 되죠?"

모르는 사람이 보면 결연하게 거사 치르러 가는 줄 알겠다.

"피해자가 원하지도 않는데 가해자가 찾아가는 거, 피해자한텐 공포스러울 수도 있어요. 역효과 날 수도 있다고요."

매니저가 다시 끼어들었다.

"우리 탐정님이 아직 어리시네. 수임료 환불하고 한번 봐요. 내가 다 처리해 놓을 테니까."

심장이 철렁했다.

"진짜로 피해자한테 찾아가서 트라우마를 건드리려는 건 아니죠?"

매니저가 여유롭게 말했다.

"접근금지 명령이라도 내리시게요? 걱정 마세요. 피해자 근처에도 안 갈 거니까."

매니저가 무슨 짓을 할지 모르겠다.

"제가 해결 못 하고 매니저님이 해결하시면 그때 수임료 돌려 드릴게요."

혜린에게 받은 연락처로 중학교 동창들에게 바지런히 연락했다. 돌아오는 대답은 허무했다. 중학교 졸업한 지 몇 년이나 지났다고 지연이를 기억하는 애들이 별로 없었다. 기억을 해내도 '조용한 아이' 정도였다. 미지의 이름을 대자 그제야 조금 기억을 해냈다. 미지를 아는 애들도 미지와 지연이가 친했는지 아닌지도 모른다고 했다. 시청자 게시판의 그 글을 읽어 봤다는 애들도 지연이가 그런 일을 당했는지는 기억나지 않는다고 했다. 다들 모른다고 했다. 피해자는 있는데 가해자가 없다. 미지 '혼자'서 '왕따'를 다 시켰다는 건가. 왕따 피해자 한 명이 있으면 가해자가 여러 명 있어야 하는데. 다들 모른 척하는 건가. 다들 자기가 했던 건 왕따가 아니라 사소한 장난이었다고 여겨서 기억을 못 하는 건가. 아니면 지연이가 허언증 환자라는 얘긴가.

"탐정님은 중학생 때 급식 메뉴 기억해요?"

카페에서 내게 중간 보고를 받은 매니저가 비웃는 투로 말했다.

"지연이가 아닌 애들한테는 별로 큰일도 아니었고 일상적인 일이었을 테니까 당연히 기억도 안 나겠죠."

지연이에게 이입해 보았다.

"당한 사람한테는 엄청 큰일이었는데요. 그걸 지켜본 같은 반 애들한테는 별로 충격적이지 않았나 보네요."

매니저는 간단하게 요약했다.

"'남의 일'이니까요."

하긴, '때린 놈은 발 뻗고 자도 맞은 놈은 오그리고 잔다.'라는 속담도 있지. 아니, 그 반대였던가. 내가 머릿속으로 속담을 떠올리고 있는데, 매니저가 바쁘게 폰을 만지며 내게 머리를 맞대라고 손짓을 했다.

"우리 탐정님, 글 좀 써요?"

갑자기 이게 무슨 소리야. 대체 뭘 하려고.

"쓴 적은 없지만 추리소설 많이 읽긴 했어요."

매니저가 폰으로 뭔가 바쁘게 쓰면서 날 불렀다.

"그럼 탐정님도 좀 씁시다. 우리 회사 직원들 다 동원해서 미담을 제조하고 있는데요."

직원들이 무슨 '미담 자판기'인가. 매니저의 폰에 진동이 왔다.

"벌써 반응이 오네요."

매니저는 폰 화면에 뜬 SNS를 보여 주었다.

"중학교 동창 애들한테 기프티콘 쏘면서 우리 애랑 엮인 미담을 SNS에 올리라고 했어요. '걔가 그럴 애가 아니다.'라는 내용이죠. 생각이 안 나면 우리 회사 직원들이 지어

내 준 얘기를 자기가 쓴 것처럼 올리라고 했고요. 여기 얘 좀 봐요. 우리 스타일리스트가 써 준 거 그대로 자기 얘기인 척 잘하네. 우리 애가 혼자 밥 먹는 애하고 같이 밥 먹어 줬다고. 목발 짚은 애 부축도 해 줬다고. 센스 있네. 이러면 기프티콘이 안 아깝지."

폰이 쉴 새 없이 울렸다. 매니저는 바쁘게 스크롤을 내리며 내게 SNS들을 보여 주었다.

"이런 것도 좋죠. 그 시청자 게시판에 글 올린 애가 중학생 때부터 유명한 거짓말쟁이였다고. 그 글에서 언급된 피해 사실 중에 맞는 건 하나도 없다고."

나는 발끈해서 소리쳤다.

"이거 2차 가해잖아요!"

매니저는 아랑곳하지 않았다.

"시청자 게시판에 글 쓰기 전에 우리 쪽으로 먼저 연락했으면 위로금 조로 돈 얼마 쥐여 주고 끝냈을 텐데 왜 먼저 선전포고를 해서는……."

매니저의 폰을 빼앗았다.

"지연이라는 애가 돈을 원한 게 아니잖아요."

매니저가 도로 폰을 되찾았다.

"우리 애가 연예계에서 퇴출되는 걸 원했겠죠. 하지만 우리가 그동안 애한테 투자한 게 한두 푼이 아니라서 이대로 제대로 데뷔도 못 하고 은퇴할 수는 없어요."

매니저가 SNS를 둘러보며 혼잣말을 했다.

"결정적인 한 방이 없네. 결정적인 한 방이."

어디까지 가려고 그러시나.

"그게 뭔데요."

매니저가 심각하게 '미담'들을 보며 스크롤을 내렸다.

"왕따에 절대 가담하지 않았다는 거."

매니저에게 당연한 사실을 알려 주었다.

"가담하지 않았어도, 알고 있으면서도 아무 말 안 하고 모른 척했으면 가해자죠. 맞은 사람 입장에선 때린 놈이나 지켜보고 있는 놈이나 그놈이 그놈이죠."

매니저는 아직 정신을 못 차린 것 같았다.

"지연이란 애는 우리 애가 손 내밀어 주지 않았다고 앙심을 품은 걸까요."

매니저에게 목소리를 높였다.

"의뢰인님은 왕따를 막을 수 있었어요. 중학생 때도 인기 많았다면서요. 그런 애가 지연이에게 말 걸어 주고 밥을 같이 먹어 주었다면 왕따도 끝났겠죠. 그런데 의뢰인님은 그렇게 하지 않았어요."

굳이 미지랑 노는 무리와 척지고 싶지 않았던 거겠지. 매니저가 자리에서 일어났다.

"이제 증언들은 이 정도면 되었고, 보도자료 낼 거예요. 무분별한 악플과 허위사실 유포에 대해 경찰에 수사 의뢰해서 법적 책임을 물을 거라고."

'애들 싸움에 어른이 끼어들면 어떻게 되나'의 나쁜 예를 생중계로 보여 주려나.

"고등학생한테 진심으로 법적 대응하고 싶어요? 개인 대 회사로? 의뢰인님도 잘못이 있는데?"

매니저가 물정 모르는 애 가르치듯이 설명해 주었다.

"겁주려는 거예요. 지연인가 뭔가 하는 애가 겁먹고 게시판에 그 글이 허위사실이었다고 하고 선처를 호소하면, 아직 어린 학생이고 반성하는 점을 고려해서 법적 대응은 취소해 주는 거죠."

기획사가 법적 대응을 운운하기도 전에 시청자 게시판에 두 번째 글이 올라왔다. 찢어진 체육복 사진과 함께. 가해자 무리가 찢어 놓았다는 체육복이었다. 왕따 당한 증거가 필요한 날이 올까 봐 옷장 구석에 처박아 놨었다고 했다. 쓰레기가 버려진 급식 식판 사진도 있었다. 녹음 파일도 올라왔다. 녹음된 목소리는 피해자한테 네 부모가 너 같은 걸 왜 낳았는지 모르겠다고, 나 같으면 공부든 뭐든 못하고 얼굴도 못생기고 맨날 왕따나 당하느니 죽을 텐데 너는 왜 사느냐며 낄낄대고 있었다. 다시 떠올리기도 괴로웠지만 언젠가 '증거'가 필요할 날이 올 거라고 자신을 다독이며 서랍 속 깊은 곳에 넣어 놓았던 것들이라고 했다.

피해자는 혜린이 TV에 나올 때마다 옛날 생각이 나서 죽고 싶다고 했다. 혜린의 꿈이 연예인인 것처럼, 피해자도 꿈이 있었다. 사범대에 가서 선생님이 되는 게 꿈이었다고 했다. 하지만 중학교 2학년 때 '그 일'을 겪으며 아무것도 모르는데도 우리 반 애들은 모두 착하다고 한 선생님에게 실망했고, 무엇보다 그 시절의 자신과 가해자들을 떠올리게 하는 중학생 애들을 보기 괴롭다고, 그래서 선생님이 되고 싶다는 꿈을 버렸다고 했다. 자신의 꿈이 꺾인 것처럼 가해자인 혜린도 꿈을 이루지 못했으면 한다고 썼다. 오직 그것만을 바란다고. 용서는 하고 싶지 않다고 했다. 가해자가 충분한 벌을 받기 전에 용서는 없다고. 가해자가 오디션 프로그램을 하차하고 다시는 TV나 유튜브나 SNS에서 보이지 않는 게 '충분한 벌'이라고 했다. 가해자가 찾아올 필요도 없다고 했다. 다시는 가해자들의 얼굴을 보고 싶지 않고 소식도 듣고 싶지 않다고.

동창들 명의로 나온 혜린의 선행과 '피해자'가 제시한 증거 사이에서 시청자들은 '진실'을 요구했다. PD는 안전하게 혜린이 나온 장면들을 통편집하고 기획사에 사태 해결을 미뤘다. 혜린은 아슬아슬하게 TOP 10에 올랐지만 이대로라면 사실상 다음 라운드에서 하차하는 게 기정사실이었다. 혜린은 울음을 터뜨렸다.

"그러니까 제가 가서 무릎 꿇고 싹싹 빈다고 했잖아요."

피해자가 그걸 원하지 않는다니까. 선수 치려다가 한 방 맞은 매니저는 씩씩댔다.

"애들끼리 좀 투닥거린 거 가지고 무슨 학교 폭력이라고……."

혜린은 급했는지 나와 매니저의 말을 듣지 않고 지연이에게 우르르 톡을 보냈다.

─ 그때 일은 정말 미안해.

─ 진심으로 사과할게.

─ 그때는 내가 철이 없어서 그랬어.

─ 정말 많이 반성하고 있어. 용서해 줘.

─ 그런데 나는 아무리 해도 기억이 안 나는데 내가 그랬다고?

─ 너 혹시 거짓말하는 거 아냐? 나한테 질투 나서? 난 너한테 욕한 적 없는 것 같은데.

메신저의 '1' 표시가 사라지지 않자 문자 폭탄을 쏟아부었다. 보다 못한 매니저가 혜린의 폰을 빼앗았다.

"다음 라운드 전까지는 어떻게든 해결을 해 놓을 테니까 넌 연습이나 하고 있어."

의뢰인의 스마트폰에 진동이 울렸다. 피해자에게서 온 메시지였다.

- 그때 나한테 말을 걸었어야지. 지금처럼.
- 그때 네가 나한테 한마디라도 해 줬으면 다른 애들도 나한테 말을 걸었을 거고, 왕따도 없었겠지.
- 그때는 왜 나한테 한마디도 안 했어? 지금 이렇게 말이 많은 애가?
- 너무 늦었어.
- 나는 이제 사람을 안 믿어. 왕따당한 이후로.
- 너 착한 척하는 거 가식적이야. 네 사과는 가짜야.

피해자의 메시지를 보던 매니저가 씩씩댔다.

"아니, 때린 것도 아니고 말 안 걸어 줬다고 왕따 가해자 취급이야? 이 정도면 비벼 볼 만하겠는데? 메신저 캡처해서 나한테 보내. PD한테 연락해서 우리 애가 왕따 가해자가 아니란 증거로 보여 줘야지."

아직도 정신을 못 차린 매니저를 말렸다.

"말 안 걸고 사람을 없는 것처럼 취급한 것도 왕따죠. 왕따 가해자들이랑 어울려 몰려다닌 것도 피해자 입장에서는 자길 괴롭히는 무리의 덩치가 커진 거니까 위협적이고요."

혜린은 울상을 지었다.

"그럼 이제 전 어떻게 해요? 이렇게까지 했는데도 지연이가 이제 화해했다는 글을 시청자 게시판에 안 올려 주면요? 오히려 메시지 폭탄 보낸 증거만 만들어 준 꼴인데요."

나는 혜린에게 타이르듯 말했다.

"용서는 피해자의 것이에요. 시간이 지났다고, 가해자가 용서를 구한다고, 꼭 용서를 해야 하는 건 아니잖아요."

혜린의 눈물 맺힌 얼굴이 이제는 더 이상 예뻐 보이지 않았다.

"대체 뭘 더 얼마나 해야 하는 건데요?"

그러게 지금 연예인이 될 줄 알았다면 과거에 잘했어야지.

"아무것도 하지 말아요. 뭘 해도 피해자한텐 아픈 기억만 상기시킬 테니까."

매니저의 목소리가 커졌다.

"증거 잡으라고 고용한 탐정이 의뢰인 편을 들지 않고 반대편 입장만 들어 줘도 되는 겁니까?"

나는 수임료가 든 돈 봉투를 테이블에 탁 소리 나게 놓았다. 드라마에서 '이 돈 받고 우리 아들이랑 헤어져.' 하는 시어머니처럼.

"탐정은 의뢰인 편을 들어야 하지만 사람은 피해자 편을 들어야죠."

혜린은 계속 연습실 구석에서 울기만 했다. 아무도 혜린을 가까이하지 않았다. 방송 분량을 차지하려고 눈치 싸움을 하는 참가자들이 통편집 당하거나 하차할 참가자에게 붙어 있다가 덩달아 방송에 나오지 않는 손해를 감수할 리 없었다. 혜린이 울먹이며 말했다.

"지연이가 왜 그랬는지 알 거 같아."

혜린은 TOP 9에 들지 못하고 짐을 챙겼다. 나는 혜린에게 쿠폰을 건넸다.

"이번엔 의뢰인님 입맛에 맞는 증거를 못 찾아내고 오히려 반대쪽 증거만 나오게 해서 수임료를 환불하지만요. 다음에 또 '철없을 때', '별거 아닌', '사소한', '장난'이 발목을 잡으면 의뢰하세요. 열 번 의뢰하면 한 번 공짜니까요."

혜린은 풀이 죽은 얼굴이었다.

"단 한 번의 왕따로 꿈이 사라졌는데 열 번씩이나 했으면 사회에서 매장당해요. 저도 이제 저를 모르겠어요. 제가 별일 아니라고 여겨서 기억도 나지 않는 말이나 행동이 왕따 가해였다고 어느 날 갑자기 튀어나오고 나서는요. 지연이는 사람을 못 믿고 저는 저를 못 믿겠어요."

혜린을 똑바로 보며 물었다.

"이제 학교로 돌아갈 텐데, 뭐 할 거예요?"

피해자는 꿈을 버렸다는데 가해자인 혜린은 아직 꿈을 꾸고 있었다.

"그동안 연습생 생활 하느라 못 했던 공부나 해야죠. 지연이가 용서해 줄 때까지 계속 사과하면 언젠가 용서해 주고 사과를 받아들였단 글을 써 줄지도 몰라요. 그럼 다시 연예계로 갈 수 있어요."

왕따에 해피엔딩은 없다.

"피해자가 연락을 원치 않는다고 했잖아요."

혜린은 어떻게든 연예인이 되고 싶어 했다.

"시간이 지나서 지연이가 좀 괜찮아졌을 때 해야죠."

나는 혜린의 어깨를 감쌌다.

"왕따의 기억은 평생 가요. 상처가 아물어도 흉터가 생겨요. 왕따당했던 기억이 떠오르면 왕따 이후로 자라지 않은 내면의 어린아이가 울고 있어요. 그러니까 지연이가 연락하기 전에는 절대로 연락하지 말아요."

"탐정님은 그런 거 어떻게 아세요?"

혜린이 큰 눈을 깜빡거리며 묻는 질문에 나는 뭔가 있는 듯한 미소를 지으며 말했다.

"가해자가 받을 벌을 다 받아야 피해자가 용서도 할 수 있죠."

혜린이 한풀 꺾인 목소리로 말했다.

"연예계 퇴출로는 모자라요?"

내가 반문했다.

"피해자는 영혼이 파괴되었는데요?"

크롭 티셔츠에 트레이닝 바지를 입고 버킷햇을 푹 눌러 쓰고 서클렌즈를 낀 의뢰인이 빨간 틴트를 바른 입술로 꿍얼거렸다.

"타임리프를 해서 중학생 시절로 돌아갈 수도 없는데……. 이럴 줄 알았으면 그때 지연이에게 한마디라도 말을 걸어 주었을 텐데……."

나도 카노티에의 챙을 만지작거리며 말했다.

"지연이를 찾아가서 사과하기엔 너무 늦어 버렸죠. 하지만 의뢰인님 SNS에 사과문 올리기엔 늦은 시간은 아니에요."

헤린은 기획사에서 써 준 사과문을 SNS에 올렸다. 왕따 주동자는 아니지만 왕따에 참가했다는 애매한 입장이었다. 피해자가 용서해 줄 때까지 사과하겠다는 문구도 넣었다. 피해자는 더 이상 아무 글도 올리지 않는다. 피해자는 이제 자신의 삶을 살아갈 것이다. 헤린이 지연이의 용서를 마지막 동아줄로 생각하며 기획사 연습실에 있는 동안.

몽유(夢遊)

〔1보〕 '서울 청년 일자리 센터'에서 20대 여성 추정 시신 발견

(전국=뉴스인뉴스) = 1일 오전 06시 10분경 서울 청년 일자리 센터 인근에서 20대로 추정되는 여성 시신 1구가 직원의 신고로 발견되었다. 시신에는 전신에 다발성 골절상 및 타박상이 있으나 직접적 사인인지는 아직 단정할 수 없는 상태다.

경찰은 이 시신의 신체적 특징 등이 지난 30일 자살 생중계 후 실종된 여성과 유사한 것으로 보아 동일인으로 추정하고 있다고 밝혔다.

경찰은 부검 후 정확한 사망 원인을 조사하여 타살 여부 등에 대해 브리핑을 할 예정이다.

※우울감 등으로 전문가의 도움이 필요한 경우 자살 예방 핫라인 1577-0199, 희망의 전화 129, 생명의 전화 1588-9191, 청소년 전화 1388 등

에 전화하면 24시간 상담을 받을 수 있습니다.

[2보] 서울 청년 일자리 센터에서 발견된 시신,
자살 생중계 20대 여성과 동일인으로 확인

(전국=뉴스인뉴스) = 광화문 경찰서는 브리핑에서 서울 청년 일자리 센터에서 발견된 시신이 전날 자살 생중계 후 실종된 20대 여성과 동일인으로 확인되었다고 밝혔다.

이 여성은 목이 졸려 숨진 것으로 추정되며 전신의 골절 및 타박상은 대부분 사망 전 거주하던 건물 옥상에서 투신하여 자살을 시도하여 생겼고, 일부는 사망 후 시신이 유기되는 과정에서 시신이 손상되어 생긴 것으로 경찰은 보고 있다.

경찰은 신고자를 소환하여 시신 발견 경위를 조사하고 있으며, 인근 CCTV 영상을 확보하여 시신을 유기한 자의 신원을 파악하는 데 주력하고 있다.

※우울감 등으로 전문가의 도움이 필요한 경우 자살 예방 핫라인 1577-0199, 희망의 전화 129, 생명의 전화 1588-9191, 청소년 전화 1388 등에 전화하면 24시간 상담을 받을 수 있습니다.

〔3보〕'서울 청년 일자리 센터 시신 유기 사건' 20대 여성,

타살로 밝혀져

(전국=뉴스인뉴스) = 경찰은 국립과학수사연구원으로부터 광화문 광장 시신 유기 사건 피해자가 타살당한 것으로 보인다는 1차 소견을 받았다고 브리핑했다.

피해자가 사망 전 자살 장면을 생중계한 동영상을 입수한 경찰은 분석 결과, 영상에 조작은 없으며, 당시 피해자는 전신 골절로 인해 동영상에 나온 자세로 혼자 목을 매기 어려웠던 점으로 미루어 조력자 또는 살해범이 현장에 있었을 것으로 추정했다. 경찰은 부검 결과 피해자에게서 결박흔이나 저항흔이 나타나지 않은 점으로 보아 면식범의 소행으로 추정하고 시신을 유기한 용의자를 검거하는 데 수사력을 집중할 계획이다.

※우울감 등으로 전문가의 도움이 필요한 경우 자살 예방 핫라인 1577-0199, 희망의 전화 129, 생명의 전화 1588-9191, 청소년 전화 1388 등에 전화하면 24시간 상담을 받을 수 있습니다.

〔종합〕경찰 "'일자리 센터 시신 유기 사건'

20대 여성 살해 용의자 추적 중"

(전국=뉴스인뉴스) = 광화문 경찰서는 1일 오전 06시 10분경 서울 청

년 일자리 센터 후문에 유기된 20대 여성이 타살당한 것으로 보고 용의자를 추적 중이라고 수사 상황을 설명했다.

피해자는 지난 30일 교살로 사망하는 과정을 생중계한 이후, 모자와 마스크로 얼굴을 가린 신원미상의 인물에 의해 여행용 트렁크에 담겨 1일 새벽 센터 후문에 유기되었다. 피해자는 사망 일주일 전 거주하던 건물 옥상에서 투신하여 전신에 다발성 골절과 타박상이 있는 상태였다. 피해자는 장기간 취업하지 못한 처지를 비관하여 자살을 시도했으나 추락 지점에 있던 간판이 충격을 줄여 생명에 지장이 없었다. 이후 병원으로 옮겨져 치료받던 중 지난 30일 신원미상의 인물과 함께 퇴원하였고, 같은 날 오후 목을 매어 사망하는 과정을 인터넷 사이트에 생중계하였다.

경찰은 신체 특성과 걸음걸이 등으로 미루어 보아 퇴원을 도운 신원미상의 인물과 동영상 속의 살인범, 시신 유기범이 동일인물이라고 추정하고 있다.

경찰은 수상한 가방이 있다며 신고한 기념관 직원을 소환하여 조사 중이며, 용의자의 신원을 밝히고 추적하는 데 동원 가능한 수사 인력을 총동원하여 현재 피해자의 주변인들을 탐문 수사 중이다.

한편, 새한국당 청년 위원회는 청년 세대의 생명 경시 풍조를 개탄하는 성명을 냈으며, 애국당은 국정감사에 생중계 사이트 대표의 출석을 강하게 요구하고 있다.

서울대 심리학과 최면 교수는 이번 사건에 대해 청년 세대의 좌절감이 자기과시욕구와 맞물려 자기파괴적인 방향으로 발현되었다고 분석하며 대학과 지자체에 상담 센터를 확충할 것을 대안으로 제시했다.

시사평론가 현기 박사는 현행 주 52시간 근로제를 다시 주 60시간으로 늘리고 내년도 최저임금 인상 폭을 낮춰야 경제가 회복되고 청년층 일자리와 소득이 늘어나서 이런 비극적인 사건이 다시는 발생하지 않을 것이라는 의견을 제시했다.

※우울감 등으로 전문가의 도움이 필요한 경우 자살 예방 핫라인 1577-0199, 희망의 전화 129, 생명의 전화 1588-9191, 청소년 전화 1388 등에 전화하면 24시간 상담을 받을 수 있습니다.

* * *

"여보세요."

폰 너머의 상대방은 한참 말이 없었다. 참을성 있게 기다렸더니 마침내 한마디가 흘러나왔다.

"뉴스 보셨죠? 서울 청년 일자리 센터 시신 유기 사건."

침착하게 되물었다.

"네, 그런데요?"

통화 중인 상대가 차분하게 의뢰했다.

"탐정이라고 했죠? 누가, 왜 죽었는지 알아봐 줄 수 있어요?"

언론의 주목을 받는 사건이 왜 나 같은 무명 탐정에게

왔는지 모르겠다.

"저는 고졸에 20대에 아직 강력 사건은 맡아 본 적 없는데, 저한테 이걸 의뢰하시는 이유는요?"

의뢰인은 아무렇지도 않게 말했다.

"바로 그 이유 때문에요."

의뢰인은 페이스북을 알려 주었다. 거기에 이번 사건의 뒷이야기를 써 놓았다고 했다. 통화가 끊어지기 전 급하게 물었다.

"혹시 피해자와의 관계가……?"

전화가 끊겼다. 열 번 의뢰하면 한 번 무료로 해 드리니 다음번에 또 살인사건이 생기면 연락하시란 말도 아직 못했는데. 일단 의뢰인이 알려 준 페이스북을 보았다.

언어의 무게

내가 너를 죽였다.

어느 날 갑자기 너는 내게 '죽고 싶다'고 했다. 그때 나는 힘내라고 했다. 너는 없는 힘을 쥐어짜서 뛰어내렸다.

아니다. 너는 꾸준히 내게 힘들다고 했다. 그때 나는 언젠가 뭐든지 다 좋아질 거라고 했다. 그게 성의 없고 무책임한 거짓말이라는 걸 너도 나도 남들도 모두 알고 있었다. 너는 나를 졸랐다. 구체적으로 말해 보라고. 언제 어떻게 무엇이 누가 좋아질지. 너의 그 말이 내 목을 졸랐다. 나는 변명했다. 언젠가 미래에 좋은 날이 오면 이런 날들이 다 추억이 될 거라고. 너는 웃었다. 네게 좋은 일이 생길 확률은 광화문 광장에 공룡이 나타날 확률과 같다고. 너에겐 미래가 오지 않았다. 내가 말한 미래에서 나는 후회하고 있다.

너는 네가 왜 살아야 하느냐고 물었다. 너는 소중한 사람이라고, 내가 말했다. 너는 믿지 않았다. 너는 모든 회사에서 거부당했다. 모든 직장이 너를 원하지 않았다. 너는 세금으로 부양받고 가족에게 부담되는 사람이었다. 너는 인권이 있고, 너는 존엄하다고 공허한 말을 떠들었다. 아무것도 하지 않아도, 아무것도 되지 못해도 너는 사랑받기 위해 태어난 사람이라고 지껄였다. 네가 죽으면 슬퍼할 사람들이 있다고 경전을 읊듯 영혼 없이 메시지를 보냈다. 그때 나는 속으로 중얼거렸다. 그 '슬퍼할 사람' 중에 나는 없을 거라고. 네가 지겨웠다.

너는 네가 살 가치가 있냐고 물었다. 너는 버는 돈이 없으니 세금을 내지 않고, 국가 재정에 구멍이 나고, 사회에

짐이 되고, 그런 네가 없어지는 게 사회에 더 이익이 되지 않느냐고. 나는 사람의 가치는 돈으로 측정할 수 없다고 도덕 교과서 같은 소릴 했다. 삶의 양보다 삶의 질이 중요하니까 뇌사자의 산소마스크를 떼는 것 아니냐고 너는 물었다. 네가 살아야 할 이유를 나는 찾지 못했다.

너는 그날 죽여 달라고 했다. 무섭다고. 옥상에 서 있다고 했다. 나는 믿지 않았다. 너는 겁이 많은 사람이었다. 나는 너를 내려오게 할 수 있는 말을 아무렇게나 되는 대로 내뱉었던 것 같다. 너를 협박하기도 했던 것 같다. 네게 사과도 했던 것 같다. 의미 없는 약속을 하며 빌기도 했던 것 같다. 네 죽음에 대한 책임이 내게 있을까 봐, 혹시 내가 죄책감을 느끼게 될까 봐 그랬던 것 같기도 하다. 그리고 그 말들은 공중에 떠 버렸다. 네 발목을 옥상에 붙들거나, 에어매트리스가 되어 주지는 못했다. 그때 내가 할 일은 119에 자살 의심 신고를 하는 거였다. 왜 그때 그 생각이 안 났을까. 그렇지만 그때 신고를 했어도 언젠가 너는 다시 그 옥상에 올라갔을 것이다.

너는 내게 너를 사랑하냐고 묻지 않았다. 너도 느꼈을 것이다. 내가 어떤 사람인지. 나는 상황에 따라 변하는 사람이다. 환경이 나를 변하게 했다. 마음은 몸을 따라간다. 나는 너무 피곤했다. 나는 꼭 재계약을 해야 했다. 남들보다 열심히 일했다. 다들 나보다 잘하니까 열심히라도 하려고 했다. 퇴근하고 나서 너의 징징거림, 울부짖음, 비난, 절규를 들어 줄 여력이 없었다. 너를 부양할 여력도. 지겨웠다. 모든 게. 너의 입을 닥치게 하고 싶었다. 그렇게 되었다.

병원에서야 너의 말을 들었다. 너의 입에서 내가 했던 말들이 나왔다. 괜찮다고, 용기를 내라고, 힘내라고. 그 말들이 얼마나 끔찍한지 알았다. 네가 원하는 대로 해 주겠다고 했다. 진통제에 절여진 너에게, 더 이상 고통스럽지 않게 해 주겠다고 했다. 세상이 너를 거부한 만큼 세상에 엿을 먹여 주겠다고 했다. 네가 나를 원망하고 증오하는 만큼 나를 망가뜨려 주겠다고 했다. 유튜브를 돌아다니면서 조회 수 높은 영상마다 댓글로 생중계 예고를 했다. 퇴원 수속을 밟았다. 나는 병원비와 간병이 무서웠는지도 모른다.

이 모든 게 나 때문이다. 네가 살아 있을 때 나는 끔찍하게 무력했다. 너에게 죽지 말라고 할 근거가 죽어 가는 동안의 고통과 실패했을 때의 후유증밖에 없었다. 내가 교만했다. 말 몇 마디로 너를 살릴 수 있을 줄 알았다. 무슨 말을 해야 하는지도 몰랐으면서. 내가 네게 했어야 했던 모든 답은 '미안해'였다.

* * *

  의뢰를 받자마자 사건 현장으로 향했다. 추운 날씨에 밖에서 오래 대기해야 할 것 같아서 비니를 눌러 쓰고 목도리를 둘렀다. 얼굴을 다 가려 줘서 좋았다. '나'가 아니라 익명의 20대가 된 것 같았다. 현장은 이미 기자들로 바글바글했다. 아직 살인범이자 시신 유기범이 밝혀지지 않은 상황에서 시신 유기를 최초 신고한 센터 직원이 출근하기만을 기다리고 있다. 센터 직원은 몰려든 기자들에 밀려 넘어지는 소동 끝에 모든 인터뷰와 촬영을 거부하고 센터 안으로 도피했다. 기자들은 직원이 시신 유기에 협조하지 않았는지, 미리 알고 있지는 않았는지 센터 창문을 두드리며 집요하게 물었으나 답은 돌아오지 않았다.

  센터 안팎에서 기자들과 직원들의 대치가 이어졌다. 일부 기자들이 돌을 던져 센터 창문이 깨지는 위험한 사태가 벌어지기도 했다. 기자들은 실시간으로 직원의 옷과 신발 브랜드와 가격을 보도했지만 패션 인플루언서들이 기자들보다 조금 더 빨랐다. 기자들은 '세금으로 운영되는' 센터의 '세금으로 월급 받는' 계약직 공무원이 '국민의 알 권리'를 침해하는 현실을 개탄했다. 센터는 임시 휴관했고, 기자들은 센터의 직원들이 퇴근할 때마다 집요하게 따라붙어 '이번 사태에 대해 혹시 들은 게 있는지' 물었다. 노숙할 준비는 미처 못 한 기자들은 밤이 깊어지자 일단 하나둘씩 퇴근하기 시작했다.

나도 슬슬 퇴근해야 하나 싶은 순간, 근처를 어슬렁거리던 60대 남성이 기념관 문에 뭔가 액체를 뿌리고 라이터를 켰다. 잽싸게 노인을 메치는 사이 센터 직원이 달려 나왔다.

"아이고, 나 죽는다. 내가, 얼마나 열심히 살았는데! 젊디젊은 것들은 나 살아온 것의 반의반도 안 하고, 죽는다고 지랄인데……."

액체는 까나리 액젓이었고 라이터는 그냥 담배 피우려고 꺼내 든 것이었다. 센터 직원은 어르신에게 종이컵에 탄 믹스 커피를 권했다.

"나 때는 취업이 될 때까지 처박혀서 공부해서 시험 합격해서 취업하거나 공무원 되어서 꼬박꼬박 국민연금 내고 애 키우고, 디저트 먹고 화장품 살 돈 아껴서 저축하고 집 사고 주식하고 재테크했어! 시간 아끼고 돈 아껴서! 그래도 남은 게 집 두 채밖에 없어서 한 채는 나랑 우리 할망구 살고 한 채는 세 놓아서 월세 받아서 근근이 사는구먼. 안 되면 될 때까지 해야지! 죽을 용기도 없어서 세금으로 죽여 달라고 하기 전에 죽을 만큼 열심히 살아 봤냐고!"

시대가 달라졌다고, 요즘은 노력해도 안 된다고, 당신 같은 집주인이 자꾸 월세를 올려서 요즘 세대가 저축을 못하는 거라고, 당신 세대가 열심히 살아서 만든 세상이 겨우 이거라고, 아무리 말해도 들리지 않을 것 같았다.

"나도 그 동영상 봤어! 순 가식이야! 말로는 조력자살을 합법화하고 의료보험으로 해 달라고 하지만, 취업 못 해서 쓸모도 없는데 죽여 달라고 돌려 까는 거 아냐! 일 안 하는 노인네들 그만 살라고! 진짜로 국가에서 싸게 의료보험으로 안락사해 준다고 해 봐! 자식들이 부모 은퇴하자마자 재산 까먹지 말고 얼른 죽으라고 할 거 아냐!"

센터 직원인 이기리 씨가 다독이듯 침착하게 물었다.

"어르신, 젊은 애들이, 죽고 싶을 만큼 힘드니까 제발 살려 달라고, 좀 도와 달라는 거예요."

내가 끼어들었다.

"어르신, 만약에, 조력자살이 합법화되면 어떻게 하실 거예요?"

노인은 믹스 커피를 한입에 털어 마셨다.

"그럼 그냥 칵 뒈져야지 뭐. 치매 오기 전에 다 정리하고 여행 한번 다녀와서 가야지."

노인은 체념한 낯으로 믹스 커피를 한 잔 더 마시고 기념관 화장실까지 이용한 후 돌아갔다. 함께 기념관 입구의 까나리 액젓을 치우면서 기리 씨가 말을 붙였다. 입에서 하얀

입김이 나왔다.

"왜 지금 시간까지 남아 있었어요? 다른 기자들은 다 갔는데."

기리 씨를 돌아보았다.

"전 기자 아니고, 탐정이라서 잠복근무는 잘해요. 신원을 밝히지 않은 의뢰인이 피해자가 누구인지, 왜 죽었는지 알려 달라고 했어요."

기리 씨가 불퉁하게 말했다.

"뉴스에 다 나왔잖아요."

기리 씨에게 부연 설명을 했다.

"파업하면 '왜 파업하는지' 뉴스에 안 나오듯이 이번 사건도 동영상에서 뭐라고 했는지는 쏙 빼고 자극적으로 어떻게 죽어서 유기되었는지만 나오잖아요."

기리 씨의 목소리가 높아졌다.

"언론사들이 틀린 게 있어요. '유기'가 아니었어요. 일종의 장례 같은 거였어요. 시신이 담겨 있던 새 트렁크에 파리, 로마, 런던, 바르셀로나, 프라하 같은 단어가 쓰여진 스티커가 붙어 있었어요. 언젠가 취업하면 가고 싶었던 곳들이겠죠. 정말로 시신을 유기하려는 용도로만 여행용 트렁크를 샀으면 굳이 스티커를 붙이지 않았을 거예요. 장소 선정도 의미가 있었어요. 사건이 일어나면 '서울 20대 여성 살인 사건'처럼 발생 장소를 사건 이름으로 붙이잖아요. 여기에 시신을 둔 이유는 '서울 청년 일자리 센터 사건'이라고 불리고 싶어서였던 거 같아요."

죽은 이는 서울 청년 일자리 센터에서 '무청 시래기' 과정을 수료했다. 취업 준비생들에게 취업 상담도 해 주고 자기소개서도 첨삭해 주고 모의 면접도 시켜 주는 프로그램이었다. 기리 씨가 어이없어하는 웃음을 지었다.

"'무직 청년 시련 딛고 내일로 가기'란 뜻으로 센터장님이 지었어요. 구리죠?"

죽은 이는 무청 시래기에서 더해 줄 게 없을 정도로 스펙이 완벽했다. 자기소개서도 첨삭해 줄 필요가 없었고 취업 상담에서 할 말이 없을 정도로 수많은 자격증에 제2외국어까지 유창했다. 그 사이사이에 해외 봉사활동까지 다녀오고 동아리 활동까지 해냈다. 슈퍼히어로도 그 정도는 못 할 것 같았다.

문제는 다른 취업 준비생도 다 그 정도 스펙은 기본으로 갖췄다는 사실이었다. 다 같이 취업이 안 되면 그러려니 하겠는데 취업 스터디 멤버 중 한두 명은 합격을 한다. 그런데 합격한 사람과 불합격한 나를 비교했는데 차이점이 없으면 미칠 것 같은 거다. 취업 성공 여부가 운에 달렸다고 믿기에는 그동안 너무 노력을 했기 때문에. 취업이란 배트

맨, 슈퍼맨, 원더우먼, 캡틴 마블이 면접을 보는데, 면접관
으로 고담 시민이 들어오면 슈퍼맨, 원더우먼, 캡틴 마블이
아무리 강해 봤자 지구는커녕 동네 지킬 기회도 얻지 못하
고 돌아가야 하는 거다. 취업은 소개팅 같은 거라고, 인연
이 안 되어서 합격을 못 하는 거라고 가볍게들 말하지만 구
직자가 느끼기에는 소개팅이 아니라 왕비 뽑는 간택이다.

사람들은 속 편하게 눈을 낮추라고 했지만 중소기업에
서는 고스펙은 뽑아 봤자 금방 그만둘 거라고 서류 심사에
서 빛의 속도로 탈락시켰다. 그나마 면접까지 간 회사에서
는 "우리 회사가 아저씨들이 많은데 좀 짓궂어요. 잘 다닐
수 있겠어요?"란 질문이 나왔다. 그냥 회사에서 성희롱, 성
추행을 해도 문제 삼지 말라고 대놓고 말하든가. 아무리 궁
해도 그런 회사에 다닐 수는 없었다. 국가에서는 취업이 안
되면 청년 창업을 하라고 하는데 그게 무슨 빵이 없으면
케이크를 먹으라는 소리인지 모르겠다. 의뢰인의 페이스북
이 떠올랐다.

타인의 언어

"'서울 청년 일자리 센터 시신 유기 사건' 피해자의 지인
입니다."

내가 SNS에 올린 게시글의 첫 문장이었다.

'지인.'

익명 속에 숨기엔 가장 적절한 관계였다. 그런데, 너는 나
를 지인이라고 여기긴 했을까. 지인이라도 되었으면 네가 내
게 이랬을 리 없다. 너를 이렇게 방치한 내가 네 지인일 리
없다.

나를 원망했겠지. 나에게 네가 겪은 고통을 체험하게 하
려고 이 일을 내게 부탁처럼 강요했을 것이다. 나는 네 부
탁을 더 일찍 들어주지 못한 것을 후회한다. 그랬으면 네가
온몸이 부러지는 고통을 겪지 않아도 되었다. 네가 옥상에
서 하늘로 한 발 내디딜 때의 마음을 나는 차마 상상할 수
없다. 낯선 면접관이 조금만 얼굴을 찌푸려도 하얗게 질려
서 제대로 말도 못 하던 네가 죽음의 과정을 불특정 다수
에게 생중계했던 동기는 무엇이었을까.

'피해자.'

너는 무엇의, 누구의 피해자였을까. 살인 및 시신 유기?
누가 너를 죽이고 버렸을까. 나? 나는 네가 시키는 대로 해

췄다. 너무 늦었지만. 내가 가해자가 아니라고 우겨 본다면, 너의 우울증이 너를 죽였을까? 감기처럼 흔한 우울증이? 이제는 편견 따위 없어질 정도로 가벼운 병이 된 우울증이? 겨우 우울증이?

누구나, 아무나 우울증에 걸린다. 우울증은 정말로 감기가 되었다. 요즘은 아무도 우울증에 대해 묻지 않는다. 상담을 받지 않아도 상황이 반전되면 상태가 호전된다고 했다. 네게 아무리 효과 좋은 우울증 치료약을 먹여 봤자 취업이 안 되면 우울증이 나을 수가 없는 거다.

너는 우울증 치료를 거부했다. 네가 죽었을 때 사인이 우울증이라고만 나오는 게 싫다고 했다. 너는 우울증 환자로만 단순화되기를 원하지 않았다. 모든 자살 사망자는 우울증 환자였다. 그래서 너는 자살로 죽고 싶어 하지 않았다.

장기 미취업을 비관해서? 너만 그런 게 아니다. 주위를 둘러보면 나처럼 과로하거나 너처럼 일이 없거나. 모두 다 피로하다. 나의 과로가 너의 실업을 유발했을까. 그래서 네가 나를, 제일 가까이에 있는 만만한 나를 미워했을까. 아니다. 미움이 아니라 불안이었다. 불안해서 예민하게 서로를 찔러 댔다. 경제도 늘 불안하다고 했다. 사회는 늘 격변했다. 중국, 일본, 미국, 아프리카…… 한국보다 발전하는 국가들은 늘 있었다. 한국은 늘 호두까기 속의 호두였다. 늘

위기였고, 위기는 늘 기회였다. 이런 시대에 평생을 한 회사에서 9시부터 6시까지 일하는 건 기업과 경제의 발전을 저해하는 심각한 종북 이적 매국 행위였다. 기업이 망하면 나라가 망하고 개인도 망하고 지구도 망하고 우주도 망할 것 같았다.

너는 늘 공부했다. 무엇이든. 열심히. 하루 종일. 책도 읽고 문제도 풀고. 뭘 해야 하는지도 모르면서. 너는 시험을 잘 봤다. 그리고 또 다른 시험을 준비했다. 너의 스펙에 맞춘 자리가 나올 때까지. 너는 자격증이 많았다. 너는 할 수 있는 게 많았다. 나보다 더 훨씬. 나는 그냥 운이 좋았다. 너보다 몇 년 빨리 태어난 게 나의 행운이었다. 어린 친구들은 너보다 더 불운하다는 게 너의 위안이 되길 바란다.

너는 네 죽음의 책임을 다 같이 나눠 갖길 원했다. 그런데 누구와? 모두와. 너를 아는 사람과 네가 아는 사람과 너를 모르고 너도 모르는 모든 사람이 네 죽음에 죄책감을 느끼기를 바랐다. 네 죽음이 논쟁이 될 거라 예상했다. 나는 네가 원하는 대로 해 줬다.

네가 죽기 전 너와 함께 너의 모든 것을 정리했다. 너는 친구가 없었다. 나도 그랬다. 학교 때 친구들은 졸업하고 취업을 못 하면서 다들 자기만의 방에 틀어박혔다. 너에게는 SNS 친구들이 있었다. 그러나 그들에게 네 장례식에 오라고 할 정도로 친하지는 않았다. 다만 너의 생중계에 '좋아요'를 누르고 공유할 정도의 친분은 되었다.

네가 투신하고, 실패하고 나서야 나는 부연 눈과 떨리는 손으로 등산용 로프에 매듭을 지었다. 젊고, 장애가 없고, 회복 불가능한 질병도 없는 너는 스위스 디그니타스에 갈 수도 없었다. 말기 암 환자가 존엄하고 안락하게 죽을 권리가 있다면 죽고 싶은 너도 그렇게 죽을 인권이 있다. 자살이 불법이 아니라면, 왜 전문가가 확실하게 짧은 시간 동안 고통 없이 죽을 수 있게 도와줄 순 없었던 걸까. 무책임하게 죽지 말라는 말만 하지 말고 편안하게 죽을 수 있도록 도와줘야 했다. 네가 공포와 싸우며 뛰어내리기 전에. 죽어지지 않아 고통받기 전에.

옛날에는 마취 없이 수술했다. 무통 주사 없이 자연분만을 해야 한다고 믿던 시절이 있었다. 낙태가 불법이던 법률이 있었다. 노인이 자기 집에서 죽던 풍습이 있었다. 자살 미수자를 처벌하던 때가 있었다. 언젠가 가까운 미래에는 혼자서 뛰어내리거나 목을 매거나 연탄가스로 고통스럽게 자살하던 미개하고 야만적인 시대가 있었다고 몸서리를 칠 것이다.

너는 유서를 쓰지 않았다. 동영상 속에서 너는 아무 말을 하지 못했다. 트렁크에 담겨 일자리 센터에 있는 너도 말이 없었다. 대신 타인들이 말할 것이다. 살아남은 자, 살아 있는 자, 남겨진 자, 책임 있는 자, 지나가는 자, 공감하는 자, 외면하는 자, 생존자, 유가족, 조문객, 언론, 댓글 모두가 너에 대해 자기 얘기를 할 것이다.

나도 그 동영상을 봤다. 온몸이 부러져서 깁스를 하여 마치 미라처럼 보이는 사람이 나왔다. 보기만 해도 나까지 아픈 것 같았다. 화면 속의 사람은 담담하게 투신자살을 시도했으나 실패했다고 말했다. 마치 길 가다가 발을 헛디뎌 넘어졌다는 투였다. 화면 밖에서 누군가가 "이 죽음은 본인의 자발적인 선택입니까?"라고 다소 어색하게 물었다. 차분하게 "네."라는 대답이 나오자 목에 등산용 로프가 걸렸다. 화면에는 목이 덜 조여져서 고통스러워하는 얼굴이 그대로 담겼다. 얼굴에 피가 몰려 시뻘겋게 되고 화면 밖에서 매듭을 더 꽉 조이고서야 숨이 끊어졌다. 화면은 곧바로 알약을 삼키는 누군가의 손과 입을 클로즈업했다. 약물로 편안하게 죽을 수 있다면 이렇게까지 고통스러운 죽음의 과정을 견딜 필요가 없을 거라는 의미였다.

새벽이 되자 밖에서 찬송가 소리가 들렸다. 하나님이 주신 소중한 생명을 버리라는 사탄의 속삭임에 넘어가지 말라고 기도했다. 그럼 종교 없는 사람은 죽어도 되나. 일자리 센터는 어느새 시위 장소가 되어 있었다.

근로 능력이나 재산이 없는 노인을 안락사시키는 디스토피아는 소설에서 봤는데, 일이 없는 청년을 안락사시키는 설정은 상상해 본 적이 없었다. 누구나 언젠가는 결국 어떤 일이라도 하게 된다고들 근거 없는 믿음을 가지고 있어서다. 그런데, 눈을 낮추면 취직할 데는 널렸다고들 하는데, 편의점 알바도 경력직을 원하는 세상에서 신입은 얼마나 눈을 낮춰서 어디서부터 시작해야 하는 걸까. 아무래도 일자리 수에 비해 사람이 너무 많다. 일자리를 늘릴 수 없으면 사람을 줄일…… 수도 없고. 동영상 속의 주장대로 조력자살을 합법화하면 관련 일자리 창출도 되고 미취업자, 아니 비취업자도 줄일 수 있으니 윈-윈인가. 이기리 씨가 토로했다.

"저를 원망해서 보란 듯이 여기에 시신으로 찾아왔다는 생각도 들어요. 죽기 전에, 저한테 이것저것 물어봤었거든요. 그런데 대답을 제대로 못 했어요, 아니 안 했어요. 제가 전문 심리상담사도 아니고, 그냥 일개 계약직 직원인데, 일을 잘한다고 해서 승진하거나 계약 연장되는 것도 아닌데 프로그램 참가자 심리 케어까지 해야 하나, 했거든요."

사망자는 생전에 언젠가 취직이 될지 물었다. 이기리 씨는 솔직하게 답했다.

"제가 점쟁이도 아니고 어떻게 알겠어요. 그럼 그냥 '희망을 가져라. 언젠가는 될 거다.'라고 말해 주면 되었을 텐데 이제 취업이 안 될 경우도 대비하라고 정직하게 말해 버렸어요. 신입으로 입사하기엔 나이가 있고 경력으로 입사하기엔 경력이 없으니까요. 입에 발린 거짓말을 하면 눈치챌 거 같아 보였거든요."

팩트로 뼈를 때리셨구나.

"죽으면 슬퍼할 사람들을 떠올리라고 했더니, 자기는 그럴 사람이 없다고 딱 잘라 말했어요. 자기의 행복이 남의 슬픔보다 중요하다고도 했고요. 종교인처럼 모든 생명은 소중하다고 하기엔 너무 뜬구름 잡는 얘기였어요. 사람이, 자기가 살고 싶은 삶을 살지 못한다면 삶을 끝낼 자유가 있어야 한댔어요. 그 삶이 뭐냐고 했더니, 최소한 자기 앞가림은 하는 삶이랬어요. 뭘 잘하거나 하고 싶은 게 아니라 그냥 그런 삶."

언어와 소유

네 집에는 네 물건이 없었다. 가구는 빌트인, 옷과 책과 반찬과 넷플릭스는 구독 서비스. 새벽배송으로 온 반찬에 햇반을 데워 먹고 전자책을 대여하고 넷플릭스를 구독했다. 집도 월세였다. 소유가 없으면 애착도 없다. 너에게 나도 그랬을까. 나는 몇 개월짜리 구독이었을까. 몇 년짜리 대여였을까. 미련 없이 반납할 수 있는 품목이었을까. 네 것이 아니었던 것들을 다 반납하고 나니 널 추억할 수 있는 물건이 없었다. 아무것도 남지 않았다.

네가 부러워했던 나의 '일'은 점점 사라지고 있다. 인터넷에서 '재미있는' 콘텐츠를 큐레이팅하는 일. 이제 그 일은 AI가 한다. 나는 입사 이후로 몇 년 동안 이 일을 수련하듯 해 왔다. 이제 나는 인터넷을 쓱 훑어보기만 해도 한눈에 '좋은' 콘텐츠를 골라낼 수 있게 되었는데. 마치 한석봉이 서예 공부를 마치고 하산하자마자 타자기가 발명된 것 같다. '재미있는', '좋은' 이런 가치 판단이 들어가는 일은 사람만이 할 수 있을 줄 알았는데.

나는 하루 종일 AI가 놓친 콘텐츠를 넣거나 AI가 '로직'에 따라 올린 저품질 콘텐츠를 삭제한다. 내가 하는 일은 AI를 모니터링하는 일이다. AI가 점점 학습할수록 없어질 업무다. 나의 일이 없어지면 내가 그동안 쌓은 경력도 물거품이 된다. 그동안 회사를 허깨비처럼 다닌 꼴이다. 이대로 손 놓고 있을 수는 없다고 생각한다. 그러나 빈손으로 나가야 한다. 그렇지만 이대로 나가기엔 너무 아깝다고 느낀다. 알바가 있던 자리가 키오스크로 대체된 카페에서 스크린을 터치하며, 점심시간에 북적이는 손님들의 복잡한 주문을 척척 접수하던 알바는 어디로 갔을까 생각했다. 나는 너처럼 될까 봐 두려웠다.

너는 소속된 곳이 없는 유령이었다. 자기소개할 때 나이와 직업, 직장을 말하는 세상에서 무직자는 정체성이 없었다. 너는 너 하나쯤 이 세상에서 빠져나가도 아무 일 없을 거라고 아무도 모를 거라고 저어했다. 그래서 그렇게 요란스레 죽음을 중계했다. 세상에 하나쯤은 남기려고. '쓸모없는' 사람에게 일을 줄 수 없다면 죽음을 주는 게 어떻겠냐고 너는 말없이 물었다. 그 죽음이 너무 처참하지 않도록 배려해 줄 수는 없냐고 너는 소리 없이 절규했다.

너는 취직하면 돈을 모아 여행을 가고 싶다고 했다. 함께 제일 큰 트렁크를 사서 가고 싶은 도시의 스티커를 덕지덕지 붙였다. 그 트렁크에 너를 넣고서 네가 마지막으로 반은 자포자기한 채로, 반은 희망을 가지고 다녔던 일자리 센터에 너를 혼자 놓아두었다. 그리고 도망쳤다. 비겁하게. AI에 밀려난 직원들에게 냉정하게 각자 살길을 찾아보라는 회사에 아무 말도 못 했듯이. 나도 언젠가 너처럼 될 때에 나는 너처럼 죽지 말고 안락하라고 너는 나를 위해 모든 것을 해 주었다. 나는 이대로 회사에서 밀려나지 않겠다고, 너처럼 되지는 않겠다고 다짐하지만, 결국 너처럼 될 것이다. 너나 나뿐만 아니라 모두.

* * *

기리 씨가 타 준 믹스 커피를 마시며 물었다.

"만약에, 취업이 되었다면 안 죽었을까요?"

기리 씨도 믹스 커피를 한 모금 마셨다.

"아마 그랬겠죠."

기리 씨는 말을 더 잇지 않았다. 대화가 끊겼다. 어색하고 무료한 분위기를 깨려고 TV를 틀었다. 나이 든 전문가들이 이번 사건에 관해 토크를 하고 있었다.

현기(시사평론가): 팩트를 체크해 보자 이겁니다. 이 사건 사망자가 생활고 때문에 죽은 게 아니에요. 자꾸 기본소득 말씀하시는데, 이 사건은 기본소득과는 상관이 없어요. '청년 기본수당'을 준다고 실업이 줄어드는 게 아니고 오히려 근로 의욕만 떨어뜨려요. 청년 실업률을 낮추기 위해 우리가 해야 할 일은 기본소득 지급이 아니라, 기업들 세금 낮춰 주고 투자해서 일자리 창출을 하게끔 유도하는 거예요.

최면(심리학과 교수): 기본소득이 있으면 초조함이 줄어들고 생활에 덜 쫓겨서 삶의 여유도 생기니까 자존감이 다소 높아지겠죠.

현기(시사평론가): 당장 출근할 곳이 없어서 방에 박혀 있는데, 거울 보면서 자신감 가지면 뭐가 해결됩니까? 당장 법인세를 낮춰서 기업이 살아야 일자리도 생기고 청년도 사는 거 아닙니까.

조현(사회복지학과 교수): 청년 기본 수당이 주어지면 '아, 내가 국가에서 케어받고 있구나.' 하는 느낌이 들고 고립감이 상당히 해소될 수 있죠. 수당으로 지역에서 이것저것 사게 되면 지역 경제도 활성화되고요.

사회자: 이제 청년실업과 청년 기본 수당 얘기는 이쯤에서 마무리하고요. 조력자살에 관해 이야기 나눠 봅시다.

최면(심리학과 교수): 어차피 자살할 사람은 한다. 그러니 자살하는 사람이 편안하고 확실하게 죽는 걸 도와주는 게 인도적이라는 건데, 죽고 싶은 사람은 없어요. 우리가 해야 하는 건 조력자살 합법화보다는 우울증 치료예요. 저는 청년들이 이 사건에 영향을 받고 동조할까 봐 그게 걱정이에요. '취업해도,

하지 못해도 나는 나'라고 굳건하게 믿었으면 좋겠어요.

조현(사회복지학과 교수): 저는 조력자살 합법화가 되면 장애인이나 노인에게 '근로 능력이 없으면 죽어야지.'라는 잘못된 메시지를 줄까 봐 걱정이에요.

현기(시사평론가): 동영상 보셨어요? 너무 고통스럽게 죽던데. 의사가 약물을 이용해 조력자살을 시켜 줘서 실패 없고 확실하고 고통 없이 깔끔하게 죽는 게 인도적이라는 생각이 저절로 드는 동영상 아닙니까? 저는 조력자살 요건을 법으로 세밀하게 규정해서 법제화하는 게 오남용을 막고, 죽고 싶은 사람의 존엄을 보장하는 거라고 봅니다.

조현(사회복지학과 교수): 평론가님은 만약에 자식이 조력자살 하겠다고 하면 찬성할 거예요?

기리 씨가 TV를 껐다. 인터넷에선 '모방범죄'처럼 자살 시도, 자살 미수하는 척하는 라이브 방송이 올라오고 있었다. '#안락사 합법화 챌린지'도 아니고 핼러윈 때처럼 고통스럽게 죽어 가는 분장과 연기를 하며 '힝 속았지' 하는 영상들이었다. '자살 시도하다 실패하면 이렇게 고통스럽다.'라며 자살 방지 캠페인으로 소비하는 영상들도 있었다. 개중에는 진지하게 '더 힘든 나 같은 사람도 산다.'라며 몇 년째 백수인 자기 처지를 토로하는 사람도 있긴 했다.

내 의뢰인과 친구 중에도 취업이 안 되어서 고민인 사람들이 있었다. 그들은 자기 자신을 사라지게 해 달라고 의뢰하거나 자살할 약을 구하려고 했다. 나는 그냥 그들과 같이 놀고 수다 떨고 맛있는 걸 먹었다. 당장은 사건이 해결된 줄 알았다. 그렇지만 그것만으로는 근본적인 해결은 안 되었다. 친구들, 의뢰인들과 이런 대화를 한 적이 있었다.

　"조선 시대가 좋았어. 머슴이면 머슴, 농부면 농부로 태어나면서부터 직업이 정해져 있으니까 욕심만 안 부리면 고민이 없잖아. 내 지금 신분은 유랑민이야. 언제 대갓집 노비로 들어갈 수 있을까? 나도 만약 계속 취업이 안 되면 안락사를 생각해 보게 되지 않을까."

　그 말에 뭐라고 대답할 수가 없었다. 내가 해 줄 수 없는 거라서. 친구들이 말했다.

　"내가 죽지 않는 이유는 살고 싶어서가 아니라, 죽는 데 실패해서 장애가 남거나 아프거나 죽고 난 뒤의 모습이 추할까 걱정되어서인데, 약물로 확실하게 고통없이 죽을 수 있으면 한번 해 볼 거 같아."

　"어차피 죽을 사람이라면 안락사를 시켜 주는 게 인도적이잖아. 낙태가 불법이어도 할 사람은 하는데, 그럴 바에야 합법화시켜서 안전하게 수술받을 수 있게 하는 것처럼."

　"그게 이거랑 같아?"

"내 몸이 내 거라면 내 목숨도 내 거잖아. 타인은 슬퍼할 순 있지만 대신 살아 주진 않잖아."

날이 밝아 오면서 센터 주변에 시위대와 기자들이 다시 진을 치기 시작했다. 나와 기리 씨는 탕비실에서 컵라면을 먹었다. 기리 씨의 스마트폰 케이스에 그려진 에펠탑이 눈에 들어왔다.

"고인은, 죽은 후 트렁크에는 가고 싶은 도시들을 스티커로 붙여 놓았잖아요. 평소엔 가방이나 스마트폰에 뭘 달고 다녔어요? 혹시 기억나세요?"

"아무것도 안 달고 다녔어요. 민낯에 안경 끼고 머리 질끈 묶고 다녔어요. 뭐든지 취업해서 돈 벌고 난 이후로 미뤘어요."

기리 씨는 파일철을 가져와서 고인의 자기소개서와 이력서를 찾았다.

1. 지원한 동기를 쓰시오. (500자)

2. 입사 이후 이루고 싶은 꿈을 쓰시오. (500자)

3. 성장 과정, 본인의 특징이나 장점과 단점을 기술하시오. (1000자)

4. 위기나 시련을 극복했던 경험을 쓰시오. (1000자)

나 같았으면

1. 지원 동기: 돈 벌려고.
2. 입사 이후 이루고 싶은 꿈: 정시 퇴근.
3. 장점: 체력이 좋다.
   단점: 놀 때만 체력이 좋다.
4. 위기나 시련을 극복한 경험: 지금 이 채용 과정이 시련이고,
   합격하면 극복이 될 것 같음.

   이라고 썼을 텐데 고인은 지원한 회사를 일일이 다 조사
해서 꼼꼼하게도 썼다.
   지원 동기는 마케팅 부서에 지원할 때는 원래 마케팅에
관심이 많아서 공모전을 했고 어쩌고였고 인사 부서에 지
원할 때는 사람에게 관심이 많아서였고 금융권에 지원할
때는 재테크에 관심이 많아서로 계속 바뀌었다. 다방면에
관심이 많은 인재였……을 리는 없고 정말 관심이 있는 건
뭐였을까. 아니, 어떤 것에도 관심이 없었을까.
   입사 이후 이루고 싶을 꿈은 임원이었다. 아니면 신제품
개발. 아니면 대한민국 최고의 마케터, 은행원, HR 담당자.
각 회사의 대표 주력 상품을 분석하고, 개선하고 싶다고
써 놓았다.

장점이나 단점을 쓰랬더니 장점이자 단점을 써 놨다. 디테일에 강해서 일할 때 시간이 걸리지만 꼼꼼하게 마무리까지 한다고. 늘 끊임없이 자기 계발을 해야 하는 성격이라서 피곤하지만 금방 회복한다고.

위기나 시련을 극복한 경험엔 몽골에서 나무 심기, 아프리카에서 우물 파기 등 해외 경험을 슬쩍 끼워 넣거나 각회사 대학생 홍보단 활동을 써 넣었다.

고인이 누군지, 왜 죽었는지는 여전히 모르겠다. 범인, 아니 타인이 누군지 알려면 커피는 라떼를 좋아하는지 아메리카노를 좋아하는지, 가방에 어떤 캐릭터를 매달고 다니는지, 버스에선 창가 쪽 자리를 좋아하는지 복도 쪽 자리를 좋아하는지, 약속 시간에 딱 맞게 나타나는지 여유 있게 와서 먼저 기다리는지를 알아야 한다. 자기소개서로는 아무것도 알 수 없었다.

왜 죽었는지 알려면 어떻게 살았는지 알아야 했다. 열심히 살았다는 건 알겠지만 전부 취업에 맞춰진 삶이었다. 도서관에서 토익책 귀퉁이에 어떤 낙서를 했는지, 스터디 멤버와의 썸은 없었는지, 면접 보러 갈 때 속으로 흥얼거렸던 노래가 있었는지 알 수 없었다.

고인의 죽음은 단순히 '장기 미취업으로 인한 신변 비관'이 아니었다. 잘못하거나 부족하지 않은데 계속 실패하는 삶을 언제까지 이해하고 견딜 수 있을까. 아무리 노력하고 보완해도 응답받지 못하는 삶을 어디까지 메울 수 있을까. 흔히들 죽는다고 해결되는 건 없다지만 죽으면 해결할 필요가 없어진다. 늘 자기 계발을 한다던 고인은 처음으로 도망을 치기로 한 거다. 그리고 마지막 지원만은 '성공'하려고 했다. 그러나 한 번 '실패'하고 두 번째에야 남의 도움을 받아 '성공'할 수 있었다.

'죽지 않고 살길 잘했다.'라는 날이 언젠가 올 거라는 희망을 주려면 희망을 버리고 눈을 낮추라고 해야 했다. 작고 소박한 것에 감탄하려면 마음이 쪼그라들어야 했다. 마음껏 욕심내지 않아야 행복해지는데 자기소개서는 야망을 가지라고 소리쳤다. 기리 씨가 중얼거렸다.

"오늘도 업무 시간이 되면 더 이상 쌓을 수 없는 스펙으로 중무장한 자기소개서를 노려보며 어떻게든 수정할 곳을 찾아야겠죠. 그게 제 '일'이니까요."

언어보다 강한

탐정이 댓글을 달았다. 네가 누구인지, 왜 죽었는지 도저히 모르겠다고 했다. 다만, 너의 선택을 함부로 말릴 수는 없었겠다고 했다. 너의 삶과 죽음을 존중한다고 했다. 나였다면, 네게 살아야 한다고 하겠지만 왜 죽지 말아야 하는지는 아무것도 말할 수 없을 것이라 했다. 나는 수임료를 지불했다. 그거면 되었다.

밖에서 내게 뭐라고 하는지 알고 있다. '살인범.' 나는 웃는다. 그러면 내가 비난 따위가 무서워서 고통스러워하는 너를 더 고통스러운 치료를 받도록 집어넣었어야 했을까. 희망 없는 미래로 너를 밀어 넣어야 했을까. 너는 명확하게 죽음을 원했다. 정확한 방법으로 죽음에 성공하기를 바랐다. 너의 죽음이 논쟁이 되기를 의도했다. 열심히 살아야 할 의무가 있다면 안락한 죽음을 선택할 권리도 있다. 나는 너의 죽음을 도운 것을 후회하지 않는다. 옳은 일이었다고 믿는다. 그러나 내 손엔 아직도 밧줄의 촉감과 발버둥 치던 너를 제압하던 손아귀 힘이 남아 있다. 초보인 나에게 죽느라 너도 수고했다. 너의 다음에 죽는 사람은 더 전문적인 도움을 받아 단번에 죽을 수 있을 것이다. 요즘 나는 일부러 길에서 쿵 넘어져 보면서, 목을 꽉 조여 보면서 네가 얼마나 아팠을지를 가늠해 본다.

너는 자꾸 나이를 먹고, '살다 보면 좋은 날이 올 거'란 말을 불신하는 나이가 되었다. 오래 살수록 기회가 사라진다. 날이 갈수록 기술이 발전하고 사람은 필요치 않고 경기는 갈수록 불경기다. 언젠가 너와 맞는 회사가 나타나리라는 말은 희망 고문이다. 너는 단절될 경력도 없었다.

마지막까지 너는 아팠을까. 내가 좀 더 단호하게 잘했어야 했는데. 네가 좀 덜 고통스럽게 더 네가 원하는 모습으로 죽었어야 했는데. 너는 너의 장례식에서 네가 가장 좋아하는 잔꽃무늬 블라우스를 입고 싶어 했는데. 세상을 떠나는 게 아니라 더러워서 버리는 거라고 했는데. 너는 좀 더 우아하게, 예쁘게 웃으면서 평온하게 죽었어야 했는데. 투신과 교살이 아니라 약물 주사로.

탐정은 네가 어떤 사람이었냐고 내게 물었다. 너는 아직도 잘 때 곰 인형을 안고 자던 아이, 소설책을 늘 한 권씩 끼고 다니던 독서왕, 처음 보는 사람과 식사를 하면 꼭 체하는 예민한 사람, 손톱에 색색의 네일아트를 하던 멋쟁이, 아메리카노보다 라떼를 좋아하는 사람, 가방에 노란 리본을 달고 다니던 사람, 버스에선 창가에 앉아 내내 밖을 내다보던 사람, 늘 약속 시간에 먼저 와서 날 기다리던 사람.

도서관에서 토익책 귀퉁이에 달리는 사람을 그려서 책을

휘리릭 넘기면 네가 달려가듯 움직이던 낙서는 이제 재활용 쓰레기가 되었고, 면접 보러 갈 때마다 흥얼거리던 걸그룹의 노래는 방송에서 1위를 했다. 네가 산책하기 좋아했던 벚나무길은 올해도 벚꽃이 만발했고 네가 좋아하던 아이스크림은 새로운 맛이 나왔다. 네가 없는 사이에.

이 모든 게 너인데 '자기소개서'에는 한 줄도 쓸 수 없다. 네가 얼마나 일을 잘할지는, 얼마나 간절한지는 일단 시켜 봐야 알 수 있을 텐데 너에겐 기회가 없었다. 하긴, 입사할 땐 열심히 하겠다고 하더니 지금은 AI에 밀려나서 태업하듯 일하고 있는 나 같은 사람도 있다. 입사 이후 지금까지 쌓아 온 노하우가 말짱 헛것이 된 내가 잘린다 해도 내 자리에 누군가를 채워 넣긴 않을 것이다. 너와 나는 모두 '쓸모없는 잉여'였다. 그게 내가 널 도운 이유일지도 모른다.

너는 죽었고 나는 남았다. 언젠가 내가 죽고 싶어질 때에 너의 죽음과 나의 죽임이 나를 고통 없이 평온하게 죽여 주기를. 네가 마지막으로 남긴 유언이 나의 죽음을 안락하게 하여 주기를. 이럴 때 네가 그립다.

하우스 블루스

"파이어(FIRE)족이 대체 뭐야?"

내 물음에 엄마 아들이 어쩐지 으쓱하는 말투로 대답한다. 시사 공부하다가 뭐 하나 새로운 거 배웠나 보다.

"'Financial Independence, Retire Early'의 약자야. 소비를 극단적으로 줄이고 재테크를 해서 30대 말이나 40대 초에 은퇴해서 여생을 즐기려는 사람들을 일컫는 용어지. 근데 네가 그걸 왜 물어봐?"

쌍둥이 오빠에게 사건 개요를 읊었다.

"주연. 30대 여성. 평소에 파이어족이 될 거라는 말을 하고 다녔음. 어느 날 갑자기 사직서 제출하고 잠적. 사직서 수리는 아직 안 되었음. 그러니까 마음 바뀌면 다시 복직할 수도 있는 상황인 거지. 남편이 의뢰했어. 와이프가 왜 그랬는지 모르겠다고. 왜 잠적해 버렸는지 모르겠다고. 아직 파이어족이 되기에 필요한 만큼 돈을 번 것도 아닌데. 와이프 좀 데려와 달래."

아기를 낳을지 말지 고민하던 사람이 잠적이라……. 그동안 쌓인 경험에서 나온 추리를 오빠에게 들려주었다.

"이 사건, 파이어족이 되려고 극단적으로 저축하다가 지쳐 버린 거 아냐?"

엄마 아들이 뭐 대단한 거 알려 주는 듯한 말투로 말했다.

"사건 해결에 들어가기 전에 그렇게 단정 지어 버리는 거, 안 좋은 버릇인 거 알지?"

누가 모르나. 나도 안다. 퉁명스레 툭 내뱉었다.

"가설을 세우는 거야, 가설을."

통계청에 따르면 은퇴한 부부의 적정 생활비는 한 달에 291만 원이었다. 이건 그냥 숨만 쉬면서 생활하는 데 드는 비용이고 40대에 은퇴해서 여행도 다니고 아이도 키우려면 더 많은 돈이 필요하겠지. 그 돈을 마련하려고 무리하다가 수습이 안 되어서 도망친 건 아닐까. 약속 장소인 카페에 나온 주연 씨의 남편은 슈트에 넥타이까지 매고 있었다. 깡말라서 강퍅해 보이는 인상이었다. 이 사람이 '새벽에 일어나서 어학원 다녀온 다음에 출근하고, 퇴근 후엔 헬스를 하러 가고, 주말엔 코딩 공부한다고 강남역에 있는 학원에

다니는 사람'인가. 의뢰인은 피곤한지 관자놀이를 꾹꾹 눌러 가며 말을 했다.

"주연이한테 있던 명함 보고 연락드렸는데 이렇게 어린 여자분이실 줄은 몰랐네. 진짜 탐정 맞아요?"

얼굴을 다 드러내려고 쓴 베레모 때문에 더 어려 보이나.

"네, 맞······."

"공인 탐정 자격증은 없으니 '내가 탐정이다.' 하면 탐정이겠죠. 그죠?"

예의 없이 남의 말 잘라먹는 건 어느 학원에서 배운 버르장머리야. 내가 따질 틈도 없이 의뢰인이 자기 얘기를 시작했다.

"주연이는 심각한 '하우스 블루'에 걸려 있었어요."

'하우스 블루'라면 집 때문에 우울한 걸 가리키는 시사 용어였다. 이 의뢰인도 오빠처럼 아는 척 중독인가.

"아이 없이 우리 둘만 살면 20평대로 충분하지만, 아이가 있다면 30평대로 가야죠. 아이를 가질지 말지를 정하지 못해서 집 사는 걸 일단 미뤘는데 그사이에 집값이 폭등했어요. 1년에 3억이 올랐으니까요. 거기다 이 동네가 투기 과열 지구로 지정되어서 대출도 얼마 안 나와요. 대출을 영혼까지 끌어올려서 받아도 집을 못 사는 거죠. 거기다가 한번 오른 집값은 내려가지 않고 오르기만 하니까 이제 지금

보다 더 안 좋은 집을 전전하게 되겠죠."

의뢰인은 의자에 몸을 파묻으며 물었다.

"탐정님, 주식 해요? 한 주라도 사고팔아 본 적 있어요?"

나는 의뢰인을 안심시키려 급하게 말했다.

"아니요, 하지만 이런 실종 건에선 여자끼리 통하는 촉이
라는 게 있어서 잡을……, 아니 찾을 수 있어요."

의뢰인은 한숨을 쉬더니 여전히 관자놀이를 누르며 말을
이었다.

"장모님은 주연이나 저를 보실 때마다 '내가 작년에 집
사라고 말만 하지 말고 더 강하게 밀어붙였어야 했는데, 다
내 잘못이다.'라고 하시는데요. '내가 이럴 줄 알았다.'라는
말만큼 공허한 게 어딨어요. 장모님은 저한테도 '어학원 다
니고 코딩 학원 다닐 시간에 부동산 투자 강연을 들었어야
지. 자네는 한집에 같이 안 사나? 왜 그렇게 내 집 마련에
무심해? 그깟 학원 다니면서 쌔빠지게 고생해 봤자 연봉이
척척 오르는 것도 아닌데.' 어쩌고 하시면서 잔소리를 퍼부
으셨어요. 사위인 저는 한 귀로 듣고 한 귀로 흘려보냈는데
주연이는 스트레스를 꽤 심하게 받았나 봐요."

의뢰인은 관자놀이를 누르던 손으로 마른세수를 했다.

"가격 오름폭이 큰 건 30평대라서 재테크를 생각하면
30평대를 사는 게 맞지만 제가 은근히 20평대를 밀었어요.

30평대로 가서 방이 남으면 장모님이 아예 오셔서 들어앉으실까 봐서요."

장모님이 어지간히도 싫었나 보다.

"장모님은 주연이가 우유부단하다고 몰아붙였어요. 저는 아무래도 사위라서 조금 어려운 면이 있으니까요. 어디서 경제지 기사 읽고 오셨는지 주연이한테 '요즘 2030들은 패닉 바잉 한다던데 넌 집값 더 오를 거라는 공포에 급하게 매수하는 것도 안 하냐? 넌 2030 아니냐?' 하고 들들 볶았어요. 영혼까지 끌어올린 원리금 상환을 계산해 봤더니 저희 형편에는 다소 무리겠더라고요. 요새 전세는 씨가 말랐고 매매는 비싸서 뭘 어떻게 할 수가 없기도 하고요. 주연이는 집 문제 때문에 자다가도 벌떡 일어났어요. 그런 와중에 장모님이 또 재테크 가지고 한숨을 쉬시더라고요. 올 초에 주식을 했으면 대박이 났을 텐데 주식도 안 하고 뭐 하고 있었냐고요. 자식이 적어도 부모보다는 잘살아야지 미련둥이처럼 월급만 모아서 언제 집 사고 월세 수익 올리고 사냐고요. 그런 게 주연이한테는 다 압박으로 느껴졌을 거예요. 주연이는 그날 바로 주식 계좌를 텄어요."

의뢰인은 넥타이를 느슨하게 풀었다.

"'빚투'라고 하더라고요. 빚내서 투자. 신용 대출까지 받아서 주식에 넣는 거. 주연이가 그걸 했어요. 주식으로 돈 벌어서 집을 사는 게 주연이와…… 장모님의 목표였죠. 처음엔 주가가 올랐어요. 초심자의 행운이었죠. 주연이가 처음부터 빚투를 한 건 아니었어요. '따상', 그러니까 따블 상한가를 찍고 나서 자신감이 붙어서 그런 거죠. 장모님이 지금 사는 아파트 전세를 빼서 월세로 옮기고 남은 돈으로 주식을 하자고 할 정도였어요. 월세보다 더 벌 수 있다고. 다행히 그건 막았어요. 주연이는 재물운은 없나 봐요. 주연이가 산 주식이 오르다가 떨어졌어요. 단타 투기로 하는 종목이라 주연이가 직장에서도 주가만 확인하고 하루에도 몇 번씩 사고팔고 하느라 일을 제대로 못 했는데도요."

주가가 열심히 한다고 오르는 거면 나도 하겠다. 예측할 수 없는 세 가지가 개구리가 뛰는 방향, 여자의 마음, 주가라는 말도 있는데. 의뢰인은 목을 축이려고 커피를 한 모금 마셨다. 의뢰인의 말은 계속되었다.

"주연이는 주식 투자 책을 열심히 읽었어요. 『30대 김 대리는 어떻게 3년 만에 30억을 벌었나』, 『주식으로 강남 아파트 사기』, 『5년 후 벤츠 타고 싶으면 지금 해외 주식을 해라』 이런 제목에 혹할 만도 했죠. 거기다가 장모님이 살살 꼬드기고 부추기니까 주식에 눈이 돌아가는 게 당연했죠."

의뢰인은 손을 비볐다가 눈두덩이에 갖다 댔다.

"저는 보수적이라서, 아니 장모님 표현으로는 꽉 막히

고 위험을 무릅쓸 용기도 없는 겁쟁이라서, 투자보다는 노동 소득으로 돈을 버는 게 마음 편해요. 지금 나이에는 자기 계발에 투자해서 몸값 올리는 게 최고의 재테크라고 믿어요. 실물 경기가 안 좋은데 주식하고 부동산만 미친 듯이 상승하는 거, 언젠가 펑 터질 거품 같아요. 주연이한테도 그렇게 말했는데 주연이는 제 말 안 듣고 장모님한테 달달 들볶이니까요."

의뢰인이 눈을 비비며 말을 이었다.

"주연이는 요즘 들어 부쩍 퇴사하고 싶어 했어요. 같은 직장에서 10년이면 질릴 만하죠. 이번에 부서 이동을 했는데 사람들과의 관계나 일적인 면에서나 적응을 못 했거든요. 일이 무섭고 사람이 싫다고 했어요. 직장에 매인 삶에서 벗어나 경제적 자유를 누리고 싶다고 했어요. 저는 일에서 보람을 찾는데 주연이는 그저 돈 벌기 위해 직장 다닌다고 했어요. 제 목표는 승진인데 주연이의 목표는 '내 집 마련'이었어요. 장모님 목표도 주연이랑 같았고요. 장모님은 집에 오실 때마다 주변 아파트 시세부터 확인하고 '또 올랐네, 또 올랐어. 그러게 작년에 내가 사라고 할 때 샀어야지. 지금도 늦었는데 언제 집 살 건가, 응?' 하시고 개장하면 주가 확인하시고는 '내가 사라는 주식 샀으면 두 배로 뛰었을 텐데.' 이러셨으니까 주연이도 압박을 많이 받았을 거예요.

아니 그렇게 잘 아시면 주연이를 닦달하지 마시고 본인이 직접 투자하시면 될 것을……. 장모님은 책임을 지거나 원망 듣기는 싫으셨던 거죠. 장모님 말버릇이 있어요. '결정은 네가 하는 건데, 내 의견은 이거다, 이 말이야. 이런 의견도 있다, 참고하라고.' 이러면 장모님 뜻대로 하라는 거죠, 안 그래요? 그랬다가 결과가 안 좋으면 '결정은 네가 한 거다.' 이러시고."

내가 우울한 사람들에게 흔히 내리는 처방인 '마카롱 열 개'가 안 통하는 상황이다. 의뢰인에게 따지듯이 물었다.

"의뢰인님은 뭐 하셨는데요?"

"주연이에게 주식 투자를 하려면 재무제표도 보고 보고서도 읽고 IR 책임자랑 통화도 하고 기업 탐방도 가라고 했는데 하나도 안 했어요. 주식도 공부해 가면서 해야죠. 소문에 사서 뉴스에 판다는 말만 따르면 어떻게 해요."

공부, 공부, 그놈의 공부. 자기 계발의 화신다운 멘트다. 의뢰인을 몰아 댔다.

"아니, 주연 씨가 직장 다니기가 어렵다고 하면 뭐가 어려운지, 감정은 어떤지, 앞으로 어떻게 하고 싶은지 차분히 '대화'라는 걸 하셨어야죠."

의뢰인은 내가 몰아세우는 만큼 자기변호를 했다.

"경제적인 문제도 그렇고 둘 다 직장 생활을 하면서 느끼는 '동지애'도 있으니까 주연이가 직장을 계속 다녔으면 하거든요. 아기 낳고 퇴사하겠다고 할까 봐 아이를 갖는 걸 적극적으로 추진하지 않기도 했고요. 월급과 저축을 다 주식에 쏟아붓고 대박 나서 전업 투자자가 되겠다고 할까 봐 애매하게 대화를 피하긴 했어요. 주연이가 자꾸 '이런 상승장에서는 원숭이가 투자해도 이익 본다.'라고 했거든요. 손해 본 건 곧 만회할 거라면서. 집에서 심각한 대화를 하기에는 제가 회사 업무와 자기 계발로 지쳐 있었고요."

나는 의뢰인의 긴말을 한 문장으로 요약했다.

"그러니까, 실종된 주연 씨와는 평소에 대화가 부족했다는 거네요?"

의뢰인이 책임을 돌렸다.

"주연이는 저보다 장모님하고 얘기를 더 많이 했으니까요."

의뢰인은 턱을 괴었다.

"장모님 만나실 거죠? 저는 그 자리에는 안 나갈 겁니다."

가방을 챙겨 들었다.

"같이 만나 달라는 얘기는 꺼내지도 않았는데요."

의뢰인이 다시 한번 '장모님'을 강조했다.

"주연이가 사라진 데는 장모님 영향도 없진 않을 거예요."

나는 의뢰인에게 쏘아붙였다.

"한 사람의 실종에는 누구나 조금씩 책임이 있죠."

의뢰인은 그래도 장모님을 의심했다.

"그 책임의 크기가, 장모님이 더 크다는 거죠. 주연이는 장모님하고 상의하고 잠적했는지도 몰라요."

일부러 가볍게 말했다.

"에이, 설마 남편 몰래 엄마랑 작당해서 잠적했겠어요?"

의뢰인은 진지했다.

"장모님은 그러고도 남을 분이시죠. 제가 왜 탐정님에게 의뢰했는지 알아요? 장모님은 집안 얘기가 밖으로 나가는 거 싫어하시거든요. 그래서 일부러 외부인인 탐정님께 의뢰한 거예요. 그래야 빨리 주연이를 내놓으실 거 같아서요."

주연 씨의 남편은 호텔 이름과 주소를 적어 줬다.

"주연이는 아마 여기 갔을 거예요. 요즘 부쩍 잠이 늘었거든요. 주말엔 아침 먹고 자고 점심 먹고 자고 저녁 먹고 자고 밤에 또 잔다니까요. 중간중간 깨는 걸 보니 깊게 자는 것 같지도 않은데. 운동을 하든 공부를 하든 뭔가 해야지 아까운 주말을 그냥 흘려보낸다고 했더니 아예 집 비우고 주말엔 이런 데 가서 자고 일요일 오후에 들어와요."

호텔 이름을 보며 물었다.

"스트레스를 너무 받아서 이 꼴 저 꼴 안 보려고 잠으로 도피하는 거라는 생각은 안 해 보셨어요?"

의뢰인이 다시 관자놀이를 꾹꾹 누르며 얘기했다.

"주연이는 심각한 대화를 하려고 하면 입을 다물었어요. 심리 상담 받으러 가서는 한 시간 동안 잘 떠들다 오면서. 가족한테는 말이 없고 남들한테는 속 깊은 얘기까지 다 하죠. 제가 아니라 탐정님을 보내는 것도 주연이 얘기 좀 듣고 오시라고 하는 거예요."

나야 편하게 실종자를 찾아내서, 아니 그냥 만나서 얘기 들어 주고 돈 받으면 좋긴 하지만, 그래도 남편인데 직접 나서지 않고 나한테 이렇게 맡겨도 되는 건가. 주연 씨의 남편과 헤어지고 어머니를 만나러 갔다. 가는 길에 프랜차이즈 빵집에서 롤케이크를 샀다. 주연 씨의 어머니는 딸이 사라지고 난 후 대화 상대가 없어져서 적적했는지 나를 만나자마자 폭풍처럼 말을 쏟아 냈다.

"늦었어, 늦었어. 할 거면 작년에 했어야지. 김 서방은 학원 다닐 시간에 재테크 책이라도 한 권 봤으면 지금쯤 집도 있고 주식도 있을 텐데…… 자기 계발해서 몸값 올린다고 하면서 연봉은 오르지도 않고, 그사이에 집값하고 주식만 올랐지. 다른 집 사위들은 똑똑하게 영혼까지 끌어올려서 대출받아서 대출 이자보다 훨씬 더 높은 수익률을 내는데, 이놈의 집구석은 나만 동동거리고 있으니…… 딸년은 결혼했으면 결혼 전보다 더 잘살아야 할 텐데 재테크라고는 저축밖에 몰랐던 자기 아빠를 쏙 빼닮았으니 내가 이만큼이라도 재촉하지 않았으면 그 돈도 못 벌 뻔했어요. 그런데 왜 갑자기 주식도 안 보고 집도 안 사고 잠적을 한 건지 나도 모르겠어요."

내가 조심스레 말했다.

"부동산이고 주식이고 조만간 거품처럼 펑 터질까 봐 두려웠던 거 아닐까요?"

주연 씨의 어머니가 재테크 전도사처럼 주절거렸다.

"주식장은 폭락하면 그때를 기회 삼아 싼값에 매입해야 다시 상승장 왔을 때 돈을 벌고, 부동산은 오를 때 사야 억대로 올랐다가 떨어질 때는 몇천 떨어지고 말아요. 탐정님도 탐정 일만 하지 말고 사건 없을 때는 재테크에 관심 좀 가져요. 탐정 일 해서 버는 돈은 시드 머니로 쓰고."

내가 왜 참고인에게서 혼나고 있는지 모르겠다. 시드 머니로 쓰기에도 부족할 만큼 버는데. 주연 씨 어머니의 말을 끊었다.

"주연 씨가 갈 만한 데를 아세요?"

어머니는 풀 죽은 기색이었다.

"아니, 얘가 집을 나왔으면 당연히 친정으로 와야지, 어딜 쏘다니고 있을까……. 김 서방은 나랑 주연이가 작당해서 내가 주연이를 어딘가에 숨겨 놓고 있다고 의심하는 모양인데 절대 그런 거 아니에요. 나도 주연이가 어딨는지 몰라요."

슬쩍 말을 흘렸다.

"투자 수익률이 생각보다 신통치 않기에 스트레스 받아서 어디 호텔에 박혀 있는 거 아닐까요?"

주연 씨의 어머니가 타박하듯 말했다.

"호텔에 갈 돈이면 주식 1주라도 더 사야지 호텔을 왜 가요."

투자 스트레스가 펑 터질 때가 되긴 되었구나. 어머니가 사위를 들먹였다.

"김 서방이 그 말은 안 했어요? 내가 하도 닦달해서 주연이가 질려서 도망친 건 아니냐고……."

서로 책임을 전가하는 건가.

"그렇게 생각하세요?"

주연 씨의 어머니는 당당했다.

"내가 이만큼이라도 닦달, 이 아니라 충고, 조언하지 않았으면 투자도 안 하고 평생 월급만 저축하면서 집 못 사고 죽을 때까지 전세, 월세로 전전할 거예요. 그런 미래가 빤히 보이는데 어떻게 아무 말도 안 해요."

사람이 한 10년쯤 성실하게 일하면 근로소득만으로 실거

주할 집 한 채는 살 수 있고, 은퇴하면 국민연금만으로 여생을 편하게 보낼 수 있는 게 정상적인 사회 아닐까. 그러면 사람들이 의뢰인처럼 자기 계발에 더 시간과 돈을 들일 수 있을 텐데. 자기 계발이라는 자발적인 지옥으로 걸어 들어간 의뢰인도 행복해 보이지는 않긴 하지만…… 의뢰인 대신 재테크를 하는 주연 씨는 근로소득만으로는 1년에 3억 원이 오르는 집값을 감당할 수 없어서 제대로 아는 것도 없이 주식 시장에 뛰어들어 주식 유튜버가 찍어 주는 '우량주'를 샀다. 재무제표나 사업보고서를 보기에는 너무 바쁘고…… 귀찮았다. 주연 씨 어머니가 한숨을 쉬었다.

"너무 올랐어. 지금 주식에 들어가는 건 상투 잡는 거밖에 안 돼요."

나는 주연 씨를 변호했다.

"그래도 원금 손실은 조금밖에 안 났잖아요."

그러자 어머니는 여기 없는 주연 씨를 타박하는 듯한 어투로 말했다.

"주식 투자하는 동안 집값이 또 올라서 주식으로 집 산다는 목표를 못 달성했잖아요. 안 그래요?"

최근 한 달 사이에 1억이 오르는 집값을 어떤 재테크로 따라잡을 수 있을까. 로또 1등 당첨밖에는 방법이 없겠다. 내가 주연 씨를 감쌌다.

"이런 식으로 몰아붙이셨으면 주연 씨에게는 압박으로 느껴졌겠는데요."

주연 씨 어머니가 따다다다 말로 몰아세웠다.

"이 정도 압박은 받아야 가만히 월급만 저축하지 않고 투자를 하지요. 다 딸내미 잘되라고 하는 말인데 이 정도 쓴소리도 듣기 싫으면 나가야지."

"그래서 나갔잖아요."

주연 씨의 어머니는 화난 목소리로 버럭했다.

"지금 내 탓 하는 거예요?"

가라앉은 목소리로 주연 씨 어머니를 달랬다.

"누구 탓을 하는 게 아니라 주연 씨가 잠적한 이유를 찾아보는 거죠."

주연 씨 어머니가 끝까지 자기변호를 했다.

"어쨌든 투자 압박은 아니에요."

네, 네, 어머님 탓은 아니시겠죠.

"그럼 짐작 가는 거 있으세요?"

주연 씨 어머니가 말을 툭 내뱉었다.

"직장 스트레스인 것 같아요. 번아웃이 와서 좀 쉬고 싶다고 했어요. 햇살 받으면서 산책도 하고 낮술도 마시고."

대화는 같은 곳에서 도돌이표를 그렸다.

"그러기 위해 투자로 집과 노후 자금을 마련하려고 했다,

이거죠?"

주연 씨 어머니가 뭔가 생각났다는 듯이 말을 꺼냈다.

"그런데 그게 마음대로 안 되어서……. 탐정님, 혹시 얘가 잠깐 일탈한 게 아니면 어쩌죠? 저번에 얘 가방 안 좀 정리해 주다가 올가미 매듭을 발견해서 치워 버렸는데……. 얘가 그거에 대해선 아무 말도 안 하고 넘어갔다만……."

그 중요한 얘기를 왜 지금에서야 하는 거야.

"그러니까, 주연 씨가 한강물 수온 체크하러 갔을지도 모른다, 이거죠?"

주연 씨의 어머니가 소매 끝으로 눈물을 찍어 냈다.

"이 나이 되면 자식 일에서 손 떼고, 자식이 나보다 잘나서 뭐든지 척척 해내서 걱정이 없을 줄 알았더니……. 내가 헛살았어요."

내가 팩트로 폭격을 했다.

"어머님이 바라시는 그런 자식은 이 세상에 없어요. 자녀분이 뭘 해도 어머님은 만족하지 못하실 테니까요."

그건 우리 엄마도 마찬가지인가 보다. 지하철 창밖으로 한강을 보며 집에 왔더니 엄마가 대뜸 엄마 친구 딸 얘기를 꺼냈다.

"너 소연이 알지? 걔가 이번에 7급 합격했대."

건너건너 아는 남 얘기를 하듯 심드렁하게 말했다.

"어, 축하한다고 전해 줘."

엄마가 발끈했다.

"지금 그 얘기가 아니잖아. 소연이도 합격하는데 너도 충분히 합격할 수 있어. 딱 1년만 죽을 각오로 하면 9급은 붙을 수 있지 않겠어? 너 잠복근무하는 끈기로 공부하면 못 붙을 시험이 없어."

엄마를 보지 않고 말했다.

"난 탐정이 좋다니까. 실종된 사람 찾아내는 순간이 얼마나 짜릿한데."

엄마는 나에게 지지 않았다.

"경찰이 되어도 실종자 찾을 수 있어."

나도 엄마한테 지지 않았다.

"경찰이 못 찾거나 경찰에 맡길 수 없는 실종자를 찾는 건 탐정만이 할 수 있어."

엄마가 치사하게 돈 얘기를 꺼냈다.

"탐정은 수입이 불규칙하고 연금도 안 나오잖니."

한마디도 안 지고 엄마의 말을 받아쳤다.

"수입이 불규칙한 대신 내 마음대로 일할 수 있고 연금이 안 나오는 대신 정년 없이 일할 수 있잖아."

엄마가 쐐기를 박았다.

"그것도 젊을 때 한때지. 결혼하고 가정을 꾸려 보면 안정적인 게 최고란 거 알게 될 거다."

귀를 막고 도리질을 했다.

"알았어, 알았어."

엄마는 여기서 물러설 생각이 없어 보였다.

"말대답하지 말고. 공무원 시험 보는 거 신중하게 생각
해 봐."

내가 이래서 효녀는 못 되는 거다.

"그렇게 공무원이 좋으면 엄마가 이제라도 시험 봐서 붙
으면 되잖아. 아직 공무원 정년 안 되었으니까 합격하고 나
서 몇 년은 일할 수 있겠네."

엄마가 진지하게 말했다.

"인제 와서 시험 공부 하기엔 머리가 굳어서 안 돼."

이럴 땐 엄마 말을 반복해야 이 대화에서 벗어날 수 있다.

"나도 이미 굳은 거 같아."

엄마는 내 머리를 쥐어박으려고 했다.

"굳었는지 안 굳었는지 볼까?"

잽싸게 피했다.

"너 몇 년 뒤에 후회하지 말고 지금 엄마 말 들어."

강조의 의미로 말을 반복했다.

"알았어, 알았다고. 알았다니까."

머리를 보호하기 위해 베레모를 눌러쓰고 나가려니까 엄

마의 목소리가 뒷덜미를 잡았다.

"너 또 어디 가는 거야? 듣기 싫은 얘기 나오니까 피하는 거지?"

차 열쇠를 손가락에 끼워 돌리며 뒤돌아보지 않고 대꾸했다.

"사건 해결하러 가."

주연 씨의 남편이 적어 준 호텔로 차를 몰았다. 투자에 빠지기 전에 주연 씨가 종종 1박 2일을 하곤 했다는 호텔이었다. 호텔 앞에 차를 대고 기다리자 주연 씨가 나왔다. 이렇게 쉽게 찾을 수 있는데 주연 씨의 남편과 어머니는 여기에 오지 않았다. 주연 씨는 마음속에 가둬 놨던 말들을 터뜨렸다.

"절 대면하기가 껄끄러운 거죠. 뭐든 말해야 하니까. 저는 아무 말도 안 하고. 엄마는 가족한테 솔직하게 말해야 목소릴 높여도 다 너 잘되라고 하는 거고, 남한테 말하면 입안의 사탕같이 대꾸해 주지만 그건 그 사람들이 너한테 빼먹을 게 있어서 하는 소리라고 하지만 저한테 필요한 건 높은 목소리가 아니라 사탕인걸요. 남편은 너 그러다 사탕 발림에 넘어가서 돈 꿔 주고 못 받을 거라고 하지만 제가 단 거에 환장하는 어린애처럼 달콤한 목소리에 홀리지 않게 지가 꿀 떨어지는 눈빛이라도 넉넉하게 보내 주든가요."

역시 남인 나에게는 쌓아 둔 속마음을 다 얘기한다. 이 얘기를 가족들에게 못 하고 있었다니…….

"타세요. 어디로 갈까요? 집으로 갈까요?"

주연 씨가 말끝을 흐렸다.

"전 재산을 다 쓸 때까지 호텔을 떠돌면서 살고 싶었는데…… 그냥, 드라이브…….."

주연 씨를 태우고 한강을 가로지르는 다리를 건넜다. 뒷좌석에 앉은 주연 씨가 창밖을 바라보며 남 얘기하듯 주절거렸다.

"우리 엄마는 내가 자기보다 무엇이든 잘하길 바랐어요. 똘똘한 아파트를 사 놓았어야 했는데 유난스러운 성격이 아니라서 그러지 못했다고, IT 버블 때 주식을 사 놓았다가 버블이 꺼지기 전에 매도했어야 했는데 그러지 못했다고, 미련퉁이처럼 살았다고, 딸인 저는 엄마처럼 살지 말고 똑똑하게 재테크를 해야 하는데 그러지 않고 엄마처럼 미련맞게 저축만 하고 있다고 저한테 신세 한탄을 했죠."

주연 씨를 위로했다. 나 자신에게 하는 말이기도 했다.

"실물 경기가 안 좋은데 부동산이랑 주식이 이렇게 뛸 줄 누가 알았겠어요?"

재테크에서 시작한 주연 씨의 이야기는 가사노동으로 옮겨 갔다.

"엄마는 우리 집 돌아가는 꼬라지도 성이 차지 않았어요. 하루에 한 번씩 집 안 청소를 해야 하는데 사위라는 놈은 주말에 한 번 청소기만 돌리고 그마저도 구석구석 하지 않고, 딸년은 매일 새로운 반찬이나 국을 내놔야 하는데 주말에 몰아서 요리해서 일주일을 먹으니까 엄마가 우리 집에 오셔서 청소하고 요리를 하시죠. 엄마는 전업주부셨어요. 엄마의 평생의 역작이 저니까, 완벽해야만 하죠. 엄마는 술 좋아하고 놀러 다니기 좋아하는, 돈 잘 쓰는 한량 같은 아빠를 못 견뎌 했어요. 나는 내가 엄마를 닮았다고 생각했어요. 그래서 아빠랑 반대되는 남자랑 결혼했어요. 맨날 뭔가 공부하는 남자. 그런데 이 남자는 자기 계발에 열중하느라 가정에 소홀해요. 나는 남편이 한 번쯤은 엄마랑 싸울 줄 알았어요. 정정할게요. 싸우길 바랐던 거 같아요. 날 대신해서. 엄마한테 '우리' 살림에 간섭하지 말라고 화를 내줬으면 했어요. 엄마에게서 벗어나서 '내 가정'을 꾸리고 싶었는데 결혼하고서도 집에 가면 엄마가 계시는 게 편하지만 싫었어요. 남편은 엄마에게서 절 구해 줄 '백마 탄 왕자님'은 아니었던 거죠. 남편은 엄마한테 싫은 기색도 내비치지 않고 저한테도 별다른 얘길 안 해요. 분명히 장모한테 불만이 있는데."

주연 씨의 남편 험담에 동조했다.

"장모님한테 집안일에서 손 떼시라고 얘기하면, 지가, 아니 자기가 청소해야 하니까 그런 거겠죠. 요즘은 청소업체도 많은데 장모님한테 용돈 덜 드리고 청소업체 부르면 될 것을……."

주연 씨가 딱 잘라 말했다.

"엄마는 내 살림 다른 사람 손에 맡기는 거 못 미더워하셔서 그건 안 될 거예요."

주연 씨에게 슬며시 물었다.

"남편분은 주연 씨 투자하는 거에 기웃거리진 않아요?"

주연 씨는 험담의 대상을 남편으로 옮겼다.

"남편은 저한테 부동산이 되었든 주식이 되었든 공부하고 뛰어들라는 얘기나 해요. 나는 남편도 같이 논의하면서 투자하기를 바랐는데. 남편과 같이 공부하려고 했는데. 남편은 부동산 카페에 들어가지 않고 부동산 고수들의 강연도 듣지 않았어요. 이게 다 거품이라고, 아파트값이 1년에 3억이 오를 수가 없다고 언젠가 터질 거라는데 거품이 한동안 더 커질 것 같아서 그 전에 하루라도 빨리 대출을 턱밑까지 받아서 집을 사야 한다는 저랑은 의견 조율이 되지 않았어요. 주식 투자는, 달리는 말에 올라탄 줄 알았는데 떨어지는 칼날을 잡았죠. 손절하는 걸 보면서도 남편은 아무 말 안 했어요. 우리 집에서 투자는 모두 제 책임이라는 거죠. 저는 남편과 상의하기를 원했는데. 아빠와 닮지 않은 남자와 결혼한 줄 알았는데 아빠 닮은 남자랑 결혼한 거였어요. 자기 일 하느라 가정에 무심한 남자. 내 편인 줄 알았는데 그냥 자기 편인 남자."

한강의 풍경이 휙휙 지나갔다. 주연 씨가 한 손으로 턱을 괴고 중얼거렸다.

"아무래도 이번 생은 망한 거 같죠?"

나도 창밖 풍경을 감상하며 말했다.

"번듯한 직장도 있고, 스펙 좋은 남편도 있고, 집안일 챙겨 주시고 대화도 많이 하는 친구 같은 엄마도 계시고, 투자할 돈도 있고…….. 남들이 보기에는 성공한 인생이죠."

주연 씨가 조그맣게 말했다.

"남들 보기에 성공한 인생이 무슨 소용 있어요."

한강 공원에 차를 세우고 같이 라면을 먹었다. 주연 씨가 라면 국물을 마시며 얘기했다.

"만약 아이를 낳게 된다면, 내 아이는 엄마 손에 맡기지 않고 내가 키우려고 조기 퇴직을 하고 싶었어요. 일을 안 해도 될 만큼 돈을 벌어다 놓고서. 내 아이가 우리 엄마를 닮으면 그 아이를 좋아해야 할지 미워해도 될지 모를 것 같았거든요. 내 아이만큼은 엄마 손 안 타게 하고 싶었어요. 육아할 때는 엄마가 종종거리고, 터무니없이 너무 높은 이상을 추구하는 걸 안 겪고 싶었어요."

주연 씨 집안의 육아가 빤히 그려졌다.

"남편분은…… 육아 서적부터 보라고 하시겠네요……."

주연 씨에게도 아기 기르는 장면이 선명하게 보이는 것 같았다.

"엄마는 내가 아이를 먹이고 씻기고 입히는 게 성에 차지 않을 테고, 도와준다면서 슬금슬금 우리 집에 눌러앉겠죠. 남편은 육아 부담을 덜려고 장모한테 아무 말 안 할 거고요. 그걸 막기 위해서라도 '완벽한 엄마'가 되어야 해요. 그러려면 직장을 그만둬도 될 만큼 돈을 벌어 놓고 독박육아에 전념해야 할 텐데……."

주연 씨를 꾹 찔렀다.

"그래서 사표 쓰셨어요?"

주연 씨가 솔직하게 말해 주었다.

"억 단위가 왔다 갔다 하는 재테크의 세계에 발을 들이니까 몇백만 원 월급은 새 발의 피 같죠. 클릭 몇 번에 몇백만 원도 버는 주식을 하다 보면 죽어라 일해서 버는 돈은 우스워요. 전업 투자자가 되어 제대로 투자하고 싶었어요. 매일 잠이 쏟아지니까 몸이 쉬라는 신호를 보내는 건가 싶기도 하고 임신 준비도 해 보려고도 하고……."

기왕 찌른 김에 더 깊이 찔러 보기로 했다.

"사직서 낸다니까 남편분이랑 어머님은 뭐라고 하셨어요?"

주연 씨 말투에 원망이 섞여 나왔다.

"엄마는 절 다그쳤죠. 너 지금 우울증이라고. 지금 일 그만두면 무기력증에 빠져 버린다고."

나는 남은 라면 국물을 마셨다.

"그래서 뭐라고 하셨는데요?"

컵라면 용기를 든 주연 씨의 손이 미세하게 떨렸다.

"그럼 그냥 출근하겠다고 했어요. 그랬더니 정상적으로 일할 수 있는 거 맞냐고, 월급만큼은 일해야 한다고 '걱정'을 하셨죠. 내 편이 아니라 내 직장 편이었죠."

남편은 '남의 편'이라고 한다지만 그래도 물어는 보았다.

"남편분은요?"

주연 씨의 목소리가 떨렸다. 울음을 참느라 그렇다.

"이직할 데는 확정해 놓고 그만두라고 하더라고요. 아무도 내가 사표를 쓴 이유를 궁금해하지 않았어요. 나는 그냥……."

주연 씨의 등을 쓸어 주었다.

"그동안 혼자서 동동거리느라 얼마나 힘들었어요."

주연 씨가 몸을 틀어 내 손길을 피했다.

"이거 봐. 이래서 남들은 책임감 없이 사탕발림 같은 말만 한다니까요. 가족들은 생계를 함께하니까 당장 현실적인 문제를 논하는데."

말은 그렇게 하면서도 주연 씨는 훌쩍였다. 강바람에 눈이 시린 척하면서.

"올가미는 왜 가지고 다녔어요?"

주연 씨는 찬찬히 말했다.

"힘들 때 꺼내 보는 부적 같은 거였어요. 나는 언제든 죽음으로 도피할 수 있다는 자기 위안 같은 거요. 투자하면서 큰돈을 순식간에 잃고 집값은 한 달이 다르게 오르니까 덜덜 떨리더라고요. 사는 게 허무하고 집중도 안 되고 야근해 가면서 버는 월급은 쥐꼬리 같고 전업맘으로 도망치기엔 남편도 뜨뜻미지근하고 투자 수익도 안 나고……."

나는 누구나 할 만한 얘기를 했다.

"죽는다고 해결되나요."

주연 씨가 아무렇지도 않게 대꾸했다.

"해결할 필요가 없어지죠."

머릿속에서 말을 골랐는데 입 밖으로 나온 말은 뻔한 소리였다.

"남은 사람들은요."

주연 씨가 비아냥댔다.

"죽으면 끝인데 남은 사람들 걱정을 제가 할 필요가 있을까요. 굳이 하자면, 남편은 재혼해서 지금까지 살던 대로 바쁘게 열심히 잘 살 거고 엄마는 평소에 하던 대로 자기 자신을 연민하겠죠. 아빠도 살던 대로 잘 사실 거고요."

아, 이거 말이 안 통하네.

"저는 좀 슬플 거 같은데요. '남'이라서."

여전히 빈정대는 말투로 주연 씨가 주먹을 쥐며 말했다.

"그거 금방 지나가고 일상으로 돌아갈 수 있어요. 파이팅."

나는 필사적으로 설득했다.

"상처는 아물어도 흉터는 남겠죠. 흉터를 보거나 만질 때마다 생각이 날 거고요."

주연 씨는 완고했다.

"괜찮아요. 나는 남편이나 엄마의 인생에서 큰 부분을 차지하지 않아요. 남편은 세상에서 자기가 제일 열심히 살고 있다고 믿는 사람이고, 엄마는 세상에서 자기가 제일 불쌍하니까요."

수임료를 받았으니 돈값을 해야 해서 열심히 주연 씨에게 말을 걸었다.

"남편분은 주연 씨가 속에 담아 둔 말을 털어놓으라고, 중간에서 그 말을 전하는 메신저 역할을 하라고 돈 들여서 탐정인 저를 고용했어요. 어머님도 호텔로 쳐들어가지 않고 주연 씨에게 시간을 주신 거고요. 이 정도면 두 분 다 주연 씨를 배려하고 있는 건데, 이 기회에 서로 '대화'라는 걸 해봐도 되지 않을까요?"

주연 씨가 조금 흔들렸다.

"서로 자기 말만 하는 걸 대화라고 볼 수 있을까요?"

흔들리는 주연 씨를 더 세게 흔들었다.

"주연 씨가 하고 싶은 말을 하세요. 그 말을 받아들이는 건 남편분과 어머님의 몫이고요."

주연 씨가 입 안에서 말을 굴렸다.

"그게 될까요……."

이해가 안 될 땐 암기다.

"'남편이랑 엄마는 내 편이다.' '날 도와주려는 사람들이다.' '의사소통이 서툴러서 그렇지 본바탕은 착한 사람들이다.' 이렇게 자꾸 외우면 어때요?"

주연 씨는 도로 완강해졌다.

"난 나 자신에게 속지 않아요."

주연 씨 눈을 똑바로 보며 물었다.

"주연 씨가 진짜로 하고 싶었던 건 뭔데요?"

주연 씨가 남의 얘기를 하듯 말했다.

"조기 퇴직해서 전업으로 애 키우면서 투자 수익만으로 집도 사고 경제적 자유도 누리는 삶이요."

누구 생각인지 콕 짚어 주었다.

"그건 주연 씨 어머님 생각 아니에요?"

주연 씨가 눈을 감았다.

"어느새 그게 내 생각으로 동기화가 되었어요. 사실 나는, 쉬고 싶어요."

나는 주연 씨를 끌어안으며 귓가에 속삭였다. 마법을 깨는 나쁜 요정처럼.

"이제 쉬는 시간은 끝났어요. 집에 가실 시간이에요."

주연 씨가 나를 밀어내며 말했다.

"엄마는 날 사랑하는 사람이 아니라 날 혼내는 사람이죠. 남편은 말이 없고요."

주연 씨의 집에 도착해서 문을 열었더니, 남편은 거실 소파에 앉아 있고 어머니는 팔짱을 끼고 서 있었다. 주연 씨 남편, 오늘은 학원 강의 빼먹었나 보다. 주연 씨 어머니가 다다다다 말을 쏟아 냈다.

"너는 정신이 있어 없어? 한 푼이라도 아껴야 할 시기에 호텔은 왜 가? 외부인 끌어들여서 집안 망신이나 시키고."

'외부인'이란 게, 날 말하는 건가.

"이 모자란 년아, 정신 똑바로 차리고 열심히 살아도 모자랄 판에 직장에도 집중 못 하고 집에도 정붙이지 않고 지 애비 닮아서 밖으로만 돌면 언제 살림할 거냐. 내가 이

집 꼬라지 보면 속이 터져. 나도 니네 사는 거에 관심 끄고 싶다. 아주 질린다 질려. 너는 살림을 제대로 하냐 직장을 제대로 다니냐 투자를 제대로 하냐. 그 나이 먹도록 제대로 하는 게 하나도 없어서 늙은 엄마가 챙겨 주게 만드냐."

주연 씨가 어머니와 맞섰다. 주연 씨, 화이팅!

"엄마, 화날 땐 말하지 마. 화 가라앉히고 찬찬히 생각하고 말해."

주연 씨 어머니는 이성을 잃은 것 같았다.

"이거 내가 하고 싶은 거 반밖에 안 한 거야. 제대로 하려면 네년 머리끄덩이를 잡아도 네가 할 말이 없어."

그 와중에 주연 씨가 어머니를 변호했다. 그래, 남에게 보이기엔 좀 부끄러운 모습이긴 하지.

"탐정님, 우리 엄마가 화낼 땐 이래도 화 안 낼 땐 내가 아기인 것처럼 잘해 줘요. 신경 쓰지 마요."

어떻게 신경을 안 쓰겠어. 이 살벌한 분위기에. 이런 걸 보려고 주연 씨를 집에 데려온 게 아닌데. 주연 씨는 남편을 돌아보았다.

"너는 네 여자가 쌍욕을 들어도 가만히 있니? 이 등신아."

주연 씨가 남편에게 욕한 건 처음이었다. 주연 씨의 남편은 주먹을 꽉 쥔 채로 입 안에서 단어를 씹어 가며 말을 뱉었다.

"장모님, 그만하세요."

의뢰인의 장모님은 멈추지 않았다.

"내가 그만할 수 있게 잘했어야지. 결혼한 지 3년이나 되었는데도 애가 있기를 하나, 집이 있기를 하나, 저축이 많길 하나, 집안 꼴이 잘 돌아가길 하나."

의뢰인이 한 음절씩 힘주어 말했다.

"장모님, 그만하시라고요, 제발."

주연 씨의 남편이 장모에게 그렇게 말한 건 이번이 처음이었다.

"주연이가 집에 무사히 돌아왔잖아요. 호텔 가서 자살할까 봐 걱정하셨는데. 그럼 된 거죠. 주연이가 직장 그만두고 싶어 하면 그러라고 하세요. 제 월급으로 저랑 주연이가 먹고살 수는 있어요."

호기롭게 말은 잘한다. 속으론 진짜로 그만둘까 봐 쫄고 있으면서. 주연 씨 엄마가 주연 씨를 잡고 강제로 눈을 맞추며 닦달했다.

"주연아, 엄마가 진짜 궁금해서 그러는데, 너 일 얼마나 할 수 있는 거냐? 주어진 일만 겨우 하는 상태야, 아님 그것도 제대로 못 하는 거냐? 네가 직장을 계속 다녀야 집 사서 대출금 갚지. 호텔에서 그런 거나 생각해야지. 아무 생각 없이 누워만 있다가 온 건 아니겠지."

주연 씨가 고개를 돌려 시선을 피했다.

"아무 생각 없이 누워만 있다가 왔어. 엄마, 내 일 말고, 대출금 말고 나를 좀 걱정해 줘."

주연 씨의 남편이 다시 말했다. 말만 했다.

"장모님, 그만하시라니까요."

이 집 남편은 "장모님, 그만하세요."만 반복하는 앵무새인가. 그래도 그 말이라도 하니 많이 발전했다.

드디어 '장모님'이 그만하라는 소리에 반응했다.

"그래, 이래서 잘해줘 봤자 좋은 소리 못 듣는 거지."

뾰족한 말에 주연 씨가 어머니에게 백허그를 했다.

"엄마, 그래도 날 사랑하지? 내가 하는 것마다 말아먹고 제대로 못 해도 엄마는 내 편이라고, 날 응원한다고 말해주세요."

그런 주연 씨는 어딘지 슬프고 작은 아이 같았다. 주연 씨 어머니는 그런 딸을 뿌리쳤다.

"놔, 이년아. 내가 남이냐? 그렇게 입에 발린 듣기 좋은 소리만 하게."

주연 씨 남편은 하던 얘기를 계속했다.

"장모님, 오늘은 그냥 가세요. 부탁드립니다."

남편이 주연 씨의 손을 잡아 내렸다. 백허그를 푼 주연 씨와 남편 사이에 어색한 기운이 떠돌았다. 내가 남편더러 주연 씨를 안아 주라고 손짓을 했다. 남편이 머뭇거리며 주연 씨를 살짝 안아 주었다.

* * *

한강을 거슬러 집으로 돌아가자 웬일로 엄마가 밝게 웃으며 나왔다.

"너 엄마가 소연이랑 약속 잡았으니까 만나서 시험 공부 노하우도 듣고 합격 꿀팁 같은 것도 얻어 와."

"엄마."

"왜?"

"엄마, 날 존중해 줘. 나 지금 탐정 일에 만족하고 있어. 오늘도 아마 한 건 해결한 거 같아."

엄마가 내 말을 딱 잘랐다.

"한 달 월세도 벌기 힘든 거면 소질이 있다고 하기 힘들어. 독립해서 나가서 살면 네 맘대로 살아도 되는데, 이 집에 살면서는 엄마 말 들어."

에이, 안 통하네. 모처럼 진지하게 각 잡고 말했더니.

"엄마도 불륜 커플 잡는 불륜탐정이면서."

엄마는 선배 탐정으로서 말했다.

"프리랜서로 탐정 일 하다 보니까 안정적인 공무원이 낫다는 결론이 나왔지. 선배 탐정 말 들어. 나중에 후회하지 말고."

"엄마, 탐정은 내 꿈이야. 난 일할 때마다 꿈을 이뤄서 행복해. 엄마는 내가 공무원 시험 공부 대신 탐정 일을 해도 날 사랑하지? 내가 하는 것마다 말아먹고 제대로 못 해도 엄마는 내 편이라고, 날 응원한다고 말해 주세요."

주연 씨의 대사를 빌렸다. 주연 씨처럼 엄마에게 백허그를 했다.

"얘가 왜 이래, 징그럽게."

그러면서도 엄마는 내 팔을 풀지 않았다.

"엄마, 이제 공무원 시험 얘기는 그만하세요. 내가 꼭, 탐정으로 성공하는 거 보여 줄게. 나를 믿어 봐. 내가, 꼭 하드보일드 누아르 탐정이 되어서 큰 건 해결할 거라니까!"

엄마는 여전히 그놈의 공무원 시험을 놓지 않았다.

"어휴, 그래. 자신감은 있어서 좋네. 언제라도 공무원 시험 준비하고 싶어지면 말해. 소연이 연결해 줄 테니까."

"엄마, 그만. 내가 공무원이 되면, 세계는 무기력한 공무원을 얻고 명탐정을 잃는 거라고."

백허그를 풀고 엄마와 마주 서서 말했다.

"엄마, 나를 있는 그대로 사랑해 줘요. 그걸 할 수 있는 사람은 엄마밖에 없잖아."

엄마가 나를 꼭 안아 주었다.

"얼른 성공해서 돈 많이 벌어서 독립해라, 응?"

엄마가 내 편이라는 자각에 명치 끝이 찌르르해졌다. 나는 엄마를 오래도록 안고 있었다. 엄마의 확신이 내게 전해질 때까지.

귀신이 보여요

"저는요, 귀신이 보여요."

의뢰인은 내 어깨 너머를 한참 바라보다가 장난스레 말했다.

"이러면 다들 겁먹던데요."

탐정은 귀신보다 무서운 사람을 상대하는 직업이다. 귀신 따위 무서울 리 없다.

"전 눈에 보이지 않는 건 안 믿어요. 증거가 있어야 믿지. 그래서 종교도 없어요."

의뢰인이 안도의 한숨을 쉬었다.

"제가 잘 찾아왔네요."

대체 이번엔 뭘 찾으려고 귀신 타령일까.

"뭘 의뢰하려고 오셨는데요?"

의뢰인은 진지하게 말했다.

"같이 다니면서 귀신이랑 대화할 용기를 주세요. 정확하게는 귀신이 인간에게 원하는 걸 인간에게 전달할 용기를요."

손을 내저었다.

"그런 건 무당에게 찾아가셔야죠. 탐정이 아니라."

의뢰인이 내 손을 꽉 잡았다.

"뭐든지 하신다면서요."

손을 풀어내려 했는데 생각보다 꽉 잡혀 있었다.

"'누구든 무엇이든' 찾아 드리는 실종탐정이지, 심부름센터가 아니라니까요."

의뢰인이 내 손을 풀어 주었다.

"무당집에 가는 건 무서워서요. 제가 독실한 크리스천이라……."

다시 잡히지 않게 손을 등 뒤로 감췄다.

"그럼 목사님께 기도 좀 부탁드리시든지요."

의뢰인은 절박하게 말했다.

"목사님은 제 말 안 믿으세요. 탐정은 일단 수임료를 받으면 귀신이 말할 때 같이 들어 줄 수 있죠?"

얼마 전에 읽은 일본 소설을 떠올렸다.

"그러니까, 귀신을 성불시키면 되는 거죠?"

의뢰인은 고개를 저었다.

"성불은 아니고 각자 종교에 맞게 보내 드리려고요. 연옥에 가든 지옥에 가든 천국에 가든……."

나와 같은 나이인 의뢰인은 청바지에 체크무늬 남방을 입고 나왔다. 나는 펑퍼짐한 후드티를 입고 후드를 눌러쓰고 나왔고. 차림새를 보니 서로 잘 통할 것 같았다. 의뢰인을 곁눈질로 훑어보았다.

"마늘이나 십자가 같은 건 안 가지고 다녀요?"

많이 들어 본 말인지 의뢰인은 귀찮은 듯 말했다.

"퇴마사 아닌데요."

의뢰인의 바지 주머니 쪽을 보았다. 아무것도 안 들어 있는 것 같았다.

"부적은요? 아님 소금이라도……?"

의뢰인이 심드렁하게 대꾸했다.

"무당도 아닌데요."

의뢰인이 이끄는 대로 비싼 레스토랑에 갔다. 계산은 의뢰인이 한댔다. 음식이 나왔다. 의뢰인이 웨이터에게서 눈을 돌리며 속삭였다.

"현장 실습생의 귀신이 붙어 있네요. 군기를 잡는다며 실습생한테 한두 시간씩 일찍 출퇴근하게 하고, 말도 안 붙이고 왕따를 시키고 성추행도 했대요. 그러다 못 견디고 자살, 아니 사회적 타살을 당한 거고. 이 건물 앞을 지나가는데 레스토랑에서 귀신이 절 계속 부르고 있어서 여기서 만나자고 한 거예요."

밥 먹는데 귀신 얘기를 하니까 기분이 이상했다.

"귀신들이 그런 사연을 얘기해 줘요?"

의뢰인은 고개를 끄덕였다. 귀신들이 들을라 작은 소리로 물었다.

"이런, 어쩌다, 언제부터……?"

의뢰인도 나를 따라 작은 소리로 속삭였다.

"어렸을 때 길 가다가 비계에서 추락사하는 아저씨와 눈이 마주쳤을 때부터……."

말소리를 낮췄다.

"그 아저씨는 어떻게 되었는데……?"

의뢰인은 비밀 얘기를 하듯 속닥였다.

"그 건물은 아무 일 없었던 듯이 올라갔고, 아저씨는 거기 지박령이 되어서 아직도 거기 있어."

나와 의뢰인인 남은정은 어느새 말을 놓고 있었다. 은정이는 귀신 얘기를 하면서 아무렇지도 않게 스테이크를 썰었다.

"에밀레종에 아기를 넣듯이 옛날에 지어진 좀 큰 건물에는 안전사고로 죽은 사람이 한둘씩 있어. 그리고 가끔 이렇게 예상치 못했던 곳에서 일하다가 죽은 귀신을 만날 때도 있고."

나는 눈동자를 굴려 주위를 보았다. 귀신은 보이지 않았다.

"너는 그럼 자살이나 사고사당한 귀신만 보는 거야?"

은정이가 스테이크를 씹으며 우물거렸다.

"일하다 죽은 건 자살이나 사고사가 아니지. 사회적 타살이지. 그런 귀신들이 나한테 와서 내가 들어 줄 때까지 자기의 억울함을 호소해. 그런데 내가 해 줄 수 있는 게 없잖아? 그럼 엄청 실망하고 다른 영매를 찾아 나섰다가 못 찾고 결국 나한테 다시 돌아와서 나한테 뭐든 해 달라고 졸라."

레스토랑의 귀신은 아직 퇴근해도 좋다는 말을 듣지 못해서 레스토랑 주방에 붙어 있다고 했다. 화상 입었는데도 병원에 가지 못한 팔을 붙들고. 검색해 보니 사연이 기사 한 꼭지로 나와 있었다. 그 덕에 귀신을 본다는 은정의 말을 믿을 수 있었다.

은정이는 식사를 마치고 나오면서 카운터에 있는 매니저에게 아무렇지도 않게 툭 말했다.

"전재명 실습생한테 이제 그만 퇴근해도 된다고 얘기해 주세요. 그냥 아무 데나 허공에 대고 말씀하시면 돼요."

매니저가 움찔했다. 귀신이 듣지 못하게 매니저 쪽으로

바짝 몸을 기울여 얘기했다.

"그리고 다 미안했다고도 말씀해 주시고요. 근무 중에 다쳤는데도 병원 못 가게 한 거, 엉덩이 툭툭 치면서 성희롱한 거, 다른 직원들이 말 못 붙이게 한 거, 양파 까기 같은 허드렛일만 일부러 계속 시킨 거 등등이요. 사실 더 있는데 스스로 생각해 보시고요."

매니저가 펄쩍 뛰었다.

"……무슨 소리 하시는 거예요? 전재명 학생과 아는 사이세요……?"

은정이가 태연하게 말했다.

"아니요, 그냥 귀신이 보여요."

내가 거들었다.

"요새 어깨가 아프시죠? 어깨 위에 누가 있는 것 같으세요?"

매니저는 전부 다 미안하다고 웅얼거렸다. 그러면서 할인 없이 계산은 정확하게 했다. 등 뒤에서 문이 닫히자마자 은정이가 내게 물었다.

"혹시 너도 귀신이 보이는 거야? 어깨 위에 귀신이 있었는데?"

은정이가 귀신을 보는 동안 나는 추리를 한다.

"자세가 삐딱하더라고. 그런 자세로 온종일 근무하고 나

면 당연히 어깨가 아프지. 레스토랑 귀신은 여기서 끝이
지?"

은정이가 영수증을 보며 말했다.

"아니, 아직 할 말이 남았대. 부모님한테."

귀신 만나느라 비싼 레스토랑도 가서 돈 쓰고 나온 은정
이는 귀신 부모님에게 드릴 음료수까지 사고 있었다. 음료
수 값은 내가 계산했다.

"이럴 거면 나한테 돈 주지 말고 귀신한테 돈 받아야 하
는 거 아니야?"

음료수를 들고 가면서 은정이는 익숙한 일이라는 듯 심
상하게 말했다.

"어디에 스펙으로도 못 쓰는 재능이지만 그래도 하나 있
는 재능인데 좋은 데 써야지."

나는 은정이가 살인 사건 전담 형사가 되면 딱이겠다는
생각을 하며 혼잣말처럼 중얼거렸다.

"살아 있는 사람 속마음 알아맞히는 재능이면 쓸 데가
많았을 텐데……. 이미 죽은 사람 마음을 알아서 뭐 한다
고……."

우리는 전재명이 불러 준 주소로 갔다. 동물은 귀신을
본다더니 강아지가 우리 쪽을 보고 깡깡 짖어 댔다. 아니
면 그냥 낯선 사람이라 짖은 걸 수도 있겠다. 은정이가 강

아지를 쓰다듬어 주며 자기소개를 했다.

"저는 전재명 친구고요."

은정의 말을 가로챘다.

"얘는 영매고요, 전재명 학생이 부모님께 하고 싶은 말을 전하러 왔어요."

전재명네 어머니가 음료수를 받아들며 은정이와 나를 바라보았다.

"우리 애를 어떻게 알아요……?"

은정이가 담담하게 말했다.

"그 레스토랑에 갔다가 만났어요."

전재명네 어머니가 쓰러질 듯 휘청였다. 아버지는 벌써 눈물을 글썽였다. 은정이가 빠르게 말했다.

"'남의 돈 받는 데 쉬운 일 하나도 없다.'고 하셨던 거 이해한대요. '그렇게 힘들었으면 진작 그만두지 그랬냐.'는 말도 이해한대요. 왜냐면 자기도 그땐 그게 비정상이란 걸 몰랐대요. 다들 그렇게 일하는 줄 알았대요. 뭐가 정상인지 몰랐으니까요. 그러니까 죽기 전에 '막말'하신 거, 이해 못하신 거, 다 이해한대요."

재명이네 어머니가 간절한 눈빛으로 은정이를 붙들었다.

"우리 재명이 지금은 잘 지내고 있어요? 착한 애니까 천국 갔겠죠?"

차마 레스토랑 지박령이 되어서 붙어 있었다고 말할 수는 없었다. 그렇다고 탐정이 거짓말을 할 수는 없어서 솔직하게 말했다.

"지금은 퇴근해서 잘 쉬고 있어요."

재명이 어머니가 은정이의 손을 꼭 잡았다.

"우리 애한테 이 말 좀 전해 줄 수 있어요?"

은정이가 고개를 끄덕였다. 재명이네 어머니가 은정이의 눈을 들여다보며 말했다.

"재명아, 너 그렇게 가고 나서 엄마 아빠가 피켓도 들고 여기저기 청원도 하고 그렇게 살았다. 학교에서 노동 교육도 하고 안전한 현장에서 실습하게 해 달라고. 재명아, 엄마 아빠 잘하고 있다고 한 번만 꿈에 나와서 말해 줘. 그래야 집에 돈이 없어서 고등학교 졸업하고 바로 취업하겠다고 실업계 갔다가 이렇게 가 버린 너한테 용서를 구할 수 있을 것 같아."

은정이는 울먹이는 재명이 어머니를 보며 말을 전하듯 입술을 달싹이며 중얼거렸다. 나도 맞장구를 쳤다.

"지금 전재명 학생이 어머님을 안아 드리고 있네요."

"아이고오, 재명아아……."

전재명네 어머님이 통곡을 했다. 그동안 참았던 울음을 다 토해 내듯이. 그 집을 나오면서 물어봤다.

"전재명 귀신은 이제 어떻게 될까?"

은정이가 기지개를 켰다.

"퇴근했으니까 이제 이승에서 사라지겠지. 근데 너 정말 귀신 볼 줄 아는 거 아니야? 아까 네가 말할 때 진짜로 전재명이 엄마를 안아 주고 있었는데?"

나도 어깨를 두드렸다.

"그 타이밍엔 왠지 그래야 할 거 같아서 그랬지. 내게 귀신 보는 능력이 있으면 퇴마하고 떼부자 될 텐데."

은정이가 가볍게 말했다.

"지박령은 이승에 남은 한이 많은 사람이 되는 거라 돈 많은 귀신은 별로 없어."

"저런 대기업 빌딩에도 지박령이 있어?"

강혜라 씨가 근무하는 우주선 모양 대기업 사옥을 가리켰다. 은정이는 미간을 좁혔다.

"저기에도 있지. 남자, 30대로 보이고…… 사인은 과로사…… 퇴근을 못 하고 떠돌고 있어. 아침에 출근 준비하다가 쓰러졌는데 자기가 죽었는지도 모르고 매일 출근하고 있어. 자기가 성과를 못 내서 왕따를 당한다고 생각하고 있어. 그게 아닌데……. 못 본 척이 아니라 죽어서 안 보이니까 그런 건데……."

한번 해 봤으니 두 번째는 어렵지 않다.

"그럼 저 사람, 아니 귀신도 퇴마, 아니 사연을 들어 줘야 하는 거 아냐?"

은정이가 도리질을 했다.

"귀신이 먼저 말을 걸기 전까지는 내가 말을 걸 수 없어."

내가 앞장섰다.

"그럼 저 귀신 앞에서 알짱대 보자. 전재명 귀신한테 했던 대로. 그럼 자기 얘길 하겠지."

은정이가 쫓아오며 물었다.

"귀신이 다가오길 기다리느니 먼저 다가가자는 거야?"

대답하기도 전에 나는 이미 회사 로비의 데스크에서 강혜라의 이름을 대고 임시 출입증을 발급받고 있었다.

과로사 귀신은 아이스 아메리카노를 마시며 아침 8시 반부터 밤 11시 반까지 일했다. 점심시간에도 일하고 조금이라도 빨리 퇴근하려고 저녁을 걸렀다. 그러다 어느 날 점심시간에 책상에 엎드려 잠깐 눈을 붙였는데 그대로 깨어나지 못했다.

"연예인도 아닌데 연예인 스케줄이네. 어떻게 버티냐. 그러니까 사망했지."

은정이가 과로사 귀신이 뭘 하고 있는지 중계했다. 과로사 귀신은 자리에 앉아 컴퓨터를 켜다가 컴퓨터가 켜지지 않자 당황한 눈치였다. 과로사맨, 그러니까 이성수 씨는 다른 팀원들을 한번 획 돌아보았다. 다들 바쁘게 자기 일을 하고 있었다. 그중에는 이성수 씨가 살아생전에 했던 업무도 있었다. 이성수 씨는, 이 대리는 자기 일을 가져간 사람들 뒤에서 참견을 하고 있었다. 들리지도 않는데. 내가 다가가서 말을 걸었다.

"안녕하세요. 이성수 대리님 유가족이 보내서 온 탐정인데요."

이럴 때 탐정 명함이 유용하다.

'유가족'이라는 말에 이성수 씨가 움찔했다고 은정이가 전해 주었다. 나는 팀장에게 말을 붙였다.

"이성수 대리님은 평소에 어땠나요?"

배 나온 팀장이 말을 얹었다.

"임원한테 보고하러 들어가면 백전백승이었어요. 에이스였어요."

그리고 변명처럼 덧붙였다.

"인사 쪽에 티오 하나 내 달라고 그렇게 얘기했는데도 안 들어주더니만……."

도수 높은 안경을 쓴 사원이 끼어들었다.

"일을 잘하시니까 일이 다 대리님한테 몰렸어요. 그래도 항상 다 할 수 있다고 하셨는데……."

갈색 머리를 가르마를 타서 넘긴 단발머리의 대리가 단박에 말했다.

"엑셀이랑 파워포인트를 잘했어요."

그 옆자리의 탈모가 시작되는 과장도 말을 거들었다.

"계획을 진짜 철두철미하게 짰어요. 오죽하면 휴일에 뭐하고 놀지 엑셀로 정리해서 그대로 놀았다니까요."

팔토시를 낀 과장이 말을 보탰다.

"일이 없으면 찾아서 하는 스타일이었어요. 팀장님도 중요한 일은 다 이 대리한테 맡겼어요. 일머리가 있는 친구였죠."

은정이가 칭찬에 입가를 씰룩거리며 웃음을 참고 있다는 성수 씨의 모습을 내게 묘사해 주었다.

"칭찬받는 게 좋았대. 그래서 일거리를 찾아내서 대표님께 보고 들어가는 것도 좋았고. 학교 다닐 때부터 칭찬에 익숙해서 직장에서도 항상 칭찬받고 싶었대."

그놈의 칭찬이 뭐길래.

"그래서 그렇게 죽도록 일한 거래?"

은정이는 귀신에게 들은 이야기를 그대로 읊었다.

"대체 불가한 인재가 되고 싶었대. 팀에서 에이스가 되고 싶었대. 죽기 전에 대표님께 보고 들어갈 거 준비하고 있었대."

노력한 만큼 이루어지리라는 말은 언제나 들어맞지는 않는다.

"그런데 다 대체되었잖아."

은정이의 얼굴에도 당황스러운 기색이 역력했다. 귀신에 이입하는구나.

"그래서 당황스러운가 봐. 자기가 했던 일을 다른 사람들이 하고 있으니까."

은정이를 통해 귀신에게 물었다.

"8시 반 출근, 11시 반 퇴근은 아직도 하고 계시고?"

은정이가 귀신의 말을 전했다.

"응. 그렇게 살려니까 너무 힘들대. 그래도 업무를 다 해내려면 어쩔 수 없대."

나는 귀신더러 들으란 듯 말했다.

"그렇게 살면 지치겠다. 땡벌도 아닌데. 매일 야근하면서 그렇게 사니까 과로사했지."

인사부에서 나와서 이 대리의 컴퓨터를 실어 갔다. 어쩔 줄 몰라 한다는 이성수 씨가 있다는 곳을 향해 나는 속삭였다.

"그냥 아무것도 하지 말고 푹 쉬어 봐요."

그런데도 이 대리는 다른 사람들이 일하는 것을 기웃거리는 중이랬다. 소용은 없겠지만 귀신 앞을 막아섰다.

"어허, 아무것도 하지 말고 앉아만 있어 보라니까요. 정 뭔가를 하고 싶으면 독서라도 하든지요."

은정이도 거들었다.

"이제 푹 쉬세요."

은정이와 나의 말은 이 대리에게 가닿지 않았다. 그렇게 원하던 칭찬을 들었는데도. 은정이 이 대리가 뭘 하고 있는 지 알려 줬다. 자꾸 일을 하려고 한댔다. 귀신이라 아무것 도 할 수 없자 안절부절못한다고 했다. 은정이는 귀신이 알 아들을 때까지 타이르듯 다독였다.

"이제 다 괜찮아요. 하던 업무는 다른 사람들이 나눠 가 져서 이제 야근할 필요 없어요. 이제 '회사원 이성수'가 아 니라 '그냥 이성수'가 되는 거예요."

그럼에도 이 대리는 컴퓨터가 없어진 자기 자리에 한참 을 앉아 있을 뿐이랬다. 아무 일 없었던 듯 일하는 사람들 을 돌아보고, 파워포인트와 엑셀을 고쳐 주려고 하다가 아 무것도 할 수 없으니 어쩔 줄 몰라 하며.

"이성수 씨."

귀신에게는 들릴지 안 들릴지 모를 말을 했다.

"그동안 수고 많으셨어요. 이제 그만 쉬세요."

지박령답게 이 대리는 빈 책상에서 떠나지 못하는 모양 이다. 자기 일을 남들이 가져가는 것을, 그게 잘 돌아가는 것을 이해하지 못하는 듯했다.

"스티브 잡스가 죽어도 애플은 잘 돌아간다니까요. 대체될 수 없는 인재는 없어요."

그러자 이성수 씨가 빈자리에 앉아 눈물을 뚝뚝 흘렸다고 한다. 죽어라고 일을 하다가 진짜로 죽어 버린 게 아까워서. 자기가 대체 가능한 인재임을 이제야 알아차려서. '이대리'가 아닌 '인간 이성수'는 누구인지 도저히 알 수 없어서. 아직 젊은 나이에 죽은 게 아쉬워서. 이성수 씨의 빈자리를 보며 말했다.

"이제 회사를 떠나시죠. 사원증 반납해 드릴게요."

성수 씨가 손에 꼭 쥐고 있던 사원증은 빈 책상 위에 놓였다. 혹시 누가 보면 사원증이 빈 책상 위에 뿅 하고 나타난 걸로 보일 거다. 은정이가 사원증을 챙겼다. 그다음 성수 씨가 한 일은 사무실을 천천히 한 바퀴 도는 것이었다고 했다. 바쁘게 일하는 사람들 사이를 느긋하게 지나고, 아직 탕비실 냉장고에 남아 있던 샐러드 도시락을 버리며. 은정이는 성수 씨가 "아, 치킨에 맥주 먹고 싶다." 하고 말하는 걸 들었다고 했다. 저승에도 그런 게 있으려나.

나와 은정이는 성수 씨를 따라갔다. 이어서 성수 씨가 지나간 곳은 회사 빌딩 1층의 카페였다. 피곤하니까, 졸려서, 하루에 몇 잔이나 커피를 사 마셨으니 지긋지긋하기도 하겠다. 마침내 사옥을 벗어난 성수 씨가 사람을 끌어당기는 듯한 우주선 모양의 사옥을 오랫동안 쳐다보다가 등을 돌려 걸어갔댔다. 우는 걸 들키지 않으려는 아이처럼 성수 씨가 빨리 달리고 있다기에 나와 은정이도 같이 달렸다. 은정이는 성수 씨가 점점 희미해졌다고 했다.

"안녕히 가세요!"

알아듣든 못 알아듣든 인사는 해야 할 것 같아서 헉헉거리며 소리쳤다. 우리를 돌아본 성수 씨가 마치 다 알아들은 것처럼 고개를 까딱, 하며 묵례를 했다고 한다. 성수 씨의 몸도 점점 투명해지는 중이랬다. 나와 은정이는 성수 씨가 있던 방향 쪽으로 손을 흔들었다. 흔들던 손을 내린 은정이 내 손을 잡았다.

"다시 저 건물로 들어가야 해. 귀신이 또 하나 느껴졌어."

귀신이 또 있다고?

"저 건물은 굿을 한번 해야 하지 않을까? 매번 사건사고도 많고 귀신도 많고……"

은정이는 아무렇지도 않게 말했다.

"대기업이라 직원이 많으니까 사건사고도 많은 거지."

은정이와 나는 창고 같은 방으로 들어갔다. 비품들이 어지럽게 쌓여 있고 책상 하나가 벽을 보고 놓여 있었다. 책상 위에는 노트북 컴퓨터가 한 대 있었다. 은정이가 먼지

쌓인 의자에 스르륵 앉았다. 책상 서랍을 여니까 '인사부 (특)-최정우'라고 적힌 네임 플레이트가 나왔다. 네임 플레이트를 만지작거리며 은정이에게 물어보았다.

"'인사부(특)'은 뭐야?"

은정이가 귀신에게 들은 이야기를 옮겼다.

"최정우 씨가 원래 있던 팀이 해체되었는데 아무 데서도 최정우 씨를 데려가려고 하지 않아서 '인사부(특)'이란 팀을 만들어서 거기로 발령 낸 거래."

은정이에게 꼬치꼬치 캐물었다.

"최정우 씨가 성추행이라도 한 거야? 왜 아무도 안 데려 갔대?"

은정이는 귀찮아하지 않고 성실하게 귀신과 나 사이에서 말을 전했다.

"최정우 씨 말로는, 자기가 우울증이라서 일을 못 했대. 그러다 보니 인사고과가 좋지 않아서 아무 데도 못 간 거래."

대기업은 법에 걸리지 않을 정도로 직원에게 잔인하기도 하다.

"인사부(특)에서는 무슨 일을 한 거야?"

은정이가 정우 씨에게 이입했는지 울적하게 중얼거렸다.

"아무 일도 안 했대. 그냥 출근해서 인터넷 신문 기사 죽 둘러보고 트위터도 보고…… 해고는 어려우니까 일을 안 줘서 알아서 그만두게 하려고 한 거라고 그러는데……."

정우 씨를 벼랑에서 떠민 결정적인 한 방은 무엇이었을까.

"그런데……?"

은정이 탄식했다.

"정신과에서는 조금만 더 버티면 우울증으로 떨어진 인지기능이 돌아올 테니까 참고 다니라고 했는데……. 최정우 씨는 그걸 못 버텼어. 회사 화장실에서 목을 맸어."

버티지 못한 이유가 뭐였을까.

"최정우 씨가 하던 일이 뭐였는데?"

은정이 한숨을 쉬며 말했다.

"영업직이었대."

나도 한숨이 나왔다.

"휠체어 탄 사람한테 계단 오르는 일을 시키진 않잖아. 그런데 왜 우울증 걸린 사람한테 영업직을 맡겼을까?"

은정이 절망적인 얼굴로 한탄했다.

"회사에 인사 이동을 계속 요청했는데 받아들여지지 않았대."

최정우 씨는 회사가 죽인 거다.

"영업 일을 못해서 고과가 엉망이 되고 고과가 개판이라서 다른 팀으로 못 가고 영업직 일은 계속 못하고…… 악순환이네. 악순환이야."

쉬면 나아질 사람이 쉬지 못해서 죽었다면 회사 책임이다.

"우울증 환자를 받아 줄 팀은 없고, 완치될 때까지 회사를 오래 쉴 수도 없으니 방법이 없다고 느꼈나 봐."

서랍 속에는 최정우 씨의 사원증이 있었다. 사원증의 사진 속 최정우 씨는 패기 있고 자신만만한 미소를 띠고 있었다. 신입사원 시절에 찍은 사진이었다. 회사 화장실에 대롱대롱 매달려 있는 정우 씨를 떠올려 보았다. 사원증의 사진이 겹쳐 보였다. 사원증 속 인물이 화장실에서 목을 매기까지 어떤 일들이 있었을까. 은정이가 최정우 씨의 말을 전했다.

"최정우 과장은 자기가 호구 취급당한다고 생각했어. 몸이 안 좋아서 쉬겠다고 했는데 거부당했거든. 다른 사람은 똑같이 몸이 안 좋아서 쉬겠다고 하니까 얼른 나아서 오라며 병가 휴직을 결재해 줬는데."

최정우 씨는 오랜만에 자기 말을 들어 주는 사람을 만나자 할 말이 많은 듯했다. 죽었을 때 모습 그대로 은정이에게 말을 쏟아 내는 모양이었다.

"최 과장은 일을 '잘'하고 싶은 게 아니라 '안' 하고 싶은 거랬어. 출근하는 것도 너무 버거워서."

내가 쉽게 말했다.

"그럼 일을 그만두면 되잖아."

은정이는 최 과장의 어려움을 대변했다.

"그러면 '대기업 과장'이라는 정체성이 사라지잖아. 그렇다고 이직도 쉽지 않고."

회사에 다녀 보진 않았지만, 뭔지는 알 것 같았다.

"어렵네, 어려워."

은정이가 사원증 속 얼굴을 쓰다듬었다.

"한 1년 휴직하고 돌아왔으면 나았을까."

나는 그런 은정이를 보았다.

"1년은 너무 길지 않아?"

은정이가 사원증을 도로 서랍 속에 넣었다.

"육아휴직 1년 쓰고 와서도 일에 적응 잘하는데 뭐."

진짜 궁금했던 걸 물었다.

"최 과장은 왜 아직도 회사에 붙어 있는 거래? 회사가 지긋지긋할 텐데?"

은정이가 차근차근 설명해 주었다.

"회사에 원한이 남아서 그렇대. 출근해서 일 없이 하루 종일 보내다가 퇴근하는 것도 모욕적이라고 느꼈어. 그래서 인사부에도 원한이 있어. 죽고 나서는 병가 휴직을 불허한 팀장 어깨에 앉아 있다가 자기를 인사부(특)으로 귀양 보낸 인사부 직원들 어깨에 앉아 있곤 해. 팀장하고 인사부 직원들은 매일 이상하게 어깨가 결리는 이유를 모르겠지."

인사부 쪽을 건너다보았다.

"이제는 바랐던 대로 영영 쉴 수 있는데……."

나는 네임 플레이트를 뒤집었다. 거기에 '이젠 평안히 푹 쉬세요.'라고 적었다. 은정의 말로는 귀신이 네임 플레이트를 유심히 보고 있다고 했다. 말이 안 통하면 필담은 통하겠지, 싶어서 적었는데 그게 통했나 보다. 허공에 말하면서 네임 플레이트 뒤편에 이어서 써 나갔다.

"이젠 귀신이라서 돈도 안 벌어도 되고, 자기 소개할 때도 '최정우 과장입니다.'가 아니라 '목매달아 죽은 최정우입니다.'라고 소개하면 되니까 회사를 떠나서 푹 쉬면 될 거예요."

귀신이 스르르 자리에서 일어났단다. 나는 은정이에게 말을 걸었다.

"이상하지? 누구는 일이 너무 많아서 죽고 누구는 일이 너무 없어서 죽고."

"취업 준비하는데, 회사 지박령을 보다 보면 '내가 이러려고 스펙 쌓나' 자괴감 느껴."

귀신을 눈으로 좇던 은정이는 최정우 과장이 사무실을 한 바퀴 둘러보았다고 했다.

"예, 사실은 사람을 이런 창고 같은 곳에 두는 것도 모욕인데요, 이런 짓을 한 사람들을 용서하라는 말은 못 드리

겠고, 인사부 부원들 어깨 위에서 점프 열 번씩만 하고 가
시죠."

　내가 그렇게 말하자 은정이는 진지하게 최정우 과장에게
전했다. 그 후 귀신이 향한 곳은 인사부였다. 인사부 부원
들 어깨 위에서 쿵쿵 뛰었다고 했다. 인사부장이 어깨를 주
물렀다.

　"오십견이 벌써 왔나? 왜 이렇게 어깨가 아파?"

　인사부 직원이 어깨를 두드렸다.

　"도수 치료 받아 보실래요? 아니면 요 앞에 한의원이 침
잘 놓는데."

　부장이 손을 홰홰 내저었다.

　"됐어. 대충 주무르면 되겠지."

　은정이 끼어들었다.

　"유가족인데요, 최정우 과장님 유품 정리하려고 하는데,
최 과장님이 마지막으로 일했던 장소가 어디죠?"

　인사부 직원은 인사부(특) 사무실에서 잠시 주춤거렸다.
내가 나서서 말했다.

　"이런 곳에 사람을 일하라고 둔 게 미안하지 않으세요?"

　어느새 최 과장은 인사부 직원 어깨 위에 앉아 있단다.
인사부 직원이 소심하게 말했다.

　"죄, 죄송하네요……."

이제 인사부(특)으로 발령받는 직원은 없을 것이다. 인사부 직원 어깨에서 내려온 최 과장은 그걸로는 부족했는지 전에 있던 팀의 팀장 어깨 위에서도 뛰고 있댔다. 목도 한 번 졸라 보고. 나는 최 과장에게 한이 남지 않도록, 인사부 부장을 붙잡았다.

"최정우 과장님이 쉬고 싶다고 했을 때 인력이 부족하다면서 못 쉬게 하셨잖아요. 부서 이동도 안 시켜 주고. 그거 최 과장님 괴롭히려고 그런 거죠? 별로 미안하진 않으시겠지만 그래도 미안했다고 한마디만 해 주실 수 있으세요?"

인사부 부장이 어이없어했다.

"겨우 그거 때문에 회사에서 그런 짓을 한 거예요?"

부장은 자기 어깨를 두드렸다. 어깨 위의 최 과장을 상상하며, 나는 부장의 소매를 잡았다.

"우울증 걸린 최 과장님에게는 마지막 희망이었는데요. 그냥 한마디 하시죠. 아무렇게나 한마디 하시는 게 그렇게 어려우세요?"

부장이 질린다는 듯이 말했다.

"알았어, 알았어요. 최 과장, 미안해. 됐죠?"

최 과장은 마지막으로 한 번 더 뛰고 부장의 어깨에서 내려왔다고 했다.

우주선 같은 빌딩을 나오며 나는 중얼거렸다.

"일을 너무 많이 해도 죽고, 너무 적게 해도 죽고⋯⋯."

은정이가 맞장구를 쳤다.

"그러게. 왜 이렇게 사람을 쥐어짜고, 모욕 주는 걸까?"

은정이 쉿 하고 입술에 손을 갖다 댔다. *끄덕끄덕*하면서 최 과장의 사연을 들었다.

"최 과장님 댁에 지박령이 붙어 있대. 비 오는 날 치킨 배달하다가 사고 나서 죽은 귀신인데 최 과장님 댁에 붙어서 벨을 누른대."

이런 걸 설상가상이라고 하나.

"귀신에 귀신이 붙었네."

최 과장의 집으로 따라간 은정이는 반가움과 끔찍함과 안타까움이 섞인 복잡한 표정으로 귀신을 보고 귀신의 말을 들었다.

"김혁규. 스무 살. 우리 과 학생이야. 그냥 귀여운 후배였어. 교통사고로 죽었다고만 알고 있었는데 배달업을 하고 있었나 봐. 배달로 연 1억도 벌 수 있다는 말에 배달업에 뛰어들었대."

내가 계산을 했다.

"그 1억은 '운수 좋은 날' 죽어라 일해야 벌 수 있는 수입이고, 비용은 계산도 안 한 거잖아."

은정이가 맞장구를 쳤다.

"보험도 안 들어 있었고."

그러고 보니 탐정업은 4대 보험이 안 되는데 탐정 일 하다가 귀신에게 해코지당하거나 사람에게 괴롭힘당하면 어디에서 보상 받나. 은정이가 귀신의 사연을 전했다.

"비 오는 날 배달하면 할증이 붙는대. 그러니까 폭우를 뚫고 달렸지. 마지막 배달지가 최정우 씨네 집이었대. 매일 아침 9시에서 밤 11시까지 일했대. 그래도 오토바이 대여료, 유류비, 콜비, 통신비 빼면 남는 게 없었대. 마지막 배달을 하던 달도 적자라서 비 오는 날 콜을 잡은 거래."

나는 탄식했다.

"어쩐지 그날은 운수가 좋더라니……."

은정이가 진심으로 안타까워했다.

"혁규는 슬리퍼를 신고 있었어. 안전을 진지하게 생각하지 않았던 거지. 배달업체가 배달원을 위해 안전 교육도 하고 보험도 의무화해야 한다고 트위터, 인스타그램, 페이스북, 네이트판 등등 쓸 수 있는 곳에는 다 써 달래. 그리고……."

뭐가 또 남았나.

"그리고, 뭔데?"

은정이가 조금 울먹였다.

"혁규가 마지막 월세를 못 냈대. 자취방 첫째 번 책상 서

270

랍에 공인인증서가 들어 있는 USB가 있고, 비밀번호도 첫째 번 서랍에 있는 수첩에 적어 놓았대. 그걸로 월세 좀 내 달래. 그래도 방학 중에 죽어서 다음 학기 학자금 대출은 더 받지 않아도 되어서 다행이래. 빚지고 살기 싫었대. 학자금 대출이 부담스러우니까 돈 많이 번다는 배달 알바를 한 거지. 그래도 학자금 대출을 받긴 받았지만."

나는 대학에 진학하지 않아서 학자금 대출이 얼마나 무서운지 모르겠지만, 내 앞에 몇백만 원에서 몇천만 원의 빚이 있다고 생각하니 앞이 깜깜했다.

"아, 그리고."

은정이 뭔가를 끄적였다.

"여자친구 생일선물로 주려고 목걸이를 사 놓았대. 두 번째 서랍에 있대."

내가 탄식했다.

"왜 목걸이를 사 왔는데 걸어 주지를 못하니, 왜."

혁규 씨는 여자친구와 생일도 같이 보내고, 개강하면 대학도 다니고 싶었던 사람이었다. 그날 빗길에서 교통사고만 없었다면. 그날, 무리해서 콜을 잡고 빗길에 과속하지 않았더라면. 그건 혁규 씨의 잘못만은 아니었다. 빗길에 안전 수당을 지급하지 않는 배달업체와, 안전 교육도 없이 아무나 뛰어들 수 있는 배달업의 잘못도 있었다.

"……나는 몰랐어."

혁규 씨가 무슨 얘기를 했는지 은정이 갑자기 눈물을 글썽거렸다. 은정이의 어깨를 잡고 흔들었다.

"왜 그래? 갑자기. 귀신이 심부름을 너무 많이 시켜서 그래?"

"그 목걸이, 내 거였대. 나는 몰랐는데……. 그냥 귀여운 후배라고만 생각했는데……. 이렇게 유품이 될 줄 알았으면 내 생일 말고도 핑계 댈 수 있는 날들이 많았잖아. 우리 과 종강 파티라든가……."

나는 허공에 대고 소리쳤다.

"최 과장님, 이제 배달원 귀신은 다시 안 올 거예요. 그러니까 맘 놓고 이승을 떠나시면 됩니다."

최정우 과장의 귀신이 점점 투명해졌다고 했다. 은정이와 나는 혁규 씨네 자취방으로 향했다. 혁규 씨가 혼자 살았다던 원룸은 깨끗하게 정리되어 있었다. 혁규 씨는 은정이가 비밀번호를 누르고 들어가 월세를 이체하는 모습을 지켜보고 있을 것이다. 은정이가 서랍에서 목걸이를 꺼냈다. 혁규 씨가 직접 목걸이를 걸어 주려 했지만 잘 되지 않았다고 한다. 은정이는 떨리는 손으로 목걸이를 목에 걸었다. 잘 어울렸다.

"이거 사느라 아르바이트 할 만했네. 예쁘다. 혁규가 센스가 있어."

은정이가 목걸이를 만지작거렸다.

"이거 걸어 주면서 고백하려고 했대. 이럴 줄 알았으면 내가 먼저 고백할걸."

'그냥 귀여운 후배'였다면서. 은정이도 마음이 있긴 있었네, 뭐.

혁규 씨는 아쉬운 듯 은정이를 자꾸 돌아보며 슬리퍼 신은 발을 질질 끌며 비에 젖은 옷에서 물을 뚝뚝 흘리며 멀어져 갔다고 한다. 은정이는 한 손으로는 눈물을 닦고 한 손은 흔들며 작별인사를 했다. 나는 일부러 장난스레 은정이의 어깨를 툭툭 쳤다. 마치 거기에 귀신이 있는 것처럼. 은정이가 울음을 그치고 나를 돌아보았다.

"나는 귀신의 말을 들어 주고, 너는 사람에게 말하고…… 우리 꽤 괜찮은 콤비 아냐?"

이제는 커피를 마시면서도 혹시 귀신이 있나 주위를 살피게 되었다. 보이지도 않으면서. 괜히 어깨 스트레칭 한 번씩 하고. 나는 냉정하게 말했다.

"그런데 돈벌이는 안 되잖아. 귀신한테 돈을 못 받으면 유가족한테라도 받아야 하는데 지박령의 사연들이 다들 안쓰러워서 돈을 못 받으니까……."

은정이가 농담처럼 말했다.

"동업을 제안하려고 했더니."

은정이는 설핏 웃었다. 목에서 목걸이가 반짝였다.

"난 돈 안 되는 일은 안 해."

나도 웃으면서 단호하게 말했다.

"그럼 이번 귀신까지만 의뢰할게."

은정이는 처음 본 후 계속 피해 다니던 공사장 귀신을 만나러 갔다.

"아저씨, 저예요. 이제 그만 나오세요. 건물 다 완공되었어요."

귀신은 못 듣는 것처럼 그 자리에 서 있었댔다. 그래도 은정이는 꿋꿋하게 말했다.

"어릴 때 아저씨 말 안 듣고 도망쳐서 죄송해요. 너무 무서워서 그랬어요."

하기야 추락사한 귀신이 온전하게 생겼을 리 없었다. 어린 은정이가 도주할 만도 하지. 귀신을 보면 이름과 나이부터 묻는 은정이가 내게 귀신의 말을 전했다.

"귀신 이름은 '이윤석'이래. 처음 봤을 땐 아저씨였는데 지금은 나랑 나이 차가 얼마 나지도 않는 20대야."

은정이를 좀 거들었다. 귀신에겐 들리지 않겠지만.

"윤석 씨, 세상은 나아지지 않았어요. 여전히 3일에 두 명이 추락사해요. 중대재해방지법도 5인 미만 사업장엔 해

당이 안 된대요. 여기 머물지 말고 추락사한 귀신들끼리 뭐라도 하는 게 어때요? 안전장치를 제대로 하지 않는 기업에 가서 단체로 어깨 위에서 뛴다거나……. 한 맺힌 귀신은 뭐라도 할 수 있잖아요. 산 사람이 귀신 덕 좀 봅시다."

은정이가 속삭였다.

"귀신이 점점 희미해지고 있어."

귀신이 있다는 방향으로 손을 흔들었다. 어쩌면 귀신들은 산 사람들이 이름을 불러 주고, 사인을 기억해 주기를 바라는지도 모른다. 귀신들이 한을 품고 지박령이 되는 것도 산 사람이 현실을 바꿔 주길 바라서인지도 모른다.

"가끔 어려운 귀신 있으면 연락해."

은정이가 입을 삐쭉였다.

"돈 안 되는 귀신은 안 받는다며."

나는 여전히 후드를 뒤집어쓴 채였다.

"그럼 고쳐 말해야겠다. 돈 많은 귀신 있으면 연락해."

은정이 웃으며 말했다.

"너도. 어깨 아프면 연락하고."

은정이는 주위를 둘러보았다. 은정이를 쿡 찔렀다.

"야, 눈 깔아. 그러다가 귀신이랑 눈 마주칠라."

은정이가 눈을 깜빡였다가 크게 떴다.

"괜찮아. 귀신이랑 얘기하는 게 내 '사명'이야."

내가 없어도 은정이는 귀신을 보고, 귀신에겐 들리지 않는 '대화'를 할 것이다. 허공에 대고 말하는 은정이를 두고 카페를 나오면서 온갖 지박령이 둘러싸고 있는 은정이의 세계를 상상했다. 은정이는 잘 해낼 것이다. 반짝이는 목걸이를 목에 걸고.

　뒤에서 은정이의 목소리가 들렸다.

　"사람이 사람한테 그러면 안 되는 거잖아요."

　이번엔 어떤 사연이 있는 귀신을 만난 걸까. 은정이가 만난 귀신이 궁금해졌다. 은정이의 목소리를 뒤로하며 나는 후드를 더 깊게 눌러쓰고 카페 밖으로 나왔다.

안녕, 아보카도

코로나 때문에 '집콕' 하려니 몸이 쑤신다. 남들에게는 '재택근무' 한다고 말하고 있지만 사실은 일이 없어서 놀고 있다. 다들 잠적도 안 하고 실종도 안 되는지 '실종'을 검색하면 '올해 배추김치 실종…… 배춧값 폭등' 이런 기사만 나온다. 사라진 배추김치라도 찾아와야 하나.

이런 상황이었으니 오랜만에 들어온 의뢰에 심장이 두근댈 수밖에 없었다. 의뢰인은 강혜라 씨와 모텔에서 만났던 스물네 살 조우리 씨였다.

― 임신 중단을 하려는데, 같이 가 줄 수 있으세요?

내가 탐정이지 심부름센터인가. 탐정에게 의뢰를 할 거

면 '손만 잡고 잤는데 임신이 되었어요.'라는 미스터리라든 지 '애 아빠 후보 세 명 중에 진짜 아빠는 누굴까요?' 하는 「맘마미아」적인 문제라도 갖고 왔어야지. 마음속으로는 투 덜거리면서 머리엔 따듯한 샤프카를 썼다. 머리가 따듯해야 뇌가 마비되지 않고 이성적으로 생각할 수 있을 것 같아서.

엄마 아빠가 불륜탐정이어서 불륜으로 아이가 생긴 불 륜 남녀들을 가끔 보아 왔지만 산부인과에 따라간 적은 없 었다. 불륜하는 의뢰인들이 탐정에게 하는 질문은 딸만 있 었는데 불륜녀가 아들을 임신했다고 좋아하면서 가족관계 등록부에 혼외자식을 올릴 수 있는지 묻는다거나, 불륜녀 가 자꾸 소원해지는 불륜남을 잡기 위해 출산을 고민한다 거나 하는 등 주로 낳고 나서 수습하려 드는 상황들이었 다. 이번처럼 낳기 전에 임신 중지를 고민하는 경우는 드물 었다. 우리 씨는 산부인과에 같이 가기 전부터 메시지 폭탄 을 보냈다.

— 혼자 가긴 무섭고, 친구나 부모님께는 비밀로 하고 싶어서 그 래요. 오빠가 같은 과여서 소문이 퍼지면 학교 다니기 어려울 거 같아요.

그날 그 모텔에서 헤어졌어야지.

— 저번에 그 오빠랑 헤어졌다면서요?

취업 준비하면서 서류가 빛의 속도로 탈락하고 무례한 면접관들을 겪다 보면 자존감이 깎인다. '오빠'는 그 틈을 파고들었다.

— 그게…… 지원하는 회사에 탈락할 때마다 오빠가 위로해 주다
  가…….

뻔하지. 위로해 주는 척 치근덕대다가 포옹이 탈의로 이어지는 코스였겠지.

— 오빠네 자취방에서…… 분위기를 깰 수 없어서……. 오빠가 알
  아서 잘하겠다고 했는데…….

알아서 잘하긴 뭘 잘해.

— 질외사정은 피임 아니라니까요. '오빠'한테 임신한 거 얘기했
  어요?

한참 만에 메신저가 울렸다.

─ 아뇨. 안 할 거예요. 오빠가 마음 아파할 것 같아서요. 혼자서 감당하려고요. 어차피 오빠가 뭐라고 하든 임신 중단을 할 거라서요. 비용 마련하느라 부모님께 면접학원비 달라고 거짓말한 건 죄송하지만…….

이 와중에 '오빠'를 생각해 주다니 눈물겨운 사랑이다.

─ 잘했어요. '오빠'가 비용 보태 주는 것도 아닌데.

다음 메시지는 저녁때가 되어서야 왔다.

─ 많이 아플까요? 어릴 때 교회에서 보여 준 낙태 비디오에서는 이리저리 도망 다니는 태아를 잡아서 찢어 죽이던데…….

이럴 때 보면 딱 어른인 척하는 20대 중반이다. 무심하게 메시지를 보냈다.

─ 마취하고 할 텐데 뭐가 아파요.

수술을 앞두고 마음이 약해졌나 보다.

- 오빠한테 위로받고 싶은데…….

토도도도 재빨리 자판을 두드렸다.

- 절대, 네버, 안 돼요!!! '오빠'가 헤어진 다음에 우리 씨가 새로
  운 남친을 사귀면 지질하게 우리 씨가 임신 중단 경험 있다고
  떠벌릴 수도 있어요. 임신시킨 남자는 아무 약점도 없지만 임
  신을 중지한 여자는 '다른 남자의 아이를 임신했던 여자'라는
  게 약점이 되니까요.

우리 씨 생각에도 '오빠'가 그럴 만한 인간이었는지, 다른
것을 걱정하기 시작했다.

- 나중에 정상적으로 임신하고 아기 낳을 수 있을까요?

나는 우리 씨를 달랬다.

- 우리 씨 '오빠'보다 좋은 사람 만나서 결혼해서 아기 낳을 수
  있어요. 괜찮은 놈이 없으면 정자 기증받아서 혼자 임신하고
  낳을 수도 있고요.

우리 씨는 또 한동안 망설이다가 메시지를 보냈다.

— 저, 16주래요.

'임신 16주'를 검색했다.

— 겨우 아보카도 사이즈일 때네요.

우리 씨가 '임신 16주'에 대해 설명해 주었다.

— 태아가 엄마 목소리처럼 밖에서 들리는 소리도 듣기 시작한대
  요. 그래서 지금 메신저로 하는 거예요. 이런 대화 못 듣게. 기
  분이 이상해요. 모성애는 아닌데, 내 배 속에서 꼬물거리는 아
  기가 태어나면, 그 아기에게 젖을 먹이는 상상을 하게 돼요.

'겨우 아보카도 사이즈'에 모성애를 느낀다니. 상상을 해
봤다. 내 배 속에 내가 아닌 타인이 움직인다면 어떤 느낌
이 들까……. 에일리언 같지 않을까……. 병원을 검색하고
있는데 메시지가 왔다.

— 병원은 알아 놨어요.

병원 알아볼 수고를 덜었으니 수임료를 깎아 줘야겠다.

— 그 병원은 어떻대요? 어디서 그 병원을 찾아내셨어요?

우리 씨가 곧바로 메시지를 보내왔다.

— 작년에, 친구가 할 때 따라갔었어요. 그 친구가 보고 싶어요.

친구 따라 강남 가는 게 아니라 산부인과를 가는구나.

— 그 친구랑 절교하셨어요?

우리 씨가 담담하게 메시지를 썼다.

— 우연히 지나치거나 다른 사람과의 대화 중에 제가 언급되기만
  해도 임신 중단했던 게 생각난대요. 그래서 자연스럽게 멀어
  졌어요.

친구와 같이 가지 않고 나와 가는 이유가 혹시……?

— 저는 다시 볼 일 없는 탐정이라서 저와 가시기로 하신 건가요?

우리 씨는 단호하고 성의 없게 답했다.

─ 네.

우리 씨의 한 글자짜리 메시지에 길고 긴 메시지로 대응
했다.

─ 에이, 열 번 의뢰하시면 한 번 공짜인데 자주 의뢰하시고 공짜
  찬스 챙기셔야죠. 밀실살인사건 같은 강력범죄부터 산부인과
  따라가 주기 등 누구든 무엇이든 찾아 드립…… 웬만한 일은 범
  죄 제외하고 다 해 드립니다. 대신 단 하나 명심하실 것은……
  탐정은 심부름센터나 청부업체가 아니라는 점입니다. 탐정의
  업무는 '범죄 해결'인데 요즘은 코로나 때문에 일감이 없어서
  이런 일도 하는 겁니다. '병원 같이 가 주기'는 탐정의 업무 범
  위 내에 없는데 특별히 해 드리는 거라고요!

우리 씨는 내 메시지는 보지 않았는지 자기 말만 했다.

─ 혹시나 죄책감을 느끼게 될까요? 후회하게 될까요?

별걱정을 다 한다.

– '오빠'는 임신 중단을 한다고 죄책감을 느끼거나 후회하지 않을걸요. 왜 우리 씨만 죄책감 느끼고 후회해야 해요? 단지 태아가 우리 씨 배 속에 있었단 이유 때문에?

우리 씨는 끝까지 고민했다.

– 혹시나 호옥시나, 낳으면 어떻게 될까요?

현실적인 문제를 짚어 줘야겠다.

– 취업해야 하는데, 신생아 달고서, 할 수 있겠어요? 나중에 취업하고 책임감 있는 남자와 결혼하면 그때 낳아서 키우는 게 우리 씨에게도 아이에게도 낫다는 거 알고 있잖아요. 지금 하지 않으면 후회하게 될걸요.

우리 씨의 메신저는 한동안 침묵했다. 그러다가 '내일 만나요.'라는 간략한 문자만 왔다. 나도 짧은 메시지를 보냈다.

– 우리 씨, 괜찮을 거예요.

* * *

"우리 씨, 마취한 느낌 어때요? 진짜로 푹 자고 일어난 느낌이 들어요?"

수술하고 나온 우리 씨에게 일부러 밝게 철없이 물어봤다. 우리 씨는 마취가 덜 풀렸는지 멍한 눈빛으로 말했다.

"추워……."

우리 씨의 손을 잡아끌었다.

"배고프죠? 속 든든하게 뭐 좀 먹으러 가요."

우리 씨를 기다리면서 봐 둔 병원 앞 식당으로 향했다. 그렇고 그런 설렁탕 프랜차이즈였다. 나는 설렁탕을 주문했다. 뼈와 고기가 아니라 우유와 땅콩으로 고소한 맛을 낸 프랜차이즈 맛 설렁탕이었다. 우리 씨는 황태 미역국을 골랐다. 이 식당에서 설렁탕 말고 생뚱하게 있는 메뉴였다. 우리 씨는 황태 미역국을 한술 뜨고 눈물 한 방울 흘리고 두 술 뜨고 흐느껴 울었다. 그래서 이 식당에 황태 미역국이 있나 보다. 임신 중단도 출산처럼 몸에 무리를 준다는데, 미처 미역국까진 생각을 못 했다. 이럴 줄 알았으면 미역국 라면이라도 박스째로 사 줬을 텐데. 우리 씨가 입안에 황태 미역국을 넣고 울먹였다.

"제 몸속에 아기가 있었다가 지금은 없다는 게 실감이

안 나요."

우리 씨의 숟가락에 김치를 얹어 주며 아무렇지도 않게 말했다.

"그 정도 조그만 생명체가 '아기'라면 암세포도 생명이죠."

우리 씨는 계속 후회하고 걱정하고 우울해했다.

"태아는 생명 맞죠. 배 속에서 움직이고 있었는데요. 제가 혹시나, 혹시나 하지 말고 다음 날 바로 응급피임약을 먹었으면 괜찮았을까요? 처음 하는 거에 바로 임신이 될 줄은 몰랐어요."

확실하게 말해 주었다. 이건 우리 씨 잘못이 아니다.

"아니, '오빠'가 확실하게 콘돔을 사용했으면 간편하고 확실하게 되었을 텐데……. 우리 씨는 잘못한 거 없어요."

'콘돔'이라는 말이 너무 크게 들렸는지 우리 씨가 얼굴을 붉히며 고개를 숙이고 미역국을 먹었다.

"우리 씨가 피임약을 먹거나 응급피임약을 먹는 방법도 있긴 하지만 아무래도 호르몬제라서 피임약은 우울감이나 메스꺼움, 응급피임약은 부정출혈 같은 부작용이 있을 수 있으니 오빠가 콘돔을 쓰는 게 훨씬 간단하다고요."

우리 씨는 묵묵히 미역국만 떠먹다가 고개를 들었다.

"……탐정님은 그런 거 어떻게 알아요?"

내가 어린앤 줄 아나. 나도 어엿한 성인인데 알 거 다 안다.

"피임약은 학교 다닐 때 체육 실기평가 있으면 생리 안 하려고 주기 조절하느라 먹어서 알고요. 응급피임약은 인터넷으로 검색해 봤어요."

우리 씨가 배에 손을 얹었다.

"……아기 심장 소리를 들었어요. 여기 말고, 처음 임신 사실을 확인하러 갔던 병원에서 들려줬어요. 녹음 파일까지 기념품처럼 챙겨 줬어요. 그때 임신을 실감했어요…….
그 파일, 없애야겠죠? 초음파 사진이랑 같이 없애 버려야 하겠죠?"

목소리를 낮춰 부드럽게 말해 주었다.

"추억으로 남겨 둘 것도 아닌데, 버리긴 버려야겠죠. 바로 버리진 않아도 될 것 같아요. 충분히 마음이 정리되면 버리시고요. 그런데 그거 버릴 때 '오빠'도 같이 버리세요, 좀. 입사 시험에서 탈락하면 '오빠' 만나지 마시고 마카롱 같은 단 걸 드시면서 스스로 위로를 받으시고요."

"단 거 먹으면 살쪄서 면접용 정장이 안 맞아요."

우리 씨는 그 와중에 몸매를 신경 썼다. 그놈의 '오빠'랑 이번에는 정말 확실하게 헤어지게 해야겠다.

"그럼 오빠 말고 절 만나시든가. 제가 거창한 위로는 못 해도 소소하게 기분 전환은 시켜 드릴 수 있어요."

이 식당에 들어온 이후 처음으로 우리 씨가 살짝 웃었다.

"어떻게요?"

그러게요. 이래서 생각한 다음에 말해야 한다. 하지만 나에게는 수습할 수 있는 말발이 있지.

"이렇게요. 조금 먼 곳에 와서 외식도 하고 수다도 떨고 산책도 하고요. 좀 더 다이나믹한 걸 원하시면 제가 맡은 사건 현장에 같이 다니실 수도 있고요."

우리 씨가 잠깐 생각하다가 말했다.

"덜 다이나믹한 버전이 낫겠네요."

우리 씨는 황태 미역국에 남은 밥을 말아서 후룩후룩 먹었다.

"처음 갔던 그 병원에서 아기 성별을 알려 줬어요. 의사가 '아기가 엄마 닮았네요.'라고 하더라고요."

딸이었구나. 황태 미역국을 다 먹은 우리 씨가 찬찬히 속마음을 털어놓았다.

"아기가 오빠 닮았다고 했으면 좀 더 쉽게 마음을 먹었을지도 모르겠는데, 절 닮았다고 하니까 저의 어떤 한 부분을 영원히 적출하는 느낌이 들었어요."

엄마에게 딸이란 어떤 존재일까.

"딸이라는 한 마디에 딸바보를 상상하신 거예요?"

우리 씨가 상상하는 딸은 이랬다.

"손을 잡고 처음으로 첫눈도 맞아 보고, 여행 다니면서 서로 뭘 좋아하고 싫어하는지 알아가고, 사춘기가 되어 말 안 하고 방문 잠그는 딸과 신경전도 벌이고, 성인이 되면 같이 술도 마시면서 속마음을 얘기할 수 있는 그런 딸을 내가 죽이는 거 아닐까. 내가 나중에 결혼해서 아이를 낳을 때 딸을 낳을 수 있을까 생각했어요."

정말이지 '딸바보'의 로망에 딱 들어맞는 딸이다.

"우리 씨는 그런 딸이었어요?"

우리 씨가 고개 숙이고 빈 국그릇을 보며 말했다.

"네. 그래서 단순히 아기를 지우는 게 아니라 저를 도려내는 느낌이 났나 봐요."

우리 씨를 위로했다.

"나중에 언젠가 그런 아기가 찾아올 거예요."

우리 씨가 중얼거렸다.

"제가 나중에 딸을 낳을 수 있을까요? 아들이 태어나면 어쩌죠?"

우리 엄마 아들을 떠올렸다. 동생한텐 별로지만 엄마한텐 살가운 아들.

"아들이면 '딸 같은 아들'로 키우면 되죠."

우리 씨는 조금 웃었다.

"그래도 한번 없어진 아기와 똑같은 아기는 아니겠죠."

우리 씨는 입가심으로 물을 마시며 말했다.

"이게 다 오빠 때문이라고 하면서도 오빠에게 위로받고 싶지만 헤어질 때까지, 아니 헤어진 이후에도 영원히 비밀로 해야겠죠? 오빠는 저 닮은 딸이 16주 동안 제 배 속에 있었다는 것도 모르고 잘 살겠죠?"

콘돔도 안 쓰는 쓰레기가 뭐가 좋다고 아직도 오빠, 오빠 거리는 걸까.

"아기를 같이 만들었으니까 임신 사실을 공유하고 지금 이 감정도 같이 나누고 싶은 우리 씨 마음은 이해하는데요. 섹스할 때 지만 편하자고 그 간단한 콘돔도 안 쓰는 놈은 그 아기가 있었다는 사실을 알 자격도 없어요. 위로가 필요하면 '오빠' 말고 혜라 씨나 저를 만나세요. '오빠'랑은 이제 그만 헤어져요."

우리 씨가 자리에서 일어났다.

"언제 한번 연락드릴게요. 마음이 좀 정리되면……."

우리 씨는 가방을 챙겨 들고 아무 일 없었던 것처럼 식당에서 나갔다.

* * *

— 우리 한번 만나요.

설렁탕집인지 미역국집인지에서 헤어지고 얼마 후에 우리 씨에게서 메시지가 왔다. 메시지에는 이모티콘이 없었다. 좋은 일인지 나쁜 일인지 모르는 상태에서 우리 씨와 병원에 갔을 때 썼던 「은하철도 999」의 메텔이 쓰는 샤프카를 쓰고 약속 장소로 향했다. 약속 장소는 마카롱 카페였다. 면접을 보고 왔는지 우리 씨는 면접용 정장 차림이었다. 자리에 앉자마자 우리 씨가 말을 꺼냈다.

"오빠랑 헤어졌어요."

이번엔 진짜일까.

"오빠와의 사이에 비밀이 있으니까 자연스럽게 관계가 소원해지더라고요. 오빠랑 있다가 그 애가 생각나서 멍하니 있게 되고, 오빠가 무슨 말을 해도 '오빠는 모르지? 아무것도.' 이런 생각이 들어서 오빠 말이 안 들리고요. 여전히 피임할 때 '오빠가 잘할게.' 이따위 멘트나 듣고 있으니까 같이 자는 것도 피하게 되고요."

그러니까 병원에 다녀오고 나서도 한동안은 만났다는 거지? 우유부단하기는.

"이제 진짜 다시는 안 만나는 거예요?"

우리 씨가 단호하게 말했다.

"같은 과라서 전공필수과목 수업 때 마주치는 것 외에는 안 만나요. 오빠가 뭐가 문제냐고, 자기가 잘하겠다고 자꾸 물어보는 것 빼고는 얘기도 안 해요."

'오빠'가 너무 질척이는 스타일이 아니어야 할 텐데.

"그 '오빠'는 피임도 그렇고 연애도 그렇고 맨날 자기가 잘하겠대요? 그래서, '오빠'한테 뭐라고 대답해 줬어요?"

우리 씨는 큰일을 겪고 나서 더 강해진 것 같았다. 전에는 '오빠'에게 못 했을 말을 이제는 한다.

"오빠 문제 아니라 내 문제라고 그랬어요. 오빠는 자꾸 집요하게 다른 남친 생긴 거 아니냐고 물어보는데 상상력이 딱 거기까지인가 봐요. 다른 남친 생긴 건 아니라고 했어요."

'오빠'가 들러붙지 않아야 할 텐데.

"그랬더니 뭐래요?"

우리 씨가 조금 웃었다.

"취업 스트레스 때문인 줄 알고 도서관에 과자랑 음료수랑 쪽지 갖다 놓고 있어요. 임신 가능성은 정말 하나도 생각 안 했나 봐요."

마카롱을 한입 베어 물었다.

"정말 아무것도 모르네요."

우리 씨도 마카롱에 손을 뻗었다.

"병원에 다녀오고 나서 계속 죄책감에 시달릴 줄 알았는데, 햇볕도 쐬고 맛있는 것도 먹고 예쁜 옷도 입고 재미있는 소설책도 읽고 할 거 다 하게 되더라고요."

그 일은, 아무 일도 아니었다.

"그냥 병원에 가서 종양 하나 떼어 냈다고 생각하면 되죠."

우리 씨가 마카롱을 집어 들며 건너편 테이블의 여고생들을 보았다.

"길 가다가 가끔 여자아이들에게 눈길이 갈 때가 있는데 나중엔 그것도 없어지겠죠?"

의자를 움직여서 우리 씨의 시야를 차단했다.

"아마 그럴 거예요."

우리 씨가 마카롱을 한입 먹었다.

"입사 시험에 낙방해서 자존감이 바닥을 칠 때마다 저 닮은 아기는 세상에 안 나오는 게 나았겠다는 생각을 해요. 임신 중단하길 다행이었다고."

마카롱 하나를 다 먹고 두 번째 마카롱을 먹으며 우리 씨를 달랬다. 역시 달달한 걸 먹어야 달콤한 말이 나온다.

"그러니까 합격하고 회사 다니면서 사는 게 좀 안정될 때 결혼해서 아이를 낳으면 되죠. 그리고 우리 씨는 입사 시험보다 더 큰 일도 해낸 사람이잖아요. 취업 따위, 언젠가 할 수 있어요."

우리 씨의 한 손은 배 위에 얹혀 있었다.

"면접 볼 때 가끔 그런 생각이 들 때가 있어요. 면접관이 내 '비밀'을 알고 있을까. 그러면 그때부터 면접은 망치는 거예요."

마카롱을 우물거리며 말했다.

"그 일은 우리 씨랑 저만 알아요. 그리고 저 입 무겁고요. 그러니까 그런 상상하지 말아요."

다디단 마카롱을 먹으며 우리 씨가 쓰게 웃었다.

"오빠도 모르는 일이죠."

볼 안에 마카롱을 욱여넣고 고개를 끄덕였다. 우리 씨는 날 가만히 보더니 말을 꺼냈다.

"태어나지 못하고 죽은 태아가 귀신이 되어서 엄마한테 붙는다는 얘기 있잖아요."

언제 적 귀신 얘기야.

"아니 그 귀신은 왜 아빠한텐 안 붙는대요?"

우리 씨가 쓴 커피를 마시면서 말했다.

"그 귀신이 한 번만 들러 줬으면 좋겠어요. 널 미워해서 그런 건 아니라고 변명하려고요. 내가 지금은 낳아서 기를 여건이 안 되어서 그랬다고요. 사실 태명도 있었어요. '아보카도'라고. 몇 번 불러 보진 않았지만."

태아가 아보카도 정도 크기라고 내가 한 말에서 따왔다고 했다. 우리 씨는 마카롱 카페에서 나와 한적한 공원으로 향했다. 내가 일부러 장난스레 얘기했다.

"드라마에서 이별하면 이러던데요."

우리 씨는 캔들 라이터를 꺼내 아기 심장 소리를 담은 USB와 초음파 사진에 불을 붙였다. 사진과 USB는 금방 우그러들었다.

"안녕, 아보카도."

우리 씨가 소실되는 초음파 사진과 USB를 향해 다정하게 인사했다.

"안녕, 아보카도."

나도 함께 조용히 인사했다. 안녕.

얼마나 일해야 할까

"아뇨, 동업할 생각 하나도 없다니까요."

나에게 한번 사기 치려다 걸린 이후로 나만 보면 동업하자고 조르는 자칭 고양이 탐정, 타칭 사기꾼인 김경찬이 일요일 아침부터 대단한 아이템을 들고 왔다고 으쓱대길래 듣지도 않고 거절했다. 그러거나 말거나 김경찬은 꿋꿋하게 말을 이었다.

"회사나 개인에게 '탐정' 명칭 붙이는 거 합법화된 거 알지요? 가출 아동과 청소년, 실종자 소재 확인도 합법화되어서 실종전문탐정이 활약하기도 좋아졌구요."

단단히 팔짱을 꼈다.

"그래서요?"

김경찬이 뭐 대단한 비밀이라도 알려 주는 것처럼 귀엣

말을 했다.

"이 기회에 탐정 회사를 설립해서 전문탐정을 브랜드화 하자는 겁니다."

불신이 가득한 눈으로 물었다. 여전히 팔짱을 풀지 않은 채였다.

"전문탐정이 일할 사무실은 있고요?"

김경찬은 다 생각해 둔 것이 있다는 투로 떠벌거렸다.

"그거야 까짓것 빌딩에 사무실 하나 빌려 회사를 창립해서 신뢰도 높은 회사로 브랜딩하면, 의뢰인은 회사 이름 보고 사건을 의뢰하고 우리는 우리가 보유한 우수한 전문 탐정들에게 사건을 배분해 주는 거죠. 외국 소설이나 영화에서 많이 봤잖아요? 우리가 탐정업계의 김앤장, 아니 김앤전이 되는 거죠. '김앤전'이 촌스럽다거나 전 탐정님 이름이 앞에 와야 한다면 'JK탐정회사'로 하고요, 어떻습니까?"

JK라니, 해리 포터 시리즈 작가인 J. K. 롤링이 생각나는 이름이다. 이제 제일 중요한 걸 물어볼까.

"수익 모델은요?"

김경찬은 두루뭉술하게 우물거렸다.

"의뢰인에게 일정 비율 떼고, 탐정한테 가입비 명목으로 얼마 받고 사건 하나 배당할 때마다 얼마씩 받아 내고요."

소설에서 탐정이 탐정 사무소에 찾아가는 대목을 떠올려 봤다.

"일할 때 드는 경비는 회사에서 부담하는 거죠? 탐정소설 보니까 총 한 자루 정도는 내주던데."

김경찬은 묘하게 현실적인 답변을 내놓았다.

"아니죠. 탐정을 개인사업자로 고용하면 차량 유류비부터 의뢰인과의 밥값까지 모든 제반 비용을 탐정이 부담합니다. 회사에 고용되어서 업무 지시를 받긴 하지만 소속된 탐정 하나하나는 자영업자라서요. 학습지 교사나 화물 기사 같은 특수고용직인 거죠."

이거 순 날강도 아냐? 어디서 못된 것만 배워서는…….

"개인사업자인데 회사의 지시를 받는다고요? 회사에서 탐정들 4대 보험 해 주기 싫어서 그러는 거 아니에요? 외국 탐정소설에 나오는 회사는 적어도 의료보험은 해 주던데?"

김경찬이 지극히 한국 꼰대다운 멘트를 날렸다.

"한국은 한국만의 사정이 있는 거고요."

김경찬에게 맞대응을 했다.

"업무 지시를 회사에서 할 거면 초보 탐정은 월급제로 하고 경력 탐정은 월급 더하기 수임료로 해야죠."

당장 이 업계에서 불륜탐정으로 잔뼈가 굵다 못 해 통뼈가 된 부모님께 전화를 걸어서 김경찬이 제시한 조건을 읊어 드렸다.

"그 조건이면 아무것도 모르는 순진한 신입이나 덥석 물지. 조금만 유명한 탐정이면 그 조건에 입사 안 하지."

김경찬에게 부모님의 말씀을 전달했더니 김경찬은 빨판처럼 들러붙었다.

"해 봐야 아는 거 아닙니까. 어때요, 진짜로 동업 안 할 겁니까? 내가 영업이사가 되어서 의뢰인이랑 탐정을 모아 오고, 전 탐정님은 실종탐정 일에만 집중하시고. 자리 잡힐 때까지 수익 배분은 특별히 내가 7 먹고."

김경찬에 밀리지 않고 대꾸했다.

"그럼 내가 93 먹는 걸로."

김경찬이 다시 협상을 시도했다.

"그럼 내가 4 전 탐정님이 6."

내가 최후통첩을 날렸다.

"동업 안 한다니까……. 그런데 사무실은 같이 쓰죠. 임대료는 내가 4, 그쪽이 6으로. 그리고 탐정은 월급제 플러스 수임료의 80%를 먹는 걸로."

사기꾼 주제에 언제부터 멋과 낭만을 찾았다고 김경찬이 꿍얼거렸다.

"월급 탐정은 멋과 낭만이 없다니까 그러시네……. 회사 이익도 이익이지만……."

탐정이 된 이후로 나의 로망은 탐정 사무소를 여는 것이 었다. 베이커가 221B처럼 가정집 분위기가 나도 좋고, 철제 책상이 있고 귀퉁이에 중국집에서 배달시켜 먹고 난 빈 그 릇이 뒹구는 너저분한 사무실도 좋고, 벽면이 유리로 된 채 광 좋은 멋진 빌딩에 입주한 사무실도 좋다. 사무소를 열려 고 사기꾼과 동업하는 게 찝찝하긴 하지만 내가 조심하면 되겠지.

김경찬이 임대한 사무실은 엘리베이터 없는 낡은 상가 건물 2층에 좁아터진 공간 안에 안락의자 탐정, 아니 안마 의자 탐정을 해도 될 듯한 터무니없이 큰 안마의자가 자리 를 차지하고 있었고, 그 의자에 밀려 책상 하나가 옹색하게 구석에 놓여 있었다. 나름 입주를 자축하는 의미에서 쓰고 온 리본과 큐빅 장식이 달린 칵테일햇이 무안할 정도였다. 튤 장식 덕분에 얼굴이 가려져 썩은 표정이 덜 보이는 게 그나마 다행이었다. 김경찬이 변명을 늘어놓았다.

"안마의자는 의뢰인 상대로 최면 수사를 할 때 좋을 것 같아서……."

"최면 걸 줄 알아요?"

자기가 생각해도 이 좁은 사무실에 안마의자는 과했는 지 김경찬이 어버버했다.

"저기……. 전 탐정님도 최면 걸 줄 모르죠?"

대체 사무실에서 일할 생각을 해야지 안마의자에서 쉴 생각부터 했나.

"당연히 모르죠. 얼른 반품하시죠."

김경찬이 모기 소리처럼 앵알거렸다.

"렌털이라서 비용 걱정은 조금만 해도 됩니다."

안마의자에 밀려 구석에 처박힌 자그마한 책상이 귀여워서 어쩔 줄 모르겠다.

"책상은 왜 하나밖에 없어요?"

김경찬은 사기꾼답게 번드르르하게 말을 잘했다.

"한 명이 일하면 한 명이 안마의자에 앉는 워라밸, 즉 워크-라이프-밸런스를 지키려고죠."

다른 사람들이 다 김경찬에게 넘어가도 나는 안 넘어간다.

"안마의자 놓고 나니까 남는 공간이 없었던 거 아니에요? 책상을 두 개 놔야지, 안마의자를 놓으면 어떻게 해요?"

이제야 김경찬이 속내를 털어놓는다.

"사무실 얻으면 안마의자 두는 게 로망이었어요. 탐정 일이 책상에 붙어서 사무직처럼 일하는 거 아니잖습니까. 책상이 뭐 그리 필요하다고……."

기가 차서 말이 안 나올 뻔했다.

"의뢰인 오면 안마의자에 앉혀 놓고 의뢰받을 거예요?"

김경찬이 뻔뻔하고 현란하게 입을 놀렸다.

"네. 그러려고 렌트했어요. 안마받으면서 흥분을 가라앉히고 릴랙스하라고요. 안마 한번 받고 나면 긴장했던 근육이 싹 풀리면서 마음도 너그러워진다니까요. 탐정님도 한번 해 보시면 못 끊을걸요."

아무래도 제일 중요한 얘기를 해야겠다. 돈 얘기 말이다.

"지금 버는 돈도 없는데 렌털료 나가게 생겼어요?"

김경찬은 강경했다.

"안마의자는 우리 회사 소속 탐정에게 주는 복지 혜택이라서 포기 못 합니다."

김경찬의 강력한 주장에 안마의자에 앉았다. 처음엔 덜덜거리면서 얻어맞는 것 같더니 곧 노곤노곤해졌다. 의뢰인을 여기 앉히면 '진실의 의자'가 되겠다. 김경찬이 의기양양하게 말했다.

"어때요, 안마의자?"

나도 모르게 진심이 나와 버렸다.

"음……. 괜……찮네요."

간판까지 달 돈은 없어서 창문과 문에 '전일도&김경찬 탐정 사무소'라고 적은 종이를 붙여 놓았다. 어라, 이렇게 동업이 되는 건가, 싶을 때 누군가 문을 두드렸다. 택배기사였다.

"택배 시킨 거 없는데요."

택배기사는 빈손이었다.

"여기 탐정 사무소 맞죠? 택배 말고 뭐 부탁드릴 게 있어서 왔는데요. '누구든 무엇이든 해 드리는' 탐정 사무소라면서요?"

김경찬 대신 내가 까칠하게 응대했다.

"'누구든 무엇이든 찾아 드리는' 실종전문탐정이지 해결사는 아닌데요."

김경찬은 의뢰인을 바로 안마의자로 안내했다. 그러고 보니 의뢰인에게 대접할 커피나 차가 없다. 커피포트는 집에서 몰래 가져오고 커피믹스는 김경찬더러 사 놓으라고 해야겠다. 멋있게 '이 커피가 식기 전에 사건을 해결하겠소.' 정도의 멘트를 날려 주려면.

"이게 그…… 최면 수사 받는 의자인가요?"

의뢰인이 김경찬 같은 소리를 했다. 내가 리모컨으로 1단계를 누르며 말했다.

"급할 것 없으니까 좀 쉬시면서 말씀하시라고요."

안마의자가 의뢰인의 다리를 주물거렸다.

"여긴 일요일도 일하시나요?"

그러고 보니 언제가 휴무일인지 아무도 모르고 있다. 지금까지는 되는 대로 일이 들어오면 일하고 안 들어오면 놀았지만 사무실을 갖추고 체계가 잡히면 휴일과 근무시간부터 정해야겠다.

"일단은 매일 일합니다."

김경찬이 냉큼 받았다. '일단은'이라니, 그게 몇 주가 될 줄 알고.

"아직 요일은 정하지 않았지만, 쉬긴 쉴 건데요."

내가 반박했다. 의뢰인이 내 말에 동의했다.

"한 주에 이틀은 쉬셔야 돼요. 안 그러면 과로사해요."

안마의자는 이제 등을 통통 두드리고 있었다.

"벌써 택배기사가 열 명이 넘게 죽었어요. 다음은 제 차례일지도 모르고요."

드디어, 연쇄살인마가 나타난 것인가! 싶은데 택배기사가 일하다 죽게 생겼다고 했다.

"저 좀 살려 달라고 왔어요. 빌라 3층에 생수 배달하는데 갑자기 눈앞이 깜깜해지더니 머리가 핑 도는 느낌이 들어서, 이러다 죽겠다 싶어서요."

대체 사람들은 탐정을 뭐라고 생각하는 걸까.

"저는 탐정이지 노무사가 아닌데요. 국가도 해결 못 하는 일을 제가 어떻게 해결해요."

김경찬이 급하게 끼어들었다.

"아닙니다! 걱정 마십쇼! 국가나 회사가 해결을 못 하니까 마지막이라는 심정으로 탐정한테 오는 거죠!"

김경찬에 맞서 싸웠다.

"탐정이 무슨 해결사예요?"

의뢰인이 나와 김경찬을 번갈아 보았다. 얼른 의뢰인에게
말을 걸었다.

"이보람 씨, 어쩌다 이 일을 하게 되셨어요?"

의뢰인이 마음을 정했는지 날 보며 말했다.

"취업 준비하다가 안 되어서 나이만 꽉 차고, 마지막 희
망으로 공무원 시험을 준비했는데 그것도 안 되어서 이 일
을 시작한 거예요. 열심히 하면 연봉 4800만 원도 바라볼
수 있다고 해서요. 돌고 돌아서 취업 준비했던 회사에 입사
하긴 했네요. 사무직이 아니라 택배기사지만."

이제 뻔한 얘기를 할 차례다.

"그런데 4800만 원 못 벌었죠? 회사 이름 적힌 조끼 입
고 다녀도 만족스럽지 않았죠?"

쌓인 게 많았던지 의뢰인은 속사포처럼 말을 쏟아 냈다.

"이 일이 어떤 일이냐면요. '까대기'라고, 새벽 5시부터 컨
베이어 벨트에서 제 이름 적힌 운송장 붙은 택배 박스 분
류하는 작업하고 나면 오전 11시고요. 이때쯤 이미 지쳐 버
려요. 제 이름 붙은 상자 찾느라 눈이 빠질 거 같고 등이랑
허리가 아파요. 까대기만 별도 인력이 해 줘도 훨씬 낫죠.

그래서 까대기에 인원을 투입하라고 시위하는 거고요. 그러고 나서 택배를 배송하는데 그러려면 점심은 못 먹는 거예요. 중간중간 집에 아기가 있으니까 벨 누르지 말라는 등의 요청사항을 전화로 받고요. 이렇게 하루에 14시간 일하면 얼마나 걷는지 만보계로 재 봤더니 2만 5000보더라고요.

직장인은 주 52시간 제한이라도 있지, 택배기사는 개인 사업자여서 하루에 몇 시간을 일하든 상관없어요. 하루 종일 계속 뛰어요. 생수 여섯 개짜리 들고 빌라 계단 오르면 무릎이 나갈 것 같죠. 병가나 월차도 못 내고요. 원래는 낮에 택배 일하고 밤에 공무원 시험 준비하는 주경야독을 하려고 했는데 하루 배송 끝나고 나면 공부는 무슨 공부, 그냥 뻗어 버리죠. 이렇게 일하며 죽겠다 싶어 그만두려고 봤더니 저 대신 일할 사람을 찾아 놓든지 1000만 원을 내든지 하래요. 이미 일 시작할 때 보증금으로 1000만 원 내놨는데. 한 달에 400만 원은 무슨……. 퇴근하면 가슴이 뻐근하니 아픈 느낌이 들어요. 온몸이 근육통인데 파스 한 장 붙이고 말고요. 젊은 시절에 일해서 번 돈, 늙어서 병원비로 나가겠죠. 골판지로 된 택배 박스랑 온종일 일하다 보면 종이 먼지를 계속 들이마시게 되어서 어떨 때는 기침이 멎지 않을 때도 있어요."

의뢰인은 입이 마른지 침을 삼켰다. 정수기도 들여놔야

겠다. 뭐 이렇게 필요한 게 많아.

"2년 성실하게 일하면 정규직 시켜 준대서 새벽 5시부터 밤 10시까지 일했죠. 면접 한 번으로 정규직이 될지 말지 갈리는데, 기준을 아무도 모르니까 무조건 오래 길게 많이 일하는 거예요. 인간의 한계까지 밀어붙이는 거죠. 흠 잡히지 않으려고 택배 분실했을 때 배상도 제 돈으로 했어요."

의뢰인의 눈에 눈물이 고일 것 같아서 얼른 말을 걸었다.

"그런데 정규직이 안 된 거죠?"

"네. 정규직 되는 비율이 10%도 안 되는데 거기에 못 들어간 거죠."

김경찬도 질세라 말을 붙였다.

"'정규직' 가지고 사람 농락했네요. 그죠?"

보람 씨는 안마의자에 온몸을 맡긴 채로 말했다.

"정규직에서 탈락하니까 그제야 온몸이 아프더라고요. 산재가 되는지 알아보려고 대리점에 갔더니 산재 적용 제외 신청서를 내밀더라고요. 저는 그런 걸 쓴 기억이 없는데 말이죠."

종이와 펜을 내밀었다.

"여기다가 이름이랑 서명 써 보세요."

보람 씨는 'ㄹ'을 흘려 쓰는데 산재 적용 제외 신청서에 적힌 'ㄹ'은 또박또박 적힌 정자체였다.

"택배사 본사에 얘기하니까 대리점도 개인이고 저도 개인이라, 개인과 개인 간의 계약에 대해서는 본사가 해 줄 게 없대요. 산재 적용 제외 신청서를 대리점에서 대필한 거 가지고 더 뭐라고 할 수 없는 게, 대리점에 찍히면 까다로운 구역에 배당해 주거든요. 건당 얼마를 대리점이 수수료로 떼 가는데 산재보험에 가입하면 수수료를 올려 버리고요."

보람 씨가 눈을 감고 말했다.

"제가 죽어야 이 일에서 벗어날 수 있겠죠."

얼른 손사래를 쳤다.

"에이, 뭘 그렇게 극단적으로 말씀하세요."

보람 씨는 초탈한 표정이었다.

"이 일을 그만두려면 1000만 원이 필요한데 그 돈도 없고, 아무것도 없이 몸뚱이만 가지고 할 일은 노가다 아니면 택배뿐이라서 그만둬도 다시 돌아올 수밖에 없을 거니까……."

안마의자 리모컨으로 2단계를 실행시켰다.

"저도 공무원 시험 준비하다가 때려치우고 탐정하고 있잖아요. 택배 그만두고 공무원 시험 안 보고도 세상에 직업은 많아요."

보람 씨가 허탈해했다.

"그중에 제가 할 직업이 없을 뿐이죠. 제가 탐정을 할 수는 없잖아요?"

내가 뻐기듯 말했다.

"그렇죠. 탐정이 아무나 하는 직업은 아니니까요."

김경찬이 가볍게 말을 걸었다.

"요새 코로나 때문에 일이 많이 늘었지요?"

보람 씨는 누군가에게 하고 싶었던 말들을 다 쏟아 냈다.

"두 배 정도 늘어난 것 같아요. 빌라 계단 올라가다가 숨
진 택배기사 얘기가 남 일이 아니죠. 게다가 본사는 택배기
사를 등급제로 나눠 서로 경쟁시키면서 일하는 시간과 택
배 물량을 점점 더 올리고 있죠. 지금도 사람이 하루에 운
반할 수 있는 양이 아닌데 더, 더 시키려고 하고 있어요."

김경찬에게 질세라 나도 말을 걸었다.

"보람 씨, 새벽배송도 했어요?"

가까이서 보니 보람 씨의 다크서클이 진했다.

"새벽배송을 시키는 회사에선 새벽배송 기사들이 차도
안 막히고 고객과 대면도 안 해서 스트레스가 적다고 하지
만, 사람이 낮밤을 바꿔 일한다는 것 자체가 건강에 안 좋
죠. 오후 10시부터 다음 날 새벽 3시 반까지 물량을 쳐낸
다음에 다시 당일 새벽에 배송할 신선식품을 싣고 나오는
데, 졸음운전과도 싸우고 피로와 먹살잡이도 해야 하죠."

돈을 벌려고 수명을 깎는구나.

"밤부터 새벽까지 일 시키려면 정규직이라도 시켜 주든 가. 그쵸?"

내가 보람 씨와 같이 분개했다.

"정규직은 포기했고, 돈이나 많이 줬으면 좋겠어요. 빨리 1000만 원 벌어서 이 업계를 떠나게요."

보람 씨에게서 짙은 피로감이 느껴졌다. 김경찬이 한 대 뿐인 책상에서 뭔가를 검색하다가 말을 걸었다.

"본사에서 택배 분류 지원 인력을 채용해서 택배기사들 노동 강도를 줄여 주겠다고 했다던데요?"

"아, 그거요?"

보람 씨가 피식 웃었다.

"처음에는 전액 지원해 줄 것처럼 굴더니 시간 지나니까 절반만 본사가 지원해 주고 나머지 절반은 대리점에 떠넘겼 어요. 대리점에서는 기사들한테 얼마씩 돈을 내라고 하고 있어요. 아니면 대리점에 내는 수수료를 더 떼어 가거나."

내가 한숨과 함께 말했다.

"별로 도움이 안 되시겠군요."

보람 씨가 잠깐 머릿속으로 계산하더니 말했다.

"네. 차라리 돈 조금 더 주는 야간택배 하면서 낮에는 배달하면 몸은 힘들지만 1000만 원은 빨리 모을 수 있을 것 같아요."

김경찬이 보람 씨를 말렸다.

"그렇게 사시면 몸이 축나는 것도 그렇지만, 졸음 운전하게 되어서 위험할 텐데요. 웬만하면 하지 마시죠."

내가 분위기를 바꿔 보려고 물어봤다.

"그래도 이 일 하시면서 보람 느낄 때가 있지 않아요?

택배 수령인이 고맙다고 하거나 음료수를 건네거나 하는 걸 예상했는데 의뢰인의 반응은 예상외였다.

"일에서 보람을 찾는 사람이 얼마나 되겠어요. 월급 나오는 거 보고 일하는 거죠. 탐정님은 안 그래요?"

안마의자 2단계 코스가 끝나 가고 있었다. 얼른 리모컨으로 3단계를 시작했다. 몸과 마음이 너덜너덜한 보람 씨가 잠깐이나마 긴장 풀고 쉬고 갈 수 있도록. 자존심 때문에 말은 안 하겠지만 김경찬이 안마의자를 잘 사긴 했네.

"저는 사건 해결되었을 때 보람을 느끼긴 하는데, 수임료를 받으면 더 좋죠."

의뢰인과 마주 웃었다.

"자, 저희가 의뢰 주신 내용을 해결할 방법을 찾아보겠으니까 오늘은 여기까지 하시죠."

김경찬이 마무리를 지었다. 일어나려는 의뢰인을 내가 다시 잡아 앉혔다.

"그래도 기왕 안마의자에 앉으신 김에 마지막인 4단계

코스까지는 체험하고 가세요."

안마의자에 푹 파묻히며 보람 씨가 말을 흘렸다.

"안마의자 설치 기사들도 엘리베이터 없는 이 건물에 계단으로 안마의자 들고 오려면 속으로 욕했겠네요."

내가 날름 말을 받았다.

"엘리베이터 없는 빌라에 생수 배달하는 느낌인 거죠?"

보람 씨가 묵직한 안마의자를 매만졌다.

"안마의자는 생수보다 무겁죠."

그러게 안마의자 들이지 말자고 했잖아. 보람 씨에 이입해서 말했다.

"그럼 여러 번 욕했겠네요."

보람 씨는 씩 웃었다.

"아마 그랬겠죠."

일하지 않을 때는 이렇게 잘 웃는 사람이 일할 때는 비관적이다. 역시 일이 문제다. 보람 씨는 4단계 코스까지 체험하고 나갔다. 그럼 이제 남은 건 김경찬 이 인간……!

"우리가 해 줄 수 있는 것도 없는데 덜컥 의뢰를 받으면 어떻게 해요? 이건 가끔씩 마카롱 같은 단 걸 먹으라는 처방으로 끝낼 수가 없잖아요!"

김경찬이 해맑게 대안이랍시고 내놓았다.

"고객들이 문에 '늦게 배달해 주셔도 상관없습니다.'라고

써 붙이면 어때요? 그런 당일배송 때문에 밤늦게까지 배달하는 건 줄어들 것 같은데."

내가 버럭했다.

"이게 그런 캠페인으로 해결될 문제예요?"

김경찬은 안마의자에 앉아서 1단계를 가동시켰다.

"그럼 전일도 탐정님 생각을 들어 봅시다."

나는 책상에 기대어 주절거렸다.

"방법은 두 개잖아요. 1000만 원을 내거나 후임자를 찾는 거. 사기꾼님께서 100만 원짜리 사기 열 번만 치면 1000만 원은 되겠네요."

김경찬이 손사래를 쳤다.

"아, 나 이제 사기 안 친다니까요."

그러게 왜 이 건을 덥석 물었냐고. 1000만 원이 누구 집 개 이름인가.

"그럼 어디서 1000만 원을 만들어 오냐고요."

김경찬이 심드렁하게 말했다.

"1000만 원을 위약금으로 물게 한 것 자체가 법을 피해 가기 위해서인데 굳이 내야 합니까?"

그러니까 안 낼 방법을 찾는 거 아냐.

"법은 멀고 현실은 가까우니까요. 이런 건 본사와 직접 얘기해야 할 텐데……. 분명히 본사는 대리점하고 얘기하라고 하겠죠?"

김경찬이 여전히 꿈 같은 소리를 해 댔다. 저놈의 안마의
자를 치워 버리든가 해야지.

"그럼 여론전으로 갑시다. 이보람 씨 사연을 국민청원으
로 가 볼까요? '그만두려면 1000만 원을 내야 하는 택배기
사의 사연'으로다가."

나도 지지 않고 받아쳤다.

"차라리 책으로 써서 텀블벅처럼 펀딩하는 사이트로 가
죠. 그런데 거기서 1000만 원 벌기는 힘들걸요."

김경찬은 창의적인 방법을 찾으려 머리를 쥐어뜯었다.

"그럼 어떻게 1000만 원을 벌죠? 길거리에서 사연을 적
은 판을 들고 1인 시위하면서 모금을 할까요?"

리모컨을 빼앗아 안마의자 작동을 중지시켜 버렸다. 김
경찬이 안마의자에서 일어났다. 나는 김경찬에게 쏘아붙
였다.

"그걸 나한테 물으면 어떻게 해요? 난 몰라요. 김경찬 씨
가 끌어온 의뢰인이니까 김경찬 씨가 알아서 해 봐요."

김경찬이 웅얼거렸다.

"치사하게……. 동업이니까 사건 해결도 같이 해야 하는
거 아닙니까!"

서 있는 채로 스마트폰으로 검색했다. 둘 다 안마의자에

앉고 싶어 하고 책상엔 앉고 싶어 하지 않으니 눈치게임하듯이 사무실 벽에 등을 기대고 서 있다. 스마트폰에 뜬 뉴스 기사를 읽었다.

"정부에서도 한마디 거들긴 했네요. 택배기사의 심야배송을 막거나 일정 시간 이상의 휴식을 강제할 수 있는 대책을 내놨네요. 강제 아니고 권고 수준으로."

김경찬이 검색해 보더니 뭐 대단한 방법이라도 찾아낸 것처럼 내 말투를 흉내 냈다.

"방법은 하나네요."

김경찬이 상대방 말투를 따라 할 때는 나름 뭔가를 떠올렸을 때다.

"후임을 찾으면 그만둘 수 있다고 했으니까 저나 전 탐정님이 보람 씨가 맡았던 구역에서 택배 뛰면 되겠네요."

대책이 겨우 그건가.

"아까 택배업의 고단함을 그렇게 생생하게 들었는데도 택배기사 하겠다는 말이 나와요?"

김경찬이 설교조로 말했다.

"모든 직업은 힘들어요. 우리가 하는 탐정업도 곁에서 보면 흥미진진해 보이지만 실상은 경찰이 안 하는 부스러기 사건들 만지작거리는 거잖습니까. 경찰하고 자료 공유가 안 되니까 불륜 커플 오피스텔 주소 알아내느라 오피스텔 앞에서 계속 잠복하고."

안마의자에 기댔다.

"누가 들으면 진짜 탐정인 줄 알겠네요?"

사무실을 얻은 흥분이 아직 남아 있는지 김경찬이 희망
찬 목소리로 말했다.

"이번 사건 해결하면 진짜 탐정이 되는 거죠."

김경찬은 믿지 말고 내 머리를 믿어야겠다.

"그럼 1000만 원을 가져오는 거랑 1000만 원을 안 내도
되는 거 둘 다 고려하면서 이 건을 해결해야겠네요."

김경찬이 단호하게 말했다.

"1000만 원을 안 내는 쪽으로 가야죠."

어디 뭐 뾰족한 수가 있나 들어나 보자.

"어떻게요?"

김경찬이 대단한 생각이라도 해낸 것처럼 자신 있게 말
했다.

"보람 씨가 많이 아프다고 할까요? 시한부라고……."

이게 무슨 학창 시절에 야간 자율 학습 빠지려고 거짓말
하는 건가.

"다른 핑계는 없어요?"

김경찬이 공을 나에게 넘겼다.

"그럼 전 탐정님 핑계는 뭡니까?"

나도 뾰족한 수가 없었다.

"대리점 앞에서 1인 시위라도 할까요? 악덕 대리점이라고. 본사와 얘기하면 이런 건 대리점이랑 택배기사 간의 관계라고 할 게 뻔하니까 대리점으로 가는 거죠."

김경찬이 거 봐라 하는 투로 지적했다.

"그거 가지고 대리점에 타격 줄 수 있겠어요?'"

김경찬에게 밀리다니 분하다.

"······아니요."

김경찬이 드디어 현실적인 대책을 세우기 시작했다.

"그럼 1000만 원을 구해 오는 쪽으로 가야 하는데, 전 탐정님 계좌에 얼마 있어요?"

왜 남의 아픈 곳을 찌르고 그러나.

"100만 원도 없죠."

이게 만약 불륜 사건이었으면 1000만 원 정도는 불륜 저지른 쪽으로부터 협박으로 뜯어낼 수 있는데······ 생각, 생각을 하자. 머릿속에 떠오른 생각을 말하기 시작했다.

"근본적인 문제는 1000만 원이 아니잖아요. 1000만 원을 내고 그만두어 봤자 할 게 없어서 다시 택배업계로 돌아오게 될 테니까요. 경력란에 택배기사라고 쓴 자기소개서를 보고 채용해 줄 회사는 없을걸요. 택배기사 경력은 물 경력이 되는 거죠."

김경찬의 목소리가 낮아졌다.

"그럼 우리가 이보람 씨 재취업까지 신경 써 줘야 한단 말입니까?"

내 목소리가 조금 커졌다.

"보람 씨를 또 보지 않으려면, 그래야죠."

김경찬이 중얼거렸다.

"골치 아프네……."

말하고 보니 더 암담했다.

"그러니까 왜 그런 의뢰인을 받았어요? 탐정은 의뢰인 가려 받는 거 아니라고는 하지만……."

"우리 집에 택배 배달 왔길래 몇 마디 물어보다 보니까 정식으로 의뢰하는 게 나을 거 같아서 의뢰하시라고 했죠."

택배기사가 어떻게 알고 탐정 사무소를 찾아왔나 했는데 김경찬이 부른 거였다. 안마의자도 김경찬도 꼴 보기 싫었다.

"탐정이 무슨 불우이웃 돕기 하는 직업이에요?"

김경찬이 내 자기소개를 인용했다.

"누구든 무엇이든 찾아 드리는 직업이라면서요?"

너무 현실과 맞닿아 있어서 어려운 케이스였다.

"하지만 이번 케이스는 너무 어렵단 말이죠."

김경찬은 자신만만했다.

"아무리 어려운 문제라도 해답은 있어요."

그 해답을 찾으려 김경찬과 머리를 맞대고 관련 법을 찾아보았다.

"개인사업자라서 근로 계약서 대신 용역 계약서를 작성한 것 자체가 문제였네요. 근로기준법은 퇴사시 위약금을 내거나 대체 인력을 데려오는 걸 금지하고 있어서 언제든지 그만둘 수 있지만 용역 계약서는 그렇지 않기 때문에 위약금을 내야 그만둘 수 있죠. 근로기준법상 노동자에게 주어지는 법적 보호를 피해 갈 수 있다는 말입니다."

법을 보니까 머리가 아프다. 법은 멀고 탐정은 가깝다.

"그럼 택배기사가 사실상 본사와 대리점의 지시를 받아 일하니까 근로자라고 주장한다면요?"

김경찬도 법 쪽으로는 해박하지 않다.

"법적으로 다퉈 봐야죠."

법정 싸움이라니 생각만 해도 지겹다.

"법정까지 갈 필요가 뭐가 있어요."

"네?"

김경찬의 벙찐 얼굴에 대고 한마디 했다.

"사기 치면 되죠."

* * *

　다음 날 김경찬은 슈트를 쫙 빼입고 나타났다. 김경찬을 안마의자에 앉히고 최면을 걸었다.

　"이제부터 김경찬 씨는 사무장인 겁니다. 레드썬!"

　나는 말쑥하게 차려입고 대리점에 가서 보람 씨의 변호사인 척을 했다. 김경찬은 사무장 역할을 하고.

　"아무리 용역 계약서를 작성했다 해도 이보람 씨는 대리점과 본사 직영점의 지시를 받아 일하기 때문에 근로기준법의 보호를 받는 근로자고요. 근로기준법은 퇴사시 위약금을 내거나 대체 인력을 데려오는 걸 금지하고 있어서 이보람 씨는 지금이라도 당장 그만둘 수 있습니다."

　법적으로 맞는지 틀리는지 모르겠지만 일단 우기고 보자.

　"이보람 씨의 정당한 퇴사를 막으시면 법정에서 볼 수밖에 없습니다."

　김경찬 파이팅! 협박도 수준급으로 한다. 대리점주는 입이 삐죽 나왔다.

　"계약서 작성하고 서명까지 했는데요."

　김경찬은 침착하게 받아쳤다.

　"법에서는 근로자에게 과도하게 불리한 계약은 무효로 하고 있습니다."

대리점주가 대놓고 불평했다.

"그럼 이보람 씨가 맡았던 구역은 다른 기사들이 나눠서 해야 한다는 건데⋯⋯. 민폐도 이런 민폐가 없어요."

내가 쐐기를 박았다.

"엘리베이터 없는 빌라촌에 이보람 씨를 배정한 것도 너무했죠."

대리점주는 이보람 씨와 계약 해지를 했다. 나와 김경찬, 이보람 씨는 비스트로에 갔다. 오랜만에 여유 있게 먹는 코스 요리였다. 샐러드가 나오자 보람 씨가 평소 습관대로 허겁지겁 포크질을 하려다가 정신을 차리고 여유 있게 음미하며 먹었다. 수프를 뜨면서 김경찬이 보람 씨에게 물었다.

"이제 뭐 해서 먹고살 거예요?"

보람 씨가 뜨거운 수프를 후룩 마셨다.

"나이가 많아서 일반 회사에는 못 가겠고."

이제 서른인데 나이가 많긴 뭐가 많아. 우리나라 회사들은 이게 문제다.

"공무원 시험은 해도 해도 안 되어서 더 이상은 도전하지 않을 거고."

나도 공무원 시험 때려치워 봐서 안다. 시험은 운과 체질이 있는 사람이 붙는 거다.

"몸으로 할 수 있는 일 중에 그나마 할 만한 게 택배기사니까 다른 택배회사에 취직해야죠."

김경찬이 툴툴댔다.

"그러면 사기까지 쳐 가면서 이보람 씨를 빼낸 보람이 없잖습니까."

내가 보람 씨를 변호했다.

"직업 바꾸는 게 쉬운 줄 알아요? 저야 공시생에서 탐정으로 전업했지만, 그건 엄마 아빠 오빠 할아버지까지 모두 다 탐정인 집안에서 자랐으니 탐정이 익숙해서 전업이 쉬웠던 거고요."

김경찬이 반박했다.

"직업 바꾸는 게 뭐가 어려워요. 저만 해도 방송인에서 러브 컨설턴트에서 탐정까지 계속 바꾸고 있는데."

종편에서 강력 사건을 해결한 탐정인 척하다가 나한테 걸려서 그만두고, 의사 가운 입고 의사인 척하면서 연애하는 척하고 돈 뜯어내려다가 실패하고, 집 나간 고양이 찾아주는 고양이 탐정 일하는 거면서 포장은 잘한다. 식전 빵을 먹으면서 물어보았다.

"보람 씨는 뭐 할 때가 제일 좋은데요?"

보람 씨의 대답은 현실적이었다.

"마지막 택배를 문 앞에 두고 퇴근할 때요."

나도 그 심정 안다.

"아, 그쵸, 누구에게나 퇴근은 꿀이죠. 그거 말고 다른 건요? 주말엔 뭐 해요?"

훈제한 돼지고기 목살이 나왔다. 보람 씨가 천천히 고기를 썰었다.

"주말엔 계속 자요. 피곤하니까."

피곤할 만도 하지.

"그럼 이번에 며칠 쉬면서는 뭐 하고 싶은데요?"

보람 씨의 얼굴에 피곤이 짙었다.

"계속 자고 싶어요. 자다가 지쳐서 일어날 때까지."

보람 씨는 진지했다. 이래서는 김경찬 말대로 이보람 씨를 빼낸 보람이 없잖아. 지친 보람 씨에게 계속 질문하는 것도 못 할 짓이긴 하다만 의뢰인을 잘 알려면 물어봐야겠다.

"자다 지쳐 일어나면요? 그다음에는요? 새로 취업한 택배사 대리점이 또 산동네나 빌라촌을 배정해 주면요?"

내가 너무 몰아붙였나 보다. 보람 씨는 질기지도 않은 고기를 계속 썰면서 대꾸했다.

"사람이 어떻게 하고 싶은 것만 하고 살아요. 할 수 있는 걸 하면서 사는 거죠."

김경찬이 보람 씨 편을 들었다.

"그건 그렇죠. 그래서 제가 탐정하는 거 아닙니까."

아니, 그쪽이 하는 건 탐정이 아니라 사기꾼이라니까. 때론 오늘처럼 탐정이 사기꾼처럼 연기할 필요가 있을 때도 있긴 하지만. 나는 뻔한 질문을 했다.

"보람 씨가 좋아하는 건 뭐예요?"

보람 씨가 뭘 그런 걸 다 묻냐는 투로 되물었다.

"좋아하는 것보다 잘하는 거, 할 수 있는 걸 물어봐야 하는 거 아니에요?"

집요하게 물고 늘어졌다.

"그래도 좋아하는 걸로 먹고살아야 덜 피곤하죠."

보람 씨는 짜증 내기도 귀찮다는 듯이 대꾸했다.

"좋아하는 건 잠 드는 거, 싫어하는 건 잠 깨는 거요."

이러면 할 말이 없잖아.

"……좀비세요?"

보람 씨가 항변했다.

"너무 피곤하게 살면 생존 욕구밖에 남는 게 없어요. 좋아하는 게 뭔지 생각할 여유조차 없다고요."

그래도 나는 계속 물었다.

"택배 일 하기 전에는 뭐 좋아했는데요?"

보람 씨가 아무렇지도 않게 말했다.

"게임 방송 보는 거요. 그런데 연예인 보는 거 좋아한다고 매니저 되는 건 아니듯이 게임 방송 보는 거 좋아한다고 유튜버 되는 건 아니죠."

보람 씨는 말하는 동안 내내 잘게 썬 고기를 입으로 가져갔다. 나는 집요하게 캐물었다.

"게임 방송 보는 거 말고는 뭐 좋아했는데요?"

보람 씨 입가가 아주 살짝 올라갔다.

"웹소설이나 웹툰 보는 거요. 쓰거나 그리는 거 말고."

무슨 말을 못 하게 철벽을 친다. 난 그 철벽을 두드린다.

"그러면 싫어하는 거는요?"

대답이 바로 튀어나왔다.

"택배요. 이제 열심히 해 봤자 정규직 안 되는 거 알았으니까요."

보람 씨의 대답을 듣자마자 바로 본론을 꺼냈다.

"하고 싶은 거는요?"

보람 씨는 벽을 세웠다.

"정규직 택배기사."

어째 도돌이표를 도는 것 같다.

"그런데 그건 안 되는 거잖아요. 그거 말고는 뭐 하고 싶은데요?"

보람 씨는 지친 얼굴로 혼잣말했다.

"쉬고 싶어요."

택배기사 하기 전에는 공무원 시험 준비했다고 했었지.

"택배 일 하듯이 공무원 시험 공부를 하면 붙을 수 있지 않을까요?"

보람 씨는 한번 덮은 책은 다시 읽지 않는 스타일이었다.

"공무원 시험 공부는 막막해서 포기했어요. 다시 그 막막함을 견디고 싶진 않아요."

현재 지쳐 버린 사람에게 미래를 묻는 건 잔인한 짓이다.

"장래 희망 같은 거 없었어요?"

보람 씨는 대부분의 공무원 시험 준비생이 품은 로망을 말했다.

"저녁도 있고 편하게 앉아서 근무하는 주민센터 공무원이요."

보람 씨의 로망을 와장창 깨트리는 나도 참 못됐다.

"그럼 할 수 있는 거는요?"

보람 씨의 말투와 표정에서 짜증이 묻어 나왔다.

"운전, 힘쓰는 거. 그러니까 택배 일을 했죠."

보람 씨는 공무원 시험 준비생에서 택배기사까지 다 해 봤다. 두 작업의 장단점을 다 잘 알고 있을 것이다.

"그럼 쉬었다가 다시 택배기사로 돌아갈 거예요? 못 견뎌서 뛰쳐나왔으면서?"

후식으로 나온 당근 케이크와 아이스크림을 먹으면서 보람 씨가 항변했다.

"그럼 어떻게 해요. 하고 싶은 건 없고 하기 싫은 건 몸

쓰는 거고 할 수 있는 건 몸 쓰는 건데."

다부지게 물었다.

"이것만은 피해야겠다, 는 거 있어요?"

보람 씨도 확고하게 말했다.

"사람이 죽는 업계는 피해야겠다는 거요."

스마트폰으로 뉴스 검색을 했다. 공무원도 검사도 PD도 택배기사도 회사원도 다 일하다가 죽었다. 과로사든 자살이든 남들이 부러워하는 직업을 갖고서도 죽은 사람들이 많았다. 일부러 쾌활하게 말했다.

"피해야 하는 업계가 너무 많네요……. 탐정 하실래요? 탐정 일 하다가 죽었다는 얘기는 아직 들은 적 없는데."

김경찬이 거들었다.

"체력은 좋아 보이시네요. 몇 시간씩 잠복근무를 잘하시겠네."

마지막으로 나온 커피를 마시면서 보람 씨가 한숨을 내쉬었다.

"송충이는 솔잎을 먹어야 한다고, 저도 할 수 있는 걸 해야겠죠."

나도 커피를 한 모금 마셨다.

"결국 또다시 잘 아는 세계로 돌아간다고요?"

보람 씨가 나와 김경찬을 한 번씩 보았다.

"이번에는 누가 그만두고 싶어 하면 도와줄 수 있겠죠. 탐정님들이 해 줬던 것처럼요."

보람 씨의 커피잔이 비었다. 나도 남은 한 모금을 얼른 마셨다.

"사기를 치겠다고요? 정공법으로 노조를 만들고 시위를 하진 않고요?"

보람 씨가 나를 빤히 보며 애송이 취급하듯 가르치는 말투로 말했다.

"그럴 시간에 일해야만 하니까요."

김경찬이 식탁 밑에서 내 발을 툭툭 건드렸다. 이제 그만하라는 신호다. 나도 보람 씨를 빤히 보았다.

"그래요, 그럼. 이번처럼 일하다 죽겠다 싶으면 죽지 말고 의뢰하세요. 열 번 의뢰하면 한 번 공짜니까요."

김경찬이 거들었다.

"가끔 들러서 안마의자에도 앉았다가 가시고."

보람 씨가 설핏 웃었다. 김경찬의 저 친절한 척하는 말투에 속으면 안 되는데. 보람 씨가 김경찬의 말에 넘어간 것 같다.

"일 쉬는 일요일에 가끔 들를게요."

우리 사무실이 전 의뢰인 피로 푸는 곳이냐고 김경찬에게 따지고 싶었지만 보람 씨의 얼굴에 스쳐 지나간 미소를 보고 입을 닫았다. 보람 씨는 말로는 쉬러 오겠다고 해도 일요일엔 그동안 못 잤던 잠을 몰아 자면서 피로를 풀기 바쁠 것이다.

나도 보람 씨만큼은 아니지만 보람 씨처럼 일해야지. 사무실 월세도 내고 안마의자 렌털료도 내고 정수기도 들이고 커피믹스도 챙겨 두려면 부지런히 일해야지. 죽지 않을 정도로 열심히 일해야지.

그러다가 갑자기 이런 생각이 들었다. 죽지 않을 만큼 일하지 말고 행복하게 일하면 안 될까. 바쁘게 일하지 말고 여유롭게 일해도 되지 않을까. 일하다가 지칠 만하면 안마의자에 앉아 쉬면서 쉬엄쉬엄 일해도 되지 않을까. 자잘한 사건 열 개보다 큰 건 하나를 맡으면. 어쩌다 탐정 사무소의 영업을 맡은 김경찬을 채근했다.

"이번엔 소액 사건이라서 수임료가 얼마 없지만 다음엔 큰 건으로 물어와 봐요. 한 달에 한 건 일하고 나머지 기간은 쉬어도 괜찮을 정도로."

김경찬이 능글맞게 말했다.

"에이, 전 탐정님 욕심이 너무 많으시네. 이제 막 시작하는 탐정 사무소에."

아니, 내가 뭐 그렇게 큰 꿈을 꾸었냐고.

"사무실 유지하고, 신입 탐정 들어오면 월급 줄 정도로만 벌면 되지 않을까요."

김경찬이 열의를 보였다.

"지금은 이런 거 저런 거 따지지 말고 닥치는 대로 받아야죠. 과로보다는 실업이 더 무섭다니까요."

고개를 끄덕였다.

"그건 그렇죠."

사무실에 돌아와 안마의자에 앉아 안마를 받으면서 생각했다. 사람은 얼마나 일하는 게 적정한가. 주 5일제 도입할 때 기업들이 그렇게 반대했다는데 그때 기업 중에 주 5일제 때문에 망한 기업은 없다. 그러면 주 4일제 역시 도입해도 괜찮지 않을까.

"주말엔 의뢰인들이 올 거라서 쉬지 못하니까 화, 목, 토, 일 일하면 되겠네요."

김경찬은 펄쩍 뛰었다.

"초창기와 성장기에는 월화수목금금금으로 밤낮없이 일해야 얼른 자리를 잡죠. 조금 더 큰 사무실로 옮기면 라꾸라꾸 간이침대도 들여놓을 겁니다."

일하다 죽을 일 있나.

"야근은 발암물질이라는 WHO 산하 국제암연구소 자료도 몰라요? 간이침대는 필요 없어요."

김경찬은 끝까지 안마의자 렌털을 포기하지 않았다.

"사무실 월세랑 안마의자 렌털료 벌려면 지금보다 더 빡빡하게 일해야죠."

나는 대체 왜 일하는 걸까.

"더 좋은 탐정이 되려고 일하는 게 아니라 사무실 월세랑 렌털료 벌려고 일해요?"

김경찬이 나를 잡아채 현실로 데려왔다.

"더 좋은 탐정이 되려고 일하는 건 미래의 이상이고, 월세랑 렌털료는 당장의 현실이니까요."

그건 그렇다. 보람 씨에게 장래 희망을 물어봤던 내가 민망하고, 보람 씨에게 미안했다. 이루지도 못할, 영원히 '장래' 희망일 꿈같은 얘기를 해 버렸다. 영화나 드라마나 소설에서 본 탐정 회사에 대한 로망만 있었지 사무실 임대료라는 현실적인 문제는 생각하지 못한 내가 어린애 같았다. 탐정소설에서 가정적인 탐정이 거의 없는 이유가 납득이 갔다. 사무실 임대료를 내거나 잘리지 않고 회사에서 의뢰받아 일하려면 가정에 충실할 시간도 없이 과로해야 한다. 조그맣게 말을 흐렸다.

"그럼 자리 잡을 때까지만 월, 수 놀고 주 5일 일하죠. 탐정 하나 더 채용할 때까지만……."

김경찬이 파이팅 넘치게 말했다.

"어차피 지금은 사건이 없어서 열심히 일하고 싶어도 못

할 테니까 일단 그렇게 정하죠. 대신 사건이 들어오면 해결
될 때까지 주 7일 일하는 걸로 하시고."

안마의자에서 일어나며 생각했다.

사람은 얼마나 일해야 할까.

무엇을 위해 일해야 행복할까.

돈, 돈, 돈

좀비가 나타났다. 진짜다.

"에이, 핼러윈 맞이 분장이겠죠."

이렇게 심상하게 말하는 인간은 동업자이자 사기꾼이자 탐정 워너비인 김경찬이다.

"내가 봤다니까요. 횡단보도를 건너고 있었다고요. 그리고 핼러윈은 이미 지났어요. 걸음도 비틀거리고 얼굴도 이렇게 일그러지고 눈도 풀려 있고 이마에 상처도 있는 게……."

답답해하며 때아닌 좀비 흉내를 내고 있는 건 나다. 김경찬이 본격적으로 설명을 했다.

"방역 수칙 위반하고 어제 회식 4차까지 달린 직장인이겠죠. 취해서 어기적거리다가 어디에다 박아서 이마에 상처 났고, 길바닥에서 뻗어 자다가 입 돌아갔고, 술이 덜 깨서 비척거리는 거죠. 자, 이러면 설명이 다 되죠?"

김경찬에 밀리지 않았다.

"코로나 때문에 회식들 안 하잖아요."

김경찬이 안마의자를 닦으며 말했다.

"하지 말래도 꼭 말 안 듣는 인간들이 있어요. 아니면 혼술로 달렸나 보죠."

내 목소리가 커졌다.

"으어어억거리면서 가더라니깐요."

김경찬이 안마의자에 몸을 푹 파묻었다.

"숙취 때문에 메슥거려서 그러는 거죠. 그나저나 마스크 안 하면 과태료 10만 원 아닌가?"

그, 그런가? 그러기엔 내가 너무 생생하게 봤다. 이렇게 안 믿어 줄 줄 알았으면 좀비한테서 명함이라도 받아 둘걸. 이대로 지기는 싫어서 한마디 했다.

"다음 의뢰인은 그 좀비로 할까요?"

좀비 영화나 드라마를 너무 많이 봤나. 김경찬이 자기 머리를 톡톡 치며 물었다.

"좀비는 머리를 날려야 죽던데, 무기는 가지고 계시고요?"

좀비건 뭐건 돈 내면 의뢰인이지.

"누가 죽인대요? 사연 들어 보고 사건을 해결해 주는 거죠."

김경찬이 얄밉게 깐죽거린다.

"좀비가 말하는 거 봤어요? 으어어거리면서 배회했다면서요? 좀비가 있어야 할 장소는 탐정 사무소가 아니라 무덤이죠."

말싸움하다가 질 것 같으면 말을 돌려야 한다.

"중요한 건 제가 본 게 좀비냐 아니냐가 아니라 우리 탐정 사무소가 좀비라도 의뢰인으로 받아야 할 만큼 형편이 궁하다는 거예요. 렌털로 들여놓은 안마의자도 위약금 내고 반납해야 할 형편인데……."

'안마의자' 소리에 김경찬이 정신이 번쩍 들었나 보다.

"그 좀비, 어디서 봤다고요?"

창밖을 가리켰다.

"요 앞 횡단보도에서요."

김경찬이 갸웃거렸다.

"좀비가 횡단보도를 건너요?"

아침에 봤던 광경을 머릿속에서 리플레이했다.

"신호도 지키던데요."

김경찬이 안마의자 1단계를 가동시켰다.

"그럼 역시 좀비 아니네요."

주머니에 손을 넣어 명함을 꺼냈다.

"좀비든 아니든 명함부터 건넸어야 하는 건데……"

그러고 보니 명함은 아직 '전일도&김경찬'이 아니라 '전일도'만 있다.

"그걸 그렇게 잘 아시는 분께서 좀비인지 숙취에 시달리는 인간인지를 그냥 보내셨어요?"

말투가 얄밉다. 명함에 '전일도'만 넣길 잘했다.

"좀비를 실제로 만나면 명함 생각이 안 날 정도로 넋을 잃고 보게 된다니까요."

김경찬이 안마의자의 진동에 몸을 맡긴 채 말했다.

"좀비 아니고, 숙취에 전 인간이라니까요. 명함을 받았으면 술김에 탐정 사무소에 한번 들러 볼 만한데 의뢰인 하나 놓쳤네요."

월요일 아침부터 이런 걸로 아웅다웅할 만큼 탐정 사무소는 한가했다. 그러니 점심시간에 편의점 도시락을 먹다가 '좀비'가 탐정 사무소 문을 열고 들어섰을 때 나와 김경찬이 동시에 안마의자와 책상에서 일어날 만큼 놀란 것도 놀랄 만한 일은 아니었다.

"창문에…… 탐정 사무소…… 보고…… 왔는데요……"

'좀비'는 여전히 이마에 상처가 있고 인상이 구겨져 있었지만, 아침에 봤을 때보다는 얼굴도 정돈되어 있었고 어눌

하지만 사람 말도 했다. 내가 급히 먹다 남은 편의점 도시락을 치우고 안마의자로 안내했다.

"일단 안마의자에 좀 앉으시고요."

아, 맞다, 정수기와 커피믹스. 정수기 렌털할 돈은 없으니까 커피포트와 생수를 집에서 들고 온다는 걸 또 깜빡했다. 의뢰인은 맨입으로 안마의자에 앉았다. 제일 약한 단계인 1단계로 놨는데도 아직 좀비인지 사람인지 모를 의뢰인은 우웁거리며 손으로 입을 막고 안마의자에서 튀어 오르듯 일어났다. 급히 전원을 껐다.

"괜찮으세요?"

의뢰인은 좀비처럼 으어어거렸다.

"제가…… 속이 좀 안 좋아서……"

안마의자에 토하면 안 되는데.

"비닐봉지라도 드릴까요?"

마침 편의점에서 도시락 사느라 사 온 비닐봉지가 있었다.

"오늘…… 아침부터…… 굶은…… 빈속이라…… 나올 건…… 없……어요……"

그럼 다행이고.

"컨디션도 안 좋으신데 무슨 일로 오셨어요?"

의뢰인이 울기 시작했다.

"제가…… 잃어버린 인간성을 찾고…… 싶어서요……. 사람답게…… 살고…… 싶어서요……."

인간성을 잃어버렸으면 사람이 아니라 좀비 맞네. 좀비는 대낮부터 통곡을 했다. 이거 비닐봉지가 아니라 크리넥스가 필요한데. 사무실에 왜 이렇게 필요한 게 많아. 김경찬을 꾹 찔렀다. 의뢰인은 김경찬이 화장실에서 둘둘 말아 뜯어온 휴지에 코를 풀고 눈물을 닦았다.

"제가…… 장학재단에서 일하는데요……. 20대 애들이 장학금 타겠다고 자기 집안 형편 어려운 거 담담하게…… 아니면 자기도 쓰다가 슬퍼서…… 그런 신청서 읽고서…… 그중에 제일 불쌍한…… 애들 뽑는 거예요……. 제가 1차로…… 거르면…… 위원회에서 최종적으로…… 장학금 수혜자를 뽑아요……."

곁눈질로 의뢰인을 흘긋 보았다.

"저기, 좀비, 아니, 의뢰인님도 20대로밖에 안 보이는데요."

의뢰인은 울면서도 할 말은 다 했다.

"네, 아직 입사한 지 1년…… 반…… 된…… 주임……이에요……."

김경찬이 의뢰인을 달랬다.

"장학금 신청자들이 동생 같아서 더 애틋하기도 하겠네요."

의뢰인이 꺼억꺼억 울면서 말했다.

"네……. 눈치 없는 얘기지만……, 사연들에 비하면…… 저는…… 행운아……라고 느껴요……. 그런데……, 너무…… 이입……했나 봐요. 그냥 일인데……. 그냥 업무일 뿐인데……. 신파에 중독되었나 봐요……."

의뢰인은 마지막 한 칸까지 알뜰하게 휴지를 썼다. 의뢰인을 토닥였다.

"정신적으로 힘든 업무 같아 보이네요."

의뢰인은 남은 울음을 울먹이며 말을 늘어놓았다.

"네에……, 아침부터…… 밤까지…… 읽다 보면…… 나중엔…… 그게…… 그거…… 같아요……. 행복한 가정은 각각…… 다르고 불행한 가정은 모두 비슷해요……. 일단 IMF로 집안이…… 망하고요……. 퇴직금이라든지…… 남은 돈으로 자영업을 하다가 또 망하고요……. 그 와중에…… 스트레스라든지…… 안 하던 일을 하다가 사고가 난다든지…… 해서…… 가족 중 누군가가 아파요……. 그러면 병원비로 남은 재산을 다…… 쓸어 넣고요……. 간병과 생업으로…… 가족이 해체되기…… 시작해요……. 가족 중 누가 아프면 걱정되는 것도…… 여유 있을 때 얘기고…… 형편이 안 좋을 때는 아픈 가족은 짐 덩어리가 되어 버려요……. 그다음부턴…… 가족들이…… 각자도생하는 거죠……. 가정 불화가 생기거나…… 우리 장학금 신청 자들은…… 열악한 집안 환경 때문에…… 학교에서 마지막까지 야간 자율 학습하고 나오면서……, 악으로 살아남아 공부한 애들이에요……. 고작 스무 살에…… 가족을 부양하는…… 그런 애들이에요……. 그런 애들을 제가 뭐라고 1차 선발해요……. 너무 잔인하죠……. 저는……평탄하게 살았는데…… 이런 제가 누굴 평가해요…….."

의뢰인은 울음을 그쳤다. 휴지를 더 뜯어와야 하나 고민하느라 들썩들썩하던 김경찬이 자리에 앉아서 말을 툭 던졌다.

"자기소개서를 과장하듯이 그 신청서에도 최루성으로 눈물을 유도하는 글도 있을 겁니다."

내가 의뢰인인 인혜 씨를 대신해서 톡 쏘아붙였다.

"그럴 수도 있겠죠. 하지만 그 수기들이 아주 거짓말은 아니잖아요?"

한 손으로는 뉴스보이캡을 만지작거리면서 한 손으로는 인혜 씨를 토닥였다.

"모두 다 절박한 사연들인데 그중에 누가누가 더 불쌍한지 골라내는 게 힘들었죠? 부담스러웠죠?"

인혜 씨가 울음을 삼키느라 끅끅거리며 대답했다.

"네에…… 제가 뭐라고……."

인혜 씨를 달래듯 물었다.

"하루 종일 사연 읽고 퇴근하면 어떤 생각이 들어요?"

인혜 씨가 허공을 보며 말했다.

"내게도 어느 날 벼락처럼 불행이 닥칠 수 있다는 두려움이 들어요……."

간접 트라우마구나. 이 정도면 산재 아닌가. 상처를 덮은 머리카락을 넘겨 주며 물어보았다.

"이마에 있는 상처는 왜 생긴 거예요?"

이럴 때 이마에 약이라도 발라 줘야 하는데. 사무실에 상비약을 갖다 둬야겠다. 점점 사무실에 필요한 품목이 늘어 간다. 인혜 씨가 살짝 쑥스러워했다.

"벽에 머리를 박았어요. 정신 좀 차리려고요. 사연들을 읽다 보면 자꾸 그게 그거 같거든요. 다 고유한 사연들인데……."

아침에 봤던 '좀비'를 떠올렸다.

"아침에는 왜 우어어억 하면서 다녔어요?"

인혜 씨가 마 세수를 했다.

"출근하기 무서워서 출근길에 편의점에서 안주 없이 소주를 원샷으로 드링킹했더니 처음엔 괜찮았는데 좀 지나니까 술기운이 역하게 올라와서요……. 제가 아침을 안 먹고 다녀서 빈속이었거든요."

농담처럼 말했다.

"좀비인 줄 알았잖아요."

나는 웃었지만 인혜 씨는 웃지 않았다.

"금요일 저녁에…… 재단으로…… 손님이 왔어요……. 장학금 탈락한 학생이었는데…… 자기가 왜 떨어졌는지 알고 싶다고 했어요……. 보니까 제가 1차에서 거른 지원자였는데…… 왜 걸렀는지를 모르겠는 거예요……. 아마 다른 사람보다 덜 불쌍해서 거른 것 같은데…… 그 학생이 심사 과정이 공정한지 알고 싶다고 하는데 할 말이 없더라고요. 그 학생도 겨우 스무 살에 자기 학비도 해결하고 집안의 가장 노릇도 해야 하는 형편이었는데……."

김경찬이 인혜 씨의 남은 울음을 툭 잘랐다.

"그 학생이 곱게 돌아가지는 않았을 것 같은데요."

인혜 씨가 손안에서 코 푼 휴지를 구겼다.

"과장님이 휴게실로 데려가서 커피 타 주시면서 잘 달랬대요. 그 학생보다 절실한 학생에게 장학금이 갔다고요. 그런데 그 학생이 심사 기준을 알고 싶어 했대요. 과장님이 이건 상대평가라고 얘기해 주긴 했다는데, 그 학생이 또 오겠다고 했대요. 자기의 '절실함'을 보여 주겠다고……."

내가 찬찬히 물었다.

"그 학생을 만나게 될까 두려우세요?"

인혜 씨는 고개를 끄덕였다.

"'절실함', '절박함'의 기준이 대체 뭘까요? 저는 그 학생을 만나면 해 줄 말이 없어요. 이미 충분히 힘겨운 사람에게 '너보다 더 힘든 사람이 있다.'라고 말해 주는 게 무슨 의미가 있을까요?"

내가 중얼거렸다.

"의미가…… 없죠. '불행 배틀'도 아니고……."

언제나 열심히 살긴 하는 김경찬이 파이팅 외치듯 말했다.

"그 학생한테, 재단에 드나들어서 절실함을 어필할 시간에 알바라도 하나 더 하라고 하세요."

내가 김경찬에게 눈을 흘겼다. 인혜 씨는 우느라 목이 말랐는지 숙취 탓인지 물을 찾았지만, 아직 사무실에 그런 게 있을 리 없었다. 김경찬이 화장실에 가서 생수병에 수돗물을 채워 왔다. 인혜 씨는 목이 타는지 수돗물을 벌컥벌컥 마셨다.

"그 학생을 만날 때 경호가 필요하신가요?"

어렸을 때부터 나를 수학 학원 대신 태권도장에 보낸 할아버지 아래서 자란 덕분에 이것저것 무술 유단자인지라 한번 슬쩍 물어봤다. 경호비로 추가금을 받아 낼 수 있을 것 같아서. 인혜 씨는 내 계산이 무색하게 고개를 저었다.

"만나서 대면하게 되면 제가 해야죠. 제 대답은 어떻게 들어도 변명처럼 들리겠지만요……."

김경찬이 인혜 씨를 지그시 바라보며 어울리지 않게 목소리를 깔고 말했다.

"은근히 만나기를 기대하고 계신 거 같은데요."

"아니요!"

인혜 씨가 펄쩍 뛰었다. 그러거나 말거나 김경찬은 인혜 씨를 몰아붙였다.

"만나서 변명하고 싶은 거 아니신가요? 지금 여기서 우리한테 했듯이."

인혜 씨가 항변했다.

"만나게 되면 한다고 했지, 적극적으로 만나고 싶은 건 아니에요."

내가 다독였다.

"그러니까 과장님에게 그 학생을 만나게 했겠죠."

김경찬이 인혜 씨를 추궁했다.

"만나고 싶은 거예요, 아니에요?"

인혜 씨가 고개를 숙였다.

"만나게 되면 만나고…… 일부러 굳이 만나려는 건 아니고요."

인혜 씨가 일어났다. 점심시간이 끝나 가고 있었다.

"이 일을 하면서 신파적인 감정에 빠지지 않으면서도, 이

성적이면서도 인간적인 따스함은 잃지 않는 사람이 될 수 있을까요?"

뉴스보이캡을 더 깊게 눌러쓰며 내가 손을 흔들었다.

"그럼요. 그러려고 의뢰하신 거잖아요."

인혜 씨가 나가자마자 탐정 사무소의 문이 닫혔다. 김경찬이 먹다 남은 편의점 도시락을 쓰레기통에 버렸다.

"'그 학생'부터 찾아보죠."

이럴 땐 김경찬과 동감이다. 뉴스보이캡을 살짝 올렸다.

"'그 학생' 이름도 모르잖아요."

김경찬이 목운동을 했다.

"의뢰인도 '그 학생'이라고만 지칭했잖아요. 이름을 말하기 꺼리는 것 같아서 안 물어봤죠."

이럴 때도 김경찬과 죽이 잘 맞는다. 김경찬이 팔을 휘두르며 몸을 풀었다.

"그럼 그냥 재단 앞에 가서 죽치고 있어야겠네요."

틀린 건 교정해 줘야지.

"그런 걸 이쪽 업계 용어로 '잠복근무'라고 하죠."

김경찬이 허리를 돌렸다.

"그럼 합시다, '잠복근무.'"

'잠복근무'를 하기 위해 김경찬은 안마의자에서, 나는 책상에서 일어났다.

*　*　*

'그 학생'을 찾는 일은 생각보다 쉬웠다. 재단 앞에서 시계 한 번 보고, 한숨 한 번 쉬고, 제자리돌기 한 번 하는, 교복 막 벗은 티가 나는 스무 살짜리가 '그 학생'이었다. '그 학생'은 김경찬과 내가 경쟁하듯이 내민 탐정 명함을 흥미로워하며 이리저리 돌려 보았다.

"이 명함 있으면 장학금도 받을 수 있어요?"

탐정은 해결사가 아니라니까. 학생은 변명하듯 중얼거렸다.

"세상에 저보다 불우한 사람이 많다는 게 이해가 안 돼요. 저는 제가 충분히 불행하다고 생각하는데……."

내가 학생의 말을 끊었다.

"세상은 넓고 이런저런 사정들도 많으니까요."

김경찬이 물었다.

"이름이 뭐랬죠?"

학생은 묻지도 않았는데 이름의 뜻까지 얘기해 주었다.

"'최선임'이요. 최선을 다해 살라고 부모님이 지어 주신 이름인데, 후임 아니고 선임이냐는 놀림만 받아요."

근처 카페에서 학생은 흔하고 뻔한 이야기를 담담하게 했다. 인혜 씨가 들려준 절박한 사연 중 하나였다.

"아버지는 원래 은행원이었대요. 그런데 IMF 때 은행이

망하면서 같이 망하셨대요. 잘린 거죠. 누가 일을 더 잘하냐 못하냐가 아니라 누가 어디 은행에 다녔냐로 운명이 갈린 거예요. 어머니는 전업주부였고요. 만만한 게 요식업이니까 치킨집을 하셨는데, 그때는 사람들이 다 같은 생각을 했나 봐요. 한 집 건너 치킨집이었대요. 아버지는 비용을 아끼려고 직접 오토바이 타고 배달을 하시다가 크게 다치셨대요. 지금도 제대로 걷지를 못하세요. 아버지 간호하느라 치킨집은 접었고요. 저금해 둔 돈은 병원비로 다 들어갔고요. 집에 돈이 없으면 사소한 거에도 신경이 곤두서서 서로 싸우게 되죠. 아버지는 조그만 일에도 '내가 병원비 잡아먹는 무능한 가장이라서 이러는 거냐.'라고 버럭대시고 어머니는 '내가 복이 없어서 이러고 산다.'라고 한탄하시고요.

그래도 공부 잘해서 좋은 대학 가야 졸업하고 대기업 들어가야 집안 형편이 핀다고 해서 저랑 형은 최대한 알바 안하고 공부하게 하려고 온갖 부업을 하시면서 아등바등 사셨죠. 저랑 형도 야간 자율 학습 마지막까지 남아 있었고요. 집안 분위기가 항상 너무 무거웠으니까요. 형은 지금 군대에 가 있고, 형이 제대하면 제가 입대할 거예요. 한 번에 두 사람 등록금을 댈 수는 없으니까 차례로 군대에 가는 거죠. 얼른 가고 싶어요. 그 안에선 돈 걱정 안 할 테니까요. 아, 이래서 떨어졌나 보네요. 막 가정폭력도 있어야 했는데."

평생을 중산층으로 안온하게 살아온 내가 학생의 이야기를 100% 이해했는지는 모르겠다. 아마 인혜 씨도 나 같은 생각을 했을 거다. 커피잔을 만지작거리는 학생의 손에는 굳은살이 박여 있었다.

"점수로 했으면 좋겠어요. 아픈 가족이 있으면 +1점, 알바 두 개 이상 하면 +1점, 하는 식으로요. 그래야 공정하죠. 자기소개서가 심사에 들어간다면 백일장이랑 다를 게 뭐 있어요? 이건 누가누가 더 처절하게 쓰나 경쟁하는 거잖아요. 그리고, 누가누가 불쌍한가 경쟁하다 보면 나 자신이 불쌍해지거든요. 사실 그 정도로 불쌍하지는 않은데. 집에 편찮으신 부모님 계시고 알바하면서 부모님 부양하는 거, 있을 수 있는 일이잖아요."

아까는 자기가 불행하다고 하고 지금은 그 정도로 불쌍하지는 않다고 한다. 도움은 받고 싶은데 동정은 받기 싫다는 건가. 선임 씨는 말을 계속했다.

"'내가 이만큼 불쌍하다.'라고 쓰다 보면 자아도취 되어서요. 내가 세상에서 제일 불쌍한 사람처럼 느껴지고 절망의 진창 안에서 허우적거리는 것처럼 느껴져요. 그 정도는 아닌데. 제가 그 정도로 불쌍한 사람은 아닌데. 인간적으로 존중받는다는 느낌이 안 들었어요. 그래도 장학금을 타야 하니까 '이 사람은 내가 아니다. 장학금을 타야 하는 사람이다.'고 되뇌면서 자소설을 썼죠. 최대한 담담하게. 라디오에서 사연 읽듯이. '애이불비(哀而不悲)'를 되뇌면서요. 사람이 밥 없이는 살아도 자존감 없이는 못 살잖아요."

내가 선임 씨의 말을 끊었다.

"그런데 탈락했죠?"

선임 씨가 말을 이었다.

"'나는 부모님이 계셔서 탈락했나? 부모님이 안 계신 애들이 합격했나?' 하는 생각도 해 봤는데, 근데 제가 아는 애가 저보다 사정이 쪼끔 더 나은데 장학금 받았거든요. 역시 글솜씨가 장학금 합격 불합격에 영향을 미치는 거 같아요. 제가 이래 봬도 문예창작과인데……."

김경찬이 자꾸 늘어지는 선임 씨의 이야기를 끊어 버렸다.

"여기 와서는 뭐 하려고 했어요? 자해공갈 쇼?"

'자해공갈 쇼'라니 언제 적 단어야. 학생도 김경찬의 말에 눈을 끔뻑였다.

"아니요, 마지막으로 '읍소'라도 해 보려고요……. 저 진짜 절박하다고……."

'읍소'라니, 쌍팔년도 단어엔 조선 시대 단어로 응수하는 건가. 내가 달래듯 물었다.

"'읍소'하면 결과가 바뀔 거 같아요?"

선임 씨가 잠시 생각하다가 말했다.

"……아뇨."

선임 씨를 몰아붙였다.

"그럼 왜 찾아왔어요?"

선임 씨가 무릎 위에서 주먹을 쥐었다.

"최선을 다해 보려고요. 할 수 있는 모든 건 다 해 보려고요. 그래야 후회가 없을 거 같아서요."

정말 이름대로 산다. 내가 따지듯 물었다.

"명색이 문예창작과인데 자소설에서 탈락했다는 게 민망해서는 아니고요?"

"……그것도 없진 않고요."

'그 학생'이 커피를 들이켜며 조금 웃다가 스마트폰 화면을 보았다.

"알바 가야 할 시간이네요."

내가 얼른 물었다.

"무슨 알바요?"

'그 학생'이 짤막하게 대꾸했다.

"편의점이요."

김경찬이 커피를 한 모금 마시면서 중얼거렸다.

"좋겠다. 이 나이 되면 젊은 애들한테 밀려서 편의점 알바도 못 하는데……."

최선임 씨가 마지막으로 물었다.

"저, 장학금 받을 수 있는 거예요?"

내가 솔직하게 답했다.

"어려울 거 같은데요."

그러자 선임 씨가 항의하듯 물었다.

"그럴 거면 이렇게 길게 얘기는 왜 했어요?"

김경찬이 커피를 쭉 마시면서 대꾸했다.

"이게 될지 안 될지 각은 재 봐야 하잖아요."

'그 학생'이 왈칵 성을 냈다.

"장학금 받는 게 어려울 거 같았으면, 낯선 사람들한테
제 사연 팔이 안 했을 거예요!"

'낯선 사람'이라니, 탐정이지. 내가 차분히 말했다.

"저도 탐정이 아니었으면 최선임 씨가 재단에서 문전박
대를 당하든 말든 신경 안 썼을 거예요."

최선임 씨가 화를 냈다.

"남이야 문전박대를 당하든 말든 무슨 상관이에요!"

내가 목소리를 깔고 말했다.

"남이 아니라 제 의뢰인이랑 얽힌 사람이니까 그렇죠."

최선임 씨가 버럭댔다.

"의뢰인이 누군데요?"

나는 끝까지 침착하게 대응했다.

"좀비요."

최선임 씨가 내 말을 따라했다.

"좀비요?"

나는 인혜 씨의 사연을 얘기해 주었다. 아침에 발견했을 때부터 탐정 사무소에 찾아오기까지. 최선임 씨는 아무 말 없이 사연을 들었다. 중간중간 끄덕이기도 했다. 그나저나 알바 갈 시간 되었다며 왜 여기 계속 있는 건데. 최선임 씨가 조금 가라앉은 목소리로 얘기했다.

"그 직원분은 꺼리시겠지만, 한번 만나고 싶어요. 저한테는 그 자소설이 '절박함'이었지만 직원분은 그냥 업무로 읽으시라고요. 심사하시는 분을 울리려고 쓴 글은 맞는데, 그 글이 저와 분리가 안 되니까 자꾸 저 자신이 그 글의 화자와 동일시되잖아요. 자소설의 저와 실제 저는 다른 사람인데요. 그러니까 '글 뒤에 사람 있다.'라고 읽지 말고 그냥 글은 글이라고 생각하라고 말해 주고 싶어요. 그래야 저도 자기 연민에 안 빠지죠. 저, 그렇게 불쌍한 사람 아니에요. 집안 형편은 어렵지만."

"네. 그게 최선임?"

분위기 못 읽고 '농담'하는 김경찬을 구박했다.

"이름 가지고 장난 치는 거는 너무 식상한데요."

김경찬도 한마디를 안 지려고 한다.

"과음한 사람을 좀비로 비유하는 건 식상하지 않았어
요?"

그때 메시지가 왔다. 좀비, 아니 인혜 씨로부터였다.

― 팀장이 장학금 수혜 학생들 불러다가 장학금 수여식 하면서
기부자들하고 사진 찍으려고 해요. 저는 최대한 누가 장학금
받는지 모르게 하고 싶은데…….

바로 회신을 했다.

― 팀장은 왜 그러는데요?

인혜 씨에게서 답신이 왔다.

― 기부자들에게 보람과 감동을 느끼게 해서 내년에 장학금 실
적 높이려는 거죠. 기부자와 악수도 하고 같은 테이블에서 밥
도 같이 먹고 기부자에게 편지 써서 낭독도 할 거래요.

내가 빠르게 메시지를 보냈다.

― 그 행사에서 사진 찍으면 얼굴 다 나오잖아요?

인혜 씨가 잠시 쉬었다가 메시지를 보냈다.

— 팀장은 가난은 부끄러운 게 아니라고, 기부자들한테 감사함을
  가져야 한다고, 교과서 같은 얘기를 해요.

내가 심각한 표정으로 메신저를 하고 있으니까 김경찬과
최선임 씨가 관심을 보였다. 메시지를 보여 줬다. 최선임 씨
가 먼 산 보는 듯한 표정을 지었다.

"돈이 없다는 게 어떤 거냐면요, 조별 과제 할 때 남들은
아무렇지 않게 카페 가는데 혼자 속으로 커피값을 계산하
고 있는 거예요. 혹시라도 남들이 제 형편을 알아차리고 배
려해 준답시고 돈 안 드는 빈 강의실을 메뚜기처럼 튀어 다
니면서 모이면, 괜히 눈치가 안 보일 수 없죠. 저는 그냥 평
범하게, 눈에 안 띄게, 남들처럼 살고 싶은데 돈이 없으면
가끔 그게 안 돼요."

내가 얼른 물었다.

"그러니까 장학금 수여식에 반대하시는 거죠?"

선임 씨가 차근히 설명했다.

"장학금 신청할 때 영혼을 팔았으니까 장학금 수여식에
서 자존심을 팔라는 거잖아요."

선임 씨를 똑바로 보며 물었다.

"방금 한 얘기, 의뢰인한테 전해 줘도 돼요?"

선임 씨가 손가락을 꼼지락거렸다.

"제가 직접 의뢰인인가 하는 분 만나고 싶어요."

선임 씨를 만류했다.

"의뢰인에게 물어는 봐야겠지만, 선임 씨 같으면 '악성 민원인'을 만나고 싶겠어요?"

선임 씨가 급하게 말했다.

"제가 만나서 멱살이라도 잡을까 봐서요? 얘기만 할 거예요. 탐정님들께 했던 얘기 그대로요."

선임 씨에게 말려들지 않았다. 나에게 최우선은 의뢰인이다.

"그걸 직접 만나서 해야 하는 이유가 뭔데요?"

선임 씨가 입고 있는 티셔츠 자락을 만지작거렸다.

"그냥, 이런 사연 이런 사람이 있다고 보여 주려고요."

그때 인혜 씨에게서 또 메시지가 왔다.

― 장학금 수여식 취소될 거 같아요. 수혜 학생들에게 전화 돌리
  고 있는데 호텔에서 중식을 제공하겠다는데도 오겠다는 사람
  이 없어요. 안 가면 장학금 못 받냐고 해서 그건 아니라고 하면
  안 오겠다고 해요.

그럼 그렇지. 그럴 줄 알았다. 조심스레 인혜 씨에게 메시지를 보냈다. 인혜 씨가 1차 선별에서 탈락시킨 '그 학생'이 지금 재단 근처 카페에 와 있다고. 잠깐 만나 보겠느냐고. 인혜 씨는 오랫동안 답이 없었다. 그러다가 한참 만에 카페로 찾아온 인혜 씨는 고개부터 숙였다.

"죄송합니다."

선임 씨는 얼굴이 벌게져서 손사래를 치며 꾸벅꾸벅 계속 같이 고개를 숙였다.

"아뇨, 아뇨. 저 진상 부리려고 온 거 아니에요."

선임 씨는 나와 김경찬에게 했던 얘기를 인혜 씨에게 했다.

"그러니까 1차 선별하시면서 울지 마시라고요."

인혜 씨는 약간 발개진 얼굴로 말했다.

"자기소개서를 있는 그대로 담담하게 쓰는 사람도 있고, 과장되게 쓰는 사람도 있고, 축소해서 쓰는 사람도 있을 텐데, 제가 글솜씨에 안 속고 있는 그대로 사실만 선별해 냈는지 모르겠어요."

선임 씨가 반쯤은 빈정대며 말했다.

"글쓰기 실력도 실력이죠."

내가 얄밉게 나섰다.

"최선임 씨는 문예창작과래요."

최선임 씨는 화내지 않았다.

"저보다 사정이 안 좋은 학생들이 많았던 거겠죠?"

인혜 씨는 아침에 탐정 사무소에서 했던 것보다는 차분하게 말했다. 오늘 내내 생각 많이 했나 보다. 아니면 사무적인 응답이거나.

"종합적으로 고려해서 결정하기 때문에 답해 드릴 수 없어요. 그리고 '안 좋다'는 걸 점수 매겨서 측정할 수 없잖아요. 부모가 없는 거랑 폭력적인 부모가 있는 거 아픈 부모가 있는 집안 중에 어디가 더 불행하다고 쉽게 얘기할 순 없는 것처럼요. 불행의 총량은 계산할 수 없어요."

선임 씨가 바짝 들이댔다.

"그중에 어느 집안에도 살아 본 적이 없어서 그러신 건 아니고요?"

인혜 씨가 눈물을 글썽거렸다.

"네, 그래서 사연들의 무게가 저한테는 버거워요. 제가 감당하기…… 어렵죠."

눈물을 닦아 주려던 선임 씨가 멈칫, 했다.

"저는 티 없이 살아온 사람들의 대책 없는 밝음이 부러울 때가 있어요."

선임 씨가 멈칫한 그대로 말을 이었다.

"사연의 무게에 눌리지 마세요. 사연들이 슬프다고 주임님까지 거기에 눌릴 필요는 없어요."

내가 거들었다.

"그래요, 이거 그냥 일이잖아요, 일. 월급 받고 하는 일. 월급만큼만 하면 되지 더 잘하려다가 우울증 걸릴 필요 없어요."

인혜 씨가 눈물이 나오려다가 말고 주위를 둘러보았다.

"지금 저 위로받는 분위기인가요?"

내가 갸웃거렸다.

"아마도요……?"

인혜 씨가 눈가를 정돈하며 물었다.

"그냥 일한 건데 제가 유난이죠?"

내가 반쯤 진지하게 반쯤 빈정거리며 대꾸했다.

"열정이 뻗쳐서 그렇죠."

선임 씨의 폰이 요란스레 울렸다.

"아, 알바 늦었다."

진작부터 늦어 있었는데 뭘 이제서야. 선임 씨는 서둘러 카페를 나갔다. 나가면서 인혜 씨에게 "저는 괜찮아요. 납득했어요. 다음엔 더 처절하게, 처연하게 써 볼 거예요. 아니다, 자소설을 쓸 거면 문학 공모전 나가서 상금 벌어 오는 게 더 낫겠네요. 어차피 소설 쓸 거."라고 북 치고 장구 치고 자문자답했다. 선임 씨가 나가고서야 인혜 씨가 크게 한숨을 쉬었다.

"일할 때 악몽이…… 제가 탈락시킨 사람이 찾아와서 원 망하는 거였는데, 이렇게 꿈을 이루네요."

김경찬이 얄밉게 물었다.

"어때요? 꿈이 이뤄지니까?"

인혜 씨가 오래 생각했던 걸 얘기했다.

"장학금 타려고 자존심 내려놓고 자기소개서 쓰는 사람 도 있고, 아니면 자존심을 지키려고 일부러 담담하게 쓰는 사람도 있고, 그걸 글만 보고 판별하는 게…… 전보다 더 어려워졌어요. 전에는 장학금 수혜 학생들이 고마워하는 거에서 일의 기쁨을 찾았는데 이제는 탈락자들 떠올리면 서 일의 슬픔을 느끼게 되겠죠. 누가누가 더 불행한가 비교 하면서요."

김경찬이 충고했다.

"일에서 왜 기쁨과 슬픔을 찾습니까. 일은 그냥 돈 벌려 고 하는 거지."

김경찬은 남들이 다 자기 같은 줄 아나. 일에서 보람을 찾는 사람도 있는 거지. 인혜 씨의 팔짱을 꼈다.

"이제 사무실로 돌아가셔야죠?"

인혜 씨가 손목시계를 보았다.

"오늘은 좀 일찍 퇴근할 거예요. 한 11시쯤……?"

아침 8시 반부터 밤 11시 반까지 슬픈 사연들만 읽고 있는 것도 중노동이겠다, 싶었다. 인혜 씨를 배웅하고 나오는 길에 스마트폰이 요란스레 울렸다. 선임 씨였다. 알바하는 곳에 도착해서 지각했다고 혼 좀 나고 나면 이 시간이겠다.

— 탐정님, 혹시 주임님 연락처 있어요?^^

관심이 있었으면 아까 직접 명함을 받지 그러셨어요. 그나저나 나이 많은 남자인 김경찬보다는 나이 어린 여자인 내가 더 만만해서 나한테 이런 걸 물어보는 건가.

— 없는데요. 선임 씨 번호를 주면 주임님한테 전달은 해 드릴게요. 연락할지 말지 선택권을 주임님한테 넘기세요.

곧바로 번호가 왔다. 악성 민원인이 찾아오는 악몽을 이룬 인혜 씨에게 번호를 전달했다.

"아까 와서 '한풀이' 다 하고 간 거 아니었대요? 아직 할 말이 더 남았대요?"

옆에서 김경찬이 종알거렸다.

"어휴 바보, 척 보면 모르나. 관심이 있으니까 연락 달라는 거지요."

나도 똑같이 종알댔다.

"아직 연애를 많이 안 해 봤으니까, 아니면 아예 안 해 봤으니까 친절을 관심으로 착각한 거겠죠. 자기만 특별하게 만나 줬으니까 자기가 특별한 사람인 줄 알고……."

어쨌든 번호는 인혜 씨에게 있다. 선임 씨, 아니 선임 '군'이 더 어울릴 것 같은 연하남은 인혜 씨의 연락을 기다렸다. 나와 김경찬도 그 뒷이야기를 기다렸다. 11시에 퇴근하겠다던 인혜 씨는 그날도 11시 반에 퇴근했다. 장학생 선발 일정에 맞추려면 야근은 필수라고 했다.

"전에는 자소서들이 다 진실이라고 믿고 심사했는데, 이제는 어느 건 과장이 섞이고 어느 건 실제보다 축소되어 있으리란 걸 염두에 두고 읽으니까 시간이 더 오래 걸리고 대신 머리는 차가워져요."

인혜 씨는 선임 씨에게 간단히 인사말만 보냈다. 선임 씨에게서 온 메시지는 간결했다.

— 오늘 제 얘기 들어주셔서 감사했습니다. 너무 큰 실례가 아니었길 바랍니다.

그러고서 한참 후에 선임 씨에게서 온 메시지는 이랬다.

— 제가 오늘 제 얘기를 한 것처럼 주임님께서도 제게 이야기를

하시면 주임님께서 그러셨듯이 성심성의껏 들어 드릴게요.

인혜 씨는 짧게 회신했다.

─ 제 얘기를 하면, 소설에 써먹을 건가요?

선임 씨도 곧바로 메시지를 보냈다.

─ 그럴 일이 있으면 반드시 동의를 구하고요, 이리저리 변형시켜
   서 누구 얘기인지 모르게 해요.

이 답답한 사람들아. 그게 아니잖아. 내가 선임 씨한테
메시지를 보냈다.

─ 왜 직진을 안 해요? 관심 있다고, 사귈 거냐고 물어봐야죠.

선임 씨에게서 답이 왔다.

─ 주임님은 직장인이고, 저는 학생이고요. 저는 데이트할 돈도
   없어요. 매번 떡볶이만 먹으면서 연애할 순 없잖아요. 요새는
   떡볶이도 비싼데.

다시 메시지를 보냈다.

— 주임님이 떡볶이 사면 되잖아요.

선임 씨가 바로 메시지를 보냈다.

— 매번 주임님만 살 수는 없잖아요. 한 명만 희생하는 관계는 쉽
   게 지쳐요.

아, 내가 또 오지랖 넓게 나섰구나. 남의 사정을 알지도
못하면서. 이게 무슨 「가난한 사랑 노래」야. 선임 씨가 다시
메시지를 보냈다.

— 주임님도 맨날 야근하시고, 저도 알바 뛰고 과제 하느라 서로
   시간도 없어요.

시간이야 만들면 있지. 주임과 학생보다 훨씬 바쁜 톱스
타들도 비밀 연애를 잘만 하더라. 보다 못한 김경찬이 내
폰을 슥 가져가서 인혜 씨와 선임 씨에게 각각 "서로 사귈
생각 있어요?"라고 보냈다. 스마트폰이 조용해졌다. 김경찬
에게 성질을 냈다.

"미쳤어요? 왜 갑자기 액셀을 밟아요?"

김경찬이 아무렇지도 않은 말투로 대꾸했다.

"뭐 하러 뜸을 들인답니까."

김경찬은 나보다 나이는 많은데 경험은 없나 보다. 살짝 짜증을 냈다.

"뜸 들이는 게 아니라 썸 타는 거죠. 간질간질해서 보는 재미가 있었는데 갑자기 왜 훅 치고 들어와요?"

김경찬은 다 생각이 있다는 투로 말했다.

"우리가 빠질 때인지 아닌지 빨리 알아야 이 건에서 손 떼고 다른 사건을 찾죠. 탐정은 의뢰인의 이야기를 들어 주는 직업이라면서요. 선임 군이 인혜 씨 이야기를 들어 주면 우리는 이제 필요 없는 거 아닙니까."

그건 그렇다. 인혜 씨가 먼저 침묵을 깨고 메시지를 보냈다고 했다.

– 공짜로 들어 주진 않을 거죠? 들어 주는 값으로 제가 밥을 살 게요.

나중에 인혜 씨 말로는 큰 결심하고 보낸 메시지였다고 했다. 인혜 씨에게는 아무렇지도 않은 얘기가 다른 환경에 서 자란 사람에게는 혹시나 상처 주는 말이 될까 봐. 인혜 씨의 힘듦이 선임 씨에게는 부러움이 될까 봐. 한쪽은 주고 한쪽은 받기만 하는 관계가 될까 봐.

─ 그런데 왜 오케이 했어요?

내 메시지에 곧바로 인혜 씨의 답이 왔다.

─ 누군가 말할 사람이 필요해요.

나도 곧바로 메시지를 보냈다.

─ 탐정한텐 열 번 얘기하면 한 번 공짜인데요?

인혜 씨의 답은 빨랐다.

─ 이건 사건이 아니잖아요.

조금 시간을 띄웠다가 메시지를 보냈다.

─ 사람답게 살고 싶어서 잃어버린 인간성을 찾아 달라는 것도 '사건'은 아니었죠.

인혜 씨는 한동안 메시지를 보내지 않았다. 나는 기다렸다. 얼마 후 메시지가 왔다.

— 선임 씨와 얘기할수록 제 일이 무겁게 느껴져요. 정신 차리라고 종을 울리는 것 같아요.

선임 씨와 인혜 씨를 만나도록 한 게 잘한 일일까.

— 그래서, 경각심을 일깨우려고 선임 씨와 얘기 나누겠다고 한 거예요?

인혜 씨의 메시지는 차분했다.

— 그런 것도 있는 것 같아요.

한번 떠보았다.

— 선임 씨한테서 인간적인 매력을 느낀 건 아니고요?

인혜 씨는 시원시원하게 답했다.

— 성격이 꼬이지 않은 게 마음에 들었어요.

나는 인혜 씨를 추궁했다.

— 형편이 어려우면 성격이 꼬인다는 거, 인혜 씨 편견이죠?

인혜 씨는 솔직하게 답해 주었다.

— 형편이 어려운데 사람이 해맑을 수도 없잖아요. 근데 선임 씨
  는 자존감이 높아서 괜찮을 거 같아요. 어쩌면 자존감 내세우
  다가 삐지는 때도 있겠지만요.

인혜 씨에게 참견 아닌 참견을 했다.

— 인혜 씨, 말 한 마디 한 마디에 신경 쓰고 조심해야 하는 연애
  는 안 하는 게 나을지도 몰라요.

인혜 씨가 손사래를 치며 메시지를 작성하는 모습을 떠
올렸다.

— 그건 해 봐야 알죠. 그리고 저는 이걸 '연애'라고 생각하지 않

아요. 제가 밥을 사면서 제 힘듦을 털어놓는 '거래'죠.

나는 이 연애를 찬성하는 걸까 반대하는 걸까.

— 그리고 선임 씨도 인혜 씨에게 힘듦을 얘기할 수도 있어요.
— 들어 주면 되죠.

나는 왜 계속 우려하고 있을까.

— 들어 줄 때 조심, 할 수 있어요? 인혜 씨가 안 겪어 본 '가난'을
  이해할 수 있을 것 같아요?
— '간접 경험'이란 게 있잖아요.

인혜 씨를 한 번 더 떠보기로 했다.

— 선임 씨는 학생이라 인혜 씨가 어떤 마음으로 직장에 출퇴근
  하는지 모를 거예요.

인혜 씨는 어른스럽게 말했다. 직장인이 되면 다 저렇게
되나.

- 직장에 다닌다는 것만으로도 부럽겠죠. 저도 학생 때는 취업
  준비하면서 직장인이라면 덮어 놓고 부러워했어요.

에라 모르겠다. 인혜 씨랑 선임 씨가 알아서 하겠지.

- 아무 때라도, 선임 씨가 갑갑한 소리 한다거나 형편이 달라서
  오는 괴리감이 있으면 저한테 연락하세요. 물론 수임료는 내
  시고요~^^

~나 말줄임표, 또는 ^^를 많이 쓰면 나이 든 거랬는데.
인혜 씨도 나를 따라 ^^를 붙였다.

- 네. ^^

김경찬이 스마트폰을 슥 건너다보았다.
"거봐요. 내가 액셀을 밟으니까 진도가 확 나가잖습니까."
느낌이 싸했다.
"전 왠지 이 연애 불안한데."
김경찬이 선을 그었다.
"그것까진 우리가 챙겨야 할 일은 아니죠."
그런 줄 알았는데 며칠 후 선임 씨와 인혜 씨에게서 각각

메시지가 왔다.

- 주임님이 어떻게 알바 두 개 하면서 성적 우수 장학금도 받으
  려고 아등바등하는 제 처지를 '이해한다'고 말할 수 있어요?
- 마음으로는 이해 못 해도 머리로는 이해할 수 있는 거잖아요.

둘 다 맞는 말이다. 그걸 둘이 풀어야지 왜 나한테 얘기하
나……. 아, 내가 나한테 얘기하랬지. 내가 메시지를 날렸다.

- '주임님'도 아침 8시 반부터 밤 11시 반까지 일하잖아요. 서로
  자기가 더 불쌍하다는 사연들을 '이해'하려고 노력하면서. 이
  래서 학생과 직장인의 연애는 힘들다니까.

선임 씨의 사과가 조금 더 빨랐다.

- 그건…… 그러네요……. 죄송해요…….

인혜 씨도 메시지를 보냈다.

- 아니에요…….

해결은 빨라서 다행이다. 앞으로도 이런 다툼이 끊임없이 자잘하게 혹은 크게 이어지겠지. 인혜 씨에게 계산서를 들이밀었다.

— 이것도 의뢰 1번인 거 아시죠? 수임료 내세요.

인혜 씨는 눈치가 빨랐다.

— 수임료 내기 싫으면 싸우지 말고, 싸우더라도 탐정님 개입시키
　지 말라는 거군요.

인혜 씨가 수임료를 계좌로 이체했다. 김경찬이 다가왔다.
"이번 달 월세를 내야 하는데……. 안마의자 렌털비
도……."
계산을 아무리 해도 적자였다. 아직 정수기도 못 들여놓았는데…… 방법이 없었다.
"갈라서죠. 탐정 사무소 정리하고요."
김경찬이 안마의자를 쓰다듬었다.
"안마의자는 아직 렌털 기간이 남았는데……."
저놈의 안마의자.
"그럼 집에다 가져다 놓고 앉으시든지요."

김경찬이 머릿속으로 원룸 거실에 이리저리 안마의자를 갖다 놓아 보며 말했다.

"원룸 거실에 안마의자 갖다 놓으면 꽉 찰 거라서……."

사무소를 정리하면 인혜 씨처럼 창문에 붙인 '전일도& 김경찬 탐정 사무소'를 보고 찾아올 의뢰인도 없을 것이다. 나 스스로를 납득시키며 말했다.

"사무실이 뭐가 필요해요. 원래 탐정이란 스마트폰과 차량만 있으면 할 수 있는 기동성 있는 직업 아니에요?"

김경찬이 한숨을 쉬었다.

"그래도 여기서 이렇게 접기는 너무 아까운데……."

나도 탐정 사무실이 없어지는 건 아까웠다.

"그럼 어떻게 해요? 방법이 없잖아요. 아니, 돈이 없잖아요. 이쯤에서 '합의 결별'하고 각자의 길을 가야죠."

사무소를 둘러보았다. 사무소 면적에 비해 터무니없이 큰 안마의자와 안마의자에 밀려 구석에 박힌 싸구려 철제 책상과 의자. 신문지를 깔고 배달 음식을 먹던 손바닥만 한 바닥. 이 옹색하고 궁핍한 공간 하나를 못 지켜서 '탐정 사무소'를 차려서 탐정답게 의뢰인을 맞이하고 의뢰를 받는 꿈을 못 살리는 게 아쉬웠다. 김경찬이 뭔가 생각하다가 말했다.

"어디서 지원금 받을 데 없어요?"

탐정과 지원금이라니, 어울리지 않는 조합이다.

"그런 게 있을 리가 있겠어요?"

김경찬이 머리를 굴렸다.

"청년 창업이라고 우기면 안 되려나?"

김경찬, 하면 사기꾼만 떠올라서 경계의 눈빛을 하고 물었다.

"또 사기 치시게요?"

김경찬이 창밖을 바라보며 말을 흐렸다.

"아, 그냥 해 본 말이에요."

간판 달 돈이 없어서 창문에만 붙인 '전일도&김경찬 탐정 사무소'를 떼어 냈다. 나의 '로망'이었던 탐정 사무소가 사라지고 있었다.

"자, 이제 각자 알아서 갈 길 가죠. 사무소도 사라졌으니."

김경찬과는 깔끔한 이별을 했다. 텅 빈 사무소를 보면서 생각했다. 언젠가 돈을 많이 벌면 꼭 안마의자가 들어가는 탐정 사무소를 개업해야겠다고.

영원히 행복하게

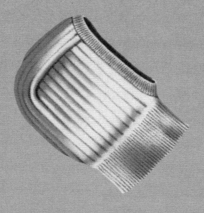

'그것'은 어느 날 갑자기 나를 삼켰다. 아니, 조금씩 야금야금 나를 갉아먹고 있었는데 마지막 한입에 나를 삼킬 때까지 내가 모르고 있었다. 숨고 싶은 기분이 들어서 눈만 겨우 빼꼼 내놓은 바라클라바를 뒤집어쓰고 팔짱을 끼고 책상에 발을 올리고 지나간 사건들을 회상한다. 1년의 마지막 달이라 그런가 괜히 울적하다. 열심히 일한다고 했는데 돌이켜 보니 제대로 해결된 건 아무 것도 없다.

"대기업 취업을 꿈꾸는 조우리 씨는 아직도 취업 준비생이고……."

옆에서 썽이가 말을 가로챈다.

"피임 안 해서 임신 중단하게 만든 '오빠'랑은 헤어졌잖아. 네가 조우리 씨랑 병원에 같이 가 준 덕분에."

나는 하던 푸념을 마저 이어서 했다.

"주연 씨는 아직도 아이를 낳을지 고민하고 있고, 키즈 먹방 유튜버 달봄이는 동생이 먹방을 찍을 만큼 자랄 때까지 먹기 싫은 걸 먹어야 하고. 이번에는 곤충 쿠키였나? 승희 씨는 정규직이 되지 못하고 나이만 먹다가 아마 평생 계약직으로 떠돌 것 같고, 최선임 씨는 장학금을 못 받아서 학자금 대출을 갚느라 알바를 전전할 거고, 최루성 신파 못지 않은 장학금 신청서를 읽는 인혜 씨는 오늘도 울면서 일하는데 회사에선 업무 스트레스에 심리 치료를 지원하진 않을 거고, 보람 씨는 택배 일을 그만 둘 수 없을 거고……."

썽이가 내 말을 받아서 이었다.

"주연 씨는 엄마가 된다면 '주연 씨다운 엄마'가 될 거고, 엄마가 되지 않아도 행복하게 살 거고, 달봄이는 한번 싫은 걸 싫다고 해 봤으니 싫어하는 건 안 하는 자주적인 아이로 자랄 거고, 승희 씨는 계약직으로 떠돌더라도 차로 건물을 들이받지는 않겠지. 최선임 씨랑 인혜 씨는 연애하면서 장학금 신청서 내듯이 공모전에 소설 내서 상을 받을지도 모르고. 보람 씨는 '그만두는 법'을 알게 되었겠지. 너를 만나서."

이상하다. 썽이의 말이 힘이 되지 않는다. 나는 썽이의 말이 끝나자마자 조잘댔다.

"의뢰인들이 바뀐다고 해도 '아주 조금'이잖아. 나는 사건을 완벽히 해결하는 게 아니라 그때 그때 상황만 모면하는 거야. 내가 맡은 사건들은 법을 바꾸지 않는 이상 해결되는 건 없어. 어쩌지? 이제라도 탐정을 그만두고 공무원 시험 준비라도 해야 할까? 국회의원은 좀 어려울 것 같으니까?"

썽이는 언제나처럼 진지했다.

"누군가의 인생을 '아주 조금' 바꾸는 게 얼마나 어려운데. 그런데 법을 바꾸는 공무원이 되려면 9급, 7급 공무원 시험이 아니라 5급 공무원이 되는 행정고시를 봐야 하는 거 아냐?"

그럼 그렇지. 쉽게 되는 일은 없지. 한숨이 나왔다.

"그럼 법도 못 바꾸겠고……."

썽이가 바라클라바 틈으로 나온 눈을 가려준다.

"좀 쉬어. 너 방학도 휴가도 없이 동동거리느라 번아웃이 온 것 같아. 지금 안 쉬면 우울증 된다."

쌍둥이 오빠가 노크도 없이 방문을 열어 젖히며 큰소리를 낸다. 아니 내가 썽이랑 방 안에서 뭐라도 하고 있었으면 어쩌려고 했어.

"번아웃도 과로해야 오는 거지, 너처럼 일이 없어서 손가락 빠는 애한테 무슨 번아웃이야. 나와서 점심이나 차려. 번아웃일수록 움직여야 돼."

바라클라바를 벗어 오빠에게 집어 던졌다. 신고 있던 수면 양말을 던지려다가 참은 거다.

"내 상태 모르면 가만 있어. 내가 지금 얼마나 피폐하냐면, 김경찬이 사기를 치면 묻지도 따지지도 않고 그대로 넘어갈 것 같아."

오빠 놈은 바로 알아들었다.

"그럼 마라탕 배달 시킬래?"

썽이도 동의해서 오늘 점심은 마라탕으로 결정되었다. 역시 스트레스 해소에는 매운맛이다. 마라탕을 다 먹고 나서 튀긴 빵을 연유에 찍어 먹으며 오빠가 물었다. 저 인간은 어떻게 먹는 것과 말하는 것을 동시에 할 수 있을까. 입 속에 뭐가 들었는지 다 보여 주면서.

"그래서, 이제부터 뭘 할 건데?"

"쉴 거야."

내 딴엔 단호하게 말했는데. 오빠 새끼가 코웃음을 친다.

"내가 보기에 네가 가만히 있을 인간은 아닌데. 의뢰 들어오면 바로 뛰쳐 나가겠지."

지가 뭔데 썽이와 반대되는 말을 해. 하지만 나도 알고 있다. 썽이 말대로 쉬어야 하지만 오빠 말대로 사건이 벌어

388

지면 곧바로 밖으로 나가는 인간이 나다. 지금 메신저 알람이 울리자마자 긴 얘기를 손으로 타이핑하기에는 마음이 급해서 의뢰인의 폰 번호를 받아 냅다 통화부터 하는 걸 보니 오빠 쪽이 더 맞는 말 같다.

"혹시 배달앱이랑 착각하신 거 아니세요? 왜 일단 의뢰인님 댁으로 가야 하는데요? 상대가 어떤 사람인지도 모르는데 집으로 가는 건 꺼림칙한데요. 탐정이지만 20대 여성이기도 하니까요. 제 안전은 제가 지켜야죠."

스마트폰 너머의 의뢰인은 듣는 나까지 기가 빨리게 후우 한숨을 쉬었다.

"뭐든지 한다면서요."

"누구든 뭐든 찾아 드린다고 했죠."

"어쨌든."

의뢰인은 말싸움을 하지 않고 말을 뚝 자르고 바로 본론으로 들어갔다.

"동생이 집에서 안 나와요. 밖으로 나오는 걸 거부해요. 그러니까 탐정님께서 와 주셔야 돼요."

"그건 제가 아니라……."

아니, 이 의뢰인은 말 잘라 먹으면 맛있나. 계속 말을 끊어 먹네?

"알아요. 이런 건 전문가를 찾아가야 한다는 거. 그런데 정신과에 데려가려고 하면 '내가 미친년이냐.'며 고래고래 소리 지르면서 발악하고, 심리상담센터로 가기에는 돈이 너무 많이 들어서요. 제가 그동안 번 돈은 다 생활비랑 엄마 치료비와 장례비로 들어가서 저축해 놓은 게 거의 없어요. 돌아보면 허무하게도."

탐정이 상담보다 싸게 먹히긴 하지.

"그리고 탐정님이 동생이랑 동갑이어서요. 언니보다는 말도 잘 통하고 같은 나이에 열심히 일하고 있는 거 보여주면 자극도 되겠죠."

그래서 지금 내가 바라클라바를 쓰고 서은이의 방 문에 기대 있는 거다. 똑똑 방문을 두드려도 아무 소리도 되돌아오지 않는다. 의뢰인인 언니 은신 씨는 냉장고에서 캔맥주를 꺼내 건네며 속삭였다. 마라탕에 연유 찍은 튀긴 빵에 맥주라니 오늘은 맵고 달고 취하고 골고루 먹는구나.

"엄마가 오래 아프셨어요. 엄마가 아프기 시작했을 때 저는 직장인이었고 서은이는 대학생이었으니까 자연스럽게 분담을 했죠. 제가 밖에서 일해서 엄마 치료비와 생활비를 대고 서은이가 간병과 집안일을 맡는 걸로요. 요양병원은…… 외할머니가 돌아가시기 전에 요양병원에 계셨어요. 침대 하나가 할머니에게 허락된 공간이었죠. 할머니는 엄마가 문병 갈 때마다 나 좀 집에 데려가 달라고 붙잡았어요. 엄마는 할머니가 돌아가시고 나서 우리 자매한테 약속을 받아냈어요. 아무리 아파도 집에서 아프게 해 달라고요. 동생은 하루 종일 엄마랑 있었어요. 엄마가 언제 갑자기 응급실에 가게 될지 몰랐거든요. 간병하느라 몸이 힘든 것도 힘든 거지만 스트레스가 너무 심했어요. 탐정님, 사람이 오래 아프면 성질머리가 고약해지는 거 알아요? 아프니까 짜증이 늘고, 오래 아프다 보면 짜증이 성격이 되어 버리더라고요. 동생은 하루 종일 엄마를 돌보면서도 고맙다는 말을 듣는 대신 엄마의 짜증을 받아낸 거예요. 20대 초반, 한창 하고 싶은 것 많고 놀고 싶을 때에 하루 종일 엄마랑 빛도 안 드는 반지하에서 오도카니 지냈어요.

엄마가 돌아가시면 모든 게 정상으로 돌아올 줄 알았는데, 이러면 안 되는 줄 알면서도 고통 없이 얼른 돌아가시길 바란 적도 있었는데, 막상 엄마가 돌아가시고 나니까 동생은 방 안에 틀어박혔어요. 사람이랑 안 만난 지 오래 되다 보니까 이제 와서 밖으로 나가기 힘들었나 봐요. 동생에게 얼굴을 보진 않더라도 메신저로라도 연락하는 친구가 있었으면 좋았을 텐데 대학 입학하고 얼마 안 되어서 엄마가 쓰러지셨으니까 같은 과 친구도 없었어요. 복학을 망설이길래 그럼 일단 알바라도 하라고 했는데 알바 자리 하나 얻기 힘들었어요. 엄마의 짜증에 분노로 받아치다 보니까 말투가 공격적으로 바뀌고 표정도 굳어졌어요. 편의점 알바 자리를 얻으려 해도 면접에서 줄줄이 낙방하다 보니 세상으로부터 거부당한다고 느껴졌나 봐요. 몇 번 알바 면접에서 탈락하더니 방문을 잠가 버렸어요."

동생이 이렇게 될 동안 은신 씨는 뭐 하셨냐고 묻기도 전에 은신 씨가 먼저 말을 했다.

"저도 잘못은 했어요. 열심히 일해 봤자 저한테 남는 돈은 없으니까 답답하기도 했고 회사에서 인간관계나 일이나 다 꼬여 가고 있을 때였던지라, 집에 왔을 때 동생이 스타킹은 화장실에 들어가 벗고 물은 컵 손잡이 쪽으로 입을 대고 마시라고 온갖 사소한 규칙을 만들어 내서 하나하나 트집 잡으며 날카롭게 소리 지를 때마다 대꾸하지 않고 입을 꾹 다물고 얼른 자 버렸어요. 저도 너무 지쳤으니까요. 그게 동생이 쌓인 스트레스를 푸는 방법이었을 텐데. 동생은 저에게 했듯이 아픈 엄마한테도 같은 규칙을 들이대면서 소리 질렀고 엄마는 서럽다고 울었어요. 엄마가 저한테 동생 흉을 보면 저는 그냥 가만히 듣고만 있었어요."

취기가 도는지 멍하니 있다가 정신 차리려고 눈을 깜빡이는 은신 씨는 지쳐 보였다.

"가끔은 야근한다고 거짓말하고 혼자 편의점에서 캔맥

주 마시면서 숨 돌리고 집에 간 적도 있었어요. 동생은 캔맥주 마실 시간도 없었는데요. 집에 캔맥주를 사 들고 갔어야 했는데. 주말에는 동생이랑 교대했어요. 주중에는 일하고 주말에는 간병하고. 일주일 내내 쉬지를 못하니까 미칠 것 같더라고요. 그러니까 저도 동생한테 수고한다, 고생한다, 고맙다 이런 소리가 안 나왔어요.

동생은 제가 엄마를 돌보는 주말에도 집에 박혀 있었어요. 아무래도 동생보다 제가 서툴렀으니까요. 제 손길이 닿으면 엄마가 불편해했어요. 엄마와 동생은 저한테 '매정한 년'이라고 했어요. 엄마는 '너는 내가 죽어도 눈물 한 방울 안 흘릴 년이야.'라고 했어요. 그 말이 맞긴 했네요. 엄마는 저 말고 동생을 찾았어요. 동생에게 자신의 존재 이유는 엄마였던 것 같아요. 결국엔 주말에도 동생이 저를 밀어내고 엄마를 맡고 있더라고요."

은신 씨는 잠긴 방문을 보았다.

"저는 무너져 가는 동생을 외면했어요. 엄마가 돌아가시고 동생이랑 저 둘만 남았는데, 제가 언니니까 동생을 책임져야 하는데, 동생이 저랑은 말도 안 하고 눈도 마주치지 않아요. 그때 싸우지 말고 엄마를 동생에게 미루지도 말고 걔 말을 들어 줬으면 지금 괜찮았을까요. 가끔이라도 동생과 캔맥주를 같이 마시면서 속마음을 얘기 했어야 할까요."

맥주 한 캔을 다 마셨다. 은신 씨가 한 캔을 더 꺼내 왔다. 우리는 가볍게 건배했다. 그런데 은신 씨, 술 마시는 게 너무 익숙해 보이는데, 괜⋯⋯찮은 건가?

"그때는 의뢰인님도 제정신이 아니었겠죠. 그때는 그럴 수밖에 없었을 거예요. 집 안이 엉망인데 아무 일 없는 척 회사에 출근한 의뢰인님도 고생 많았어요. 의뢰인님도, 동생분도 살기 위해서 발버둥 친 거예요."

은신 씨는 남은 맥주를 입안에 털어 넣었다.

"그래도 더 인내하고, 더 잘할 수 있었어요. 동생보단 내가 어른이니까. 내가 가장이니까."

나도 따라 마셨다. 슬슬 취기가 올라왔다. 내가 원래는 술이 센데⋯⋯.

"도와주는 사람들은 없었어요? 친척분들은요?"

은신 씨는 맥주 캔을 구겨서 아무렇게나 던져 버렸다.

"이모들이 있긴 했는데, 처음엔 적은 돈이나마 보내 주다가 연락이 끊겼어요. 이모도 돈이 부담스러우니까 우리를 안 만나고 싶고, 우리도 이모들 만나 봤자 말도 안 되는 소리만 해 대니까 안 만나게 되었어요. 이모들이 하시는 말씀들이라곤 '너네 엄마가 나쁜 말 해서 너희 힘들게 하는 거, 죽기 전에 정 떼고 가려고 그런 거다.', '엄마 잘 돌봐 드려라. 돌아가시고 나면 못 해 드린 것만 생각나서 후회한다.'였어요. 아니던데. 엄마는 정을 떼려는 게 아니라 계속 끊임없이 우리의 사랑을 확인했어요. '내가 더 많이 아파도 너희는 나를 안 떠날 거지?' 하면서. 우리를 시험하면서. 돌아가시고 나니까 이제 엄마한테서 벗어나서 내 인생을 살 수 있겠다는 생각이 들었어요. 그런데 동생이 내 발목을 잡을 줄은 몰랐죠."

바라클라바를 뒤집어 쓰고 있으니까 내가 사람이 아니라 마네킹쯤으로 보이는 모양이다. 아니면 술의 힘이거나. 은신 씨는 처음 만난 나에게 내밀한 얘기까지 다 털어놓았다. 은신, 서은 씨 자매를 보다가 생각해 보면, 우리 오빠는 지금까지 살면서 나에게 진짜로 이긴 적은 없었다. 싸우다가 오빠가 이겨도 금방 내 기분을 맞춰 주었고 싸우고 나서는 먼저 미안하다고 했다. 은근히 평화주의자인 오빠의 성격 덕분이기도 하고 여자들이 강한 전씨 가문의 가풍 때문이기도 했다. 그래서 나는 어렸을 때 내가 진짜로 강해서 누구든 다 이길 수 있을 거라고 여겼다.

"아마 서은 씨한테는 안전한 환경이 필요할지도 몰라요. 누구한테든 무엇을 하든 거부당하지 않는 경험이요. 의뢰인님 어머님이 그랬듯이, 뭘 해도 의뢰인님이 서은 씨를 떠나지 않을 거라는 확신, 어떻게 면접을 봐도 채용되는 알바, 무슨 말을 해도 들어 주는 친구들, 열심히 공부하기만 하면 합격하는 시험 같은 거요."

은신 씨가 캔맥주를 한 캔 더 꺼내 왔다.

"웃기네. 세상이 그렇게 쉬워요?"

"세상이 쉽지 않다면 의뢰인님과 제가 '쉬운 사람'이 되어 주면 어떨까요? 서은 씨는 아마 방 안에서 두려워하고 있을지도 몰라요. 계속 이렇게 틀어박히다가 영영 세상으로 나가지 못할 거 같고, 그렇다고 세상 속으로 나가면 거부당할 것 같고. 그러니까 의뢰인님과 제가, 아니 의뢰인님이 못 하시겠으면 저 혼자라도 서은 씨를 다 받아 줘야죠. 서은 씨가 사람을, 세상을 믿을 때까지. 서은 씨가 떨어질 때마다 받아 주는 에어 매트리스가 되어서."

은신 씨가 고개를 저었다.

"저는 아팠을 때의 엄마를 닮아 가는 동생이 지겨워요."

"그쵸, 아무래도 의뢰인님은 좀 힘드시겠죠. 그러니까 누구든 찾아 주는, 아니 끌어내는 탐정이 있는 거 아닙니까."

은신 씨와 나는 서은 씨가 잠근 방문에 등을 기대고 서로의 어깨에 기대어 취기가 가실 때까지 아무 말 없이 있었다. 집 안은 조용해서 개미 지나가는 소리도 들릴 것 같았다. 은신 씨가 꼼지락거렸다. 나는 잠복근무를 많이 해 봐서 오랫동안 숨죽이고 가만히 있는 것에 익숙하지만 탐정이 아닌 평범한 사람은 지루하겠지. 은신 씨에게 뭔가 쓸 필기구를 좀 달라고 했더니 수첩과 볼펜을 갖다 주었다. 쪽지를 적어서 방문 틈으로 밀어 넣었다. 스마트폰 놔두고 이게 무슨 아날로그 감성이야.

─ 저는 언니가 의뢰한 탐정 전일도인데요.
─ 같은 나이니까 말 놓을게.
─ 쪽지 봤으면 '응'이라고 한 글자만 써서 문틈으로 내보내 줘.

방문 틈을 아무리 노려봐도 방 너머에선 기척이 없었다. 쪽지 말고 지폐를 넣어야 하나.

─ 나는 여기 있을 거야. 그러니까 언제든 편할 때 내게 말 걸어
  줘. 나한텐 아무 말이나 해도 괜찮아. 언니 욕을 해도 되고.^^

은신 씨가 코웃음을 쳤다.
"안 통해요, 그런 거."
"다른 방법이 있는 것도 아니잖아요. 이런 거 전에 해 보셨어요?"
"아뇨. 문 안 열면 부숴 버린다고 했었죠. 그런데 부수려

고 하니까 수리비가 걱정되어서 그냥 내버려 뒀어요."

사춘기 자녀와 부모의 싸움도 아니고…… 어? 문틈으로 내가 넣은 쪽지의 뒷면이 나왔다.

— 꺼져.

참 간결한 한마디였다. 그래도 이 한마디라도 해 줬으니 이제부턴 좀 쉬워지겠다. 그런데 서은이의 첫 대꾸에 대한 내 답으로는 뭐가 좋을까. 한참을 생각하다가 적었다.

— 뭐 먹을래?

답이 바로 나왔다.

— 안 먹어. 너나 먹어.

은신 씨가 해석해 줬다.
"나 있을 땐 방에서 안 나와요. 집 안에 아무도 없어야 방 밖으로 나와서 먹고 돌아다녀요."
그럼 오늘은 이만 철수. 조금씩 조금씩 가까워져야 한다.

- 매운 거 좋아해? 마라탕 배달시킬게. 스트레스 푸는 데는 역
  시 매운 맛이지.

방 안에서는 쪽지가 나오지 않았다. 침묵은 긍정이지.
배달 앱을 켜서 매운 마라탕과 당도 100% 버블티를 주문
하고 쪽지를 밀어 넣었다. 수첩을 북북 찢고 있으려니 뭔
가 성의 없어 보인다. 이따가 가는 길에 다이소를 들러서
좀 예쁜 메모지 없나 봐야지. 마지막 쪽지를 밀어 넣었다.

- 나 갈게. 내일 또 올게.

잠시 기다렸는데 응답이 없다. 일어나려다가 정말, 마지
막, 최종 쪽지를 썼다.

- 그동안 고생 많았어. 너는 할 만큼 했어.

은신 씨가 흘깃 보더니 쪽지를 빼앗았다.
"이건 나 주면 안 돼요?"
은신 씨도 위로가 필요한 날이 있겠지. 은신 씨에게 쪽
지를 주고 서은이 것은 새로 썼다. 다이소에서 예쁜 메모
지와 귀여운 스티커와 금박 들어간 마스킹테이프와 캐릭터

가 그려진 볼펜을 샀다. 이쯤 되니 내가 재미있어서 문을 사이에 두고 필담하는 건지 서은이를 위해서 소통하는 건지 헷갈린다. 집에 가기 전에 하얀 후리스를 입고 여전히 까만 바라클라바를 쓴 채 썽이에게 갔다. 썽이는 날 보자마자 웃어 버렸다.

"와, 너 「월레스와 그로밋」에 나오는 양 같아."

"양털은 폭신하고 포근하고 따듯하겠지?"

썽이를 꺼안았다. 교복 입던 시절부터 다 봐 온 사이다 보니 '친구끼리 이러는 거 아니야.' 하는 느낌이라 썽이가 주춤거렸다.

"내가 의뢰인이랑 마음이 아픈 친구를 다 받아 줘야 하거든. 그러려면 내 마음이 커져야 해. 매운 말에도 상처받지 않고 넘길 수 있게."

썽이의 팔을 끌어다 내 등에 얹었다. 썽이가 마주 안아 주었다. 서로를 곰인형이나 슬라임으로 생각하기로 했다.

"너는 내가 다 받아 줄게. 너 한정이야."

썽이의 말에 웃어 보였다.

"나 한정이라니, 내가 홀리데이 리미티드 에디션이야?"

썽이도 피식 웃었다. 분위기가 좋은 틈을 타서 물어보았다. 영화 감독이 꿈이라지만 아무리 영화제에 출품해도 상복이 없어 이름 없는 인터넷 언론 기자를 하면서 유튜버들 영상 편집도 하며 생계 유지를 하는 썽이에게.

"세상이 널 거부하는 거 같을 땐 어떻게 해?"

"메모하고 기억해 뒀다가 소재로 써."

썽이는 입술을 악물었다가 말을 뱉어 냈다.

"근데 이제 그렇게 안 하려고. 사람들은 우울한 얘기를 싫어해."

* * *

어제 쪽지를 주고 받으며 친해진 줄 알았는데 서은이는 테이프를 붙여 문틈을 막아 놓았다. 망했다. 영수증을 버려서 메모지, 펜, 스티커, 마스킹테이프를 환불할 수도 없는데. 할 수 없지. 쪽지를 사용할 수 없으면 말로 할 수밖에. 오늘은 은신 씨가 출근하는 날이라 나 혼자 문에 기대어 떠들어 댔다.

"그 안에서 하루 종일 뭐 해?"

"나랑 얘기하고 싶지?"

"오늘도 여기 있을게."

"언제든 얘기하고 싶으면 얘기해."

"좋아하는 노래 있어? 내 폰으로 들려줄까?"

드디어 서은이 목소리를 들었다.

"닥쳐! 닥치라고! 시끄러 죽겠어!"

서은이가 아무리 악악대도 나는 차분해야 한다. 지는 건 싫지만 돈 받았으니 어쩔 수 없지.

"나랑 얘기해 주지 않으니까 혼자서라도 떠들 수밖에 없잖아."

서은이가 여전히 악을 썼다. 목 안 아픈가.

"할 일 없어서 하루 종일 자다가 인스타그램이랑 트위터 보다가 하고, 먹는 건 아무거나 냉장고에 남은 걸로 대충 때우면서 생각 없이 한심하게 인생 낭비하고 있으니까 얼른 꺼져!"

'한심하게 인생 낭비하고 있다.'는 말은 은신 씨가 한 말일까.

"뭘 찢거나 부수거나 파괴하거나 누굴 증오하면서 시간을 보내는 것보다는 훨씬 건전하게 살고 있는데?"

내 말에 대꾸할 말을 찾는 걸까. 문 너머의 서은이는 한동안 침묵했다. 설마 자는 건 아니겠지. 방문의 열쇠구멍에 입을 대고 말했다.

"나한텐 소리 지르고 악써도 돼. 나는 너에게 '안전한 사람'이니까. 만만한 건 아니고."

막상 마음대로 해도 된다고 하니까 서은이는 말이 없었다.

"오늘은 로제 떡볶이 먹을까? 아니면 매운 국물 떡볶이에 핫도그 찍어 먹을까?"

서은이가 둘 중 어느 것도 선택하지 않아서 내가 주문했다.

"……둘 다 먹자."

떡볶이가 식기 전까진 서은이가 방 밖으로 나와야 할 텐데. 기껏 사 온 메모지 등을 안 쓸 수는 없으니까 한강 다리에 자살 방지 문구 적어 놓듯이 서은이의 방 문에 스티커와 마스킹테이프로 꾸민 메모지를 덕지덕지 붙였다.

- 맛있는 걸 먹고 잔잔한 노래를 듣고 겨울 나무를 보자.
- 마음속 불길은 뜨거운 음식으로 누르는 거야.
- 긴 병에 간병도 해냈는데 못 할 게 뭐가 있어.
- 한 걸음씩만 걸어 나오자. 걷다 보면 어디든 닿게 되겠지.

배달이 왔다. 내가 나가서 받았다. 숨죽여 천천히 떡볶이를 접이식 테이블에 세팅했다. 문을 열었다가 닫았다. 그리고 또 기다렸다. 내가 말이야, 소리 내지 않고 기다리는 건 잘한다고. 서은이는 내가 갔다고 판단했는지 방문을 열고 빼꼼 고개를 내밀었다.

"으갸악 어허헝 아호흐이!"

서은이가 날 보고 바퀴벌레라도 본 듯이 뜻을 알 수 없는 괴성을 질렀다. 나한테 소리 질러도 된다고 하니까 바로 하네. 왜 이래, 내가 어때서. 아, 맞다. 바라클라바 벗는 걸 잊고 있었다.

"강도 아니고 탐정이니까 놀라지 마. 익명의 타인으로 보이고 싶을 때 얼굴을 가리는 바라클라바가 최고라서 쓴 거야. 너도 써 볼래? 완전 따듯해."

다시 방으로 들어가 숨으려는 서은이의 손목을 잡았다. 서은이와 테이블 앞에 앉아서 떡볶이를 먹었다. 내가 먹는 걸 지켜보던 서은이가 소리를 꽥 질렀다.

"로제 먹다가 매운 거 먹다가 하지 말고 하나 다 먹은 다음에 다른 거 먹어! 핫도그랑 떡볶이 동시에 먹지 마! 떡볶이 다 먹고 핫도그 먹어!"

이게 은신 씨가 말했던 '규칙'인가. 나는 아무것도 모르는 척 천진하게 눈을 동그랗게 떴다.

"왜애?"

서은은 살짝 당황한 듯했다. 서은이 자기만이 규칙을 들이댈 때 언니는 대꾸가 없었고 엄마는 아프니까 딸년한테 혼난다며 울었으니까 나 같은 반응은 처음이겠다.

"……같이 먹으면 맛이 섞이잖아."

"나는 맛이 섞여도 상관없는데? 나는 내 맘대로 먹고 너는 네 맘대로 먹으면 되지 않을까? 아니면 반씩 나눠서 너는 여기서 나는 다른 데서 안 보이게 먹을까?"

서은이는 또 소리를 지르려다가 입만 뻐끔하고 말았다. 자연스럽게 말을 돌렸다.

"이제 복학할 거야?"

서은이는 내가 또 "왜애?" 할까 봐 겁이 났는지 차분하게 대답하다가…… 악악댔다. 테이블 엎을 뻔했다.

"지금 복학해 봤자 동기들도 입학하고 몇 번 만나지 않아서 낯설고, 아는 사람 없이 수업 들어야 해서 아웃사이더가 될 게 뻔해서 안 가, 안 갈 거라고!"

"복학하기가 두려우니까 목소리부터 키우고 보는 거지?"

"아니야! 어차피 알바해서 등록금을 벌어야 복학할 수 있어."

"이제 방 밖으로 나와서 낯선 사람하고 말도 텄으니 알바도 구할 수 있을 거 같은데?"

서은이 다시 얼굴을 찡그렸다.

"알바도 경력직만 뽑는데 내가 되겠어? 3개 국어를 해도 중소기업에서 최저임금보다 쪼금 더 받고 일하는데? 면접 가면 나보다 예쁘고 어린 애들도 많은데 같은 조건이면 누굴 뽑겠어? 너 같으면 날 뽑겠냐고! 난 사람을 끄는 매력이 없어서 안 돼. 안 된다고! 알아 먹었어?"

나한테만 신경질이야. 그래 나한테 실컷 풀어라. 쌓인 게 많아서. 면접관 앞에선 쪼그라들고 찌그러질 거니까 나한테는 자신 있게! 당당하게! 하라고. 나에겐 썽이가 있고, 썽이는 잘 풀리지 않을 때마다 소재 거리를 쌓지만 서은이는 오그라지고 졸아들 때 아무도 없고 할 것도 없고 어쩔 수 없으니까. 나라도 받아 줘야지.

나와 서은은 알바 구직 사이트를 뒤지기 시작했다. 정확히는 내가 알바 구직 사이트에서 회사를 고르면 서은이가 이것저것 이유를 들어 거부했다.

"여기는 면접을 3차까지 보잖아! 면접비도 안 주면서. 나는 면접 보면 떨어진다고!"

"1년에 스물두 번 채용을 했으면 한 달에 두 번 채용했다는 건데, 얼마나 자주 그만두면 이렇게 자주 뽑는 거냐고오!"

결국 남은 곳은 '면접 없이 서류 합격하면 바로 출근 쌉가능'이란 곳이었다. 교양머리 없는 '쌉가능'이라는 문구가 마음에 걸렸지만 서은이에게는 '면접 없음'이 더 와 닿은 듯했다. 그리고 서류 접수한 지 하루도 안 되어서 합격 문자가 날아왔다.

"집에 처박혀 있느라 살이 쪄서 맞는 옷이 없어서 출근할 수가 없잖아!"

옷이 없다는 건 핑계고 사실은 밖에 나가 외부의 사람을 대하려니까 무서운 거다. 아기들이 귀찮고 싫고 밉고 짜증나고 무섭고 화나고 슬프고 불편한 걸 다 뭉쳐서 울음으로 표현하듯이 서은이도 짜증과 분노와 신경질로 그 모든 감정을 나타낸다. 서은이의 표정과 말투를 번역하고 이해해 줘야 한다. 서은이가 되었다고 할 때까지. 다 털어 낼 때까지.

"그럼 옷을 사고 뭐 좀 먹자."

"내가 말, 했잖아! 살쪘다고! 근데 또 뭘 돼지같이 처먹으라고."

"먹어서 배가 불러야 기분이 좋아지니까?"

서은이와 나는 그날 아이스크림을 올린 크로플을 먹었다. 그냥도 맛있는 크루아상을 와플기로 눌러서 압축시켜 놓고 달콤한 아이스크림까지 올렸으니 맛이 없을 수가 없었다. 그렇게 사건이 마무리될 줄 알았다. 크로플을 열심히 먹는 서은이를 바라클라바를 쓴 채로 보면서. 아직 세상이 무섭고 자신을 싫어하는 서은이가 밖으로 나가 천천히 외부에 적응하면서 복학도 하고 집 안에 틀어박혔던 몇 년의 시간을 따라잡을 거라고 예상했다. '은신 씨와 서은이가 그 후로 영원히 행복하게 살았답니다.'로 이 사건이 종결될 줄 알았는데…… 한 달 후에 서은이에게서 연락이 왔다. 그렇게 기가 뻗치던 서은이는 일한 지 한 달 만에 방문을 닫아 버렸다. 그래도 이번엔 문틈으로 나와 얘기를 하고 있으니 이전보다 나아지긴 했다.

"정해진 출근 시간보다 일찍 출근해서 준비하라기에 일찍 나오고, 퇴근 시간 넘어서야 업무 관련 쪽지시험 봐서 평가한다기에 야근했는데 추가 수당이 없었어. 월급은 최저임금이고. 회사에선 수당을 줬는데 업체에서 중간에 떼먹은 거야. 언니들이 항의하니까 회사에선 직무능력 시험이라면서 영어 시험을 봤어. 고객들 눈에 안 띄게 곰팡내나는 구석 휴게실에서 쉬는데 고객 응대에 쓸 영어가 왜 필요해. 망신 줘서 쫓아내려는 거지. 회사에선 업체를 바꿨고 회사랑 새로 계약한 업체는 고용 승계를 안 하고 다 잘라 버렸어. 영어 시험 성적이 커트라인 미달이라면서. 퇴직금도 안 주고."

점심시간이 되어 서은이가 방문을 열고 나왔다. 요새 뜨는 베이커리에서 사 온 빵과 커피를 서은에게 나눠 주었다. 크림과 잼이 꽉꽉 들어 있다 못해 비어져 나오는 도넛과 스콘에 아메리카노를 곁들여 먹고 마셨다. 최대한 크게 한입 베어 물면 입가에 크림과 잼이 묻었다. 서은이는 "도넛이나 스콘은 한 손으로 들고 먹어야 돼…… 왜냐면, 왜냐면…… 한 손은 커피를 들고 마셔야 하니까!"라고 했다.

아직도 규칙을 만들고 있구나. 하긴 직장에서 일한 지 한 달 만에 내 잘못이 아닌 이유로 잘리면 집에서는 누군가를 가르치고 통제하고 싶겠지.

"나도 잘하고 싶었는데 엄마를 간병하느라 시간을 날려 버렸어. 내 나이 애들은 다 토익 점수가 있는데 나는 아무것도 없어서 이런 곳밖에 일할 데가 없고 시험도 통과 못 해……. 언니들은 내가 대학생이니까 영어 시험을 만점 받아서 업체에 당당하게 계속 일하겠다고 하라고 했는데…… 형편없어. 엉망진창이야. 나는 보잘것없는 인간이야."

정확하게 말하자면 서은이가 찍은 거긴 하지만, 서은이와 함께 일자리를 알아봐 준 내 책임도 없지는 않았기에 아주 조그마한 책임감을 느꼈다.

"야, 우리 그 악덕 업체 노동청에 신고해 버리자!"

서은이가 한 손에 도넛, 한 손에 커피를 든 채로 우물거렸다.

"불법은, 없대……."

서은이가 방에서 나오면 모든 게 제자리로 돌아갈 줄 알았는데. 노동자의 피, 땀, 눈물을 착취하는 악질 회사에서 주는 월급과 수당을 회사와 노동자 중간에 있는 업체에 떼어 먹히면 서은에겐 최저임금만 남았다. 앞으로도 이렇게 열심히 일해서 중간에서 착복하는 업체 배만 불려 주고 살기에는 울분이 치민다. 서은이는 양치를 하고선 또 다시 방에 틀어박혔다. 내가 어떻게 꺼내 놨는데…… 퇴근 한 은신 씨는 서은이가 남겨 준 스콘을 안주 삼아 캔맥주를 마시며 부엌 겸 거실에서 스타킹을 벗었다.

"또 거실에서 스타킹 벗었지! 내가, 화장실에서 벗으라고 했어, 안 했어!"

은신 씨는 눈썹도 까딱하지 않았다.

"대꾸해 주지 말아요. 회사에서 잘린 얘기 하기 싫어서 괜히 말 돌리는 거니까."

아니, 이대로 서은이를 방 안에 두고 나올 수는 없잖아. 은신 씨 옆에서 같이 캔맥주를 홀짝이며 눈치를 봤다. 은신 씨의 혀가 꼬부라지기 시작했다.

"나도 회사에서 힘들었던 거 얘기 안 하고 있어요. 배부른 투정이라고 하니까."

은신 씨가 만취하지 않도록 계속 말을 걸었다.

"자매끼리 서로 힘든 얘기를 왜 안 해요? 남매끼리도 하는데."

은신 씨가 눈을 감았다.

"탐정님, 사람들은…… 우울한 얘기를 싫어해요."

은신 씨가 잠들기 전에, 술기운을 빌려 해야 할 말이 있었다. 은신 씨를 닫힌 방문 앞으로 질질 끌고 갔다.

"그럼 우리 우울한 얘기 말고 희망적인 얘기를 해요. 진짜 마음에 있는 얘기."

은신 씨가 방문에 대고 꼬부라진 발음으로 끝을 뭉개면서 얘기했다.

"수고했엉. 하루 만에 울고불고하면서 돌아올 줄 알았는 뎅 한 달씩이나 버티느라 고생해써."

나도 썽이에게 고생했다고 말해 줬어야 했다. 서은이가 문을 활짝 열고 나와서 자매가 포옹하며 상봉하는 「겨울왕국」 같은 장면은 나오지 않았다. 나는 서은이가 다시 나올 때까지 찾아가 문에 기대 앉을 거다. 그러다 서은이가 나오면 같이 먹고 상처받고 먹고 싸우고 화해⋯⋯하지 않고 은근슬쩍 넘어가고, 결국 서은이가 세상 속으로 들어갈 때까지 그 자리에 있어야겠지. 서은이가 '열 번 의뢰하면 한 번 공짜' 쿠폰을 다 쓸 때까지. 물론 은신 씨도 같이.

그러다가 상상했다. 바라클라바로 얼굴을 가린 채로. 탐정을 사칭하는 사기꾼이자 한때 나의 동업자였던 김경찬의 원대한 구상대로 탐정 사무소를 열고 의뢰를 아주 많이 받고 싶어졌다. 누구든 무엇이든 문만 열고 들어오면 권총 한 자루를⋯⋯ 아니 대포폰, 아니 업무용 스마트폰과, 람보르기니⋯⋯ 아니 티머니를 내주고 탐정으로 고용할 수 있도록. 교육은 확실하게 해 주고, 누가 와도 절대 거부하지 않고 상처 주지 않고 제대로 월급 주는 탐정 사무소를 낼 때까지. 그때까지 우리 모두, 우울한 이야기를 하자.

뱀파이어 웨딩

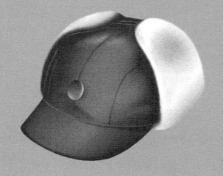

내 의뢰인에게는 신비로운 능력이 있다. 바로 첫 질문만으로 점집이 용한지 아닌지 판별해 내는 능력이다. 주말마다 카페 다니듯 점집 투어를 하는 의뢰인과 '최근에 신내림을 받았다는 신점 보는 점집'을 찾아가면서 능력의 비결을 물어보았다.

"고등학교는 기독교 계열 미션 스쿨 나오시고 대학에선 종교학 전공하셨던데, 원래 좀 신기(神氣) 같은 게 있으셨어요?"

의뢰인은 많이 들어 본 질문에 대꾸하듯 심드렁했다.

"고등학교랑 대학교 다 성적 맞춰 들어간 건데요. 나 때는 중학교 내신이랑 고등학교 입학시험 점수 합해서 커트라인 따라서 고등학교 입학하던 시절이라. 대학도 간판 보느라 학과는 안 보고 간 거고."

"그럼 청소년기에 많이 힘드셨겠네요."

"아니? 매년 서울대를 스무 명씩은 보내던 명문고여서 성적만 좋으면 오케이였는데요? 성적 관리하느라 이성 교제만 쥐 잡듯 잡고 동성 교제는 신경도 안 쓰던데. 교실에서 키스하지만 않으면 안 잡더라고. 교장이 조회 시간에 기도 모임에서 남녀 학생끼리 손잡고 서로 중보기도 해 주지 말라고만 했지, 여학생끼리 끌어안고 통성기도 하는 건 뭐라고 하지도 않아서."

여학생끼리 사귈 수 있다는 걸 상상조차 안 해 봤구나. 의뢰인은 왠지 턱을 들고 척추를 세우고 보폭을 크게 했다.

"전교 10등 안에는 들었고 종종 전교 1등도 했으니까 혹시 걸렸더라도 넘어갔을 거예요. 성적이 방패였죠. 대학은 뭐 전공 공부 적당히 하고 연애는 열심히 하면서 다니느라 취직할 때나 힘들었죠. 면접 때 '종교학과 나왔는데 왜 사이비 교주 안 하고 여기 지원했어요?' 같은 개소리를 개그랍시고 하는 면접관들 때문에."

의뢰인은 점집에서 사주팔자를 내밀었다.

"결혼운 좀 봐 주세요."

점쟁이는 사주를 쓱 보더니 대번에 반말로 소리부터 질렀다.

"결혼운이 없어! 당장 이 남자랑 헤어져!"

의뢰인은 다른 사주를 몇 개 더 내놓았다.

"출세운은 어때요?"

"이 사주는 관운이 있네. 고위 관직이야."

의뢰인이 인상을 썼다.

"올해 퇴사하고 내년에 선거 출마하면 당선될 팔자인가
요?"

"올해보다 내년에 더 대운이 들어올 거야."

의뢰인이 이마에 주름이 갈 정도로 얼굴을 찌푸렸다.

"이 라인은 썩은 동아줄이네⋯⋯. 회사에 오래 붙어 있을
사주를 잡아야 하는데⋯⋯."

그렇게 몇 명의 사주를 보고 나서 마지막으로 내가 사진
과 생년월일을 꺼내 들었다.

"이 사람, 지금 어디 있어요?"

* * *

점집을 나오면서 의뢰인은 대단한 비밀을 말해 주듯 뻐
기면서 말했다.

"절반만 맞히네요."

트루퍼헷의 귀달이를 올리며 물었다.

"그걸 어떻게 아셨어요?"

의뢰인은 처음 내놓았던 사주를 꺼내 흔들었다.

"남자는 틀렸고 결혼은 맞아서요."

처음 사주는 여자친구와 의뢰인의 생년월일시였다. 비결이 겨우 그거였나.

"결혼하실 수도 있잖아요. 아직 한국에선 법적으론 안 되지만 식은 올릴 수……."

의뢰인이 수없이 반복했던 말을 또 하는 듯 고개를 절레절레 흔들었다.

"난 혼자 사는 게 좋아서 비혼주의자니까. 아무리 사랑해도 연애랑 결혼은 별개라고요."

의뢰인을 소개해 준 '의뢰인의 옆 부서의 비혼주의자'가 해 준 얘기를 떠올렸다.

"공개적으로 회사 사람들 초대해서 결혼식 올릴 것도 아닌데 회사에서 메일로 커밍아웃은 왜 하신 거예요?"

의뢰인이 진절머리를 냈다.

"옆 부서에서 가짜 청첩장 찍어서 그동안 낸 축의금 회수한 비혼주의자를 보니까 나도 그동안 낸 축의금과 앞으로 낼 축의금이 아까워지더라고요. 내 부서원 중에 나 같은 친구도 하나 있고, 이사님이 이혼하고 애는 전처가 키운다는 자기 친구하고 선보라고 중매 서는 것도 짜증 나고 그래서 질렀어요."

"그 후로 별일 없었어요?"

"내가 부장인데 지들이 뭐 어쩔 거야. 여자가 많은 조직
이라 별일은 없었어요. 눈치 없이 청첩장 내미는 애는 있긴
있지만."

"출세운 봐 달라고 한 사주들은 누구 거예요?"

"임원들 건 라인 타는 데 필요해서 보고, CEO 사주는
회사가 어떻게 될지 점쳐 보려고요."

의뢰인이 내게 주었던 사주를 들여다보았다. 생년월일시
외에는 아무것도, 이름도 없었다.

"이 사람, 누구예요?"

의뢰인은 내 쪽을 보지도 않고 줄줄 읊었다.

"우리 부서 직원. 요새 스트레스가 심한지 이가 아프다기
에 병가 내고 좀 쉬다 오라고 했는데 휴가도 안 내고 잠적
해 버려서……."

"이 사람이 혹시, 아까 말씀하셨던 '나 같은 친구'?"

나는 평일에는 IT 회사 부장이고 주말에는 점집을 다니
는, 연애는 해도 결혼은 안 하고 절대 만만하게 보이지 않
겠다는 결의가 보이는 짧은 단발에 뒤에서 토할지라도 앞
에선 폭탄주를 마시는 데다 젊고 편안한 리더처럼 보이게
하는 청바지와 경력과 연륜을 드러내는 정장 블라우스랑

재킷을 갖춰 입은 의뢰인 이성연 씨를 마주 보았다.

"혹시…… 의뢰인님과 사내 연애는 아니죠?"

조심스럽게 물어봤는데 성연 씨는 면박 주듯 받아쳤다.

"탐정님이 아무 남자나 사귀지 않듯이 나도 아무 여자나 사귀진 않거든요?"

"아, 혹시 치정 문제인가 해서요. 저희 할아버지랑 부모님이 불륜 증거를 찾고 불륜 현장을 덮치는 불륜탐정이라서 제일 먼저 치정 문제를 의심하게 되거든요. 의뢰인님도 생각해 보면 수상하잖아요. 직장 상사가 법인 카드도 아니고 개인 카드 써 가면서 실종된 부하 직원 찾을 이유가 없잖아요?"

치정 문제가 아니라면 설마 그 직원이 의뢰인의 약점을 쥐고 있는 걸까. 횡령이나 비리 같은. 그럼 부하직원이 사라지는 게 의뢰인에게 이득일 텐데. 아니면 직원의 실종에 의뢰인의 책임이 있는 걸까. 위력에 의한 추행은 아닌 것 같고, 직장 내 갑질? 부당한 업무 지시? 이 경우에도 그 직원이 나타나지 않는 게 의뢰인에게 좋을 텐데. 의뢰인은 담배를 물었다. 전 직장에서 남자 직원들 '담배 타임'에 끼려고 담배를 배웠는데 이직한 지 오래된 지금까지도 아직 못 끊었다고 했다.

"사내에 청첩장을 돌리겠다고 했어요. 신부와 신부의 결혼으로. 벌써 인사 쪽에도 다 문의해 놨더라고. 규정상 청첩장만 제출하면 결혼휴가가 일주일 나오게 되어 있으니까 여자랑 결혼하든 뱀파이어랑 결혼하든 휴가는 나온다고 답변도 받아 놓고. 여자랑 결혼한다고 뺑 터뜨려 놓고 진정될 때까지 휴가 갈 계획까지 세우고. 괜히 혼자 떨고 있지 말라고 한마디 했어요. 남들은 옆에서 일하는 사람이 누구랑 결혼했든 크게 관심 없어요. 연예인이랑 결혼한다면 혹시 모를까. 배우자 가지고 스몰토크 할 때도 그냥 껴서 얘기하면 된다니까. 아님 그냥 입 다물고 있어도 되고."

그건 의뢰인님이 부장님이어서 그렇고요. 부장님한테 부서원들이 뭐라고 하겠어요. 부장님이 담배를 끄면서 툴툴 댔다.

"내가 결혼은 인생의 무덤이라고 그렇게 말렸는데. 결혼해서 책임질 사람이 생기면 못 하는 게 많아진다니까."

내가 다그쳤다.

"부장님이 말리는 결혼을 왜 하겠대요? 부장님이 혼자 사는 걸 보니 결혼은 꼭 해야겠다고 결심했다거나…… 아파트 청약 당첨되려고 결혼하는 건 아니고…… 너무 사랑한대요?"

부장님이 어이없다는 듯 피식 웃었다.

"사랑이라니, 그런 진부한 말을…… 어, 여봉봉 이따가 통화하장."

부장님은 걸려 온 전화를 서둘러 끊었다. 진부하다니, 그걸 여자친구를 '여봉봉'이라고 부르는 사람이 할 소린가. 부장은 스마트폰으로 회사 인트라넷에 들어가서 실종된 직원의 인사고과를 들여다보았다.

"평범하게 남들 하는 거 다 하고 싶댔어요. 그 친구가 아주 평균적인 친구거든. 평가 결과도 항상 목표치를 딱 달성하는 meet 등급이고. 결혼도 하고 고양이도 기르고 애도 낳고 싶댔으니까. 애 키우려면 엄마가 둘인 게 엄마가 하나인 것보다 훨씬 수월하긴 하겠죠."

그럼 메리지블루로 잠수를 탄 걸까. 점쟁이는 그 직원이 살아 있다고 했다. 점쟁이 말을 절반만 들으면…… 반죽음 상태일까. 부장님이 부하직원에게 했듯이 내게 타이르듯 따지듯 훈화 말씀을 했다.

"남들과 다르게 살려면 남들보다 잘해야 돼요. 남들이 날 절대 배제할 수 없게. 업무 역량을 키워서 절대 잘리지 않고 누구나 같이 일하고 싶어 하는 사람이 되어야 해요. 소수자로 산다는 건 그런 거야. 그런데 결혼해서 돌봐야 할 가정이 있으면 맨날 야근할 수 있겠어요? 중간인 meet에서 최상의 super로 고과 올릴 수 있겠냐고."

부장님이 내게 유튜브 동영상을 보여 줬다. 미국의 멀끔

한 명문대 학생이 대학 이름을 몇 번이나 강조하면서 엄마'들'이 자신을 아무 문제 없이 잘 키워 줬다고, 엄마들을 사랑한다고 힘차게 외치고 있었다. 부장님이 동영상을 종료시켰다.

"얘가 만약 공부 지지리 못하는 고졸에 반항아였다면 어땠을까요? 난 얘 인생을 생각하면 짠해. 엄마와 아빠가 있는 가정의 애들보다 잘한다고 자신을 계속 증명해야 했을 거 아냐."

대충 감이 잡히려고 한다. 부장에게 질문을 쏟아 냈다.

"혜지 씨가 사라지기 전에 그런 얘기를 해 주신 거예요? 혜지 씨는 부장님한테서 일과 사랑을 다 잡는 비결을 전수받고 싶었을 텐데요? 부장님이 롤모델이었을 텐데요?"

"그만 좀 몰아붙여요. 그러니까 내가 내 돈으로 조용히 탐정한테 의뢰해서 찾으려는 거잖아요. 찾아내면 꼭 물어봐야지. 내 말이 뭐가 어때서 출근도 안 하고 어디 틀어박혀 있었는지. 내가 어디 틀린 말 했나. 다 경험에서 우러나온 삶의 지혜인데."

역시 높으신 분들은 말이 많다. 부장의 말을 잘라 버렸다.

"그분 예비신부 연락처 알아요?"

"알아내면 되죠."

월요일에 부장과 함께 출근했다. 출근하자마자 부장은

팀장에게 혜지 씨 컴퓨터 비밀번호를 알아내라고 시켰고 팀장은 혜지 씨 선배에게 사내 지원 센터에 연락하라고 지시했고 혜지 씨 선배는 혜지 씨 입사 동기에게 지원 센터 내선번호를 물었고 입사 동기가 지원센터에 전화해서 혜지 씨 컴퓨터에 비밀번호를 입력했다. 나의 의뢰인 이성연 부장님은 친히 혜지 씨의 자리에 왕림하시어 손수 메신저에 접속하시었다. 팀장이 부장 옆에서 애써 침착하려고 하면서 떨리는 목소리로 말을 걸었다.

"부장님, 혹시 혜지 님이 무슨 사고라도 친 거예요?"

부장은 조커처럼 눈은 그대로 두고 입꼬리만 한껏 끌어올리면서 친절한 목소리로 대꾸했다.

"그런 거 아니에요. 가서 일 봐요."

팀장이 나를 기웃거렸다. 부장은 망설이지도 않고 둘러댔다.

"아, 내 조카. 진로 탐색하느라고."

내가 진로 탐색할 중고등학생 나이는 아닌데. 나이 든 사람 눈에 젊은 사람은 다 고만고만하게 어려 보이나 보다. 트루퍼의 귀달이를 끌어내려 얼굴을 가렸다. 팀장이 자리로 돌아가자마자 부장은 혜지 씨의 메신저에 로그인했다. 역시 IT 회사 부장이어서……는 아니고 대부분의 사람은 아무리 IT 회사 직원이라도 보안 수칙을 어기고 모든 사이트에 같은 ID와 비밀번호를 쓰니까 회사 인트라넷 ID와 비밀번호를 그대로 메신저에 입력한 것뿐이다. 혜지 씨 책상에는 올해 성과와 내년도 목표를 정리하는 중이던 문서가 얌전히 놓여 있었다. 보안 수칙 같은 건 사뿐히 무시하는 성격인가 보다. 책상 위와 서랍 속을 살펴보았지만 문서 외에는 해외 관광지에서 산 듯한 인형들과 굴러다니는 볼펜 몇 개와 손목 받침대, 인공눈물뿐이었다.

제일 최근까지 연락했던 사람을 찾았다. 프로필엔 아무 글자 없이 ♡만 있었다. 내용은 평범하게 드레스 투어를 돌고 웨딩밴드를 고르고 그 김에 명품백도 하나 사고 호캉스 가서 프러포즈도 받고 웨딩 촬영할 스튜디오를 예약하고 신혼여행지를 정하고 신혼집을 구하는 평범한 결혼 준비였다. 연락은 혜지 씨가 회사에 출근하지 않은 날부터 끊겼다. 혜지 씨를 찾지 않는 것으로 보아 약혼녀는 혜지 씨에게서 미리 언질을 받은 것 같았다. 의뢰인은 거침없이 메시지를 보냈다.

　─ 안녕하세요. 혜지 님 회사 부장 이성연입니다. 결혼 준비하시느라 바쁘실 텐데 불쑥 연락드려 죄송합니다만, 혜지 님이 아무런 말도 없이 회사에 나오지 않아서 문의드립니다. 혹시나 행방을 아시면 연락 부탁드립니다. 혜지 님이 이대로 무단결근

을 하면 근무 태만으로 징계받을 수 있습니다.

  부장은 자리로 돌아가 근무를 했고 나는 혼자 혜지 님의 자리에 앉아 '쟤는 대체 누구지?' 하는 눈빛을 받아 가며 메신저만 노려보았다. 팀원들 사이에 슬쩍 껴서 구내식당에서 점심을 먹으며 혜지 님에 대해 살짝 물어봐도 뭐 하나 건질 게 없었다. 혜지 님은 있어도 그만 없어도 그만, 일은 잘하지도 못하지도 않고, 온종일 목소리 내지 않고 퇴근하는 날도 허다한 무난한 동료였다. 마늘 알러지가 있는데 한식에는 마늘이 들어가지 않는 게 없으니 점심때마다 혼자 밖에 나가 사 먹느라 팀원들도 혜지 씨랑 사적인 대화는 그리 많이 하지 않았다. 정말 눈에 띄지 않는 사람이었다. 이대로 내 눈에도 띄지 않으면 어쩌나 걱정될 때쯤 ♡에게서 연락이 왔다. 직원들이 다 퇴근한 후였다.

  — 제가 바빠서 지금 봤는데, 혜지가 진짜로 출근을 안 했다고요?
    저한텐 휴가 전에 처리할 일들이 많아서 야근하느라 당분간
    회사 근처 모텔 잡아서 지낸다고 했는데요. 며칠째 메신저도
    늦게 확인하고 통화도 짧게 응, 응 하다 끝나서 많이 피곤한가
    보다 했어요. 저 지금 신혼집 앞인데요. 혜지는 집에 없어요.

내가 재빠르게 메시지를 입력했다. 성연 님이 내 뒤에서 이렇게 써라 저렇게 써라 지시를 했지만 깔끔하게 무시했다.

― 요새 혜지 씨가 별말 안 했어요? 뭐 특별한 거 없어요?

잠깐의 망설임 끝에 메시지가 왔다.

― 그냥 평범한 예비신부였고 회사원이었어요. 최근에 부장님 때
문에 좀 힘들어하는 거 같긴 했지만 그거 때문에 결근한 건 아
니에요. 진짜예요. 회사 상사께 이런 얘기 해도 되나 싶긴 한데
혜지는 결혼하면 퇴사하고 저랑 둘이서 카페 하고 싶어 했어
요. 웨지우드 티포트와 잔에 홍차를 내주고 밤에서 새벽까지
만 영업하고, 아기부터 노인까지 누구나 찾아와도 되는 곳이
요. 집값이 급등해서 신혼집 마련하는 데 저축한 돈을 다 쏟아
붓고 퇴직금도 중간정산 받고 대출을 영혼까지 끌어올려 받느
라 카페 차릴 돈도 없고 코로나 때문에 경기가 안 좋아져서 일
단 유보하긴 했지만요.

성연 씨가 혜지 님이 회사에 남아 실력으로 맞서지 않고
도망칠 계획만 세운다고 뭐라고 하기 전에 메시지를 보냈다.

— 지금 빈집이죠? 혼자시죠? 갈게요. 그냥 같이 있을게요.

내가 메시지를 적는 동안 전송 버튼을 눌렀는지 금방 ♡에게서 메시지가 왔다.

— 혜지는 자기가 회사에선 아무것도 아닌 사람이 된다고 했어
  요. 제게는 혜지가 특별한 사람이었는데요.

벌써 코트를 걸치는 부장님의 팔짱을 끼면서 말을 붙였다.
"부장님한테는 혜지 님이 어떤 사람이었어요?"
부장님은 별로 생각도 안 하고 말을 쏟아 냈다.
"눈에 안 띄고 조용하고. 기대도 안 하고 실망도 안 하고.
결혼한다고 상담할 때까지 얘가 누군지 잘 몰랐지."

* * *

부장은 '가정 방문'이 처음이라, 불 꺼진 혜지 씨의 집에
발을 들여 놓으며 두리번거렸다. 눈가가 젖어 있고 코끝이
루돌프처럼 빨간 ♡가 급히 불을 켜고 와인 잔에 뱅쇼를
따라 주고 장미가 그려진 접시에 직접 구웠다는 쿠키를 대
접했다. 부엌을 훑어봤는데 밥솥이 없었다. 좁은 집을 그나

마 넓게 보이려고 온통 흰색으로 도배한 집 안 곳곳에는 여행지에서 산 민속 의상 입은 인형들이 있어서 점집보다 더 점집 같았다. 인형 때문인지 관짝처럼 좁아 보이는 17평짜리 집의 작은 침실에는 벙커 침대가 있었다. 2층은 침대고 1층에는 웬 관짝이 있었다. 관짝이라니, 사도세자 뒤주 체험이라도 하나? ♡는 내 얼굴에 떠오른 표정을 보고 괜히 보여 줬다고 생각하는 것 같았다. 내가 ♡에게 먼저 말을 붙였다.

"점을 봤는데, 살아는 있다고 했으니까 기다리시면 결혼식 전에는 나타날 거예요."

♡는 눈물을 글썽였다.

"알아요, 살아 있는 거. 혜지는 절대 죽지 않아요."

오목조목한 이목구비에 머리를 양 갈래로 묶고 고데기로 만 듯한 머리 모양에 꽃무늬 원피스를 입은 ♡는 차분히 숨을 고르고 얘기를 시작했다.

"혜지랑 저는 한강다리에서 만났어요."

오늘처럼 추운 3년 전 겨울의 한밤중이었다. ♡는 강바람 몰아치는 동작대교를 하염없이 걸었다. 난간에 기대 걸고 깊은 한강을 들여다보고 있던 ♡의 어깨에 누군가가 코트를 걸쳐 주었다. 만약 ♡가 동작대교에서 뛰어내리면 코트는 건지지 못할 텐데.

"혜지가 아니었어도 그날 한강에 뛰어들진 못했을 거예요. 제가 다리가 짧아서요. 동작대교 난간이 높더라고요. 다리가 10센티만 길었어도 난간을 넘어가서 뛰어내릴 수 있었을 텐데⋯⋯."

재미있는 농담이라는 듯 ♡가 웃었다. ♡의 키는 150센티미터쯤 될까? 작고 아담한 ♡에게 혜지 씨의 코트는 꽤 든든했을 것이다. 성연 씨는 ♡에게 왜 한강에 갔는지 묻지 않았다. 혜지 씨는 긴 다리로 가볍게 난간을 넘어갔다. 그리고 ♡에게 손을 내밀었다.

"혜지의 코트를 케이프처럼 휘날리면서 혜지와 손을 잡고 동작대교를 걸었어요. 혜지의 손은 따듯했어요. 하늘엔 별이 반짝이고 땅에는 야근하는 직장인들의 사무실 조명이 빛났어요."

둘은 한강 변에 앉았다. 서로에게 기대어.

"혜지한테 물었어요. 왜 이 시간에 여기 있냐고. 그쪽도 나처럼 죽으러 왔냐고. 그때 혜지가 그랬어요. 자기는 춥지도 않고 죽지도 않는댔어요. 영원히."

혜지 씨는 ♡를 남겨 두고 일어섰다. ♡는 혜지 씨에게 왜 자기를 살렸냐고 물었다.

"같이 살고 싶어서."

혜지 씨는 ♡를 껴안았다.

"내게 네 피를 줘. 네 피가 내 몸속에 있으니 내 심장은 네게 줄게. 나를 볼 때마다 심장이 쿵쿵 뛰도록."

♡는 술 취한 듯이 아무 생각 하지 않고 고개를 끄덕였다. 혜지 씨는 ♡의 목에 키스했다.

"입과 입을 맞대는 키스보다 더 황홀했어요. 혜지는 아주 조심했어요. 주사기가 살짝 목을 찔렀는데 따끔하지도 않았어요. 혜지는 피를 다 마시고 제 심장이 있는 자리에 가만히 손을 대고 심장 박동을 느꼈어요. 저도 혜지의 가슴에 손을 대고 있었어요. 점점 심장이 같은 속도로 뛰었어요. 혜지는 저를 집까지 데려다주었어요. 코트가 없었는데도 혜지는 별로 추워 보이지 않았어요. 코트를 돌려주는 걸 깜빡했어요. 꿈인 줄 알았는데 다음 날 일어나 보니 코트가 옷장에 걸려 있었어요."

♡는 그날 이후로 매일 밤 동작대교에 갔다. 혜지 씨의 코트를 갑옷처럼 입고. 피 속에 알코올이 있으면 안 될 것 같아 밤마다 마시던 술도 끊고 동작대교를 걷고 또 걸었다. 달 속에 혜지 씨의 얼굴이 비치고 목의 상처가 아물고 지난 일이 꿈처럼 느껴질 때쯤 혜지 씨가 다리를 건너왔다. 걸음걸음마다 까치와 까마귀를 밟는 듯했다. 심장이 주인을 알아보고 쿵쿵 뛰었다. ♡와 혜지 씨는 하나의 코트를 함께 입었다. 마치 샴쌍둥이처럼. 하나의 심장이 두 개의

몸 안에서 박동했다.

"내가 구했으니 내가 책임져야지."

코트 속에서 혜지 씨가 말했다. 그날 ♡는 혜지 씨가 얼마나 많은 다리를 건너왔는지 알게 되었다.

"혜지의 원래 이름은 모르겠어요. '혜지'라는 이름은 절 만난 후부터 쓴 애칭, 닉네임 같은 거라서."

♡는 피처럼 진한 뱅쇼를 한 모금 마셨다. ♡를 만난 후 혜지 씨는 관뚜껑을 열고 나와서 '일족'에게 털어놓았다.

"나 사람을 사랑해요."

혜지 씨는 뾰족한 송곳니를 뭉툭하게 갈고 선크림을 바르고 햇살 아래 섰다. 밤에 사냥하고 낮에 자는 생활을 버렸다. 선크림을 바르고 커피를 마시며 졸음을 쫓아내고 낮에 일하고 밤에 잤다.

"나 여자를 사랑해."

혜지 씨는 토로했다.

"나 너를 사랑해."

혜지 씨는 오랜 세월 동안 모은 인형들을 가지고 ♡에게 왔다. 혜지 씨의 삶은 고백의 연속이었다. 평범한 인간으로 살기 위해서였다. ♡는 혜지 씨의 코트를 걸치고 얼굴을 묻고 냄새를 맡았다.

"평범하게 사는 게 뭐가 나빠요? 남들만큼만, 남들처럼 남들 하는 거 다 하고 사는 게. 눈에 띄지 않고 사는 게 어때서요. 평범한 사람은, 다르게 살 수 없어요?"

♡의 어깨에 손을 얹었다.

"눈에 띄어야 한밤중에 누군가를 구할 수 있죠."

♡가 인형들과 하나하나 눈을 맞췄다.

"혜지는 돌아올 거예요. 여기서 기다리면. 제가 구했으니 제가 책임져야죠."

혜지 씨는 일족에게 청첩장을 건넸다.

"나 사람과 결혼할 거예요. 나와 같은 아이를 낳을 거예요. 그 아이를 많이 사랑해 줄 거예요."

♡도 가족들에게 혜지 씨를 소개하고 결혼 소식을 알렸다. 예식장까지 다 잡아 놓고서. 나는 ♡에게 조심스레 물었다.

"가족들이 뭐라고 안 했어요?"

♡는 어떤 표정을 지어야 할지 모르겠다는 얼굴이었다.

"혜지가 사람을 잡아끄는 매력이 있잖아요. 제가 왜 끌렸는지 짐작이 가니까, 지금은 첫눈에 반해서 정신이 없지만 시간이 지나면 이혼하고 남자인 사윗감 데려오겠지, 그랬어요. 결혼식은 참석 못 하시겠다고 하셨고요."

♡가 웃는 것도 우는 것도 아닌 애매한 낯으로 말을 이었다.

"어른들 설득에 혜지의 회사가 큰 몫을 했어요. 어르신들이 그 정도 대기업에 다닌다면, 결혼 후에도 아이 낳고서도 계속 다닐 수 있다면 신혼집 대출금은 갚을 수 있겠다고 했어요. 유산은 못 물려받겠지만."

성연 씨가 변명하듯 회사 자랑을 했다.

"우리 회사가 준법정신은 투철해서 임신하면 야근 안 시키고 난임휴가도 쓸 수 있고 육아휴직도 눈치 안 보고 2년이나 쓸 수 있지. 혜지 님이랑 하고 싶은 거 다 할 수 있어요. 주택자금도 3년 동안 이자 지원해 주고. 그러려면 회사 열심히 다녀야겠지만. 괜찮아요. 나도 회사 잘 다니니까 혜지 님도 잘 다닐 수 있어요. 일 좀 열심히, 잘하면."

♡가 주저하다 물었다.

"부장님은, 혜지가 어떤 사람인지 아셨어요?"

성연 씨가 호탕하게 웃었다.

"대충 알아채곤 있었죠. 회사에서 내가 어떤 사람인지 밝힌 이유 중에는 혜지 님도 있었어요. 자기가 누구인지 숨기는 데 에너지를 쓰지 말고 나처럼 다 알리고 그 에너지를 업무에 쏟으라고 몸소 보여 준 거였는데."

♡가 식어 버린 뱅쇼를 다시 데우며 성연 씨에게서 등을 돌린 채 말했다.

"혜지도 보여 준 거예요. 혜지 같은 누군가에게. 특출나게 잘하지 않아도 다른 존재로서 평범하게 살 수 있다는 걸."

다시 데운 뱅쇼가 다 식을 때까지 혜지 씨는 오지 않았다. 계속 이대로 기다릴 수는 없었다. 성연 씨가 내일이 오기 전에 혜지 씨를 찾아내야 무사히 출근시킬 수 있다고 재촉했기 때문이었다. ♡의 어깨를 잡아 일으켜 세웠다.

"기다리지 말고 찾아 나서자고요."

♡는 혜지 씨의 코트를 걸치고 나는 트루퍼햇을 쓰고 성연 씨는 한눈에도 비싸 보이는 모직 재킷을 여몄다. 내가 맨 앞에 섰다. 우리는 4호선을 타고 동작역에서 내렸다. 경치가 좋은 곳에 자살예방 전화가 있었다. ♡가 우울한 생각 따위 할 틈을 주지 않으려고 말을 붙였다.

"혜지 씨는 그때 생뚱맞게 왜 한밤중에 동작대교에 온 거래요?"

"자살하려는 사람을 찾아서 피를 뽑아 마시려고요. 모든 걸 포기한 사람이어야 뱀파이어의 존재를 묻지도 따지지도 않고 피를 줄 테니까요. 피를 주고 나서 죽을 테니 입막음도 되고요. 그때가 혜지의 첫 사냥이었대요. 그 전에는 어른 뱀파이어들이 구해다 주는 피를 마셨고요."

그렇게 ♡를 만났으니 사람 잘 보긴 했네. 성연 씨가 ♡의 어깨를 감싸 안았다.

"혜지 님이 그렇게 말했어요? 내 생각에는, 혜지 님이 자기 같은 사람을 알아본 거야. 나도 혜지 님을 보고 알았으니까."

나는 대화가 끊기지 않도록 말을 걸었다.

"혜지 씨 일족은 만나 봤어요? 저도 만날 수 있어요?"

"탐정님은…… 모르겠어요. 뱀파이어는 정체를 들키지 않고 자기들끼리 모여 사니까요. 자신들 같은 사람만 받아들여요. 그게 안전하니까요. 뱀파이어들은 인간들보다 힘이 약하거든요."

성연 씨가 ♡의 어깨를 주물거렸다.

"그럼 내가 뱀파이어한테 말해야겠다. 우리 직원 출근 좀 시키라고. 내 부서는 안전하다고. 내가 그렇게 만들겠다고."

밤하늘에는 보름달이 떠 있었다. ♡은 우리를 현충원으로 안내했다. 무명용사의 무덤 사이에 뱀파이어의 관들이 껴 있다고. 현충원에 잠입해서 혜지 씨를 찾았다. 달빛 아래서 빨강 노랑 초록 파랑 보라 색색의 옷을 입은 창백한 뱀파이어들이 웨지우드 티포트와 잔에 무언가 진하고 붉은 것을 마시고 있었다. 아이들은 블랙 푸딩을 한 입씩 먹으며 뛰어다니고 노인들은 느릿느릿 맛을 음미하고 어른들과 청소년들은 여자끼리 남자끼리 아니면 여자와 남자로 짝을 지어서 자연스레 손을 잡고 깔깔대고 입을 맞추고 이야기를 나누었다. 혼자 우아하게 잔을 들어 올리는 뱀파이어도 있었다.

"저거 혹시…… 피?"

눈을 가늘게 뜨고 잔 안의 액체를 살피는 나에게 ♡가 귀엣말로 속삭였다.

"홍차. 제가 직구한 거. 티포트랑 잔은 우리 집에 있던 거."

인간보다 귀가 밝다는 뱀파이어들이 비석 위에 잔을 올려 두고 나와 ♡와 성연 씨를 주시했다. 뱀파이어들 사이에서 천천히 혜지 씨가 나타났다. 빈티지 웨딩드레스 같은 소박한 흰 원피스를 입고 있어서 한눈에 알아볼 수 있었다.

"안녕하세요. 전 탐정 전일도입니다. 누구든 무엇이든 찾아 드리죠. 뱀파이어도 물론이고요. 열 번 의뢰하시면 한 번은 공짜로 해 드립니다."

♡가 혜지 씨의 코트를 벗어 혜지 씨에게 걸쳐 주었다. 뱀파이어는 추위 안 탄다며.

"너를 찾았어."

혜지 씨가 ♡에게 흰 웨딩 베일을 씌워 주었다.

"나 사람이랑 결혼해요."

혜지 씨와 ♡의 왼손 약지에 웨딩 밴드가 빛났다.

"나 여자랑 같이 살아요."

혜지 씨가 ♡에게 키스했다. ♡의 혀가 혜지 씨의 뭉툭한 송곳니를 더듬었다.

"나 너를 사랑해."

나와 성연 씨는 열렬하게 박수를 쳤다. 뱀파이어식 결혼식도 별다를 거 없네. 뱀파이어들은 가만히 있었다. 아니, 몇은 좀 움찔했다가 손 내린 것 같기도 한데. 혜지 씨는 ♡의 손을 놓지 않았다.

"결혼식 하객 확보하려면 일족을 설득해야 해서 시간이 좀 걸렸어. 축의금은 받아야 하니까."

혜지 씨는 ♡가 뱀파이어들에게 상처받을까 봐 혼자 무덤 속으로 들어간 것이다. 성연 씨는 뱀파이어고 뭐고 존경스러울 정도로 철저하게 회사원 마인드였다.

"혜지 님, 내일은 출근해야지. 청첩장 돌리려면."

* * *

혜지 씨와 ♡의 결혼식은 어느 화창한 토요일 오후였다. 두 명의 신부는 웨딩드레스를 입고 식장 앞에서 하객들을 맞이했다. 나와 성연 씨는 식장 앞에서 축의금을 접수하고 식권을 나눠 줬다. 혼주석에는 아무도 없었다. 성연 씨는 '여봉봉'과 함께 하객석에 앉았다. 여봉봉의 얼굴을 슬쩍 훔쳐보았다. 우리 의뢰인, 예쁜 여자가 취향이셨구나. 두 명의 신부는 주례 없이 식을 치르고 부케를 던졌다. 하나는 성연 씨가, 하나는 여봉봉이 받았다. 하객들은…… 손잡고 입장하는 신부들에게 당황한 것도 잠시일 뿐, 낮에는 자야 하는데 어쩔 수 없이 나오는 바람에 피곤에 절어 그렇잖아도 창백한 얼굴이 허옇게 떠 보이는 뱀파이어들과 날씨 좋은 주말 오후에 결혼식에 앉아 있는 회사 직원들 모두 빨리 끝내고 선짓국과 블러드 푸딩이 있는 뷔페에 가서 식사나 했으면 좋겠다는 생각을 하고 있었다.

부장이 한 번 더 생각해 보라고 했는데도 혜지 님은 뱀파이어의 고향 루마니아로 ♡와 신혼여행을 다녀오더니 사직서를 제출했다. 뱀파이어들에게 자금을 빌려서 ♡와 함께 카페를 차리겠다고 했다. 한밤중의 티파티는 뱀파이어들에게서 투자금을 끌어내려는 이벤트였나 보다. 이번에는 인간들의 세상에서 직장인의 로망인 카페 창업을 이룰 작정이었다. 인테리어로 웨딩드레스를 입은 여자 인형들을 가져다 두고. 나와 성연 씨는 혜지 씨와 ♡의 신혼집으로 갔다. 벽에 커다랗게 웨딩사진이 걸려 있었다. 웨딩드레스를 입은 두 명의 신부가 있는.

혜지 씨는 옛 직장 상사를 불러 세웠다.

"성연 씨."

회사에서 나오면 부장님도 그냥 지나가는 사람일 뿐이긴

하지. 성연 씨는 입을 떡 벌렸지만 혜지 씨는 상관 안 했다.

"혹시 결혼하시면 갈게요."

성연 씨가 뚝 잘랐다.

"난 비혼주의자라니까."

♡가 뱀파이어들이 웨지우드 잔에 뱀파이어들이 먹었던 홍차를 담아 주었다. 연한 피처럼 붉은색이었다. ♡는 내게 열 잔 마시면 한 잔 무료로 해 주겠다고 했다. ♡과 나는 서로 '열 번이면 한 번 무료' 쿠폰을 교환했다.

"오픈하면 연락 주세요. 가서 같이 있을게요."

성연 씨는 혜지 님과 ♡를 각각 포옹했다.

"잘 살아야 돼."

내가 하고 싶었던 말도 같았다.

"잘 살아. 꼭 살아야 해. 어떤 일이 있어도."

혜지 씨와 ♡가 손을 꼭 잡고 고개를 끄덕였다. 그거면 되었다.

* * *

혜지 씨와 ♡의 신혼집을 보고 나오는 길에 성연 씨가 날 잡아끌었다.

"우리 점 보러 가요. 혜지랑 ♡의 궁합 좀 보게."

"이미 결혼했는데 이제 와서 결혼운 보면 뭐 달라져요?"

"혜지랑 ♡이 둘 다 여자인데 결혼했다는 걸 알아맞히면 용한 점쟁이잖아요."

점쟁이의 얼굴을 보자마자 성연 씨가 혜지 씨와 ♡의 사주를 주며 공식 질문을 던졌다.

"결혼운 좀 봐 주세요."

어둠에 묻힌 밤

일도 없고 기력도 없다. 날씨는 춥고 낮은 짧다. 누가 요즘 내 기분을 물어본다면 "그냥 그래"다. 재미있는 게 하나도 없다. 숨 쉬는 것도 귀찮다. 움직이기 싫다. 누가 나 대신 화장실 좀 가 줬음 좋겠다.

　"야, 이제 일어나라, 좀!"

　며칠째 이불 속에서 귤 까먹으며 뒹굴거렸더니 토익 공부를 하던 쌍둥이 오빠가 와서 이불을 획 걷어 버렸다. 이불을 다시 빼앗아 덮으며 성질을 부렸다.

　"아, 추워! 춥다고!"

　오빠와 이불을 붙잡고 실랑이를 했다.

　"아무것도 안 하고 이불 속에만 있으니까 춥지. 머리를 쓰건 몸을 쓰건 뭔가를 하면 안 추워."

애는 뭔데 혼자만 활력이 넘치냐. 토익 공부 빼고 다른 건 다 재미있을 시기라서 그런가.

귤껍질을 던지며 불만을 터뜨렸다.

"혼자만 공부하고 나는 노는 게 그렇게 꼴 보기 싫었나?"

누군 놀고 싶어서 노나. 일이 없어서 놀지. 오빠는 평소에 안 하던 걱정을 해 줬다.

"너 그렇게 누워서 뭐 먹다가는 역류성 식도염 걸린다."

오빠가 걷어 가지 못하도록 몸에다가 이불을 돌돌 말았다.

"내 식도는 튼튼해."

그러자 오빠는 저주인지 충고인지 모를 말을 했다.

"그러다 훅 간다."

그러더니 남은 귤을 전부 자기 쪽으로 가져가서 먹기 시작한다. 동생 역류성 식도염 예방해 주느라 수고한다, 진짜. 토익 공부하기 싫어서 잡생각이 드는지 오빠는 눈을 빛내며 내 쪽으로 다가왔다.

"널 보다가 사업 아이템이 하나 생각났어."

뭐 별거 없겠지만 들어나 보자.

"뭔데?"

오빠는 신이 나서 주절거렸다.

"'어른들을 위한 유치원.' 동요에 맞춰 율동도 하고 간식으로 과자도 먹고 레고 놀이하고 종이접기도 하고 놀이터에서 모래놀이도 하고 인형 놀이도 하고 공룡 이름도 외우고 급식 안 남기고 다 먹으면 칭찬 스티커 받고 선생님이 그림책도 읽어 주고 선생님한테 "선생님, 팀장새끼가 저 괴롭혀요." 하고 어리광도 부리고, 각자 이불 가져와서 낮잠 시간엔 자고. 어때, 힐링될 거 같지 않아?"

할아버지와 부모님이 불륜 잡는 불륜탐정인 집안에서 자라서 그런지 이상한 쪽으로 머리가 돌아갔다.

"다른 건 모르겠는데 소꿉놀이하면 분위기 미묘할 것 같지 않아? 서로 호감 있는 어른들끼리 부부 역할 하고 아기 역할 맡은 사람은 눈치 빠르게 둘을 엮어 줘야 하고. 기혼자는 '어른 유치원'에 못 오겠는데?"

오빠도 집안 분위기를 따라가나 보다.

"그걸 셀링 포인트로 잡으면 어떨까? 다들 소꿉놀이 시간만 기다리게. '선생님, 철수랑 영희랑 결혼한대요.' 하면 재미있을 것 같지 않아?"

잘못하면 아주 막장이 되겠구나.

"콘셉트가 힐링이라며?"

오빠는 여전히 '어른들의 유치원'에 꽂혀 있다.

"어른들의 힐링은 연애 아냐? 그거밖에 낙이 없잖아."

이제 현실적인 걱정을 할 단계다.

"그건 그렇지. 근데 어차피 사업자금도 없잖아. 이런 건 어디서 투자받을 데도 없고."

오빠는 자신 있게 말했다.

"우리 집에서 하면 되지. 아파트 1층에 어린이집 있듯이 우리 집에 어른이집 하나 차리는 거야."

붕 떠 있는 오빠를 잡아 끌어내려 현실로 데려왔다.

"엄마 아빠랑 같이 사는 집인데, 엄마 아빠가 잘도 허락하시겠다. 베란다에서 귤이나 더 가져와."

오빠가 입을 내밀었다.

"히잉."

어디서 귀여운 척이야. 귤을 까서 오빠 입에다 넣어서 입을 막아 버렸다. 이불을 걷고 일어나서 베란다로 향하는데 메신저가 울렸다. 썽이였다.

— 나 지금 너네 아파트 옥상에 와 있어.

우리 아파트 출입카드도 없는데 어떻게 들어왔지? 입주민이 들어올 때 뒤에 따라붙어서 아파트 현관문을 통과했나 보다. 입에 물려 놨던 귤을 다 먹은 오빠는 "썽이야? 뭐래? 사랑한대? 보고 싶어 미치겠대? 연말이라 프러포즈하기 딱 좋은 때인데 뭐 별다른 얘기 없어? 야, 내가 썽이 친구인데 그 정도는 알려 줘도 되잖아." 하면서 정신없이 떠들어 댄다.

"나도 몰라."

퉁명스레 대꾸하고 급히 옥상으로 달려 올라갔다. 썽이는 고등학생 때 손목을 긋기도 했다. 그런 애가 옥상에 와 있다고? 우리 아파트 옥상 뷰가 좋긴 하지만 풍경 감상하려고 남의 아파트 옥상에 올라오진 않았을 거고……. 미처 쓸 시간이 없어서 언제 샀는지 기억도 가물가물한 산타 모자를 손에 쥐고 옥상에 올라갔더니 썽이가 두 팔을 벌리고 옥상의 칼바람을 맞고 있었다. 산타모자를 눌러쓰고 썽이를 불렀다.

"야!"

썽이가 돌아봤다.

"왔어?"

내가 무슨 생각까지 했는지는 말하지 않고 짐짓 농담을 했다.

"왜 남의 아파트 옥상에서 때 아닌 「타이타닉」 흉내야?"

썽이는 아무 일도 아니란 듯 심상하게 대꾸했다.

"그냥."

그제야 마음이 놓였다.

"여기서 뭐 하고 있었어?"

썽이는 여전히 내가 아니라 풍경을 보고 있었다.

"풍경 감상하고 있었어."

나 혼자 걱정했나 싶어 쏘아붙였다.

"풍경을 감상하려면 니네 집에서 하지 왜 남의 동네까지 왔어?"

썽이는 정말로 풍경을 감상하러 온 사람 같았다.

"그냥. 우리 집은 빌라라서 옥상 뷰가 별로잖아. 옥상 뷰는 역시 고층 아파트지."

썽이에게 투정을 부렸다.

"너 때문에 귤 먹다 말고 뛰쳐나왔잖아."

썽이는 뭔가 다른 것에 정신이 팔린 것 같았다. 그게 정말로 옥상에서 보는 풍경인지는 모르겠지만.

"아, 미안."

가까이 가서 썽이의 손을 잡았다.

"어때? 그럭저럭 괜찮지? 공원 뷰라서."

썽이는 손을 잡힌 채 내 쪽을 보지 않고 여전히 풍경만 보았다.

"그냥 그래."

'라면 먹고 갈래?' 대신 '귤 먹고 갈래?'를 시도해 보았다.

"추운 데서 이러지 말고 우리 집에 가서 귤 먹을래? 부모님은 안 계시고 오빠는 있어."

썽이가 곧바로 말했다.

"그러든지."

엘리베이터 안에서 썽이는 스마트폰을 보여 주었다. 오승희 님에게서 메일이 와 있었다. 근무하던 공공기관이 있는 빌딩의 1층 로비에서 시위를 할 거니까 취재해 달라는 내용이었다. 나를 통하지 않고 썽이에게 바로 연락했다니 살짝 서운했다.

"저번엔 직장 내 괴롭힘이랑 정규직 전환 무산된 것 때문에 차 몰고 정문으로 돌진하더니 이번엔 또 무슨 시위를 하겠대?"

썽이가 스마트폰을 가방에 넣으며 말했다.

"몰라. 가 보면 알겠지. 너도 같이 가자. 승희 님이랑 친한 건 너잖아."

썽이도 계절을 타는지 말이 짧다.

"내가 기사를 쓰면 뭐 해. 선배가 다 수정해 버릴 텐데. 더 단순하고 자극적이게."

썽이와 같은 학과의 취직 안 된 학생들 몇이 모여, 만든 인터넷 신문은 '인터넷 언론계의 「그것이 알고 싶다」'가 되겠다며 야심 차게 런칭했지만 대안 언론이 되기는커녕 조회 수는 바닥이고, 광고를 따 오기는커녕 자기네 사이트부터 광고해야 할 형편이었다. 야심 차게 구독 서비스를 했지만 구독자가 없었다. 유튜브에 채널을 개설하고 영 어색한 모습으로 사건 개요를 읊고 나름 해결책과 대안을 제시하는데, 사건 당사자에게 명예훼손으로 고소당하지나 않을까 아슬아슬한 토크를 하는데도 시청자가 없었다. 조회 수가 빠질수록 '기자'들은 더 선정적이고 말초적인 사건을 취재해 오라는 '오더'를 받았다. 승희 씨는 그런 '언론사'의 '기자'에게 취재를 부탁한 거다.

"승희 님이 아는 기자가 너밖에 없었나 보다."

쌍이는 자기네 '언론사'의 위상을 잘 알고 있었다.

"어느 언론에서도 취재하지 않을 사소한 사건이긴 하지. 승희 님한테나 큰일이지."

엘리베이터는 우리 집이 있는 층을 지나쳐 1층으로 내려갔다. 승희 님이 시위 중인 빌딩으로 가는 내내 쌍이는 말이 없었다. 이럴 줄 알았으면 귤이라도 몇 개 챙겨 올걸. 올해는 거리에서 캐럴도 들리지 않고 카페에 크리스마스 장식도 별로 없어서 성탄절 분위기가 나지 않았다. 크리스마스를 건너뛰고 연말로 직행한 느낌이었다.

승희 님이 빌딩 1층 로비의 크리스마스트리 아래 텐트를 치고 농성 중이었다. 반짝반짝 빛나는 트리 아래 있는 텐트는 크리스마스 선물처럼 보였다. 승희 님과 반갑게 재회의 인사를 했다.

"이번엔 뭐 때문에 1인 시위를 하는 거예요?"

승희 님이 '언론사 인터뷰' 때 하려고 했던 말을 다 쏟아 냈다.

"잘렸어요. 재계약 안 해 준대요. 팀워크 안 해치려고 차장 새끼보다 먼저 출근해서 그 새끼 책상 닦아 놓고 매일 아침 팀원들 책상에 놓인 가습기에 물 채워 놓고 회식할 때 2차 가서 부장 새끼가 끌어안고 블루스 추는 것도 참아 줬는데, 업무도 빠릿하게 잘했는데, 강 주임보다 제가 일을 더 잘했는데…… 제가 피벗 돌리고 그래프 뽑아서 정리한 설문조사 결과를 강 주임이 했다고 결재 올렸어요. 제가 낸 아이디어도 강 주임이 가져갔어요. 홈페이지에 약관을 구구절절 써 봤자 아무도 안 읽고 동의한 다음에 나중에 몰랐다고 항의할 거 같아서 약관 내용을 애니메이션으로 제작하자고 했던 거였어요. 아이디어는 제가 냈는데 팀장이 강 주임더러 추진하래서 강 주임이 하고 기관장 상을 받았어요."

강 주임이 다 한 것처럼 되어 버려서 상을 받는 걸 보면서 얼마나 배가 아팠을까.

"눈 뜨고 아이디어를 도둑맞으셨네요."

승희 님은 남은 말을 마저 탈탈 털어냈다.

"저 정규직만큼 일할 수 있어요. 제가 강 주임 많이 도와

줬어요. 강 주임이 하는 업무 저한테 시키면 강 주임보다 잘할 자신 있어요. 그런데도 왜 재계약을 안 해 주냐니까 팀장은 부장한테 떠넘기고, 부장은 인사부 가서 물어보라고 하고, 인사부에서는 자기네가 절 자른 게 아니라 용역업체하고 계약을 해지한 거래요. 업체에선 기관이 하자는 대로 했다고 하고요. 일은 기관에서 했는데 자른 건 기관이 아니래요. 저는 알아야겠어요. 왜 잘렸는지. 그리고 꼭 재계약해야겠어요. 잘못한 것도 없는데 이렇게 억울하게 나갈 수는 없어요."

썽이가 끼어들었다.

"저번에 부서원들 들이받으려고 차 몰고 1층 로비로 돌진한 사건 때문에 재계약 안 된 거 아니에요?"

승희 님이 비밀스레 속삭였다.

"그거는 '운전 미숙으로 인한 급발진'으로 처리되었잖아요."

'공식적'으로는 그랬지. 썽이가 조심스레 물었다.

"혹시 그 사고 이후에 저랑 일도가 계약직을 정규직화하라고 시위한 거 때문에 골칫거리로 찍힌 거 아니에요?"

사고 이후 피켓 들고 빌딩 앞에 서 있었는데 승희 님이 부담스러워해서 며칠 만에 그만둔 소박한 시위였다. 승희 님이 잠깐 생각했다가 말했다.

"사람들은 그거 제가 관련된 시위인지 아닌지도 몰라요. 시위를 하는지 마는지 관심도 없던 사람이 더 많아요."

썽이가 조심스레 물었다.

"제가 썼던 기사를 누군가 읽은 거 아닐까요? 승희 님이 어떤 취급을 받았는지 쓴 기사를 읽고 찔리니까……."

내가 끼어들었다.

"그거 조회 수 보니까 승희 님이랑 나랑 너네 기자들만 읽은 것 같던데."

그럼 왜일까. 내 생각을 솔직하게 말했다.

"나이 때문 아닐까요? 승희 님처럼 머리가 굵어서 '정규직만큼, 정규직보다 더 일을 잘하는데 왜 나는 정규직이 아니냐.'고 하는 직원은 부담스러우니까 팀에서 막내 역할을 할 어린 친구를 뽑으려고 하는 거 아닐까요?"

승희 님은 내 쪽으로 몸을 기울였다.

"그래서 더 여기 붙어 있어야 해요. 나이 많은 막내를 꺼리는 회사들 많거든요. 서른이 넘으면 사무직으로 계약하기 쉽지 않을 거 같아요. 계약직 직원이 자기보다 나이 많은 거 불편해하는 조직이 많으니까요."

승희 님에게 바짝 붙어 속닥였다.

"승희 님이 이렇게 간절한 거, 팀에서는 알아요?"

승희 님이 냉정하게 말했다.

"사람들은 남의 사정에 그렇게까지 관심 없어요."

한발 물러나 꿍얼거렸다.

"이럴 줄 알았으면 침묵하지 않고 부장 새끼가 블루스 출 때 확 뿌리쳐 버리고, 승희 님이 낸 아이디어는 승희 님이 추진하고, 가습기 물 채우는 거나 차장 새끼 심부름 같은 잡무는 각자 알아서들 하라고 목소리를 낼걸 그랬죠?"

승희 님이 1층 로비를 보며 말했다.

"역시 그날, 차를 몰고 1층 로비로 돌진한 날, 누구 하나 쳤어야 했어요."

썽이가 빈정댔다.

"그랬으면 지금 여기에 안 있고 감방에 있을 수도 있겠네요."

승희 님은 다행히 썽이의 말투에서 빈정거림을 눈치채진 못한 것 같았다. 크리스마스이브라 일찍들 퇴근하는지 아직 오후인데도 1층 로비는 퇴근하는 직장인들로 붐볐다. 대부분은 승희 님의 텐트 쪽으로는 눈도 돌리지 않고 자기 갈 길을 갔다. 로비에 울려 퍼지는 캐럴을 따라 흥얼거리고 있는데 경비원이 다가왔다.

"여기서 이러면 안 돼요. 할 거면 이 빌딩 말고 다른 데 가서 해."

내가 나서서 한껏 들뜬 목소리로 말했다.

"크리스마스잖아요. 좀 봐주세요."

경비원은 끄떡없었다.

"윗분들 보시기에 안 좋아요."

내가 맞받아쳤다.

"그럼 보기 좋게 만들어 드리면 되겠네요."

빌딩 1층에 있는 다이소에서 꼬마전구를 사 와서 텐트에 둘렀다. 마침 텐트가 녹색이라 트리와 위화감 없이 어울렸다. 내친김에 편의점에 가서 과자와 음료수도 종류별로 사고 다시 다이소에 가서 LED 촛불과 담요까지 샀다.

"지금 뭐 하는 거예요?"

텐트를 철거하려는 경비원에게 썽이가 주섬주섬 기자 명함을 꺼내 들었다.

경비원이 갸웃거렸다.

"전혀 못 들어 본 신문사인데?"

거짓말은 썽이 대신 뻔뻔한 내가 했다.

"요즘 젊은 애들한테 인기 있는 신생 언론사예요. 텐트 철거하시면 노동자 탄압이라고 기획 기사를 연속으로 실을 거예요. 그럼 여기 빌딩 이미지도 안 좋아질걸요."

경비원은 여전히 고개를 갸웃거리며 경비실로 돌아갔다.

"너무 시끄럽게 소란 피우지 말고 조용히 데모해요, 응?"

경비원을 물리치고 나서 일부러 한껏 밝게 말했다.

"야, 우리 캠핑하는 거 같지 않아?"

내 철없는 물음에 씽이는 고개를 절레절레 흔들었다. 말하려고 입 떼는 것도 귀찮다 이거지. 승희 님은 퇴근하는 사람들 속에서 부서원들을 찾고 있었다.

"나 같으면 이런 쓸데없는 짓 할 시간에 자격증 공부라도 해서 재취업 준비를 하겠다."

차장은 잡지도 않았는데 굳이 텐트에 머리를 들이밀고 '충고'를 해 주고 떠났다. 나 같으면 그딴 소리 할 시간에 뭐 필요한 거 없냐고 한 번 정도는 물어봤을 텐데.

"메리……크리스마스."

강 주임은 어색한 인사를 남기고 떠났다. 강 주임이 계약 해지 기안을 올리긴 했지만 부장과 팀장의 지시였다고 했다. 승희 님은 강 주임의 뒷모습을 보며 말했다.

"제가 들어가지 않아도 되는 회의에 들여보내 주고, 회식할 때 끼워 주고, 이런 거 다 동정심이었겠죠?"

강 주임 다음으로 나타난 사람은 팀장이었다.

"오 선생님, 얼른 들어가요. 감기 걸릴라. 추운 날 밖에서 이러고 있으면 부모님 걱정하셔."

팀장은 짐짓 염려하는 투로 말했다. 승희 님 부모님이 더 걱정하는 건 감기보다 실직일 텐데. 승희 님이 대놓고 물어 봤다.

"저 왜 잘렸어요?"

"오 선생님이 센스 있게 일 잘하는 거, 커뮤니케이션 스킬도 괜찮은 거 내가 다 알지. 그런데 부장님이 오 선생님 말고 뉴 페이스를 원하시더라고."

팀장은 잠시 뜸을 들였다가 말했다.

"오 선생님, 남들이 모르는 것 같아도 오 선생님이 일하면서 불만 있는 거 다 알아요. 오 선생님이 가식적으로 웃고 다니지만, 얼굴이랑 태도에서 다 티가 난다니까."

불만이 있을 만해서 불만스러워한 건데 그게 문제가 되나. 그럼 아이디어를 뺏겨도, 업무와 상관없는 잡무를 해도 직장 내 갑질을 당해도 성추행을 당해도 웃고 다녀야 했나. 부장은 강 주임의 정규직 동기들처럼 빠른 걸음으로 텐트 앞을 지나쳐 갔다. 승희 님이 부장을 붙잡았다.

"제가 정말로 '미투'라도 할까 봐 저 자르시는 거예요? 부장님이 회식하고 나서 술김에 노래방 가서 남녀직원 공평하게 끌어안고 블루스 췄다고 하면, 인사부에서 부장님 편을 들겠어요, 계약직인 제 편을 들겠어요? 제가 승패 뻔한 싸움을 왜 하겠어요. 저 그냥 조용히 출퇴근하고 부장님도 하시던 대로 하시면 되잖아요, 네?"

부장은 시치미를 뗐다.

"오 선생님, 무슨 억측을 하는 거야. 나는 부서원들의 종합적인 의견을 고려해서 오 선생님 거취를 정한 거예요. 그리고 오 선생님을 여기 계약직으로 잡아 두는 것보다 한 살이라도 젊을 때 풀어 줘야 다른 데 가서 '경력 같은 신입'으로 입사하지."

승희 님이 항변했다.

"'부서원들의 종합적인 의견'이라고요? 저 일 잘했잖아요. 반대 의견은 없었어요?"

부장은 미운 소리를 골라 했다.

"오 선생님보다 일 잘하는 사람들, 밖에 많아요."

승희 님은 부장에게 따지고 들었다.

"제가 고분고분하지 않아서 잘린 거예요? 회의 들어가서 의견 내고, 잡무할 때 표정 굳어 있고, 부장님 대신에 빌딩 로비를 차로 들이받아서요?"

부장이 꿈에도 생각 못 했다는 듯이 말을 더듬었다.

"그, 그거, 나 들이받으려고 한 거였나······?"

내가 급히 나섰다. 공식적으로는 '운전 미숙으로 인한 급발진'이니까.

"딴생각하다가 실수로 액셀 밟은 건데 그 딴생각이 부장님 생각이었던 거죠."

"하여튼 오 선생님, 너무 야속하게 생각하지 말고, 크리스마스이브인데 일찍 정리하고 들어가요."

제 버릇 개 못 준다고, 부장은 승희 님의 어깨를 툭툭 치고 빌딩 밖으로 빠져나갔다. 승희 님이 허탈하게 혼잣말을 했다.

"다들…… 내 앞에선 웃으면서 일 시키더니 뒤에선 제 욕하고 있었나 보네요. 제가 정규직처럼 일을 찾아서 하려고 한 게 부담스러웠나 보네요. 아니겠지, 아니겠지 하면서도 저도 팀원인 줄 알았는데 역시나 저는 같은 팀이 아니었네요. 이럴 줄 알았으면 차장 새끼의 갑질도 부장 새끼의 성추행도 참지 말걸……. 내가 들어가지 않아도 되는 회의와 간식타임에 굳이 나도 팀원이라며 끼워 주던 주임의 얄팍한 동정심에도 속지 말걸……."

썽이가 모든 걸 다 안다는 투로 물었다.

"안 참았으면, 지금까지 여기 다닐 수 있었을 거 같으세요?"

승희 님이 얼른 답했다.

"아뇨."

썽이가 추궁하듯 물었다.

"제가 있는 언론사가 진짜 조그만 신생 언론사인 거 아시죠? 기사라기보다는 찌라시가 더 어울리는, 언론 윤리 따위 무시하는 기사나 써 대고. 네이버에서 뉴스 검색도 안 되는. 이런 데에 기사 하나 올라간다고 누가 아이 무서워라

하면서 승희 님하고 재계약해 줄 거 같으세요?"

이번에도 승희 님은 곧바로 답했다.

"아뇨."

썽이가 텐트 안으로 몸을 들이며 물었다.

"추운 빌딩 로비에서 텐트 치고 농성한다고 누가 눈 하나 깜짝할 거 같으세요?"

승희 님은 역시나 이번에도 같은 답을 했다.

"아뇨."

내가 썽이에게 이어받아 물었다.

"그럼 왜 여기서 이러고 있으세요?"

승희 님이 어쩐지 쓸쓸하게 고개를 숙였다.

"이거밖에 할 수 있는 게 없으니까요. 뭐라도 해야죠."

썽이가 단호하게 힘주어 말했다.

"헛수고예요. 아무것도 바뀌거나 해결되는 거 없어요."

썽이는 자리에서 일어나 빌딩 밖으로 나갔다. 나도 뒤따라갔다.

"오늘 잘린 사람한테 왜 그렇게 까칠해?"

썽이가 고개를 숙이고 발끝으로 바닥을 툭툭 차면서 중얼댔다.

"아무것도 바뀌지 않는데 혼자 발버둥치는 거, 보기만 해도 갑갑하잖아."

참을성 있게 썽이의 다음 말을 기다렸다. 썽이가 한숨처럼 말했다.

"영화감독 되겠다고 영화 찍고 다닐 때도, 돈 벌려고 삼류 찌라시 언론사 만들어서 기사 비슷한 거 쓰고 다닐 때도 세상을 바꾸고 싶었는데 안 되더라고."

썽이의 손을 잡았다.

"뭘 거창하게 세상을 바꾸려고 해. 한 사람씩 조금씩 바꾸면 되지."

손이 차가웠다. 나는 썽이의 세계를 얼마나 바꿀 수 있을까.

"들어가자."

로비는 싸늘했다. 퇴근할 사람들은 다 퇴근하고 승희 님의 텐트만 외로이 남아 있었다. 아까 종류별로 사 온 과자를 뜯었다. 영양가 없고 맛있는.

"잇츠 간식타임!"

분위기 띄우려는 내 노력이 무색하게도 과자 씹는 소리만 날 뿐 로비는 여전히 적막했다. 크리스마스에는 역시 캐럴이지. 내 스마트폰에서 캐럴이 흘러나왔다. 잊어버린 줄 알았는데 몸이 먼저 반응해서 율동했다. 썽이는 진지한 얼굴로 열대우림의 희귀 새가 추는 구애의 춤을 보듯이 내 율동을 감상했고 승희 님은 어색하게 엇박자로 손뼉을 쳤다. 썽이가 심각하게 궁금해했다.

"그 이상한 몸짓은 어디서 배웠어?"

율동을 하며 말해 줬다.

"어릴 때 교회에서."

썽이가 의아해했다.

"너 종교 없잖아."

오빠가 말 안 했나.

"어렸을 때 엄마 아빠가 일요일만 되면 나랑 오빠랑 일찍 깨워서 아침 예배 보냈어. 엄마 아빠는 종교가 없는데도. 지금 생각해 보면 애들이 교회 가 있는 동안 푹 쉬려고 그랬던 거 같아. 워십 댄스도 그때 배운 거야."

썽이와 승희 님을 일으켜 세웠다. 어른들에게도 유치원이 필요하다는 오빠의 말이 떠올랐다. 썽이와 승희 님이 내 율동을 따라 했다. 「고요한 밤 거룩한 밤」에서 「징글벨」을 거쳐 「울면 안 돼」까지. '울면 안 돼'를 '울어도 돼'로 바꿔 부르며 승희 님과 썽이와 나를 위로했다.

"우는 아이는 선물을 못 받지만 우는 어른은 선물을 받을 수 있어요."

휑하니 텅 빈 로비에서 승희 님이 훌쩍이다가 흐느꼈다. 화려한 트리 밑에서 초라한 텐트의 꼬마전구가 반짝반짝 빛났다. 썽이를 쿡 찔렀다.

"야, 너 양말 좀 벗어 봐. 머리맡에 걸어 두고 선물 받게."

썽이가 진지하게 대꾸했다.

"발 냄새 나서 안 돼."

아직 문을 닫지 않은 다이소에 가서 스케치북, 색종이, 풀, 반짝이, 스티커, 가위, 테이프 등등을 사 왔다.

"율동 끝났으니까 이제 공작 놀이 시간이에요."

비좁은 텐트 안에서 머리와 어깨를 맞대고 스케치북에 양말을 그려 오리고 색종이, 스티커, 반짝이로 장식해서 텐트에 걸어 두었다. 반짝이 가루를 흘려서 손과 옷이 반짝거렸다. 아무리 털어내도 반짝이 가루는 쉽게 떨어지지 않았다. 승희 님은 포기하고 얼굴에 반짝이를 문질러서 연말 파티 룩처럼 글리터 메이크업을 했다. 이제 산타클로스가 올 차례였다. 1층 로비에서 산타클로스들에게 메신저를 했다. '준비물: 산타 모자, 선물'이라고. 산타 모자 쓴 얼굴이 텐트 안으로 쑥 들어왔다.

"춥죠?"

제일 먼저 도착한 산타는 주연 씨였다. 내게 아기 낳을 이유를 찾아 달라고 했던 의뢰인이었다. 주연 씨는 오자마자 나와 썽이와 승희 님의 손에 핫팩부터 쥐어 주었다.

"잘렸다고 너무 상심 말아요. 요새는 평생 직장 같은 거 없어요. 회사에 기대지 말고 각자도생 해야지요. 직장 다니면서 적금 들어 둔 거 있죠? 그걸로 주식 투자하면 돼요. 지금 상승장이라 들어가기엔 좀 늦었긴 한데, 그래도 우량주 골라서 투자하면 이익 볼 수 있어요. 해외 주식에 투자하는 것도 괜찮고."

주연 씨를 쿡 찔렀다.

"주식 투자해서 집도 사고 퇴사해서 아기도 기르겠다고 했다가 손해 보고 호텔로 피신하신 분이 남한테 주식을 권하면 안 되는 거 아니에요?"

주연 씨는 스마트폰으로 주식 그래프를 보여 줬다.

"요새 주가가 올라서 손해 본 거 만회하고 있어요."

주연 씨가 승희 님에게 책을 내밀었다. 『30대 김 대리는 어떻게 3년 만에 30억을 벌었나』, 『주식으로 강남 아파트 사기』, 『5년 후 벤츠 타고 싶으면 지금 해외 주식을 해라』, 뭐 이런 책이었다.

"13만 원에 산 주식이 29만 원 되고, 집값이 2주 만에 5000만 원 오르면 일해서 버는 돈은 우스워요. 그런데 그렇게 재테크로 돈을 벌려면 공부를 해야 돼요."

승희 님이 중얼거렸다.

"투자할 여윳돈이 없는데요……. 월급 받아서 월세 내고 생활비 쓰면 끝인데요."

그제야 주연 씨가 아차, 했다.

"퇴직금……이 없죠?"

승희 님이 무표정한 얼굴로 설명했다.

"네. 정규직들은 연차가 쌓이면 월급도 올라가지만 저는 그런 게 없어서 오래 일해도 여전히 저축할 돈은 없을 거 같아요."

내가 대화를 끊었다.

"크리스마스이브인데, 남편분과 좋은 시간 보내야 하는 거 아니에요?"

주연 씨가 현실적인 얘기를 했다.

"비싸고 양 적은 레스토랑 가서 분위기 내는 건 연애할 때나 하는 거죠. 결혼하면 집에서 와인 사 와서 고기 구워 먹고 끝이에요."

집에서 고기를 구워 먹으러 떠나간 주연 씨 다음으로 온 산타는 인혜 씨였다. 장학재단에서 장학금 신청서를 읽고 장학금 수혜자를 선별하는 일을 하는 인혜 씨는 신청서의 가슴 아픈 사연들에 과몰입했다. '불쌍한 사람 중에서 더 불쌍한 사람을 고르는' 업무에 스트레스를 받는 인혜 씨는 남의 처지에 이입을 잘했다. 산타 모자를 쓴 인혜 씨는 텐트 안으로 들어와 승희 님의 손을 꼭 잡았다.

"열심히 일한 죄밖에 없는데 사람을 이렇게 한겨울에 내

치면 안 되잖아요."

인혜 씨는 보조배터리로 작동하는 온열 방석을 텐트 안으로 밀어 넣었다. 승희 님은 방석 위에 쪼그려 앉았다.

"일을 해도, 안 해도 승희 씨는 승희 씨예요. 일에 과몰입하지 말아요. 일로 자기의 쓸모를 증명하려고 하지 않아도 돼요. 내가 하는 일이 누군가의 인생을 바꾸지는 않을 거예요."

썽이가 가만히 고개를 기울여 인혜 씨의 말에 귀를 기울였다.

"우리는 대단한 일을 한 게 아니에요. 그냥 월급만큼의 일을 했던 거예요."

승희 님이 차분하게 말했다.

"그 월급을 계속 받고 싶어서 시위하는 거예요. 그러려면 월급만큼만 일하면 안 되고 월급 이상으로 일을 했어야 했는데……"

"업무에 자신을 갈아 넣으면 결국 부서지는 건 자기 자신이에요. 잘린 김에 자신을 지키기 위해 쉬어 가는 거예요."

그 말은 인혜 씨 자신에게 하는 말 같았다. 돌아서는 인혜 씨의 코트 자락을 잡고 물었다.

"자신을 지키기 위해 쉬어 가고 싶어요?"

인혜 씨의 얼굴에 피로가 떠올랐다.

"조금요."

인혜 씨는 좁은 텐트 안에서 핫팩을 조물조물하며 승희 님이 양보한 온열 방석에 앉아 양말을 그렸다.

"올해 너무 울어서 선물은 못 받을 거 같은데……."

인혜 씨의 양말 그림을 오려 주며 위무했다.

"괜찮아요. 어른은 자기 자신을 위한 선물을 줄 수 있잖아요."

인혜 씨가 손목시계를 보며 서둘렀다.

"양말을 걸어 둘 트리 하나 사 가야겠네요."

인혜 씨가 돌아가고 나서 야근을 하던 강혜라 씨가 잠깐 들렀다. 우울증에 걸린 회사원이자 본인을 회사 인간을 관찰하는 외계인이라 믿고 있는 혜라 씨는 산타 모자를 어색하게 쓰고 스노볼을 가지고 왔다.

"나는, 회사를 그만두고 쉬고 싶은데 그만둘 용기가 없어서 차라리 회사가 날 잘라 주면 좋겠다고 생각해요. 날마다. 회사를 오래 다니진 않을 거예요. 나는 사실 외계인이고 언제든 날 지구에 파견한 우주 연합으로 복귀할 수 있어요."

회사원인 게 버거워서 외계인이 된 혜라 씨는 스노볼을

들여다보았다.

"내가 사는 이 세계가 사실은 스노볼 속 세상이고 진짜 세상은 밖에 있는 것 같아요. 승희 씨는 스노볼을 깨고 나온 거예요."

승희 님이 스노볼을 뒤집었다.

"저는, 스노볼 안에 영원히 있고 싶어요. 스노볼 바깥은 알고 싶지 않아요."

혜라 씨와 승희 님은 머리를 맞대고 스노볼을 들여다보았다. 스노볼 안에선 흰 눈이 펄펄 내렸다. 승희 님은 스노볼을 다시 뒤집었다.

"여기가 첫 직장이었는데……. 성실하게 일하면 모든 게 잘 될 거라는 믿음이 뒤집혔네요……."

혜라 씨는 혜라 씨네 회사에서 인턴을 했던 조우리 씨를 불렀다. 조우리 씨가 빌딩 로비를 둘러보았다.

"여기도 와 봤던 곳이네요. 저 승희 님이 일했던 곳에도 지원서 썼었거든요. 면접에서 떨어졌어요. 저는 서류 통과하고 인턴을 해도 항상 마지막 단계에서 떨어져요. 그동안은 한번 계약직으로 입사하면 정규직이 되기 어려워서 정규직 자리에만 지원했는데 취업 준비로 시간 보내서 경력에 공백 생기느니 계약직이라도 넣을까 봐요."

승희 님이 약간 까칠하게 말했다.

"요즘은 계약직도 경쟁이 심해요. 정규직만큼은 아니지만. 저도 세 명을 면접 봐서 그중에 뽑혔던 거예요."

우리 씨가 가방 속에서 승희 님에게 줄 선물을 꺼냈다.

"뽑는 사람은 뽑히는 사람의 간절함을 모를 거예요. 자르는 사람은 잘리는 사람의 절박함을 모르고요."

우리 씨는 우는 소리도 내고 젖병도 물릴 수 있는 아기 인형을 선물로 건넸다. 우리 씨는 계속되는 탈락을 위로해 주던 '오빠'에게 넘어가 임신을 했었다. 우리 씨가 임신 중단을 하러 가는 길에 동행했던 나는 침을 꼴깍 삼켰다. 우리 씨는 의미심장한 소리를 했다.

"상황이 안 좋더라도 마음 약해지지 말아요. 주변 사람들은 마음 약한 사람을 알아채고 이용해 먹으니까요."

우리 씨가 떠나고 나서 승희 님은 아기 인형을 만지작거렸다. 승희 님이 아기, 내가 엄마, 썽이가 아빠인 소꿉놀이가 시작되었다. 썽이는 귀찮아하면서도 할 건 다 했다. 썽이가 인형을 안고 날 배웅했다.

"떡볶이 해 놓고 기다리고 있을 테니까 잠복근무 오래 할 것 같으면 미리 연락해 줘."

썽이는 날 너무 잘 안다.

"무지 자연스럽게 네가 살림하고 내가 밖에서 일한다?"

썽이가 아무렇지도 않게 말했다.

"네가 집안일은 안 할 거 아냐."

아기가 칭얼거렸다. 내가 승희 님을 안고 등을 토닥였다.

"울어도 돼. 괜찮아. 내가 있어."

어느새 퇴근할 사람은 다 퇴근하고 로비의 조명도 꺼져서 어두웠다. 시간도 때울 겸 분위기도 환기시킬 겸 손을 번쩍 들고 물어보았다.

"심심한데 누구 첫사랑 얘기할 사람?"

승희 님은 묵묵부답이었고 이번에도 썽이가 나섰다.

"네가 얘기할래, 내가 얘기할까?"

내가 얘기할까.

"내 어디가 좋은데?"

곧바로 썽이의 정답이 나왔다.

"귀여운 거."

그래, 귀여움에 빠지면 약도 없지.

"그리고 또?"

썽이는 진지하게 말했다.

"내 약함을 네가 받아 주고 감당할 수 있을 거 같아서."

자해한 흔적이 남아 있는 썽이의 왼쪽 손목으로 시선이 갔다. 시선은 승희 님에게로 옮겨 갔다.

"승희 님도 그렇게 생각해요? 승희 님의 약한 모습을 제가 받아 주고 감당해 줄 수 있다고?"

승희 님이 주억거렸다.

"……아마 그래서 사람들이 탐정님께 사건을 맡기나 봐요. 오늘 온 의뢰인들을 보니까 그래요."

내가 주위를 두리번거렸다.

"그럼 내가 약해질 때는 누가 받아 주지?"

썽이가 왼손으로 내 손을 잡았다.

"내가 할게. 너는 의뢰인들을 다 감당해야 하지만, 나는 너 하나만 감당하면 되니까."

마지막으로 온 산타는 귀신들의 하소연을 다 들어 주며 살아야 하는 은정이었다. 은정이는 허공을 보며 뭐라고 뭐라고 말하고 있었다. 다가가서 은정이를 툭 쳤다.

"여기엔 또 무슨 귀신이야?"

은정이는 귀신에게 들은 말을 옮겼다.

"과로해서 간이 망가져서 사무실에서 쓰러졌는데, 책임감 때문에 쓰러진 지 사흘 만에 출근했다가 영영 가 버렸어. 생전에 인사부에 이러다 죽을 것 같다고, 인력 충원 좀 해 달라고 했는데 인사부에서 사람은 그렇게 쉽게 안 죽는다고 했대."

은정이에게 동조했다.

"그렇게 쉽게 죽는 게 사람인데."

은정이의 목에는 생전에 은정이를 짝사랑했던 귀신이 준 목걸이가 달랑거리고 있었다. 배달 아르바이트를 하다가 사고로 죽은 영혼이었다. 은정이는 오는 길에 사 온 목걸이를 승희 님의 목에 걸어 주었다.

"살아 있으면 다 괜찮은 거예요."

승희 님은 은정이의 눈을 피하며 중얼거렸다.

"사는 게 너무 막막해요. 당장 다음 주 월요일부터 출근할 곳이 사라진다는 게……."

은정이는 승희 님의 눈을 똑바로 보며 말했다.

"제가 만난 귀신들은 이승에 미련을 남겨 두었어요. 그러니까 이승을 떠돌죠. 그러니까, 내일 당장 죽는다 해도 미련이 남지 않도록 하고 싶은 거 다 해 봐요. 출근도 안 하니까."

승희 님이 은정이를 마주 보았다.

"제가 정말 하고 싶은 건 정식 사원증을 목에 거는 건데요……."

승희 님이 말을 이었다.

"하루 여덟 시간씩 일하듯이 매일 여덟 시간씩 공무원 시험 공부할 자신은 있는데, 수험 기간 동안 버틸 돈이 없어요."

귀신들보다 산 사람 소원 들어주는 게 더 어렵다. 은정이
는 목에 걸린 목걸이를 만지작거렸다. 그 목걸이가, 목걸이
를 남겨 주고 배달 알바하다가 사고로 죽은, 은정이를 짝사
랑했던 귀신이 뭔가 해답을 줄 것처럼.

"너무 열심히는 살지 마세요."

그게 은정이의 답이었다. 은정이는 산타 모자를 두고 갔
다. 승희 님의 텐트는 세 명이 들어가서 자기엔 좁았다. 은
정이가 돌아가고 승희 님은 목걸이를 걸고 인형을 안고 책
을 베고 누워 스노볼을 뒤집었다 바로 놓았다 하다가 온열
방석 위에서 잠이 들었다. 나와 썽이는 담요를 두르고 난방
이 꺼진 빌딩 로비를 배회했다. 25일 0시가 될 때까지. 0시
가 되자마자 서로에게 인사했다.

"메리 크리스마스."

"메리 크리스마스."

왠지 분위기가 어색했다. 이런 분위기를 못 견디고 아무
말이나 하는 게 내 버릇이다.

"너 진짜 내가 승희 님이랑 친하다는 이유만으로 날 여
기에 데려온 거야? 승희 님이랑 인터뷰는 너 혼자서도 할
수 있잖아."

썽이가 손을 잡았다.

"승희 씨한테 산타클로스를 보내 준 건 너잖아. 나는 그런 거 생각도 못 했겠지."

겨우 그런 이유란 말이야? 내가 기대했던 답이 아니잖아.

"승희 님을 위해서 나하고 같이 온 거야?"

썽이가 내가 듣고 싶어 하는 말을 했다.

"너랑 크리스마스를 같이 보내려고. 크리스마스를 놓치지 않으려고."

오빠의 말이 떠올라서 머릿속에서 떨어지지 않았다. '연말이라 프러포즈하기 딱 좋은 때인데.' 썽이가 은정이가 놓고 간 산타 모자를 썼다. 아까 그렸던 내 양말을 가져왔다. 썽이가 점퍼 안주머니에서 조그만 선물상자를 꺼냈다.

"울어도 돼. 산타는 우는 어른한테는 선물을 주니까."

선물상자 안에는 팔찌가 두 개 들어 있었다. 팔찌 하나를 썽이의 왼쪽 손목에 끼워 주었다. 자해흔이 가려지도록. 하나는 내 왼쪽 손목에 끼웠다. 손목시계로 흉터를 가리고 다니다가 나와 있을 때면 시계를 풀어 두던 썽이었는데.

"팔찌 볼 때마다 자해 대신 네 생각하려고."

울음은 무슨. 웃음이 입가를 비집고 나왔다. 그러고 보니 나는 준비한 선물이 없는데. 썽이에게 뭘 줄 수 있을까. 빌딩 1층 불 꺼진 카페 유리창에 크리스마스 리스가 걸려 있었다. 겨우살이 아래서 키스하면 사랑이 이뤄진다는데.

썽이의 손목을 잡고 리스 아래로 갔다. 경비원 아저씨가 CCTV로 보지 못하게 썽이와 이마를 맞대고 담요를 머리 위로 뒤집어쓰고 소곤거렸다.

"……해도 돼?"

썽이가 못 들은 척했다.

"……뭘?"

더 또렷하게 말했다.

"키스해도 돼?"

썽이가 애매하게 답했다.

"어……."

썽이의 입술에 내 입술을 갖다 댔다.

"입을 다물고 있으면 어떻게 해."

드라마에서 본 키스 신을 흉내 내어 어설프게 키스했다. 썽이가 침 범벅이 된 입술을 닦으며 말했다.

"산타 모자를 쓰고 온 사람들, 일하는 게 행복해 보이지 않아."

그동안의 의뢰를 하나하나 떠올려 보았다.

"자아 실현이나 생계 유지를 위해 일하는 거지. 둘 다 하려면 엄청난 행운이 따라야 하고."

썽이에겐 내가 행운의 부적인가 보다.

"나한테 행운을 빌어 줄래?"

썽이가 원하는 대로 해 줬다.

"내년엔 너에게 행복과 행운이 함께하기를."

썽이는 내 눈을 마주 보며 두 손을 마주 잡았다.

"나 지금 하는 인터넷 언론사 기자는 그만두고, 하고 싶었던 영화감독에 계속 도전해도 될까? 돈은 유튜브 편집하는 걸로 벌면서."

썽이를 격려했다. 그것밖엔 할 게 없었다.

"잘 그만뒀어. 맨날 사건 사고 기사만 자극적으로 쓰는 거 너한텐 안 어울렸어. 그렇게까지 돈 벌지 않아도 돼. 너무 열심히 하지는 말고. 내가 얼른 유명해져서 너까지 감당할게."

썽이는 텅 빈 로비를 돌아다니며 다음에 찍을 영화 줄거리를 얘기해 줬다. 푸른 새벽빛이 로비의 흰 벽에 비칠 때까지. 썽이와 나는 팔찌를 건 쪽의 손을 잡고 걸었다. 팔찌의 원석들이 가볍게 부딪쳤다. 썽이가 줄거리를 얘기해 줬다.

"그러니까 날 닮은 여탐정이 어떻게든 사건을 해결해 나가는 스토리 맞지? 근데 장르가 휴먼멜로야? 추리, 미스터리, 스릴러가 아니고?"

썽이가 가볍게 물었다.

"로맨틱 코미디는 어때?"

내 나름대로는 진지하게 말했는데 썽이가 알아들었는지

모르겠다.

"로맨틱 코미디는 나랑 찍고."

텅 빈 복도에 홀로 빛나는 크리스마스트리 아래 텐트는 승희 님의 작은 아지트처럼 보였다. 텐트 입구에는 양말 그림 세 개가 나란히 쪼르르 붙어 있었다. 양말마다 아래에 편의점에서 사 온 귤과 컵라면을 두었다. 승희 님의 양말 아래엔 도장 두 개가 찍힌 쿠폰도 놓았다. 이제 여덟 번만 더 의뢰하면 한 번 무료. 화장실에서 고양이 세수를 하고 나온 사이에 승희 님은 텐트를 철거하고 있었다. 텐트 철거에 손을 보태면서 물어보았다.

"왜 벌써 그만둬요?"

승희 님이 깔깔한 눈을 비볐다.

"어제 잠이 안 와서 생각했어요. 여기서 이러고 있어 봤자 누가 눈길도 안 주고, 재계약은 안 해 줄 거고, 전 직장 상사를 갑질과 성추행으로 고소하기에는 돈도 시간도 없고……. 기왕 힘들 거면 여기서 이렇게 생고생하는 대신 어디서 알바라도 하는 게 나 자신에게 더 좋은 것 같고……."

승희 님은 산타들이 주고 간 선물을 챙겼다. 나는 귤과 컵라면과 쿠폰을 챙겨 주었다.

"승희 님은 할 수 있는 건 다 했어요. 그동안 연차도 제대로 못 썼을 텐데 넘어진 김에 쉬어 가랬다고, 연말에 휴가 좀 보내세요. 직장에 다니는 동안 하고 싶은 거 있었을 거 아네요."

승희 님이 느릿하게 말을 흘려보냈다.

"방에 드러누워서 귤이나 까먹는 거요."

내 의뢰인들은 다들 왜 이럴까.

"많이 지치셨나 보네요."

승희 님이 씽이를 돌아보며 말했다.

"기사는 안 써 주셔도 돼요."

그럴 거면 뭐하러 크리스마스이브에 밤을 지새웠나…….
씽이랑 키스하려고 여기 왔나. 승희 님은 살포시 웃었다. 승
희 님이 웃는 건 처음 봤다.

"걱정하지 마세요. 다음번엔 열심히 하지 않을게요. 직장
에 정 주지 않고."

승희 님이 떠난 뒤에도 트리는 여전히 반짝였다. 트리 아래
엔 나와 씽이의 양말 그림과 귤과 컵라면이 남았다. 고요한
밤 거룩한 밤 어둠에 묻힌 밤이 지나고 온 크리스마스였다.

살인사건의 범인을 추리하는 대신에 아무도 내 편이 없
다고 느낄 때 편들어 주고 붙잡아 주는 탐정인 나와, 찍는
영화마다 영화제에서 빛의 속도로 탈락하는 영화감독 지망
생 씽이와, 또 어딘가에서 계약직으로 일하게 될 승희 님에
게, 메리 크리스마스.

작가의 말

 '열 번 의뢰하면 한 번 공짜' 쿠폰을 건네고, 추가 수당을 벌어들이려고 노력하는 생계형 탐정이자, 잠적한 사람들을 찾아 내서 '네 잘못이 아니야'라고 말해 주는 다정한 탐정 전일도가 돌아왔습니다. 『탐정 전일도 사건집』을 읽지 않으셔도 괜……찮지만 읽고 오시면 '우리 일도가 이렇게 되었구나(?)' 하실 겁니다…….『탐정 전일도 사건집』과 『탐정도 보험이 되나요?』에서 전일도가 쓰고 다니는 모자와 먹고 마시는 음식들을 찾아보셔도 재미있으실 거고요.

 『탐정도 보험이 되나요?』에서 전일도가 만나는 의뢰인들은 일하는/일 못하는/일 못 하는/안 하는 사람들입니다. 이들과 함께 일하는 전일도는 일을 잘하고 싶은데 잘 안 되기도 하고 어쩌다 보니 잘되기도 합니다. 아마 전일도 탐정과 의뢰인에게 필요한 건 '일할 기회'와 '일하지 않을 자유'겠지요.(전일도는 싫어하겠지만 사실 의뢰인들에게는 탐정보다 사회복지 시스템이 더 필요하긴 하지요.)

『탐정도 보험이 되나요?』의 의뢰인들과 그들의 주변인들이(인간 아닌 존재가 끼어 있긴 합니다만…….) 전일도를 만난 이후 평온하고 행복하길 바랍니다. 그러다가 한 번씩 사라지고 싶은 (혹은 사라지게 하고 싶은) 일이 생기면 전일도에게 의뢰하고요.

전일도 탐정과 사건 현장에 동행해 주신 장은진 편집자님과 최초 의뢰해 주신 최고운 편집자님, 몽타주를 그려 주신 김나연 디자이너님, 수정 원고를 반영해 주신 박혜아 전산 담당자님, 그리고 황금가지 출판사 여러분께 감사드립니다. 브릿G에서 읽어 주시고 단문응원 남겨 주신 독자님들 덕분에 힘을 얻었습니다.

『탐정 전일도 사건집』과 『탐정도 보험이 되나요?』가 나온 이후로 전일도가 강력 범죄도 해결할 수 있냐는 질문을 종종 받았는데요. 글쎄요, 현실에선 조그마한 탐정 사무소 운영도 쉽지 않지만 여전히 '하드보일드 누아르 탐정'을 꿈꾸는 전일도가 언젠가는 권총을 품에 숨기고 뒷골목을 누비며 강력 범죄와 대면할 수 있을까요?

탐정도 보험이 되나요?
탐정 전일도의 두 번째 사건집

1판 1쇄 찍음 2022년 2월 25일
1판 1쇄 펴냄 2022년 3월 4일

지은이 | 한켠
발행인 | 박근섭
편집인 | 김준혁
책임편집 | 장은진
펴낸곳 | 황금가지

출판등록 | 2009. 10. 8 (제2009-000273호)
주소 | 06027 서울 강남구 도산대로 1길 62 강남출판문화센터 5층
전화 | **영업부** 515-2000 **편집부** 3446-8774 **팩시밀리** 515-2007
홈페이지 | www.goldenbough.co.kr

도서 파본 등의 이유로 반송이 필요할 경우에는 구매처에서 교환하시고
출판사 교환이 필요할 경우에는 아래 주소로 반송 사유를 적어 도서와 함께 보내주세요.
06027 서울 강남구 도산대로 1길 62 강남출판문화센터 6층 민음인 마케팅부

ISBN 979-11-7052-076-4 04810
ISBN 979-11-7052-075-7 (세트)

㈜민음인은 민음사 출판 그룹의 자회사입니다.
황금가지는 ㈜민음인의 픽션 전문 출간 브랜드입니다.